U0911006

我是猫

〔日〕夏目漱石 著
竺家荣 译

图书在版编目（CIP）数据

我是猫 / (日) 夏目漱石著 ; 竺家荣译. — 北京 : 九州出版社, 2017.4（2024.1重印）
ISBN 978-7-5108-5113-1

Ⅰ. ①我… Ⅱ. ①夏… ②竺… Ⅲ. ①长篇小说—日本—近代 Ⅳ. ①I313.44

中国版本图书馆CIP数据核字(2017)第049819号

我是猫

作　　者　（日）夏目漱石 著　　竺家荣 译
责任编辑　云岩涛
出版发行　九州出版社
地　　址　北京市西城区阜外大街甲35号（100037）
发行电话　（010）68992190/3/5/6
网　　址　www.jiuzhoupress.com
印　　刷　河北鹏润印刷有限公司
开　　本　880毫米×1230毫米　32开
印　　张　14.5
字　　数　345千字
版　　次　2017年4月第1版
印　　次　2024年1月第29次印刷
书　　号　ISBN 978-7-5108-5113-1
定　　价　48.00元

一

我是猫，还没有名字。

我不知道自己出生在哪里，只恍惚记得自己在一个昏暗、潮湿的地方，“喵喵”地叫唤个不停。在那儿我第一次见到了人这种东西。后来才听说，那东西就是人类中最恶毒的种类，叫作“书生”[1]，传闻这种书生时不时会把我们猫猫抓去煮了吃。不过，当时我什么也不懂，根本不知道害怕，只是被书生放在手心里，忽地举起来的时候，我感觉有点晕晕乎乎的。我在书生的手掌上，稍稍定了定神之后，看到的这张面孔，就是我头一次见到的叫作人类的东西。人怎么这副模样？这种诧异的感觉直到现在还深深地留在我的记忆中。别的不说，那张本应毛茸茸的脸竟然光溜溜的，简直像个烧水壶。后来我也遇到过不少猫猫，可是从不

[1] 寄宿在别人家里，帮着做些家务的求学者。

曾见过长得这般残缺的。非但如此，他的脸中央过分凸出，而且从那个凸起的黑窟窿里还不时噗噗地喷出烟雾来，我都快被烟雾呛晕了。直到最近，我才知道这玩意儿就是人类抽的烟。

我舒舒服服地蹲坐在书生的手心里，可是片刻工夫，便觉得飞快地旋转起来。我不知道是这书生在转呢，还是只有我自己在转，只觉得头晕眼花，直犯恶心，正想着这下子准没命了，只听见“咚”的一声响，我两眼冒出了金星。到此为止我还记得，可之后发生了什么，却死活也想不起来了。

等我清醒过来一看，那个书生已经不见了。原先和我一起的兄弟姐妹也一个都没有了，就连我最依赖的妈妈也不知去向。而且，这里和我原来待的地方不一样，亮得刺眼，让我简直睁不开眼睛。“这是什么地方？怎么变成这样了呢？”我这么想着慢慢爬了几步，感到浑身疼痛——原来我是被人从稻草上一下子扔到竹丛里了。

我使出吃奶的力气从竹丛里爬了出来，看到对面有个大大的池塘。我坐在池塘边琢磨着自己现在该怎么办，其实也想不出什么好法子来。我终于想到一个法子，倘若在这儿哭一会儿，那个书生兴许还会来接我的。我就试着“喵喵”地叫了半天，却不见有人来。不久，池面哗啦哗啦地刮过阵阵凉风，天色渐渐暗下来了。我的肚子已经饿瘪了，想哭也哭不出声来。万般无奈，我决定去找一个有吃食的地方，只要是吃食就行。于是我慢慢地沿着池塘从左往右绕行。真是痛苦啊，稍微一走动，浑身就疼得受不了，我咬紧牙忍着痛，拼命地往前爬，总算爬到了一个好像有人家的地方。我想，只要爬进去，就会有活路的。于是我从竹篱笆的破口处钻进了一户人家的院子。缘分这东西真是不可思议，假如篱笆上没有破洞，我很可能会饿死在路旁的。有句话说得好："一树之荫，前世之缘。"这篱笆上的破洞，直到今天，依然是我去拜访邻居三毛姑娘[1]的通道。言归正传，我钻进那个宅院之后，不知道接下来该怎么做。此时眼看着天色暗了下来，我肚子里没食物，天气很冷，偏偏又下起了雨，片刻也不能再耽搁下去了。无奈之下，我姑且朝着那又明亮又温暖的地方爬去。现在回想起来，当时我应该是已经进入这户人家的房子里面了。

在这里，我遭遇了那个书生以外的人。最先遇到的是女仆。这女仆比那个书生还要凶恶，一看见我，就一把抓起我的脖颈把我扔到了屋外。哎呀，这下可完蛋了。我只好闭上眼睛听天由命了。可是，我实在无法忍受饥饿与寒冷，于是再一次趁女仆不注意，偷偷爬进了厨房。结果不大工夫，又被她扔了出来。我记得就这样被扔出来又爬进去，爬进去又被扔出来，反反复复了四五次。当时，我对被叫作女仆的那个人恨之入骨。直到前几天，我偷吃了她的秋刀鱼，报了一箭之仇，才算解了心头之恨。就在女仆最后一次抓起我要往外扔的时候，这家的主人走进了厨房，嘴里说着："怎么这么闹腾！干什么哪？"女仆提起我，举到主人眼前，对主人说："这只小野猫，老是往厨房里钻，怎么赶都赶不走，烦死人了。"主人一边捻着鼻子下边的黑毛，一边打量了我一番，然后说了句："那就让它待在家里吧。"说完就回到房间去了。显然，主人是个不爱说话的人。女仆恼恨地把我扔在厨房里。就这样，我决定把这户人家当作自己的家。

我不常见到这家的主人，听说他的职业是教师，从学校一回来就钻进书斋，几乎不怎么出来。家里人都以为他是个好钻研学问的人，

---

[1] "三毛"是日语原文，即三色猫之意，姑且借来一用。

他自己也摆出一副做学问的架势。可是实际上，他并不像家里人说的那样在看书。我时常蹑手蹑脚地去他的书斋窥探，见他经常睡大觉，有时口水都流到正在看的书本上。他肠胃不好，所以皮肤发黄，缺乏弹性，没有活力。可是他饭量很大，每次吃撑了之后，就吃消化药。吃完药就翻开书，读上两三页便打起盹来，口水淌到书本上，这就是他每天晚上都在做的“功课”。我虽然只是一只猫，也时常会思考：做教师实在是舒服。如果我降生为人，一定要当教师。像这样总是睡大觉也能做的活计，连我们猫族也完全可以胜任的。即便这样，我家主人却说，没有比做教师更辛苦的工作了。每当有朋友来访时，他总要发泄一通不满。

我刚住进这个家的时候，除了主人外，我一点儿也不受其他人待见。不管我去哪里，他们都一脚把我踢开，根本不搭理我。直到今天还不给我起名字，从这一点就不难看出我有多么不受重视了。实在是没有办法，我才尽可能跟在收留我的主人身旁的。每天清晨，主人读报的时候，我必定会趴在他的膝头上。他睡午觉时，我就趴在他的背上。这样黏着主人并不说明我有多喜欢主人，而是因为没有人搭理我，不得已而为之罢了。

后来我有了经验，每天白天趴在盛着热饭的小木桶上面，晚上睡在被炉上，天气晴好的晌午，就躺在檐廊边上。不过，要说舒服，还要数夜里钻进孩子们的被窝，跟他们一起睡觉了。我所说的孩子们是两个小孩，一个五岁，一个三岁，每天晚上这两个孩子睡一间屋，还同睡一个被窝。我总是想法子在她们俩中间找个空当挤进去。只是，万一运气不好，把哪个孩子弄醒，我就倒霉了。这两个小孩，特别是那个小一点的最不地道——也不顾夜深人静，扯着嗓子大声号哭：“猫进来了！猫进来了！”

于是，那个患有神经性胃病的主人必定会从隔壁房间跑过来，前几天就是这样，他拿尺子狠狠地敲打了我的屁股一通。

我自从和人同住一个屋檐下，越是细细观察他们，越是不能不断言他们是相当任性的。尤其是我经常同衾的那两个小孩，更是可恶透顶。她们兴致一来，就使劲地折腾我，不是把我倒提着，就是用纸袋套我的脑袋，或是把我扔出门外，或是塞进炉灶里。只要我稍一反抗，他们就会全家人一起四处追赶我，对我进行迫害。前几天，我在席子上刚磨了两下爪子，女主人便大发雷霆，打那儿以后，便轻易不允许我进入客厅。即使我在厨房的地板上冻得浑身发抖，他们也不理不睬。我最尊敬的住在街对过的白婶，每次她见到我，总是说："没有比人类更冷酷无情的啦。"前些天，白婶生下四只白璧无瑕般可爱的小猫，可是她家的书生，第三天就把四只小猫一只不剩地扔到后院的水池那边去了。白婶流着泪向我诉说了整个经过后，得出了她的结论："为了保全我们猫族的亲子之爱，为了过上美满的家庭生活，我们猫族不得不向人类叫板，将他们剿灭！"我觉得她的提议很在理。还有隔壁的三毛姑娘也曾经非常气愤地对我说过："人类根本不懂得什么叫所有权。在我们猫族里，历来是谁先找到的吃的，谁就有吃的权利，不管是沙丁鱼串的干鱼头，还是鲻鱼的肠子。如果对方不遵守这个规矩，就可以对其动武。但是人类好像丝毫没有这种观念，总是把我们找到的好吃的东西夺去。他们仗着身强体壮，抢走理应属于我们的食物，还若无其事。"白婶的主人是军人，三毛姑娘也有为她代言的主人。由于我住在教师家里，对待这类事情比起她们二位来自然想得开些，只要能够将就着把日子一天一天地过下去就知足了。就算他们是人类，也未见得会子子孙孙永远兴盛的。罢了，就耐心等待猫族时来运转的那一天吧！

说到任性，我倒想起了我家主人由于任性而出糗的事。我那个主人无论哪方面都没有过人的本事，可是他偏偏喜欢什么都搞一搞。他有时胡诌几首俳句[1]给《杜鹃》杂志[2]投稿，有时写几首“新体诗”寄给《明星》杂志[3]，有时还写写错误百出的英文，也学过弓道，唱过“谣曲”[4]，甚至吱啦吱啦地拉过小提琴。只可惜，没有一样拿得出手。虽说他的胃不好，可是一旦迷上某件事，就特别投入。他喜欢在茅房里唱“谣曲”，结果左邻右舍给他起了个“茅房先生”的绰号，他也全不在意。每次如厕，照样大唱特唱什么“吾乃平宗盛[5]也”，逗得人们一听到他唱曲子就笑：“快听，‘平宗盛’又来了！”我住进他家大约一个月后，也不知这位主人是怎么想的，领取月薪的那天，他提着一大包东西，急匆匆地回到家里。我正猜测他买的是什么，见他打开了大包，原来都是画水彩画的颜料和画笔，还有华特曼纸[6]等。看这架势，他是决意从今天起放弃“谣曲”和“俳句”，专攻绘画了。果不其然，从第二天开始，有一阵子他连午觉也不睡了，每天都在书斋里一门心思地画画。只是，看他画出来的东西，谁也判断不出到底是什么。他本人似乎也觉得画得不怎么样，有一天，他的一个据说是研究美学

[1] 俳句是日本的一种古典短诗，由17字音组成，要求严格，受“季语”的限制。

[2] 正冈子规1897年1月于松山创办的俳句杂志刊物（1897年），得到高浜虚子、河东碧梧桐、夏目漱石等诗人和作家支持后由俳人高滨虚子主持。新派和歌运动和近代浪漫主义诗歌运动以其为中心展开。《我是猫》第一章就发表在该刊物的1905年1月号上。

[3] 浪漫主义诗人与谢野铁干（1873—1935）于1900年4月创办的诗刊，1908年停刊。《明星》成为诗歌改革与浪漫主义派由此得名的中心阵地。

[4] 日本古典戏剧“能”的乐曲，称为谣曲。

[5] 平宗盛（1147—1185），日本平安时代武将，平家末代首领，平清盛三子，清盛死后袭内大臣。不久被源义仲赶出京都，后为源赖朝军俘获、斩杀。

[6] 华特曼纸，一种英国特产的水彩画纸。

的朋友来访，我听见了他们这样一番对话：

"不知怎么搞的，就是画不好。看别人画觉得挺容易的，可是自己一拿起画笔来，才知道作画真难啊。"主人发出了这样的感慨。他说的倒也是实话。他的朋友透过金丝边眼镜，看着主人说："没有人一开始就能画好的。首先一点，只是整天关在屋子里，凭着想象作画，当然画不好。意大利大画家安德烈·德尔·萨托[1]曾经说过：'如若绘画，皆须模仿自然本身。天上有星辰，地上有露华，空中有飞禽，地面有走兽，池里有金鱼，枯木有寒鸦。大自然乃是一幅活的大画面。'你觉得怎样，如果想要画出像样的画来，你也试着写写生好了。"

"嘿，安德烈·德尔·萨托说过这样的话吗？我真是一点也不知道。说得太对了，有道理啊！的确是这么回事。"主人钦佩不已。而那个朋友的金丝眼镜后边，露出了嘲讽般的笑容。

第二天，当我照例来到檐廊上，正舒舒服服地睡午觉时，主人破例走出书斋，在我身后不停地鼓捣着什么。我突然醒来，搞不清他在干什么，就把眼睛睁开一道细缝，只见他正全神贯注地模仿安德烈·德尔·萨托，给我写生呢！看到这情景，我忍不住笑了。原来主人受到朋友的揶揄后，就首先拿我做模特儿，写起生来了。我已经睡够了，特别想伸个懒腰。但是想到主人难得这样专注地挥毫作画，如果我一动弹，岂不是辜负了主人？于是我极力忍耐着，继续装睡。此时他已经勾勒出了我的轮廓，正在为我的脸部着色。坦白地说，作为一只猫，我的确算不上出色。无论是身材、毛色，还是五官，我绝不认为和其他猫相比自己能够胜出。

[1] 安德烈·德尔·萨托（Andrea del Sarto，1486—1530/1531），意大利文艺复兴鼎盛期时期的佛罗伦萨画派最后一位代表画家。

但是我长得再怎么丑，也不至于像主人现在画出来的那副怪模样呀。首先毛色就不对路。我的毛色就像波斯猫那样，是淡淡的黄灰色里夹杂着油漆般亮丽的斑纹。这可是谁看了也不会质疑的事实。然而再看看现在主人涂的颜色，既非黄色也非黑色，既非灰色也非褐色，就连这些颜色的混合色都不是，充其量只配被评价为某种颜色而已。更不可思议的是，竟然没有给我画眼睛。当然了，他画的时候我这个模特正在酣睡，倒也情有可原，问题是连个眼部轮廓都看不出来，所以这是只瞎猫还是在睡觉的猫根本看不清楚。我心中暗想：不管你怎样模仿安德烈·德尔·萨托，画成这样也太差劲了。不过，我不得不佩服他那股子劲头。尽管我很想尽量保持现在的姿势趴着不动，无奈憋了好半天尿了，全身肌肉都绷得难受，已经到了一分钟也忍不了的地步，万般无奈之下，我也顾不得许多了。我把前腿使劲向前伸出，头低低地往前一拱，打了一个大大的呵欠。事已至此，再老老实实地待下去也没有用了。既然主人的兴致已经被我破坏了，不如顺便到后院去解决我的内急吧。我这么想着就慢腾腾地走了。于是，主人从客厅发出了失望而愤怒的吼声："混账！"我家主人有个毛病，骂人的时候总是使用"混账"这个词。除此之外，他不会骂别的，所以也无可厚非，但主人一点儿也不体谅人家已经忍耐多时的难处，随口就骂我"混账"，真是太不讲理啦。况且如果平日里我趴在他背上的时候，他多少给我点好脸看，我也就不计较这种谩骂了，可是他一向不曾设身处地地做过半点令我高兴的事儿，我去小便竟然还被臭骂"混账"，未免太过分了。说起来，人类这种东西原本就是仗着自己身强力壮，一个个都那么妄自尊大。如果不出来个比人类更强大的生物整治他们一下，他们还不知会无法无天到什么地步呢！

倘若人的任性胡为仅此而已，尚可容忍，但是人类干的缺德事，我听说过的比这些可悲好多倍呢。

主人家的房子后面有个十坪[1]左右的茶树园子。虽说没有多大，却是个能惬意地晒太阳的好地方。每当家里的孩子们吵得我不能踏踏实实睡午觉的时候，或者闲得无聊、心情不好的时候，都会到这里来养一养浩然之气。阴历十月的一个风和日丽的日子，午后两点左右，我吃完午饭，舒舒服服地睡了个午觉之后，便移步至茶树园，捎带着活动活动身体。我嗅着每一株茶树的树根，来到了西侧杉树篱笆跟前，发现一只大猫躺在枯菊丛上面呼呼大睡，把枯菊丛压倒了一片。他好像根本没有意识到我走近，又好像注意到了，却毫不在意似的，伸着四肢，打着响亮的呼噜，舒坦地躺着睡大觉。偷偷跑进人家的院子里，居然还睡得如此坦然，使我不能不暗自为他的胆量感到吃惊。他是一只纯黑色的猫。刚过正午的太阳将透明的光线洒在他的皮毛上，从那熠熠发光的软毛之中仿佛会燃起肉眼看不见的火焰。他有着堪称猫族大王般的伟岸体格，足足比我大了一倍。出于赞赏之念与好奇之心，我竟然忘却一切，呆呆地站在他的面前，目不转睛地瞧着他。就在这时，刮来一阵深秋时节的微风，轻轻掠过伸展到杉树篱笆上头的梧桐枝丫，两三片梧桐叶飘然落在枯菊丛中。这位大王突然睁开他那双圆圆的眼睛。那景象直到今天我还记忆犹新，那双闪闪发光的眼睛远比人类特别珍爱的琥珀还要晶莹剔透。他一动也不动，从双眸深处射出的锐利目光凝聚到我窄小的额头上，开口问道："你是什么东西？"以大王的身份，这样说话多少有些粗俗，然而他那洪亮的声音里却蕴藏着足以吓退猛犬的霸气，

[1] 1坪等于3.306平方米。

令我颇感畏惧。可是，如果我不回答他，便有可能惹怒他。于是我竭力装得若无其事，凛然回答："在下是猫，还没有名字。"其实此时我的心脏比平时跳得要厉害多了。他以极为轻蔑的语气说："哟，你也算是猫？真叫老子开眼了！你到底住在哪儿？"简直是目中无人。"我就住在这个教师的家里。"我答道。"老子就猜到是这么回事。一看你瘦成这模样就知道了！"真不愧是猫大王，说话也盛气凌人的。从他的谈吐判断，不像是有身份人家养的猫。不过，看他那脑满肠肥的样子，多半是成天吃香的喝辣的，过得很滋润。我忍不住问道："那么请教一下，你怎么称呼啊？""老子是人力车夫家的老黑呀！"他昂然地回答。这车夫家的老黑，是这一带无人不知的霸道猫。但是因为他是车夫家的猫，虽身强体壮，却毫无教养，所以猫猫们都不和他来往。他成了被大家敬而远之的家伙。我一听到他的名字，便心神不定起来，同时对他产生了点轻蔑。我想先看看他无知到何等程度，就和他进行了如下的对话：

"你觉得，车夫和教师到底谁更了不起啊？"

"还用说吗，当然是车夫厉害啦。瞧瞧你家的主人，瘦得皮包骨似的。"

"你真不愧是车夫家里的猫儿，一看就特别壮实。看起来你在车夫家里，天天吃好的了。"

"还用你说吗！老子不论走到哪个地界，都绝对饿不着。你这小家伙也别老是在这个茶树园里转来转去，跟在老子后边出去走走，保管你不出一个月，就变成个胖猫了。"

"这个事以后再拜托老哥吧！不过，要说住的方面，我还是觉得教师家比车夫家要宽敞呀。"

“蠢驴！房子大有啥用，能填饱肚子吗？”

他好像发了火，使劲抖动着那削尖的紫竹般的耳朵，抬起屁股气哼哼地走了。我和老黑成为知己是后来的事了。

打那儿以后，我常常和老黑偶遇，每次他都是盛气凌人的，跟他的车夫主人一个德行。我前面提到的那些有关人类干的缺德事的传闻，其实也是从老黑这儿听来的。

一天，我和老黑照例躺在暖融融的茶园里瞎聊时，他又开始了自吹自擂，尽管还是在重复老一套，却说得津津有味，然后问我：“小家伙，你以前抓过多少只老鼠啊？”若论智力，我自信比老黑高出很多，可若论力气和勇气，我绝对比不了老黑，话虽如此，当我听到老黑这样发问时，还是感到非常难为情。不过，事实毕竟是事实，不能不如实相告。于是我就老老实实地回答:“其实我一直想捉老鼠,只是还没有捉到过一只呢。”老黑哈哈大笑起来，自鼻头两侧支棱出来的长须子抖个不停。老黑原本就是个目空一切的主儿，根本没有什么头脑。所以只要我喉咙里不断发出咕噜咕噜声，假装极其恭顺地在聆听他吹牛的话，他便是只很容易对付的猫。和他熟识之后，我很快就摸到了他的这个脾性，所以在这种情况下，如果勉为其难地为自己辩解，只会使局面越发变得对自己不利，这是很不明智的。不如索性由着他炫耀自己捉老鼠的光辉历史，把他糊弄过去算了。打定主意后，我便诱导他说：“像你这样的前辈，一定捉过很多老鼠喽。”他果然是顺杆爬，十分得意地回答：“也不算太多吧，反正三四十只总是有的。”然后他又说，“一两百只老鼠，老子一个人也不在话下，可要是碰到黄鼠狼就犯难了。有一次，老子遭遇了黄鼠狼，可算是领教了。”“是吗？真的？”我随声附和着。老黑眨巴着大眼睛说：“那是去年年底大扫除的时候。我家主人拿着一袋石灰要放进檐廊下面去的时候，你猜怎么着，一只大黄鼠狼受了惊吓，猛地蹿了出来。”“呀！”我惊呼了一声。老黑接着说：“说是黄鼠狼，其实比老鼠稍大一点儿。我喊了一声：‘小畜生，看你往哪儿跑！’老子就在后面紧追不放，一直把他追进了地沟里。”“哇，你真有本事！”我为他喝彩。“可是，你猜怎么着？到了关键的时候，这家伙使出了他的最后一招——放臭屁。哎呀，别提多臭了！打那以后，一看见黄鼠狼我就犯恶心。”说到这里，老黑仿佛又闻到了去年的臭味儿似的，伸出一个前肢在鼻头上来回蹭了两三遍。我也挺同情他的，想给他打打气，就说：“可是老鼠只要一被你盯上，就休想活命啦。你可是个出名的捕鼠‘能手’，就是因为经常吃老鼠，你才这样丰满，毛色这样油亮吧？”我为了讨老黑的欢心，这样问道。没想到他喟然长叹一声道：“想起来真是没意思，不管老子怎样拼命捉老鼠，结果呢……世上没有比人类更加不讲道理的了。他们把我捉到的老鼠全都拿走，送到派出所去啦。警察不知道是谁捉到的，按照一只老鼠五分钱给予奖赏。我家老爷托老子的福，已经赚了一元五角钱了，可是从来没有给老子吃过一顿像样的饭食。你知道了吧，人类这东西，就是装模作样的强盗呀。”看来就连老黑这个无知的家伙都明白这个道理，所以对这事甚为愤怒，连背上的毛都倒竖起来了。我看到他这副样子有点害怕了，安慰了老黑几句就赶紧回家了。从此以后，我下定决心不去捉老鼠。而且也没有给老黑当跟班，跟着他到处去寻找老鼠以外的美食。吃美食，哪比得上睡大觉舒服啊。看来住在教师家里，连咱猫族也会染上教师的那种惰性。不小心着点，说不定很快会患上胃病呢。

说到教师，联想到我家主人，近来他似乎也悟出自己在水彩画上终究不会有什么成就的，因为他在十二月一日的日记里写了如下一段话：

在今天的聚会上第一次见到某公，据说他曾是个放荡不羁之人，果真是风流倜傥，很像个情场老手。与其说此类善解风情的男人，因甚得女人欢心而风流，倒不如说他是被逼无奈，不得不这般风流更确切些。听说他娶了个艺伎做老婆，真真羡煞人也！其实，那些个说人家风流的人，多数是自己缺少风流的资格罢了。而以情场老手自居的那些人中，也有许多人并不具备风流的资格。这些人并非被逼无奈，却硬要猪鼻子插大葱——装象（相）。他们就如同我画的水彩画那样，纯粹是瞎耽误工夫。尽管如此，他们却自我感觉甚好，以为只有自己才配叫作风流人。如果只要去酒馆喝喝酒，造访一下“待合”[1]就可称为情场老手的话，那么我也有理由说，我能够成为一名出类拔萃的水彩画家了。正如我画水彩画不如不画一样，比起那些冒充情场老手的蠢货来，反倒是乡下来的土里土气的呆子要高尚些。

对于主人这番“情场老手论”，我难以苟同。况且，羡慕别人娶艺伎为妻这等卑劣的想法，作为为人师表的主人，是不应该说出来的。不过，他对自己的水彩画的点评倒是蛮准确的。尽管主人如此有自知之明，但他的自负心却难以去除。隔了两天，他在十二月四日的日记中写道：

昨天夜里做了个梦，梦见自己觉得怎么也画不好而弃之一边的水彩画，不知何人给它镶了个漂亮的画框，挂在楣窗上。这幅画一旦被装进画框，连我自己也突然间觉得很像样了，满心喜悦。如此一来这幅画还真是不错。我独自终日欣赏，就在这时，天亮了，我醒来一看，那幅拙

[1] 与艺伎等饮酒游乐的地方。

劣如旧的画也随着旭日东升，逐渐变得清晰起来了。

可见主人连睡梦里也在担心自己的水彩画不如人。如此看来，我家主人不要说是水彩画家，就连老夫子日记里谈论的所谓“情场老手”也不够格喽。

主人梦见水彩画的第二天，那位多日未见，戴着金丝眼镜的美学家前来拜访主人了。他刚一坐下，开口就问：“画得怎么样啦？”主人貌似平静地回答：“遵从你的忠告，我正在努力写生。正如你所说的那样，通过写生的方式，能够充分理解过去不曾留意的物体形态和色彩的细微变化等。西洋人自古就主张写生，所以西方绘画才会有今天的辉煌成就。真不愧是安德烈·德尔·萨托啊。”他只字未提日记的事，却再一次赞美了一番安德烈·德尔·萨托。美学家一边笑，一边挠着头说：“实话跟你说吧，那是我瞎编的。”“什么瞎编的？”主人还没有意识到自己受了愚弄。“还不明白？就是你一个劲儿赞叹的那个安德烈·德尔·萨托呀。那是我随口胡编的。没想到老兄竟然真的相信了。哈哈哈……”美学家大为开心。我在檐廊上听到这番对话，不禁想象起主人在今天的日记里会怎样记下此事。这位美学家是个专门以胡诌八扯一些没影儿的事愚弄别人为唯一乐趣的家伙。他似乎根本没有顾及安德烈·德尔·萨托这个玩笑会给主人的情绪造成怎样的震动，得意扬扬地继续说道，“我只是开个玩笑，人们就把它当真是常有的事，所以就感觉开玩笑可以极大地激发滑稽美感，格外有趣！不久前，我对一个学生说，尼古拉斯·尼克尔贝[1]曾经劝告并说服了吉本[2]，没有用法文撰写其毕生大作《法国革命史》，而是改用英文出版了这部作品。谁知那个学生记忆力超强，一次在日本文学会发表演讲时，他一本正经地把我告诉他的话鹦鹉学舌了一遍，真是滑稽。当时听讲的有一百人左右，竟然都在认真倾听呢。还有一件有趣的事，前些天，在一次有文学家参加的聚会上，有人提到了哈里逊[3]的历史小说《赛奥法诺》[4]，我当即评论说：'那部作品是历史小说中的白眉[5]，尤其是那段女主人公之死的描绘，真是鬼气袭人啊。'我话音刚落，坐在对面的一位'无所不知'先生马上附和道：'不错，不错，那段描写可谓妙笔生花呀。'我由此知道那个家伙也和我一样，并没有读过这部小说。"患神经性胃病的主人瞪大了眼睛问道："你这样信口胡编，万一对方读过那部书，你可怎么下台呢？"主人的问话给我的感觉，似乎是骗人没有关系，只是被人揭穿的话，太难堪了。美学家却毫不在意，说道："怕什么，遇到那种情况，只要说是和另外一本书搞混了什么的，不就行啦。"说罢就"嘎嘎嘎"地笑起来。别看这位美学家戴着金丝边眼镜，他的德行却和车夫家的那只老黑不相上下。主

---

[1] 尼古拉斯·尼克尔贝（Nicholas Nickleby），英国小说家狄更斯早期的长篇小说《尼古拉斯·尼克尔贝》（1839）中的主人公名字。尼古拉斯·尼克尔贝是一个寄宿学校的教员。作者通过他的经历，揭露了当时所谓穷人兴办的学校实际上只是富人牟利的场所，学生整天忍饥挨饿，鞭笞竟成了最主要的教育手段的社会现象。

[2] 吉本，全名爱德华·吉本（Edward Gibbon，1737—1794），英国历史学家，著有《罗马帝国衰亡史》6卷，未曾著《法国革命史》。

[3] 哈里逊（1831—1923），英国哲学家、法学家、传记作家、文艺批评家。

[4] *Theophano*（1904），哈里逊所作。赛奥法诺是东罗马皇帝二世的皇后（941年左右—？）。但其中并没有"女主人公之死"的描绘。

[5] "白眉"是一个典故。《三国志·蜀志·马良传》："马良，字季常，襄阳宜城人也。兄弟五人，并有才名，乡里为之谚曰：'马氏五常，白眉最良。'良眉中有白毛，故以称之。"后来比喻兄弟或侪辈中的杰出者。在此文中，即"历史小说中的杰作"之意。

人默默地吸着日出牌香烟，吐着烟圈，脸上的表情仿佛在说“我可没你那个胆子”。那美学家也露出“正因为你缺乏胆量，所以再怎么画也画不出像样的来”的眼神，接着说下去，“不过话说回来，玩笑归玩笑，绘画这件事的确非常难。据说列昂纳多·达·芬奇[1]曾命他的弟子照着教堂墙壁上的污渍写生。这也自有其道理，上茅房时，只要一门心思盯着那渗着雨水的墙面看，自成一幅绝妙的天然图案。老兄若用心去茅房写写生，肯定会画出一幅非常有趣的图案画来。”“你又在骗人吧？”“没有啊，这可是千真万确的。你不觉得他说的颇有见地吗？达·芬奇也很可能这么说呀。”主人说：“嗯，确实是很有见地。”主人表面上认输了，不过，到现在他似乎还没有在茅房里写生过呢。

车夫家的老黑，后来成了跛子。他那很有光泽的毛也逐渐褪色、脱落了。我曾经赞美过的那双比琥珀还要明亮的眼睛里现在满是眼屎，尤其引起我注意的是，他变得意志消沉，体格也日趋衰弱了。我在茶树园最后一次见到他的那天，我问他：“你现在过得怎么样？”他说：“黄鼠狼的臭屁和鱼铺老板的扁担把我害苦啦。”

在赤松林之间点缀出两三层红色的红叶如往昔梦境一般掉落，洗手钵旁边交替飘落花瓣的红白山茶花也已散尽。照在南面三间半[2]长的廊子上的冬天的阳光早早就已倾斜，几乎天天刮起寒冷的北风，我睡午觉的时间仿佛也被缩短了。

主人每天都到学校去，一回到家就钻进书斋里。客人一来，他就对人家唠叨：“干教师烦死了，烦死了。”水彩画也很少画了。他还说胃

[1] 列昂纳多·达·芬奇（1452—1519），意大利文艺复兴时期美术家、自然科学家。
[2] 1间约6尺（1.818米）。

散也没有效果，不再吃了。白天，两个小孩子一天不落地去上幼儿园，倒是清静。她们一回来，就唱歌、拍球，有时揪着我的尾巴，把我倒提起来。

我因为没福气吃美食，所以没长胖，不过体格还算健康，也没有变成跛子，就这样一天一天地过日子。老鼠我是坚决不捉的，到现在还是讨厌那个女仆，尽管仍然没有人给我起名字，但是欲望这东西是没有穷尽的，我打算这辈子就做只无名猫，在这个教师家里住下去了。

二

新年以来，我多少有了些名气，身为一介猫儿也不免踌躇满志，颇感荣耀。

元旦一早，主人就收到了一张彩绘明信片。这是他的某位画家朋友寄来的。这明信片上一半是赤色，下一半涂着墨绿色，两色正中用蜡笔画了一只蹲坐着的动物。主人在书房里，拿着这张明信片横过来看看竖过去看看，口里赞道："色调极好！"窃以为既然发出这样的赞叹，主人该放下不看了吧，谁料想，他仍然横来竖去地端详个没完。忽而扭过身子，伸长手臂，拿得老远观瞧，活像老人家在给人看相似的；忽而又对着窗户亮光，将明信片拿到鼻尖跟前细看。要是再不停下来，腿老是这样转来转去的，卧在他膝盖上的我可就吃不消了。好不容易不怎么晃动了，只听见他低声自语："这上面画的到底是什么东西呀？"原来主人对这张彩绘明信片的色彩虽然很欣赏，却搞不清楚那上面画的是个什么动物，故而一直在煞费苦心地琢磨呢。难道这张明信片真有那么费解吗？我优雅地半睁睡眼，漫然地瞟了一眼，千真万确，正是咱的画像！尽管画画儿的人没有像主人那样模仿什么安德烈，到底是出自画家的手笔，无论是形体还是色彩，都堪称像模像样。不论拿给任何人看，都是一只猫，无可置疑！如果是个稍有眼力的人，还能分辨出，画的不是别的猫，正是我辈，足见是一幅好画。一想到我家主人竟然连这么一目了然的画都看不明白，还花费那么多工夫去研究，不禁有些同情人类了。可能的话，我真想提醒他，那上面画的正是我辈。即使认不出是我，至少也让他明白画的是一只猫。然而，人类这种动物，毕竟没有获得听懂我们猫族语言的天恩，非常遗憾，只好随他去了。

在此想跟读者说明一下。人类一向是张口闭口就说什么猫怎么怎么的，毫无缘由地以轻蔑的口吻评论我们猫族，这个毛病很不好。教师之流更是常有的事，他们认定人体排出的废物中生出了牛马，从牛马粪便里造出了猫之类的动物，对自己的愚昧浑然不觉，而他们却摆出一副傲慢的面孔。然而从我们猫族角度看，却为他们害臊。就算是我们猫族，也并非轻而易举造得出的。在外人看来，似乎所有的猫都是一个模子，毫无差异，根本不具有独特的个性，然而，只要深入咱猫族社会去瞧一瞧，就知道是相当复杂的。人类那句四字词语“十人十样”[1]，也完全适用于咱猫族的世界。无论是眼眉、鼻型、毛色、走路姿态，全都各不相同。从胡须的翘法、耳朵的竖法，到尾巴的垂法，真可谓千姿百态，无一雷同。再把好看与不好看、各个猫的习性好恶、风流与否等要素统统算进去的话，说是千差万别也一点都不为过。然而，尽管我们猫之间存在着

[1] 日本成语。

如此明显的差异，但是人类说什么要发展进步，眼睛只知道往天上瞧，也难怪对我们相貌的细微差别都辨认不清，更不要说我们的性格了，实在是可怜！自古就有“物以类聚”这句名言，的确有道理。卖年糕的了解卖年糕的，猫了解猫。猫世界之事，毕竟只有猫才能理解，不管人类社会怎样进化，仅就这一点来说，是万般无奈的。何况，人类并不像他们自己所认为的那么了不起，这就更是难上加难了。更何况，像我家主人那样缺乏同情心的人，连“充分了解彼此是爱的第一要义”这个道理都不懂得，还有什么可说的呢。他像个乖戾的牡蛎似的老是窝在书房里，从不想了解外界，却又装出一副唯独自己最达观的面孔，真有点滑稽。其实，他并不达观，证据就是，明明我的肖像就摆在他眼前，却丝毫认不出，还莫名其妙地胡扯什么“今年是日俄战争的第二年，估计画的是一只熊吧！”

我趴在主人的膝盖上闭着眼睛漫然想着心事。不多时，女仆又送来了第二张彩绘明信片。我一瞧，原来是活版印刷的画儿，画了四五只西洋猫，坐了一排，有的握笔写字，有的看书学习。其中一只猫离开座位，在桌角边跳着西洋式的“猫儿猫儿”[1]舞。在这画面的上端，用日本墨汁写了“我辈是猫”四个黑黑的字。画面右边还写了一首俳句：“或读书，或跳舞，猫儿乐哉春一日。”这是主人的一个旧日门生寄来的，因此只要看一眼就会明白其中的含意。可是，迂腐的主人似乎还是没明白，觉得很奇怪似的歪着头思索，自言自语道：“莫非今年是猫年？”看来对于我已经这么出名，他还没有察觉呢。

这时，女仆又送来第三张明信片。这回的不是彩绘明信片，上写“恭

[1] “猫儿猫儿”是日本民谣。

贺新年”，另起一行写着“烦请代为问候贵府的猫君安好”。写得如此直白，主人再怎么迂腐，似乎也终于看懂了，便“嗯”了一声，瞧了瞧我的脸。那眼神似乎与往日不同，对咱略带了尊敬之意。一直以来被世人漠视的主人突然间如此有面子，还不都是沾了咱的光。这么想的话，他用那副眼神看我，也是理所应当的。

这时，门铃“丁零丁零……”响起来。可能有客人来了。每当有客来访，都是女仆前去应对。咱一向是不出迎的，除非是鱼铺的梅公送鱼来。因此，我仍旧悠然地卧在主人的膝盖上。而主人呢，神色不安地向正门望去，犹如债主闯进家门来了一般。他似乎很讨厌陪着来拜年的客人喝酒。人的怪癖要是到了如此程度，实在叫人无语。既然如此，何不及早躲出门去，不就万事大吉了吗？可他又没有那份勇气，越加显露出其牡蛎的根性。

过了片刻，女仆前来报告，是寒月先生来访。这位寒月，虽说也是主人的昔日门徒，可如今已经学成毕业，据说比主人出息得多。可不知为什么，这个人经常到主人家来玩，一来就东拉西扯地大聊一通，然后尽兴而归。他喜欢说些有女人对他一往情深，可似乎又不是那么回事；什么人们很有趣，又很无聊，很了不起，也很好色之类的话，净是些言过其实、云山雾罩的香词艳语。他专门找我家主人这般形容枯槁的老夫子，倾诉这些猥谈，这本身就令人费解，而我家那位牡蛎式的主人听他胡诌时，竟然不时地予以附和，就更加好笑了。

“好久没来问候您了。因为从去年年末以来，一直忙得不可开交，所以好几次想来，最终还是去了别的地方。”他搓着和服外褂的纽带，说些打哑谜一般的话。

“那么到底去了什么地方？”主人一本正经地问道，一边揪着印有家徽的黑外褂袖口。这件外褂是棉布的，袖子短，穿在里边的单衣袖子各露出了半寸。

“嘿嘿嘿嘿，去了不同方向的一个地方。”寒月先生笑着说。

主人一瞧，寒月先生今天掉了一颗门牙，便转而问道：“你的牙怎么掉啦？”

“是啊，说实话，是因为在某个地方吃了香菇。”

“吃了什么？”

“就是吃了点香菇。我正要咬蘑菇伞，结果门牙突然掉了。”

“吃蘑菇怎么还崩掉了门牙？简直像个老头啦。说不定这个事能写出一首俳句呢，不过恋爱可就不成喽！”主人说着，用手心轻轻拍着我的头。

“啊，这就是那只猫吧？真够肥的呀！这么富态的话，和车夫家的老黑比，也不逊色呀！真不错啊。”寒月先生对我大加夸赞。

“嗯，近来个头长大了不少。”主人很得意地砰砰敲打我的头。被人夸奖，我倒是很得意，只是脑袋有些疼。

“前天晚上还搞了一次演奏会呢！”寒月先生又将话题拉了回来。

“在哪儿？”

“在哪儿，您就不用问了吧。总之，是三把小提琴和钢琴合奏，太有趣啦。若是三把小提琴同台演奏，即使拉得不好，也能凑合听。两位小提琴手是女子，我夹在她们之中，觉得自己拉得不错呢！”

“嗯。那两个女人都是干什么的？”主人艳羡地问道。

别看主人平时摆出一张枯木寒岩般的脸，其实，他绝不是一个对女人没有兴趣的人。他曾读过一本西洋小说，书中以讽刺的笔触描写了一个几乎对任何女人都会动情的好色男人。据统计，他对街头遇见的女人十之六七都会爱上。主人读后，甚为感慨地说：“此乃人之常情也。”

如此轻浮之人，为什么过着牡蛎般的生活，这毕竟是我猫辈无法理解的。有人说是由于失恋，有人说是害了胃病，也有人说是因为他囊中羞涩，加上性格懦弱。不管是何原因，反正不是与明治史有关的人物，无所谓了。不过，他以艳羡的口吻询问寒月先生的小提琴女伴，可是千真万确的。

寒月先生用筷子从小拼盘里夹了一块鱼糕，搞笑地用那半颗门牙咬了一口。我担心他会再次崩掉门牙，还好，这次平安无事。

“她们两个都是名门闺秀，您不认识的。”寒月冷淡地说。

“原来——”主人拉着长腔，却省略掉了“如此”二字，陷入了思考。

寒月先生也许是觉得聊得差不多了，便鼓动道：“今天天气多好呀。先生如有闲暇，不妨一同出去走走？旅顺被攻下了[1]，现在街上可热闹了。”

主人脸上露出比起旅顺被攻克更想听寒月讲述女友身世的神色，思索了片刻，终于下了决心，站起身来。

“那就出去走走吧。”

主人仍然穿着那件印有家徽的黑布外卦，里面还是那件结城绸旧棉袄——据说这是兄长留给他的，已经穿了二十年。结城产的丝绸再怎么结实，也经不住穿这么长久，多处已经磨得很薄，对着日光，都可以看到里面补丁上的针脚。主人的服装，没有岁末与年初之分，也没有便装与礼服之别。出门时，他总是袖起手，抬腿就走。这是因为没有外衣可换呢，还是虽有衣物却嫌麻烦，懒得换呢？咱可不知晓。不过，至少不会是因失恋所致。

---

[1] 旅顺要塞的俄军于1905年1月1日投降日军，当时日本各大城市都举办了庆祝游行。

二人出门之后，我就不客气地将寒月先生吃剩下的鱼糕消灭了。我近来已经不是个寻常的猫了。自以为完全具备了桃川如燕[1]笔下的猫，或是格雷[2]笔下偷吃金鱼的那只猫的资格了。车夫家的老黑之辈原本就不在我眼里，因此即便我吃掉一片鱼糕，想必也不会有人说三道四。何况这种偷吃零嘴的习惯，并非吾等猫族独有。主人家的女仆就常常趁女主人不在的时候，连偷带吃，连吃带偷的。岂止是女仆，就连夫人夸口受过良好教育的孩子们，也有这种倾向。那是四五天前，两个女孩早早醒来，主人夫妻还在睡觉时，二人便面对面坐在餐桌前。她们每天早晨都是学着主人，吃些撒上砂糖的面包。可是这天，糖罐碰巧就放在餐桌上，里面还插了只匙子。因为没有人像往常那样给她们俩分砂糖，等了一会儿，那个大的就从糖罐里舀出一匙糖来，放在自己的碟里。于是，那个小的也学着姐姐，用同样方法将同等数量的白糖舀进自己的碟子里。姐妹俩互相瞪了对方片刻，大孩子又舀了满满一匙，倒进自己的碟子里；小孩子也立刻舀了一大匙白糖，使得自己的碟子里的白糖和姐姐同样多。这时，姐姐又舀了一大匙，妹妹不甘落后，也舀了一大匙。姐姐又将手伸向糖罐，妹妹也再次去舀。就这样你一匙我一匙的，转眼间，二人碟子里的白糖就堆得老高，罐子里连一匙白糖也不剩了。这时，主人揉着惺忪的睡眼，走出卧室，把她们好不容易舀出来的白糖又装回了糖罐。由这个例子可知，人类从利己主义推出的“公平”原理，也许比猫族的观念进步，但是，若论人

[1] 桃川如燕（1832—1898），日本说书先生，本名杉浦要助，后改名为桃川燕玉、桃川燕林，1847 年改名如燕。如燕派开山祖师。著有《猫怪传》，号称猫如燕。

[2] 托马斯·格雷（1716—1771），英国新古典主义后期的重要诗人，“墓畔派”的代表人物。他出生在伦敦的一个经纪人家庭，一生的大部分时间在剑桥大学从事教学与研究工作。据说曾写过悼念溺死于鱼缸里的爱猫的诗文。

的智慧，却比猫还不如。不等白糖堆积如山，赶快舔光，不就好了吗？只可惜，跟上次一样，我的话她们听不懂，即使很同情，也只得趴在饭桶上默默旁观了。

和寒月一同出门的主人，不知去哪里散步了，也不知是怎样散步的，反正那天晚上主人回来得很晚，翌日出来吃早餐，已经九点钟了。我照例趴在饭桶上，瞧见主人默默地吃煮年糕呢。吃了一碗，又吃一碗。年糕虽小，可他一连吃了六七块，最后剩了一块在碗里，说了声"差不多啦"，便放下了筷子。假如别人这样吃剩饭菜，主人是绝不会答应的，但他一向以要一家之主的威风为荣，看着躺在混浊菜汤里的焦煳的煮年糕，似乎不以为意。

女主人从壁橱里拿出胃药来，放在桌上。主人说："这药不管事，我不吃！"

女主人劝道："可是，听人家说，这药对于淀粉多的食物，好像很有效的。还是吃了吧！"

"什么淀粉不淀粉的，就是不管用。"主人非常固执。

"你这人真是没有长性！"女主人嘟囔着。

"不是我没有长性，是这药没有效。"

"可是，前些天你不是说特别见效，每天都吃吗？"

"那些天是见效啊，可是这阵子又不见效啦！"主人的回答就像是对对子。

"像你这样吃吃停停的，再好的药，也不可能有效的。不耐心些的话，胃病可不像别的病，难好着呢！"女主人说着，回头瞧了瞧端着托盘，等候在一旁的女仆。女仆不问对错，赶紧帮着女主人说话。

"太太说的都是实话。老爷如果不继续再吃一段时间的话，怎么知道到底是有效还是没有效啊。”

“管它有效没有效呢，不吃就是不吃。女人家懂得什么！还不给我闭嘴！”

“女人就是这样啊。”女主人将胃药推到主人面前，逼着他吃药。主人却一言不发地站起来进了书房。

女主人和女仆对视着，吃吃地笑了。这种时候，我如果跟着主人进去，爬上他的膝盖，肯定要倒霉的。我便轻轻地从院子里绕路爬上书房的檐廊，从拉门缝隙往里一瞧，主人正在读爱比克泰德[1]的书呢。假如能像平常那样读得进去，还算令人佩服。但是，过了五六分钟，他便将书本使劲扔在矮桌上了。“就猜到他会是这样。”我心里想着，仍旧继续观察，只见他又拿出日记本，写了下面一段话：

跟寒月一起去根津、上野、池端、神田一带散步。在池端的艺伎馆门前，有几个艺伎身穿花边的和服春装在打板羽球。看她们衣裳很美，容颜却颇为丑陋，总觉得很像我家的猫。

评点貌丑之类，大可不必以我为例。我如果到喜多理发馆去刮刮脸，也不见得比人类难看到哪儿去。人类就是如此自负，真是受不了。

拐过宝丹药房的街角，迎面又过来一个艺伎。这是一位身姿窈窕、

[1] 爱比克泰德（约55—约135），古罗马斯多葛派著名哲学家。他早先是一名希腊奴隶，跟他的斯多葛先辈一样，他对宇宙的本质、物质或者精神没有兴趣。他最关心的是要找到一条忍受人生的办法。他对心理学提出了一条准柏拉图式的、对如何“忍受和放弃”的理性化的理论。

双肩柔顺的俊俏女子。穿着合体的淡紫色和服，更衬托出她的优雅，显得很有品位。她露出洁白的牙齿笑着说：“源哥，昨夜实在太忙了，所以就没有……”没想到她的声音犹如浪迹天涯的旅人一般嘶哑，使她那妩媚的姿容大为减色，所以我也懒得回头去瞧她招呼的源哥究竟是何人，依然袖着手，向御成道[1]走去，而寒月不知怎么，好像有些心慌意乱。

没有比人类的心思更难揣摩的了。此时此刻，主人的心情到底是气恼，还是兴奋，或是想在哲人遗著中寻找一丝慰藉？完全搞不清。他是在冷笑世人，还是希求融入俗世？是因无聊琐事而动肝火，还是超然于物外？实在不得而知。咱猫族遇到这类问题，可就单纯多了。想吃就吃，想睡就睡；气愤时尽情地发火，伤心时死命地哭泣。首先，绝不写日记之类没用的玩意儿，因为根本没有必要写。像我家主人那样表里不一的人，也许还有必要写写日记，暗地里发泄一通自己见不得人的真面目。而我们猫族，行走坐卧、拉屎撒尿，皆是真正的日记，所以没有必要那么煞费苦心地掩盖自己的真面目。有写日记的工夫，还不如在檐廊上美美地睡一觉呢！

昨晚在神田某料亭进餐时，喝了两三杯好久未沾的“正宗”酒[2]。因此，今天早上胃口大开。窃以为夜晚饮酒，对于胃病最有裨益。胃散就是不行。任凭别人说破大天，我也不吃它。不顶用的东西就是不顶用。

---

[1] 御成道，从神田由筋违桥穿过（今万世桥）至上野广小路，前往宽永寺的路，因历代德川将军常走此路去参拜宽永寺上野神社，故而得名。

[2] 一种老牌子的日本酒，也是日本酒的俗称。

主人拼命地攻击胃散，就好像跟自己过不去似的。早晨的那股肝火，竟在这里露出了一点马脚。人类写日记的本质说不定就存在于这种地方呢。

前些日子听人说，不吃早饭可医胃病，于是试行了两三天，结果搞得腹中咕咕直叫，却毫无功效。某公忠告我：千万不要食用酱菜。据他说，所有胃病之根皆源于酱菜。只要不吃酱菜，就断绝了胃病之源，必定可以恢复健康。于是，我一个星期没有吃一口酱菜，然而病状依旧，因此近来又开始吃酱菜了。还请教了某某人，说是只有进行腹部按摩才有疗效。不过，通常的按摩不行，必须用皆川式[1]的古法按摩，只需按摩一两次，一般的胃病就都会得到根治。据说安井息轩[2]也很喜欢这种疗法，连坂本龙马[3]那样的豪杰也常接受此按摩。我便急忙去上根岸尝试此按摩。谁料想，按摩师说，必须按摩骨头才有效果，还说不将五脏六腑颠倒一下，难以根治等，其按摩手法痛苦难耐，无异于受酷刑。按摩之后，身子瘫软得像棉花一般，仿佛患了昏睡症，所以，只按摩了一次，我就不敢继续领教了。A君告诫我：“不得进食固体食物。”我就每日只喝牛奶。结果，肚子里稀里哗啦作响，犹如发大水一般，使我整夜不得安眠。B君说：“用小腹呼吸，使内脏动起来的话，胃部的功能自然就会增强的，你不妨尝试一下。”我也试了一下此法，但是总觉得肚子里不得安宁。

---

[1] 即皆川淇园（1734—1807），日本德川时代中期的哲学家，京都人，能诗能文，弟子三千。主要著作有《名畴》《易学开物》《易原》等。

[2] 安井息轩（1799—1876），日本江户时代末期的儒学家，考证学派儒学者。著有《管子纂诂》《论语集说》。

[3] 坂本龙马（1835—1867），日本明治维新志士，思想家。土江户末期土佐藩的武士出身，致力于王政复辟，后为刺客所杀。

而且，尽管偶尔想起，全神贯注地用小腹呼吸，但是五六分钟后，又忘了。倘若不想忘记，总是想着小腹的话，根本无法读书、写文章了。美学家迷亭见我这般模样，嘲笑说："你又不是临产的男人，还是算了吧。"于是，近来已经放弃。听C先生说："还是吃荞麦面条比较好。"于是，我便立刻交替着吃起了汤面和蒸面，然而，吃了这东西总拉肚子，全无疗效。一年来为了治胃病，我尝试了一切可以讨到的偏方，结果全是徒劳。只有昨晚与寒月君喝下的三杯"正宗"着实奏效。既然如此，今后每天晚上都来他两三杯吧！

这个决定恐怕也不会持久。主人的心，就像咱猫儿的眼珠似的变幻不定。他不论干什么，都没有长性。而且，他虽然在日记里那么担心自己的胃病，表面上却打肿脸充胖子，实在滑稽可笑。前些天，他的朋友某某学者来访，发表了一通独到的见解：一切疾病，不外是祖先的罪恶与自身罪恶导致的结果。学者似乎对此做过很多研究，有一套条理清晰、逻辑井然的高论。可怜我家主人，完全不具备反驳此说的头脑与学识，但他似乎觉得自己正在承受着胃病之苦，至少得辩解几句，以便保全自己的面子。便反驳道：

"你的说法倒很有趣。不过，那位卡莱尔[1]也曾害过胃病哟！"话外之意是，既然卡莱尔害过胃病，那么，我害胃病也挺光荣。这话说得很不对头。于是，那位朋友断然驳斥道：

"虽然卡莱尔也害过胃病，但害胃病的人，未必都能成为卡莱尔。"

---

[1] 托马斯·卡莱尔（1795—1881），是苏格兰的评论家、讽刺作家和历史学家，曾就读于爱丁堡大学，著有《法国革命》等。

主人无言以对。尽管他的虚荣心那么强，实际上还是不愿意有胃病。说什么“今后就每天晚上喝酒”，真是有点滑稽。说起来，他今早吃了那么多煮年糕，说不定正是由于昨晚同寒月君交杯换盏的缘故呢。连我都想吃年糕了。

咱虽说是猫，却不挑食。因为，我既没有车夫家老黑那样跑到街里的鱼铺那么远的勇气，也没有巷子里二弦琴师傅家三毛姑娘那样娇贵的身份。因此，我没什么忌口的，吃小孩吃剩的面包渣，也舔几口糕点的馅。酱菜虽说很难下咽，可为了体验，也曾吃过两片腌萝卜。这吃的东西很是奇妙，往往吃进嘴里后，感觉还都可以吃下去。这也不爱吃，那也不爱吃，纯粹是任性、摆阔。但这毕竟不是寄身于教师家的猫儿应该说的话。据主人说，法国有一个名叫巴尔扎克的小说家，是个极奢侈的人。当然，并不是说他在饮食上多么奢侈，而是说他不愧是小说家，写文章极其讲究。有一天，他想给自己写的小说中人物起个名字。起了好多个，却都不中意。这时一个朋友来玩，便一同出去散步。朋友不知道是怎么回事就一同出去了。而巴尔扎克想顺便找寻一个自己一直苦苦思索的作品中人物的名字。因此，走在大街上，他一心只注意观看商店的招牌，但依然找不到称心的人物名字。他领着朋友到处乱走，朋友也糊里糊涂地跟着他乱走。他们就这样从早走到晚，走遍了整个巴黎。归途中，巴尔扎克偶然发现一家裁缝铺的招牌，招牌上写着店名：“Marcus”。巴尔扎克拍手叫道：

“就是它！就是它！就要它了！‘Marcus’真是个好名字啊！‘Marcus’前边再加上个‘Z’字头，就成了个无可挑剔的名字。必须加‘Z’字。‘Z.Marcus’这名字实在太好了。自己起的名字，尽管自认为起得漂亮，可总觉得有点做作，没什么意趣。但这回总算找到了可心的名字了。”

他完全忘却陪他受了一天累的朋友，兀自欣喜若狂。不过，只是为了给小说中的人物起个名字，便一整天在巴黎游走，未免也太奢侈了。不过，能够奢侈到这种程度也不错，只是像我这样有个牡蛎式主人的猫，可就不敢有此奢望了。不管什么吃的，能填饱肚子就行，这样想得开恐怕也是环境使然吧！因此，现在想吃年糕，绝非贪嘴的结果，而是出于“趁着什么都愿意吃的时候赶紧吃”的考虑，我突然想起主人吃剩的年糕也许还放在厨房里呢，于是向厨房走去。

今天早晨见过的那块年糕还在原地，还是早晨见过的那种颜色。坦率地说，年糕这玩意儿，咱至今还没有品尝过呢。看上去好像很香，又好像很吓人。我伸出前爪，将表面的菜叶扒拉下来。一瞧爪子，粘了一层年糕皮，黏糊糊的，再一闻，就像把锅底的米饭盛进饭桶里时散发出的那种香味。我向四周扫了一眼，心里犹豫着吃还是不吃？不知是走运，还是倒霉，连个人影都不见。无论是岁末还是新春，女仆总是一副面无表情的样子在外面打羽板球。小孩子们在里间唱着：“小兔，小兔，你在说什么？”若想吃，趁现在，如果坐失良机，直到明年也尝不到年糕是什么滋味了。刹那间，我虽说是猫，却也悟出一条真理：难得的机缘，会驱使所有动物做出他们不喜欢做的事来。

其实，我并不是那么想吃年糕。相反，越是仔细看它躺在碗底的样子，越觉得吓人，已经不太想吃了。这时，假如女仆拉开厨房门，或是听见房间里的孩子们向这边走来，我就会毫不惋惜地放弃吃年糕的，而且直到明年，再也想不起年糕的事了。然而，一个人也没来。不管我怎么纠结、犹豫，也不见一个人进来。我感觉有个声音在催促自己：“还不快吃！还不快吃！”我一边盯住碗底一边想：要是现在有人进来就好了。可是，终于没有人来。结果我不得不吃年糕了。于是，我将全身重心压向碗底，一口咬住年糕的一角，咬了足有一寸长。由于使出这么大的力气去咬，按理说，差不多的东西都会被咬断的。然而，令我大吃一惊的是，当我想要把那块年糕咬下来时，却怎么也咬不动。我觉得差不多了想松开牙齿时，却发现拔不出来了。想再咬一口时，嘴巴根本动不了。当我意识到这年糕原来是个怪物时，已经太迟了。宛如陷进泥沼的人越是急于拔出脚来，越是陷得更深一般，我越咬嘴越沉重，牙齿也动不了了。年糕这东西虽有嚼头，但唯其如此，才怎么也摆不平它的。美学家迷亭先生曾评论过我家主人“你是个当断不断的人”，说得太对了。这年糕也像我家主人一样“当断不断”。无论怎样咬它，都像是用十除以三，永远也除不尽。于此烦闷之时，我不觉悟出了第二条真理：所有的动物，都能够直觉到做此事适合与否。

尽管已经发现了两条真理，因被年糕粘住牙，我一点也高兴不起来。牙被年糕牢牢地粘住，就像拔牙一般疼。若不尽快咬断它逃跑的话，女仆可就要来了。孩子们的歌声好像已停，马上就会奔厨房而来。我焦躁至极，将尾巴摇了几圈儿，不见任何效果，将耳朵竖起再垂下，仍是没用。想来，耳朵和尾巴都与年糕毫无关系。也就是说，我意识到了无论怎样晃动尾巴和耳朵都是白费劲，便作罢了。我终于想到，只能靠前爪帮助搞掉年糕。于是我先抬起右爪，在嘴巴周围来回扒拉，可那玩意儿并不是靠扒拉就能除掉的。我又抬起左爪，以嘴巴为中心急速地画了个圆圈儿。靠这般跳大神似的举动，还是摆脱不掉那妖怪。我心想：最重要的是耐心。便左右爪交替着去扒拉。然而，牙齿依然嵌在年糕里。唉，这么交替着扒拉太麻烦，干脆两个爪子一齐上吧！谁知，此时我竟然靠着两只后脚站立起来，仿佛自己已经不是猫了。

不过，到了这种地步，是猫不是猫又有什么意义？我下定决心，要千方百计把年糕这个妖怪打掉，便使出浑身解数，两爪在脸上乱抓乱挠。由于前爪用力过猛，好几次失去重心，险些跌倒。每当快要跌倒时，就必须用后爪保持平衡，故而不能总是站在一个地方不动，于是我在整个厨房里蹦来蹦去。能这么灵巧地站立，连自己也感觉意外。此时第三条真理又蓦地闪现出来：临危之际，能为平日所不能为之事，此谓之“天佑”。

有幸承蒙天佑的我，正在与年糕怪物殊死搏斗之际，忽听传来脚步声，好像有人从屋内走来了。这关键时刻有人来，可不得了，我急于摆脱困境，更起劲地满厨房里绕着圈儿地跳。脚步声越来越近了，啊，真是遗憾，“天佑”还是不太够啊。终于被一个女孩发现了，她高声喊叫：“哎哟，猫吃年糕啦，正在跳舞哪！”第一个听见这话的是女仆。她扔下羽毛毽子和球拍子，叫了一声“哎呀”，便从厨房门跑了进来。女主人穿着有家徽的绉绸和服，说：“哼，这只可恶的猫！”主人也从书房走来，骂道：“这混账东西！”只有两个小孩子叫着：“好玩，好玩！”所有人一齐哈哈大笑起来。我又气恼，又痛苦，可又不能停止蹦跳，真是苦不堪言。好不容易大家渐渐不笑了，那个五岁的小女孩说了一句：“妈呀，这猫也太逗了。”又惹得众人一通狂笑。

我也见识过不少人类缺乏同情心的所作所为，但从来没有感到像此时这般可恨。终于，“天佑”消逝得没有了踪影，我再也站不住了，恢复了猫族四肢着地的原形，倒在地上直翻白眼，丑态百出。

还是主人不忍心看着我这么死掉，便命女仆：“给它把年糕弄下来！”

女仆瞧了女主人一眼，似乎是说：“应该叫它再跳一会儿。”

虽然女主人也想看我跳舞，但并不想眼看着我憋死，便没有作声。

“再不弄下来它就没命啦。快点！”

主人又回头瞪了女仆一眼。女仆就像做梦吃了一半宴席，却被人叫醒了似的，绷着脸，揪住年糕，用力一拽。我虽然不是寒月君，可也担心门牙全被她揪断。不是疼不疼的问题，已经死死嵌入年糕里的牙齿，被她这么狠巴巴地一揪，哪里受得了啊？我又体验到了第四条真理：凡世间安乐，皆须经由困苦而获得。

当我睁开眼睛，四下观瞧时，所有人都已回了房间。

刚刚遭此沉痛打击，实在没脸继续待在家里面对女仆之流。索性去拜访胡同里的二弦琴师傅家的三毛姑娘，散散心吧！于是，我从厨房去了后院。

三毛姑娘可是这一带有名的美女。别看我是一介贫猫，也粗通男女之情。在家里每当见到主人闷闷不乐，或是遭到女仆欺负而心里憋屈时，我必定去拜访这位红颜知己，跟她聊聊天，不知不觉便心情舒畅起来，一切忧烦痛苦，都忘得无影无踪，仿佛获得了新的生命。这么说来，女人的作用可谓大焉。

不知她是否在家，我从杉树篱笆的空隙往院子里扫视。正值正月，只见三毛姑娘正戴着新项圈，优雅地端坐在檐廊上。她脊背的弧形曲线，优美得无法描述、可谓极尽曲线之美。她卷曲的尾巴、弯曲的腿、沉浸于忧思中微微耸动耳朵的神情，我实在描述不出来。尤其是她那么仪态万方地坐在阳光和煦的地方，即便姿态非常端庄安静，但那一身柔滑得赛过天鹅绒的皮毛，反射着春日阳光，无风时也会自然地颤动。我看得着迷，好一会儿才清醒过来。

“三毛姑娘！三毛姑娘！”我边喊边挥动前腿，向她问候。

“哟，是先生来了！”

三毛姑娘走下檐廊，红项圈上的铃铛丁零丁零地响着。啊，到了正月，她连铃铛都戴上了。声音真好听。我正感叹呢，三毛姑娘已经来到我身旁，将尾巴向左一晃，说：“哟，是先生啊，恭喜新年！”

我们猫族互道问候时，将尾巴像木棒一样竖起来，然后向左晃一圈。在这条街上，称呼我“先生”的，只有三毛姑娘一个。上回里已经交代过，我还没有名字，但因住在教师家，所以好歹有个三毛姑娘敬重我，总是称我为“先生”。被尊称“先生”，我也不反感，一向是坦然答应。

“哎呀，恭喜新年啊！你打扮得真漂亮啊！”

“是啊！这是去年年底师傅给我买的。漂亮吧？”三毛姑娘将铃铛摇得丁零直响。

“音色的确很美。长这么大，我还不曾见过这么漂亮的铃铛呢。”

“看您说的。大家不是都有吗？”她又丁零丁零地晃动着铃铛说，“好听吧？我开心极了！”然后又不停地摇晃着。

“看来，你家师傅非常喜欢你啦！”

与自身境遇相比，我不由流露出羡慕之意。三毛姑娘笑了，非常天真地说：

“还真是。师傅对我就像亲生女儿一样。”纵然是猫，也不见得不会笑。如果人类以为除了他们以外没有会笑的动物，那就错了。不过，我们猫族笑的时候是将鼻孔耸成三角形，喉结咕噜咕噜地颤动，人类自然不知道。

“你家主人是什么人啊？”

“哟，什么我家主人，听着好别扭。她是一位师傅呀。是演奏二弦琴的师傅啊。”

“这，我倒是知道的。我是问她的身世如何。大概从前是一位很高贵的人吧？”

“是的。”

小松公主日日盼君来……

隔扇里面，师傅弹起了二弦琴。

“琴声好听吧？”三毛姑娘自豪地说。

“好像很好听，可是我听不懂。到底是什么曲子？”

“哟，我记不清那支曲子叫什么了。是师傅特别喜欢的……师傅都六十二岁啦，身子骨多结实啊。”

六十二岁还活着，不能不说身子骨很结实。我便敷衍了一句“是啊”。这回答虽有些蠢，但是，既然想不出其他妙语，那只好如此。

“虽然现在靠教授琴曲度日，可师傅常说她出身名门呢。”

“哦，她是什么出身？”

“据说是天璋院[1]的御祐笔[2]的妹妹的婆婆的外甥的女儿……”

“什么？”

“天璋院的御祐笔的妹妹的……”

“原来是这样，等一等！是天璋院的妹妹的……”

“哟，不对。是天璋院的御祐笔的妹妹的……”

“好，知道了。是天璋院的……”

“对。”

“是御祐笔吧？”

[1] 天璋院女道士（1835—1883），即笃姬，原名源笃子，后改名敬子，萨摩藩同门的岛津忠刚之女。嫁给德川家第十三代将军德川家定，家定死后出家，佛门名为天璋院。

[2] 相当于在皇家供职的文书。

“对呀。”

“出嫁后的……”

“是他妹妹出嫁后。”

“对，对，我说错了。是妹妹出嫁的夫君家的。”

“婆婆的外甥的女儿。”

“是婆婆的外甥的女儿吗？”

“对。知道了吧？”

“还是记不住，这么一大串，太乱了。到底是天璋院的什么人呢？”

“你可真是不够灵光啊！天璋院的御祐笔的妹妹的婆婆的外甥的女儿，刚才不是已经说过了吗？”

“这些我都明白呀，只是……”

“只要明白这些就可以啦。”

“是啊！”

没有办法，只好服输。我们猫儿有些时候不得不说些强词夺理的违心话。

隔扇里面的二弦琴声戛然而止，传来了师傅的呼唤。

“三毛，三毛，吃饭啦！”

三毛姑娘笑着说：“哟，师傅叫我呢，我得回去了。可以吗？”我当然不能说不可以。“以后有空来玩吧。”她丁零丁零响一串铃声地跑到院前去了，但很快又折了回来，担心地问道：

“你的面色很不好啊，没有哪里不舒服吧？”

由于吃年糕跳舞这话我说不出口，便回答三毛姑娘：“没什么不舒服的，只是思考问题一多，就觉得头疼。我想，跟你说说话，也许就不头疼了，所以今天来找你的。”

“是吗，那就请多保重了。再见！”三毛姑娘显得有点依依不舍。

就这样，吃年糕的阴影得以驱散，我心情舒畅了。回家时，我想穿过那个茶树园，便踏着已开始融化的霜柱，从篱笆墙的破口中探头一看，又是车夫家的老黑正待在枯菊上弓着背打哈欠呢。近来虽说我不会一见老黑就吓得哆嗦，却懒得跟他搭讪，便假装没看见走过去。但是，以老黑的脾气，若是认定别人轻慢了他，是绝对不会沉默的。

“喂！你这个没名的野小子，最近怎么目中无人起来啦。就算是吃教师家的饭，也用不着那么傲慢呀。竟敢不搭理老子！”

看样子老黑还不知道我已经小有名气了。我很想知会他一声，又觉得他是个不知高低的主儿，还是寒暄几句之后，尽早躲开为上。

“噢，是老黑哥呀，恭贺新年！您真是风采依旧啊！”

我竖起尾巴，向左绕了一圈。老黑只竖起尾巴，没有还礼。

“恭贺什么呀！正月拜年的话，那你这傻小子，一年到头都得拜年啦[1]。当心着点儿，你这个拉风箱的丑八怪！”

听他最后这句很像是骂人的话，可是我搞不懂是什么意思。

“请问‘拉风箱的丑八怪’是什么意思？”

“哼！臭小子，挨了骂，居然还问人家是什么意思。所以才说你是个榆木疙瘩脑袋！”

“榆木疙瘩”这个词挺诗意的，至于其含意，比“拉风箱的”更令人费解了。本想问一问，又一想，即使问他，也得不到明确解答的，便站在老黑面前，相对无言。这时，忽听老黑家的车夫老婆大声嚷道：“哎呀，放在橱柜上的鲑鱼怎么不见啦。坏了！肯定又是那个畜生老黑给叼走啦。

[1] “拜年”这个词在日语里有双重意思，除了喜庆的意思之外，还有傻瓜之意。

真是个挨千刀的死猫！等他回来，看我怎么收拾他！”

这叫骂声毫不留情地震撼着初春悠长的空气，将高雅的“风不鸣枝，太平盛世”[1]给弄得俗不可耐。

老黑摆出一副蛮横的样子，仿佛在说：“想嚷嚷，就随她嚷嚷好了！”他将方下巴往前一伸，朝我示意“你听见了吧”。

我只顾跟老黑应对，一直没注意，这时低头一瞧，看见老黑脚下有一块值二厘三分钱[2]的沾满了泥土的鲑鱼骨头。我忘了刚才的不快对话，不由自主地逢迎了一句：“老哥真是威风不减当年哟！”

老黑可不会因为这么一句恭维就消气的。

“什么威风不减当年？你这个浑蛋！搞一两块鲑鱼算什么‘不减当年’啊？这不是狗眼看人低吗？别忘了老子可是车夫家的老黑噢！”他说着伸出前爪倒着够到肩头——相当于人类撸胳膊挽袖子。

“我早就知道您是老黑哥呀。”

“既然知道，还瞎说什么‘威风不减当年’，什么意思呀？”

他仍然不依不饶地训斥。换作人类的话，就相当于被他揪住胸襟揍一顿。看情形不太妙，我有些胆寒，就在这时，老黑家女主人又大声喊道。

“西川先生！喂！西川先生，我叫你呢，我有事找你。请你立刻给我送一斤牛肉来吧。好吗，听明白了吗？要一斤嫩点的好牛肉啊。”她买牛肉的声音，打破了街坊四邻的安静。

“哼！一年才买一次牛肉，还那么大声嚷嚷个啥，一斤牛肉也要向左邻右舍炫耀一番，所以说是个不要脸的臭婆娘呢！”

---

[1] 谣曲《高砂》中的一句唱词。

[2] 明治时期的货币名称。

老黑边嘲笑，边站了起来。我没法插话，便默默地瞧着。

“才一斤牛肉，哪够老子吃啊！也罢，只等肉一送来，马上把它吃掉！”听老黑说话的口气，就好像那一斤牛肉是专给他买的似的。

我想让他赶快回家，便说：“这回可是一顿大餐啦。不赖，不赖！”

“你懂个屁。给我闭嘴！烦死人！”说着，他突然用后爪刨起冰碴，扬了我一脑袋，我吓了一跳，正抖落身上的泥土时，老黑已经从篱笆底下钻出去，跑没影了。大概是奔着西川家的牛肉去了。

回到家里一看，客厅里少见的春意盎然。就连主人的笑声，都比往日爽朗多了。我很纳闷儿，便从敞着门的檐廊跳了上去，走近主人身旁一瞧，原来来了一位陌生的客人。此人留着小分头，穿着带家徽的布卦，下配小仓布[1]的裙裤，一副极其规矩的斯文人打扮。我看见主人的手炉旁，与春庆漆[2]的烟盒并排放着一张名片，上写：“兹介绍越智东风君前去贵府拜访，水岛寒月。”由此，我知道了客人的名字，也知道了他是寒月先生的朋友。尽管我刚刚进屋，对他们谈话的内容不大清楚，但也猜得出，好像与我上次介绍过的那位美学家迷亭先生有关。

“迷亭先生说，想到个有意趣的事，一定要我随他一同前往。所以……”来客慢条斯理地说道。

“什么？他是说去西餐馆吃午餐有意趣吗？”主人说着，给客人茶杯里续满了茶，推到客人面前。

“那个嘛……他所说的有意趣，当时我也不大明白。不过，他那个

---

[1] 小仓是日本古时福冈县境内的一个市，现在已废除。据说由于小仓布细密结实，德川家康猎鹰时穿着小仓布，子弹打不透，因而受到武士喜爱，小仓布裙裤和腰带以产布而驰名天下。

[2] 因古代漆匠春庆而得名。

人总喜欢搞新花样，想必又有什么点子了……”

“这么说，一起去了？”

“不过，还真是出乎意料啊。”

主人“啪”地拍了一下趴在主人膝头的我的脑袋，像是在说：“这回领教了吧？”脑袋有点疼。

“肯定又是捉弄人玩儿吧？那家伙就好干这个。”主人立刻想起了意大利画家安德利亚的故事。

“嘿嘿，他问我‘你想不想吃点特殊的东西啊？’”

“吃了什么？”主人问。

“他先看着菜单，乱七八糟地扯了半天各种菜肴。”

“在点菜之前吗？”

“是的。”

“后来呢？”

“后来他皱着眉头望着服务生说：‘怎么都是老一套，没有新鲜点的菜吗？’服务生不服气，问道：‘有野鸭胸脯肉和小牛排，可以吗？’迷亭先生说：‘专门来此，难道是吃这些俗调吗？’服务生不解俗调为何意，苦着脸，不再言语。”

“可不是吗。”

“后来，迷亭先生对我说，到了法国或英国，随处都能吃到‘天明调’[1]，或‘万叶调’[2]。可是在日本，无论去哪个西餐馆都是这一套！真不想进西餐馆了。口气可大了。对了，他曾去过外国吗？”

---

[1] 天明调：安永·天明年间（1772—1789），与谢芜村、加藤晓台、三浦樗良等倡导的回归蕉风的俳风，崇尚客观写实的风格。

[2] 万叶调：指古代和歌集《万叶集》古朴、雄浑的风格。此处均为开玩笑。

“什么？迷亭何曾去过外国啊！当然了他有钱，又有闲，几时想去都是可以去的。他大概是把今后想去国外，说成是已经去了，拿人家开心吧。”主人自以为说得很诙谐，先呵呵笑了。客人却毫无赞佩之意。

“是吗？我还以为他什么时候出国了，不由得恭敬地聆听。而且他仿佛亲眼所见似的，活灵活现地描绘起什么煮鼻涕虫呀、炖青蛙来了。”

“他大概是从谁那儿听来的吧？他可是个相当知名的胡扯行家哟！”

“看来真是这样。”客人的目光投向花瓶里的水仙，脸上露出不无遗憾的神色。

“那么，这就是他所谓的意趣喽？”主人紧追不舍。

“哪里，这只是个开头，好戏还在后头呢！”

“哦。”主人发出了好奇的感叹。

东风接着说下去：“后来迷亭先生对我说：‘煮鼻涕虫、炖青蛙之类，纵然想吃恐怕也吃不到的。咱们就将就着吃点橡面坊丸子[1]如何？’因为他是在和我商量，我便随口答应：‘好啊！’”

“嘿！橡面坊？真是搞笑啊。”

“是啊，太搞笑啦！不过，迷亭先生说得很认真，我一时没有反应过来！”客人仿佛在向主人检讨自己的粗心大意似的。

“后来怎么样？”主人满不在乎地问，对于客人的检讨没有表现出丝毫同情。

“接着，他喊服务生：‘喂，拿两份橡面坊丸子来！’服务生问道：

---

[1] 橡面坊丸子，橡面坊，即安藤橡面坊（1869—1914）。日本派俳人、记者。本名炼三郎。由于牛肉洋葱丸子的语序稍一变动，与橡面坊丸子谐音，迷亭借此调侃侍者。

‘是牛肉洋葱丸子吗？’迷亭更加一本正经地订正说：‘不是牛肉洋葱丸子，是橡面坊丸子。’”“那么，真有橡面坊丸子这么一道菜吗？”“当时我也觉得有点怀疑。可是迷亭先生却十分沉着，何况又是那么一位西洋通，再加上我当时完全相信他去过外国，便为他帮腔，告诉服务生说：‘就是橡面坊丸子，橡面坊丸子！’”

“服务生怎么说？”

“服务生嘛，现在想来，真是滑稽，他想了一会儿，说：‘非常对不起，今天不巧，没有橡面坊丸子。若是牛肉洋葱丸子，倒能做出两份。’迷亭露出非常遗憾的样子说：‘……特意跑到这儿来吃的，不就白来一趟了吗。难道不能想想办法弄两盘给我们吗？’他交给服务生两角银币。服务生说：‘那我去和厨师商量一下吧！’就进后厨去了。”

“看来，他非常想吃橡面坊丸子喽。”

“不多时，服务生走来说：‘实在不巧。您若点这个菜，可以给您做。不过，时间要长一点。’迷亭先生沉着地说：‘反正是正月，我们也闲来无事，那就稍候片刻，吃了再走吧！’他边说边从怀里取出雪茄，抽起烟来。我也只好从怀里掏出《日本新闻》来读。这时服务生又进后厨商量去了。”

“吃顿饭还挺麻烦！”主人像是看战地快讯似的，把椅子往对方跟前拉了拉。

“然后，服务生又从后厨走了出来，很抱歉似的说：‘近来橡面坊丸子的材料断档，即使去龟屋和横滨十五番的西洋食品店，也买不到。所以，不好意思，眼下不能提供这个菜……’‘这可真是的！好不容易来一趟。’由于迷亭先生一边看着我，一边反复叨叨，我也不好沉默，便帮腔说：‘太遗憾啦！遗憾极了！’”

“有道理。”主人也赞同地说。到底什么“有道理”，我可就不明白了。

“于是，服务生也觉得很抱歉，便说：‘等过几日进了材料，再请各位先生赏光。’迷亭先生问他想用什么做材料？服务生嘿嘿嘿嘿地只是笑，并不回答。迷亭叮问：‘材料是日本派[1]的俳人吧？’服务生说：‘您说的是。正因为是那个材料，所以，近来去横滨也没有买到，实在对不起了。’”

“啊哈哈哈……原来包袱在这儿呢。太有趣了！”主人罕见地放声大笑，双膝剧烈颤抖，我险些摔下去。可主人还满不在乎地大笑不止。看来，主人一听说深受安德利亚之害的不止他一个，突然心情变得大好。

“后来，我二人走出西餐馆，迷亭先生十分得意地说：‘怎么样，老弟，很开心吧？橡面坊丸子这个笑料用得有意思吧？’我说：‘敬佩之至。’然后就分手了。结果推后了午饭时间，肚子饿得受不住了。”

“难为你啦！”主人这才表示同情。对此，我也并无异议。谈话暂时中断，我的喉咙发出咕噜噜的响声，传进主客二人的耳朵里。

东风君端起放凉了的茶，一口喝干，郑重其事地说：

“其实，今日登门造访，是有事求先生帮忙。”

“噢，有何贵干？”主人也不弱于对方，故作一本正经地回道。

“您知道，我爱好文学和美术……”

---

[1] 日本派：指诗人正冈子规以《日本》报为阵地发表诗作的俳句诗人们。正冈子规通过报刊掀起俳句革新俳风，提倡写生，被称为“日本派”。成员有高浜虚子、河东碧梧桐、内藤鸣雪、五百木飘亭等人。此外子规的门生有橡面坊还有上面提到的安藤橡面坊。夏目漱石自己也是日本派俳人。

"那很好哇！"主人顺嘴打哈哈。

"前几天，一些同人聚在一起，创立了朗诵会，每月聚会一次，打算今后继续进行这方面的研究。第一次聚会，已经在去年年末举行过了。"

"请问，所谓朗诵会，听起来似乎是抑扬顿挫地朗读诗文之类。究竟是怎样进行的呢？"

"先从朗读古典诗起步，以后还打算朗诵同人的作品。"

"说到古典诗，譬如白乐天的《琵琶行》之类的吗？"

"不是。"

"那么，是与谢芜村[1]的《春风马堤曲》之类吗？"

"不是。"

"那么，朗读些什么？"

"上一次朗诵了近松[2]的殉情之作。"

"'近松'？是那个'净琉璃'[3]的近松吗？"

没有第二个近松。只要一提起近松，肯定是戏曲家近松，可主人还要问，我觉得真够愚蠢的。主人并未察觉，还在亲切地抚摸我的头。这世上就是有一种自作多情的人，遇见个眼睛斜视的人，就以为是看上他

---

[1] 与谢芜村（1716—1783），大阪人，本姓谷口，江户中期著名俳句诗人兼南画大家。他的《悼念北寿老仙》（1745）和《春风马堤曲》（1777）被视为一种自由诗式的韵文作品，为日本近代新体诗的先声。

[2] 近松门左卫门（1653—1725），日本江户时代中期净琉璃和歌舞伎剧作家。原名杉森信盛，号平安堂、巢林子，越前人。近松门左卫门是他的笔名。共创作净琉璃剧本110余部、歌舞伎剧本28部。代表作有《国姓爷合战》《曾根崎殉情》等。

[3] 净琉璃，日本民间曲艺又名"义大夫调"。元禄时期，竹本义大夫将流行各地的曲调集其大成，与近松门左卫门共同创建了"人形净琉璃"这种新型民族戏曲。后出现了人形净琉璃。

了。相比之下，主人这点差错哪里值得大惊小怪啊。于是乎我也就不动声色，任他抚摩。

“是的。”东风君应了一声，便观察主人的面色。

“那么，是由一个人朗诵呢，还是分配角色呢？”

“是分配角色，大家共同朗读的。这么做，旨在尽可能对剧中人物抱有感情，展现人物个性，并加上手势和身体语言。对白首先要逼真地表现出那个时代的人物特征。无论是小姐还是小伙计，都要演得非常逼真。”

“那么，这不是和演戏一样了吗？”

“是的。区别只是不穿戏装，没有布景。”

“冒昧地问一句，进行得顺利吗？”

“还好，我想，作为第一次算是成功了。”

“那么，你所说的前几天表演的殉情之作……”

“那个演的是船老大载着客人去吉原[1]那一段……”

“真是不简单呀！”主人不愧是教师，微微歪了一下头，从鼻孔里喷出的“日出”牌香烟的烟雾掠过耳际，飘过脸颊。

“哪里，也没什么太难的。登场人物不过是嫖客、船夫、花魁、女侍、老鸨、拉皮条的。”东风君满不在乎地说着。但是，主人听到“花魁”二字，微微不悦。他对于女侍、老鸨、拉皮条的这些行话，似乎不甚了解，便提问：“所谓女侍，指的是娼家婢女吧？”

“我还没有仔细研究过，不过，女侍指的是茶屋的女佣；而老鸨，

[1] 吉原，位于东京都台东区，江户时代公开允许的妓院区，是日本第一花柳街。1956 年颁布了《卖春防止法》后被废止。江户（现东京）的烟花巷。

大概是妓女卧房里的女佣吧！”东风君刚才还自信地说什么要模仿人物的腔调，演得逼真，可他对于女侍、老鸨等人的特点好像还不大了解。

“不错，女侍是属于茶屋的女子，老鸨是栖身于娼家的女人。至于拉皮条的，究竟指的是人，还是特定场所？如果是人，是男人还是女人呢？”

“我想，拉皮条的大概指的是男人。”

“那么掌管什么事呢？”

“这个，我还没有研究到那么细的程度。回头我了解一下！”

我猜想，像他们这样一问三不知，还在一起对台词呢，想必那天一定是笑料百出的，我仰头瞅了瞅主人，没想到，主人竟格外地严肃。

“那么，朗诵者除你之外，还有些什么人出场？”

“各种人物都有。花魁是法学士K君扮演的，他蓄着小胡子，模仿女人娇滴滴的声音说台词，笑死人了！而且有一个情节，花魁突然腹痛起来，所以……”

“朗诵时也要表现出腹痛的样子吗？”主人担心地问。

“是的。表情很重要。”东风君摆出一副艺术家的派头。

“那么，腹痛要演得逼真吗？”主人问了句妙语。

“这腹痛，第一次演的确有点难度啊。”东风也回了句妙语。

“那么，你扮演的是什么角色？”主人问道。

“我扮演船老大。”

“怎么？你扮演船老大？”主人的意思是说，你若能扮演船老大，那我也能扮演花街拉皮条的了。

过了片刻，主人不客气地说：“你这个船老大演得很辛苦吧？”

东风并没有生气，仍然用平静的口吻说：“就是因为扮演船老大，好容易召开的朗读会，也虎头蛇尾地散场了。原来，会场隔壁住了四五个女学生。不知她们从哪里探得消息，知道当天有文艺朗诵会，就到窗根来偷听。我模仿船老大说话的声音，好不容易进入了角色，满以为这样演没问题，正演得起劲儿呢……大概是动作太过火了吧，一直憋着笑偷听的女学生们哈哈大笑起来。结果我又是吃惊，又是窘迫，心情受到影响，怎么也进入不了状态了，只好就此散了会。”

号称第一次很成功的朗诵会竟然如此，那么，失败的话将是何等景象呢，这么一想叫人憋不住想笑。我的喉咙里又不由得呼噜呼噜作响，主人更加温柔地抚摩我的头。嘲笑别人却受到爱抚，虽是幸运，也有些可怕。

“这可不太顺哪！”大正月的，主人竟说出不吉利的话来。

“我今天正是为了这件事才来拜访您的。想从第二次起，把会开得更加盛大。我们想请您也入会，助我们一臂之力……”

“我可不会表演什么腹痛呀！”一向消极的主人立刻谢绝。

“哪里，您完全不用表演腹痛！这是赞助者花名册……”说着，他打开紫色包袱皮，小心翼翼地拿出一个小菊版的本子，翻开后，摆在主人面前。“请在这上面签名盖章。”

我一瞧，上面工工整整地写了很多当今文人学者的名字。

“啊，当赞助人没什么不可以的，只是，要承担什么义务吗？”牡蛎先生显得有些放心不下。

“要说义务嘛，倒也没什么非要您做的事情。只要签上您的大名，表示赞成就可以了。”

“既然如此，我就入会。”一听说不承担什么义务，主人立刻变得轻松了。脸上显露出只要不负什么责任，即使是造反宣言书也敢签上名字的神色。加之自己的名字能够进入那么多著名学者的名单里，对于从不曾有过如此际遇的主人来说，亦是无上的光荣，难怪他回答得那么干脆。

“请稍等！”主人说着，站起身去书房取印章，“咕咚”一声，我被摔在榻榻米上。

东风拿起一块点心盘里的蛋糕，整个塞进嘴里，费劲地咀嚼着，似乎噎得难受，这使我想起了早晨的年糕事件。

主人从书房取来印章时，蛋糕已经平安落入东风君的胃里。主人似乎并未察觉盘里的蛋糕少了一块。假如觉察的话，第一个被怀疑的对象肯定是我了。

东风先生走后，主人走进书房，往桌上一看，不知何时，迷亭先生寄来了一封信。

“恭祝新年吉祥……”

这么恭敬，真是太阳从西边出来了，主人心想。因为迷亭君写信从来没有一封是严肃的。前些时甚至来了这么一封信：

“尔后既无眷恋之女子，亦无佳人写来情书，暂且得以安然消磨时光，敬请释怀为念。”

与这类书信相比，刚来的这个贺年片，要正经多了。

“本当登门拜贺，只因愚弟与仁兄消极处事姿态相佐，拟竭力采取积极方针，迎接此千古难遇之新春[1]，故连日忙碌，应接不暇，还望吾兄体谅……”

可不是啊，主人暗自点头，像迷亭这样的人，正月里不可能不忙于四处游乐。

---

[1] 明治三十八年一月一日（1905），因旅顺陷落（日俄战争）而举国欢腾的新年。

"昨日忙里偷闲，本打算请东风君品尝'橡面坊丸子'，不巧材料告罄，未能如意，甚感遗憾……"

马上就要露出原形了，主人暗自微笑。

"明日要赴某男爵的和歌纸牌赛[1]，后日有美学学会之新年宴请，大后日有鸟部教授欢迎会，大大后日……"

"烦人。"主人跳过去往下看。

"如上所述，近日谣曲会、俳句会、短歌会、新体诗会等，接二连三，分身无术，无奈之下，谨以此新年贺信代行趋拜之礼，切望见谅，叩请海涵……"

"根本没有必要来！"主人对信答曰。

"如拨冗驾临寒舍，切盼与兄共进晚餐，一叙久违之情。寒厨虽无珍馐美味，或可以'橡面坊丸子'待客，现正斟酌之中……"

迷亭又拿"橡面坊丸子"招摇撞骗了，真是失礼！主人有些不悦。

"但因近日'橡面坊丸子'材料售罄，恐不能如愿，故而届时或将请仁兄品尝珍馐孔雀舌……"

简直是左右逢源，主人心想，忽然对下文有了兴趣。

"如仁兄所知，孔雀之舌尚不及小指一半大。故而倘若要填充健啖之仁兄之胃囊……"

"胡说八道！"主人不屑一顾地驳斥道。

"窃以为非捕获二三十只孔雀不可。然而虽在动物园与浅草花屋敷[2]偶尔见过孔雀，于市井鸟店等处却难寻觅其踪迹，愚弟为此实乃费

---

[1] 一种日本式纸牌，纸牌上分别写着《百人一首》中的和歌的上下半句。玩法是，由一人吟诵某和歌的上句，参赛者迅速抢到对应的下半句纸牌，得牌多的人获胜。

[2] 东京都台东区浅草寺附近的游园地。

尽苦心……”

主人心想：还不是你自找的吗！毫无感谢之意。

“此孔雀舌珍肴，于昔日罗马鼎盛时期曾风靡一时，愚弟亦向往其极尽奢华风流之美，垂涎已久，还望体谅一二……”

“体谅什么？真是个蠢货！”主人颇为冷淡。

“到了十六七世纪，孔雀已成为宴席不可或缺之珍馐，孔雀宴遍及整个欧洲。记得莱斯特伯爵[1]于凯尼尔沃思城堡[2]宴请伊丽莎白女皇[3]时，亦出现过孔雀料理。著名画家伦勃朗[4]所绘《飨宴图》中，亦有开屏之孔雀横陈于餐桌之上……”

主人愤愤然道：“既然有闲心写什么孔雀菜谱史，可见并非忙得不可开交。”

“总之，如近日这般宴饮频繁，愚弟即使健壮如牛，想必不久的将来，亦会跟仁兄一样患上胃病也……”

主人喃喃自语：“什么跟仁兄一样？废话连篇。何必要跟我攀比！”

“据史学家研究，罗马人每日赴宴二三次之多。倘若一日二三餐，

---

[1] 莱斯特伯爵（1533—1588），即罗伯特·达德利。英格兰女王伊丽莎白一世的宠臣和情人，很可能是她的情夫。

[2] 凯尼尔沃思城堡，中世纪城堡风格。位于英格兰沃里克郡沃里克区一教区和城镇。是英格兰最壮观的城堡之一，始建于1120年，距今已经900年。

[3] 伊丽莎白一世（1533—1603），名叫伊丽莎白·都铎，是都铎王朝最后一位君主，英格兰与爱尔兰的女王（1558年11月17日—1603年3月24日在位）。在其统率下，英国击败西班牙的无敌舰队，取得制海权，国威大振。伊丽莎白一世在位时期，出现了莎士比亚、培根等著名作家，被称为“黄金时代”。

[4] 伦勃朗·哈尔曼松·凡·莱因（1606—1669），欧洲17世纪最伟大的画家之一，也是荷兰历史上最伟大的画家。擅长肖像画、风景画、风俗画、宗教画、历史画等。在油画和版画创作中，伦勃朗展现了他对古典意象的完美把握，同时加入了他自身的经验和观察。正由于这种感同身受的力量，他被称为“文明的先知”。

面对满桌美味佳肴，纵令无比健胃之士，亦会消化机能失调，跟仁兄……”

“又是‘跟仁兄一样’，不像话！”

“然而，为使奢侈与健康两立，他们经过一番钻研，认为有必要在大量摄取美味之同时，保持肠胃之常态。为此，发明了一个诀窍……”

“什么诀窍呢？”主人顿时来了兴致。

“他们饭后必定入浴。入浴后用一种方法呕吐出浴前吃下之食物，以清扫肠胃。肠胃既奏清扫之功，而后再就餐，饱尝美味之后再度入浴，再悉数呕之。如此这般，虽尽情享受美味，却丝毫无损于胃肠功能。愚弟以为此诀窍堪称一举两得……”

“不错，果然一举两得。”主人一脸的羡慕。

“二十世纪之今日，交往频繁，宴饮剧增，自不待言。且值此帝国征俄两载之多事之秋，愚弟自信吾等战胜国之国民，当迎来务必效仿罗马人，研究其入浴呕吐术之千载难逢之时机。否则，窃以为虽有幸成为大国之民，不久之将来亦将追随仁兄，沦为胃病患者，深自痛心稽首……”

“又是‘追随仁兄’，真是个气人的家伙！”

“当此之时，窃以为，吾国之精通西洋文明者，如能考证西方之古史传说，发掘失传已久之秘方，使之应用于日本明治之世，则可收到防患于未然之功德，以报效平素尽享逸乐之君恩也……”

“莫名其妙。”主人觉得有些费解。

“因此，近来虽广为涉猎吉本、蒙森[1]、斯密斯诸家之著述，均未见所需线索，不胜遗憾之至。然而如仁兄所知，愚弟一旦起念，不获成

---

[1] 西奥多·蒙森（1817—1903），又译为特奥多尔·蒙森，德国古典文学研究家和历史学家，1902年获诺贝尔文学奖。

功决不半途而废，故而坚信复兴呕吐之方，指日可待。一旦发现，必及时告知，请放宽心。因之，前面提及橡面坊丸子以及孔雀舌等珍馐，亦应于上述发现之后实施，如是，于愚弟之便姑且不论，对平日苦于胃病之仁兄亦大为有益。草草不一。”

“哼，还是被他捉弄了。看他写得那么一本正经，竟不知不觉看到了最后。刚到新年，就开这玩笑，这家伙还真是个游手好闲的人呢！”主人边笑边说。

此后四五天平静地过去了。白瓷钵里的水仙花日渐枯萎，而瓶中的绿萼梅却含苞待放。我觉得整日赏花也挺无聊的，曾去拜访了三毛姑娘两次，都没有见到她。起初，我以为她不在家，可第二次去了，才知道她卧病在床。我躲在洗手钵旁的紫兰花丛后面，偷听二弦琴师傅和女仆在纸隔扇后说话。

“三毛吃东西了吗？”

“没有。从早晨到现在一口东西也没有吃呢。我让她躺在火盆旁，暖和暖和。”女仆答道。

哪是在说猫啊，分明是当个人来对待。

拿自己的境遇和三毛姑娘相比，虽不无羡慕，但是，想到心爱的三毛姑娘受到如此厚待，又感到欣慰。

“这可怎么办哪，不吃饭的话，身体会更加衰弱的。”

“是呀，就连我们这些下人，东家一天不给吃饭，第二天就干不动活儿了。”

听女仆这口气，仿佛猫儿比起她这个人来，是更高级的动物。实际上在这户人家，说不定猫的确比女仆更高贵呢。

“带她去看医生了吗？”

“去了。那位医生实在是太可气啦！我抱着三毛到了诊所后，他就问我：‘受了风寒吗？’说着就要给我切脉。我说：‘不是我，是这只猫。’我就把三毛放在了腿上，医生却嘿嘿笑着说：‘猫的病，我也看不了。不用管它，过几天自然会好的。’这也太狠心了吧？我很生气，就说：‘那就不用你费心给她看了！她可是一只珍贵的猫呀！’我把猫抱在怀里，便匆匆地回来了。”

“真是气杀人哟。”

“真是气杀人哟”，这么好听的词语毕竟不是在主人家听得到的，不愧是天障院的什么人的什么人，不然绝对不会说得这么高雅的，好了不得啊。

“三毛好像喉咙嘶嘶啦啦地响……”

“是呀，一定是受了风寒，嗓子疼。一受风，都会咳嗽的……”

不愧是天障院的什么人的什么人的女仆，拿腔拿调地说话。

“而且听说近来有人得了什么肺病呢。”

“可不是吗，听说近来出现了什么肺病、鼠疫之类的新鲜病哪。现在可是半点也不敢大意啊！”

“旧幕府时期没有过的东西，都是很怪异的，所以你也要留神。”

“您说的是。”女仆十分感动。

“虽说是受了风寒，可是她也没怎么出门呀……”

“哪里，您不知道吧，近来它交上了坏朋友啦！”

女仆就像谈论国家机密似的，十分得意。

“坏朋友？”

“是呀！就是临街教师家的那只脏兮兮的公猫呀！”

“那个教师，就是每天早晨乱叫唤的那位吗？”

“没错，就是他。每次洗脸的时候，都发出鹅被勒死般的尖叫，真让人受不了。”

“鹅被勒死般的尖叫”可真是绝妙的比喻。我家主人有个毛病，每天早晨在浴室刷牙时，总是用牙刷往喉咙里捅，肆无忌惮地发出怪声。心情不好的时候，他就扯着嗓子“啊啊”大叫，心情好的时候叫得就更响亮了。总之，不论高兴不高兴，他都无止无休地放声号叫。他婆娘说，搬到这里以前，他并没有这个毛病。可是自从有一天他偶然叫了以后，直到今天，就不曾间断过一天。真是个招人讨厌的毛病，可是为什么对这种事如此坚持不懈，绝非我等猫辈能够明白的。这也就算了，不过居然说我是什么“脏兮兮的猫”，说话也太尖刻了。我支棱起耳朵，继续听下去。

“他那么号叫，兴许是在念什么咒呢。明治以前，从武士的侍从到仆人，都懂得规矩。在宅邸街区，没有一个人像他那样洗脸刷牙的。”

“您说得真对噢。”女仆一味地表示赞同，不停地“噢噢”着。

“有那么个主人的猫，只能算是野猫。下次他再来的话，你就给我揍他！”

“那是当然，不揍他哪行。三毛的病，肯定是他给传染的。我一定要给三毛报仇！”

这可真是无端蒙此不白之冤。看来以后不能轻易去了。我心里害怕，到底也没见到三毛姑娘，便打道回府了。

回家后，看见主人正在书房里握笔沉吟。要是将在二弦琴师傅家偷听到的议论学舌给主人，主人一定会大发雷霆的。俗语说得好，“耳不闻，心不烦”。但见主人正“嗯嗯”地频频点头，自以为是个神圣的诗人。

这时，特地寄来明信片，号称“眼下忙得分身无术，无暇拜访”的迷亭先生竟飘然来访。

“在写新体诗吗？如得佳作，给小弟欣赏一下！”

“噢，我发现了一篇上好文章，正打算翻译过来呢。”主人神色凝重地说。

“文章？谁写的文章？”

“不清楚是谁写的。”

“无名氏的吗？无名氏的作品里也有相当不错的，不可小觑哟！究竟是在哪儿发表的？”

主人不慌不忙地回答：“《第二读本》。”

“《第二读本》？《第二读本》怎么了？”

“我的意思是说，我要翻译的名作登在《第二读本》里呀！”

“开什么玩笑！你是存心找机会报孔雀舌的仇吧？”

主人捻着小胡子，泰然自若地说：“我跟你可不一样，从来不说大话蒙人。”

“我给你讲个故事：从前有人问山阳[1]先生：‘先生，近日有何大作？’山阳先生拿出马夫写的讨债信给对方看，说：‘要说近日大作，当推举此篇了。’所以我想，说不定你的审美还很独到呢。是哪一篇啊？念来听听，我给评判一下。”迷亭的口吻貌似审美行家一般。

主人以禅师诵读大灯国师[2]遗诫的腔调读起来。

“巨人，引力……”

---

[1] 即赖山阳（1780—1832），名襄，字子成，号山阳，又号三十六峰外史。日本江户时代的历史学家、儒学家、诗人，江户末期思想家。

[2] 即宗峰妙超和尚（1282—1337），日本镰仓时代末期临济宗高名僧，一般称呼他为大灯国师。临济宗大德寺开山祖师创始人。

“什么意思啊，哪个巨人？引力？”

“标题是《巨人引力》。”

“这标题怪里怪气的。我可是不懂。”

“这意思是说，有个名叫‘引力’的巨人呗。”

“虽说‘这意思’有点勉强，不过是个标题，就不跟你较真儿了吧！好了，快点念正文吧。你的嗓音还不错，听起来挺有趣的。”

“你可不许乱打岔哟！”主人先叮嘱道，便读了起来。

凯特从窗口向外张望。看到几个小孩儿在抛球玩。他们将球高高地抛向空中。那球越飞越高，过了片刻才落了下来。他们又将球抛上去。一连三次，每次都会落下来。凯特问母亲：“球为什么会落下来？为什么不一直往上飞？”“因为有巨人住在地底下，”母亲回答说，“他是巨人‘引力’。他非常强大，将万物拉向自己这边来，也将房屋拉向地面，不然的话，房子就会飞到天上去，小孩子也会飞起来。你看见过落叶吧？那就是巨人‘引力’召唤它们的。你们的书本掉到地上过吧？那是因为巨人‘引力’叫书本掉下来的。皮球飞上天，巨人‘引力’就会叫它，于是，皮球就掉下来了。”

“讲完了吗？”

“嗯。不错吧？”

“呀，服了老兄啦。真是出其不意，攻其不备哟。原来‘橡面坊丸子’报应在这儿了。”

“什么报应不报应的。因为的确是一篇妙文，我才翻译过来的。莫非贤弟不以为然？”主人盯住对方金边眼镜后面的眼睛，说道。

“太出乎意料啦！万万想不到你也有此等伎俩。这回是彻底被你捉弄了。认输，认输！”

迷亭独自感慨不已，主人却根本不知其所云何意。

“原本没有要你认输的打算啊，只是觉得文章有趣，试译一下罢了。”

“哎呀，太有趣了。再没有比这篇更有趣的了。实在是高啊，甘拜下风！”

“贤弟何须如此谦恭。我近来不想再画水彩画了，倒是想写写文章呢。”

“那岂是远近无别、黑白不分的水彩画能够相提并论的？愚弟不胜钦佩之至！”

“既然得贤弟如此赞赏，愚兄更是信心倍增啦。”主人的回答总是驴唇不对马嘴。

就在此时，寒月君说着“上次失礼了！”走了进来。

“哟，失迎失迎！刚刚拜听了旷世名文，驱除了‘橡面坊丸子’之幽灵。”迷亭的话不知所云。

“啊，是吗？”寒月的回答也稀里糊涂的。

唯有主人淡定如常。他说：“前些天你介绍的越智东风君来过了。”

寒月说：“噢，来过啦？越智东风君是个非常正直的年轻人，只是稍稍有点古怪。我担心会给您添麻烦，可他一定要我把他介绍给您……”

“没添什么麻烦……”

“他来先生家，没有为自己的姓名解释什么吗？”

“没有。好像没有说起。”

“是吗。他有个习惯，不论去哪里，对初次见面的人都要讲解一番自己的姓氏。”

"讲解什么？"唯恐天下不乱的迷亭先生插了一嘴。

"他非常担心别人把'东风'二字读成音读[1]。"

"唉呀呀！"迷亭从金泥虎皮纹烟盒中捏出些烟叶来。

寒月又道："他总是一开口就对人家说，我的姓名不是读'越智东风'，而是'越智 KOCHI'。"

"好古怪！"迷亭把"云井"牌香烟深深吸进肚子里。

寒月说："其实这完全起因于文学热。把'东风'读成KOCHI，和'越智'这个姓一起读，就谐音成了'远近'这一成语，他为此很是自得。因此他常常叨叨：'如果把这两个字用音读来读，我这番苦心就白费了。'"

"这人的确够古怪的。"迷亭先生更加兴奋，打算将吸入肺腑中的云井烟由鼻孔喷出，而那团烟雾于途中迷了路，结果又被吸回了喉咙这个出口。他被呛到了，握着烟管，不住地咳嗽。

"前些天他来的时候说，他在朗诵会上扮演船老大，受到了女学生们的嘲笑。"主人边笑边说。

迷亭用烟管敲打着膝盖说："噢，没错没错……"

我觉得有些危险，便稍微离他远一些。

迷亭说："关于那个朗诵会，前几天请他吃'橡面坊丸子'时，他曾提起过。他说第二次朗诵会打算邀请知名文人开成一个大会，希望先生届时务必光临。后来我问他下次朗诵会还是演出近松剧作中的世俗题材吗？他说：'不，下次要选个更新潮的本子，就是《金色夜叉》[2]。'于是我问他这回扮演什么角色，他说扮演女主角阿宫。东风扮演阿宫，

[1] 日语汉字读音分为"音读"和"训读"。

[2] 《金色夜叉》是日本作家、诗人尾崎红叶（1867—1903）的著名长篇小说。

一定很有看头！我一定要出席，为他喝彩。”

“一定很好看！”寒月阴阳怪气地笑着。

“不过，那个东风君给人感觉非常本分，毫无轻浮之处，很好。与迷亭之流可是完全不同噢。”主人一举三得，报了安德利亚、孔雀舌以及橡面坊丸子的心头之恨，迷亭却毫不介意似的笑道：“说到底，愚弟之流不外乎是些‘行德之俎[1]’罢了！”

“差不多吧。”

老实说，主人并不明白“行德之俎”是什么意思，但他不愧是当了多年教师，已惯于糊弄了，因此在这种情况下，他将教坛上的经验应用在社交上了。

寒月先生率直地问道：“何为‘行德之俎’？”

主人则望着壁龛说：“那枝水仙，是我去年年末从澡堂子回来时顺路买来，插在花瓶里的，开的时间不短吧。”硬是把“行德之俎”的尴尬给避开了。

迷亭像跳大神乐舞蹈[2]似的，在指尖上旋转着烟袋杆，说：

“提起年末，去年年末，我经历了一件非常离奇的事哪！”

“什么离奇经历啊，说来听听。”主人觉得“行德之俎”已被抛到脑后，松了口气。据我旁听，迷亭先生所谓的离奇经历是这样的。

“记得是去年年末的二十七日。由于那位东风君事先通知我：‘将前往贵府拜访，向先生讨教有关文学艺术方面的高论，切望先生能在家一候。’于是我从清早就开始恭候，先生却迟迟未到。午饭后，我

[1] “行德”是地名，过去当地出产傻瓜贝，“俎”是切菜案板的意思。行德的切菜板常常因为傻瓜贝被磨坏，用来比喻又愚蠢又世故的人。

[2] 大神乐是一种神社祭祀舞蹈。

正在炉边读巴里·培恩的滑稽小说时，住在静冈的家母来信了。展开一看：

“诸如‘严寒时节切莫出门’啦，‘冷水浴时定要生好火盆’啦，‘室内要保温，否则会受风寒’等，嘱咐繁多。到底是母亲，外人是无论如何也不会细致到这种地步的。就连我这个一向我行我素之人，此时也深受感动。就因了这封信，我想着自己平时总是这么游手好闲地度日，也太不成体统，我必须写出名垂青史的伟大著作，来光宗耀祖。我要在老母有生之年，使天下人都知道明治文坛上有我这么一位迷亭先生。

“我接着读下去，信上还说：‘像你这样无所事事的人太幸福了。自从和俄国打仗以来，许多年轻人付出了巨大辛苦，为国效力，而你们，即使在这寒冬腊月，也过得像正月似的，只知道玩乐——其实，我并不是像母亲想象的那样游手好闲呀——再往下看，信中列举了一些我的小学同学的名字，他们在这次出征中，有的阵亡了，有的负伤了。我一一念着那些名字时，不知怎么，竟感到尘世凄凉、人生无趣。信的最后，母亲说：‘我已年高体衰，吃新春年糕汤，恐怕也是最后一次了……’由于写得如此悲戚，更使我的心情郁闷，渴望东风君快些光临。但东风先生却左等右等也不来。不久，终于到了吃晚饭的时候。我想给家母写封回信，就写了十二三行。家母的来信长达六尺以上，而我无论如何也写不了那么长，一向只写十行左右。信写完了，因整天坐着不动，感觉胃里十分难受。忽然想到东风来后，叫他在家等我好了，先去寄信，顺便散散步。

“可是我鬼使神差地向土手三番町走去，并没有像以往那样去富士见町的邮局。偏偏那天晚上有点阴天，寒风从护城河刮来，冷得不行。从神乐坂[1]开来的火车发出‘呜——’的一声从土堤下驶过。我只感觉凄凉无比。日暮、阵亡、衰老、世事无常，这种种念头在我头脑中飞速旋转起来。常听说有些人上吊自杀，恐怕就是在这种心境下冒出寻死之念的吧！我微微抬起头，往堤坝上一瞧，不知不觉已经来到那棵松树下面了。”

“那棵松树是哪棵呀？”主人问。

“就是上吊的那棵松树呀！”迷亭说着收拢了一下衣领。

“上吊松不是在鸿之台[2]吗？”寒月也来推波助澜。

“鸿之台那棵是悬钟松，堤坝三町的那棵是上吊松。若问为什么叫上吊松，据说自古以来，无论是什么人，一来到这棵松树下就想上吊。虽说那堤坝上有几十棵松树，可是只要有人上吊，准是吊在这棵松树上。每年必定有两三个人在这棵树上吊死，而其他松树的话，怎么也勾不起想寻死的欲求来。但见那棵上吊松，枝丫正好伸到了大路上，煞是好看。我心说，就那么闲着怪可惜的。真想看看有人吊死在那棵松树上头。我往四下望去，偏偏没有一个人来。没办法，要不然我自己去上吊？不可，不可，我若上了吊，可就没命喽！太危险，还是算了吧！但是，传说古希腊人在宴席上模仿上吊，以添余兴。玩法是：一个人上台，将头伸进绳套时，他人将台子踢倒。套住脖子的人在台子被踢开的同时，松开绳套，跳下台来。果有此事的话，便不必害怕，我打算小试一下身手，就伸手够到松枝一拉，那松枝就弯了下来，弯曲的形状很漂亮。我想象着吊在那上面后，身体摇来荡去的样子，喜不自禁。我非常想要上吊，可是转

[1] 神乐坂，地名，位于东京都新宿区，是早稻田路到大久保路到外堀路之间长一公里的道。在明治时代后期、大正时代发展成繁荣的花街，号称“山之手银座”。受到尾崎红叶、夏目漱石、与谢野晶子等文人喜爱。自古以来的繁华之地，寺庙甚多。

[2] 鸿之台，是古地名，现在叫作国府台，位于千叶县市川市西北高地。

念一想，如果东风君已到家里，枉然空等，叫人情何以堪。那么，还是先回去见东风，履行约会，欢谈之后，再来上吊不迟，于是，我便回家了。”

“这么说，是圆满结束了？”主人问。

“真有意思！”寒月嬉笑着说。

“回家一看，东风君没来，但看到他寄来了一张明信片：‘今日不期要事缠身，无奈不能趋府赴约，望日后有幸再得面晤，竟日畅叙为盼。’我终于放下心来，如此一来，自当毫无挂心之事，前去自缢了，心下欢喜，急忙穿上木屐，三步并作两步赶回原来的地方一看……”说到这儿，他故意望着主人和寒月的脸，停顿了下来。

“到底看到什么啦？”主人有些性急起来。

“渐入佳境喽！”寒月摆弄他的外卦胸前的衣带说。

“我一看哪，已经有人吊在那上头了。跟你们说，只差了一步啊，多让人遗憾哪。现在回过头一想，当时我一定是被死神附体了。用詹姆斯[1]等人的话来说，那是我潜意识中的幽灵界与我生存的现实世界按照某种因果关系在互相感应。真是无奇不有啊。”迷亭先生说得像煞有介事似的。

主人心想，这回又让这家伙得逞了，不过并没有说什么，只是一口接一口地吃起糯米糕来。

寒月将火盆里的灰烬细细地弄平，低着头嘻嘻直笑，不久，他以极平静的语调开口说道：

“听先生讲来，确乎蹊跷古怪，貌似不可能发生的事。不过，我近

[1] 威廉·詹姆斯(1842—1910)，美国本土第一位哲学家和心理学家，也是教育学家，实用主义的倡导者，美国机能主义心理学派创始人之一，美国最早的实验心理学家之一。

来也遇到过类似的事件，所以丝毫不怀疑。”

“怎么？你也曾经想要上吊？”

“哪里，我遇到怪事倒不是这个死法。说起来也是去年年末，而且和先生说的几乎是同时同刻发生的，这就越发不可思议了。”

“真有意思。”迷亭说着，也大吃起了糯米糕。

“那一天，住在向岛的一位朋友家举办忘年会兼演奏会，我也带上小提琴去参加了。有十五六位小姐和夫人出席，真是热闹非常，盛况空前，万事周全，可谓近来的一大快事。享用了晚餐，进行了演奏之后，主宾便天南海北地闲聊起来，由于时间已经很晚了，我正想告辞回家，一位博士夫人来到我身旁，小声问我是否知道某某小姐病了。两三天前我和某某小姐见面时，她还和平时一样，看不出哪里不对劲。我很吃惊，详细询问了她的情况。说是我和她见面的那天晚上，她突然发起烧来，一个劲儿地说胡话。如果只是说胡话，倒也没什么，可是据说，她说胡话时，常常叫我的名字。”

主人就不说了，连迷亭先生也不再发表什么“够亲密的呀”之类的俗见，而是静静地听着。

“据说请来了医生后，说是搞不清是什么病，由于烧得太高，伤到了脑子，所以如果安眠药不能奏效的话，就比较危险了。我一听就有种不祥的预感。仿佛被噩梦缠住了似的，觉得心头沉重，周围的空气仿佛骤然凝结成固体，从四面八方裹住了我的身子。归途中，我仍然满脑子都在想这件事，痛苦万分。那么美丽、那么快活、那么健康的小姐，怎么会……”

“不好意思，打扰一下。刚才就听你说的某某小姐，已经听过两遍啦。如果没有什么不便，可否请教一下她的芳名？”迷亭先生扭头瞅了主人一眼，主人也含糊地“嗯”了一声。

“不可！名字还是不说了吧。说不定会给她本人带来麻烦的。”

“那么，你是想就这样暧暧然昧昧然地讲下去喽？”

“切莫嘲笑，这可是个非常严肃的故事。总之，一想到那位小姐突然害了那种病，我就满怀飞花落叶之感。我全身的活力犹如举行了大罢工，顿觉颓然无力，踉踉跄跄地好不容易来到了吾妻桥[1]。我倚着栏杆，俯瞰桥下，也不知是涨潮还是落潮，但见黑乎乎的河水在晃动。这时，从‘花川户’那边跑来一辆人力车，从桥上跑过去。我目送着车灯远去。那灯光越来越小，最后消失在了札幌啤酒的霓虹灯那一带了。我又低头向水面望去，这时，听到远远的上游那边，有人在呼唤我的名字。奇怪，半夜三更的，怎么会有人喊我呢？会是谁呢？我盯着水面观瞧，除了一片昏黑，什么也不见。一定是心理作用，还是尽早回去吧。我这么想着，刚迈出一两步，又听到远远传来呼唤我的微弱声音。我又停下脚步，侧耳倾听。当第三次听到呼唤我的名字时，我虽然手扶栏杆，膝头却瑟瑟发抖。那呼唤声像是来自远方，又像是来自河底，但千真万确是小姐的声音。我不禁答应了一声‘哎’。由于声音太大，竟在静静的水面上发出回响。我被自己的声音吓了一跳，向四周看去，人、狗、月亮，什么都没有。当时我被这‘夜幕’缠住，不由自主地产生了想要到那小姐呼唤我的地方去的强烈欲望。此时小姐的声音又穿透了我的耳鼓，如泣如诉，仿佛在呼救一般。这回我清楚地回答：‘我这就去！’我从栏杆上探出半个

[1] 吾妻桥，是隅田川上众多桥梁中的一座，连接台东区的浅草与墨田区。红色的桥体很有特点，犹如隅田川上的红色卧龙。隅田川是流经东京的一条河流，最后汇入东京湾。隅田川上桥梁众多，故有“桥梁博物馆”之称。东京都隅田川上的桥，连接台东区的浅草与墨田区。

身子，眺望漆黑的河水，总觉得那呼唤我的声音就是从这水波下面传来的。‘就在这水下了！’我这么想着终于跨上了栏杆，盯着河水，下了决心：只要再听到呼唤声，我就跳下去！果然又传来了细若游丝般可怜的声音。说时迟那时快，我纵身向上一跃，就像一块小石头似的，毫无留恋地坠落。”

“到底还是跳下去了？”主人眨巴了下眼问道。

“倒是没想到会发展到如此地步。”迷亭先生捏了把自己的鼻尖说。

“我跳下去以后就昏过去了，好半天如在梦中。终于睁开眼一看，虽然感觉很冷，但身上一点也没有湿，也不记得呛过水。心里迷惑不解，我的确是跳下去了呀！这可是太奇怪了，一定是哪里搞错了，于是我向四周一瞧，大吃一惊。我以为是跳下水了，谁知搞错了方向，竟然跳到桥中心去了。当时真是后悔极了。只因为前后方向弄反了，结果没能前往小姐呼唤我的地方。”

寒月“嘿嘿”地笑着，仍然在摆弄那个外褂衣带，就像衣带碍他的事似的。

“哈哈哈哈，这可真有意思。最为奇妙的是和我的那次体验如此相似。这又可以成为詹姆斯教授的一个案例了。假如以‘人的感应’为题写一篇写生文[1]，一定会震惊文坛的……后来，那位小姐的病怎么样了？”迷亭先生还在穷追猛打。

“两三天前我去她家拜年时，看到她正在大门里和女仆打羽板球哩！可见她的病已经痊愈了。”

[1]　“写生文”最初是因倡导俳句的革新而兴起，以正冈子规为代表的作家主张从写实主义角度把握这一体裁。《草枕》（1906）是日本近代文豪夏目漱石（1867—1916）的“写生文”代表作。漱石主张保留“写生文”原有的传统韵味，赋予其“美”的价值。

主人刚才一直在沉思，这时终于不甘示弱地开口道：“我也有过奇妙体验。”

“你也有过？是什么呀？”迷亭先生眼里根本没有我家主人。

“我那件事也是去年年末。”

“全都是去年年末的事，如此机缘暗合，奇妙至极啊！”寒月先生笑道。他那颗豁牙上还粘着糯米糕渣呢。

“不会又是同一天吧？”迷亭先生又在打岔。

“不，日子好像不同，大约是二十日前后。内人对我说：‘今年不要给我买岁末礼物了，就陪我去看一场摄津大椽[1]的演出吧！’带她去看剧倒未尝不可，便问她今天演的是哪一出戏。内人查看了一下报纸说：‘演的是《鳗谷》[2]。’我就说：‘不想看这出戏，今天就算了吧。’到了第二天，内人又拿来报纸说：‘今天唱《堀川》[3]，可以去看吧？’我说：‘《堀川》是三弦戏，只是热闹，没有内容，算了吧。’内人悻悻地退出房间。第三天，内人说：‘今天唱《三十三间堂》，我一定要看摄津唱的这出戏！不知你是否连《三十三间堂》也不爱看？不过，既然是陪我看戏，就和我一道去，总可以吧？’她不给退路。我说：‘你既然那么想去，一起去也可以，不过，据说是他最后一次演出，一定会爆满，所以即便咱们仓促前往，也很难觅得座位的。一般来说，想去那种场所，要先和茶屋联络，让他们给预订个合适的座位，才是正常的手续。你不走这道手续，自行其是可不大好吧。很遗憾，今天还是算了吧！’内人一听，直勾勾瞪着我，带着

[1] 摄津大椽（1836—1917），本名二见金助，艺名南部大夫，明治三十五年小松亲王赐名摄津大椽。幕府末期到大正时代的净琉璃太夫。

[2] 《鳗谷》，即净琉璃《樱锷恨鲛鞘》，描写叙述娼妓阿参与鳗谷八郎兵卫的恋爱悲剧。

[3] 《堀川》，净琉璃。描写阿俊与传兵卫殉情的故事。

哭腔说：‘我一个女人家，不懂得什么复杂的手续。不过，大原家的老太太、铃木家的君代，她们都没有走什么手续，都很顺利地听完戏回来了。就算你是个教师，也不必非要经过那么烦琐的手续才看戏吧！你也太过分了。’我只好让了步：‘那好吧，即便进不去也去一趟吧。吃过晚饭，就乘电车去吧！’内人立刻来了劲头，说：‘要是去，就必须四点以前到剧场，不能这样磨磨蹭蹭的！’我问她：‘为什么一定要四点钟以前到？’内人学说铃木夫人的话：‘若不提前些入场找座位，就进不去了。’‘那么，过了四点就不行了吧？’我又叮问一句。‘是呀，当然不行啦！’她回答。就在这当儿，你们猜怎么着，突然间浑身发起冷来了。”

“是太太吗？”寒月问。

“哪里，内人精神得很呢。是我呀。不知怎么，只觉得像气球裂了口子似的，浑身一下子没了力气，头晕目眩，动弹不得了。”

“这是急病啊！”迷亭先生加了句注解。

“啊，真是糟糕！内人一年才提这么一次要求，无论如何也要满足她的愿望。平时自己对她除了呵斥就是不理不睬，还让她操持家务、照料孩子，却从未酬谢过她任何洒扫辛苦之劳。今天幸有闲暇，囊中也有几个钱，带她去是可以的。内人又是那么想去，我也很想带她去。一定要带她去。可是，我冷得发抖，头昏脑涨，别说是上电车了，就连换鞋的地方都走不到。啊，我想着‘太抱歉了、太抱歉了’，竟越发打起冷战来，头也更晕了。如果尽早请医生来瞧瞧，吃点药，四点钟以前就会好的吧。于是，我和内人商量，去请甘木医学士。不巧他昨夜在大学值班，还没有回来。他的家人说：‘甘木先生两点钟一到家，就告诉他前去府上。’真是着急啊！此时倘若能够喝下杏仁水，四点钟以前肯定会好的。可是，屋漏偏逢连夜雨。难得有这番雅兴想要一睹内人笑逐颜开，好开一开心，不料眼看要落空。内人满脸怨气，问我到底还能不能成行，我说：‘去，一定去！四点钟以前这病一定会好，你放心好了。你最好快些洗好脸，换好衣服，只等出发。’我虽然嘴上这么说，心里却无比着急。恶寒越来越厉害，脑袋也越来越晕。假如四点钟以前不能病愈，履行承诺的话，女人心胸狭小，说不定做出什么事来。情况越发地糟糕了，该如何是好啊。为防万一，我想应该趁现在告之以‘有为转变之理，生者必灭之道’，提醒她做好一旦出事，且莫惊慌失措的精神准备，难道不是丈夫对妻子应尽的义务吗？我便立刻把内人叫到书房，问她：‘你虽然是个女子，大概也知道 Many a slip，twit the cup and the lip[1] 这句西方谚语吧。’‘谁知道那种外国文字啊？你明知我不懂英文，偏拿英文来戏弄我。你可真行啊！反正我不会英文。你既然那么喜欢英文，为什么不讨个教会学校毕业的女学生做老婆呢？这世上没有比你更薄情的人了。’她气势汹汹地质问道，我的一番苦心也付诸东流了。不过，我也要对诸位解释一下，我对她说英文，绝非恶意，完全出于怜爱妻子的一片至情。可是竟然被内人误解为戏弄，实在是颜面扫地。再加上，我因为一直感到恶寒和眩晕，脑子已开始混乱，因此没有沉住气，竟然忘记了她不懂英文，想给她灌输‘有为转变、生者必灭’的道理，便信口说了句英语。思量起来，这都要怪我，是我弄巧成拙。由于此番折腾，我的恶寒愈加严重，脑袋也越来越晕眩。内人已经奉我之命去浴室脱去上半身衣服化了妆，从衣柜里拿出和服换上了。她已经整装待发，仿佛在告诉我‘我随时可以出门了’。我心里急得火烧火燎。甘木君早些来就好啦。这么想着一看表，已经三点了。离四点

[1] 西方此句谚语，译为：“举杯至唇边的短暂时间里，亦有失手的可能。”相当于我国“行百里者半九十”，意喻世事难料，人间福祸难卜，往往功败垂成。

只剩一个小时了。‘该走了吧！’内人拉开书房的门，探头问道。夸奖自己的老婆，也许有些好笑，不过，我从来没有觉得妻子像此时这般漂亮过。她脱掉上身衣服，用肥皂擦洗过的皮肤发出光泽，与黑绸褂子交相辉映。她的面色灿若云霞，源自有形和无形两个方面，一是肥皂的作用，二是盼望听摄津大椽唱戏。我想，无论如何也要满足她的愿望，陪她去一趟。我心里想着振奋精神去看戏吧，正吸烟的工夫，甘木医生终于大驾光临，一如约定的时间。我说了一下病情，甘木医生瞧了瞧我的舌头，捏了捏手，又是敲胸，又是摸后背，翻眼皮，摸脑袋之后，思考了片刻。我说：‘感觉病得不轻啊。’医生镇静地说：‘哪里，也没多么严重。’内人问：‘那么，出一趟门，也不至于有什么问题吧？’‘是啊。’医生又思索起来，‘只要不感觉难受就行……’我就说：‘可难受了。’‘那么，先给你开点大剂量退热剂和药水吧。’‘好的。我总觉得这病会越来越严重似的。’他说：‘不会的，绝对不会像你担心得那么严重的，精神不要过于紧张。’说完医生就走了。此时已过三点半了，打发女仆去取药。女仆遵夫人命令跑去跑回。回来时是四点差十五分，离四点还有十五分钟，我本来一直好好的，可是突然间感觉恶心起来。内人沏了一碗汤药，放在我的面前。我本想端起碗来喝下去，可是胃里发出‘咕噜’一声响，不得已，又放下了碗。‘还是快些喝的好。’内人在旁边催道。是呀，不快些喝，快些出门，怎么交代啊。我下决心一口喝下，又将药碗送到嘴边时，胃里又‘咕噜’一声，死活也不让我喝下去。就这样，我几番端起药碗想喝，却又不得不放下。这时客厅里的挂钟‘当当当当’敲了四下。啊，四点了，不能再磨蹭下去了。我又端起了碗，这回你们怎么也想不到的，真正稀奇的要数这件事了。不前不后，刚好在时钟敲响四下的同时，我已经丝毫不觉恶心了，把那药水顺顺当当地喝了下去。到了四点十分，这才真正知道了甘木先生不愧名医的称号。此时后背不发冷了，两眼也不发黑了，不舒服的感觉都如同做了一场梦一样消失了。原以为会卧床不起的大病，竟在眨眼间痊愈，实在令人快慰！”

“后来，就偕夫人去歌舞伎座了吧？”迷亭假装不得要领似的问道。

“本来是想去的，可是内人说过，一过了四点钟，就进不去门了，没办法，只好作罢了。倘若甘木医生能够再早来十五分钟，我就可以尽为人夫之义务，内人也会心满意足的。可是仅仅这十五分钟之差，竟然铸成了一大憾事。现在回想起来，还觉得当时的处境真是急死人。”

说完之后，主人流露出终于完成了自己的义务似的神情。也许是觉得这样说上一通，在二位友人面前就有了面子呢。

寒月先生依然咧着豁牙笑着说：“那太遗憾了。”

迷亭先生则装傻充愣，自言自语地说：“有你这样一位体贴的丈夫，做妻子的真是幸福。”这时，从拉门后传来女主人发出的一声咳嗽。

我老老实实地听了三个人讲的故事，既不觉得有趣，也不觉得有什么可悲。我觉得，人类这种东西，为了消磨时间而强迫自己做口舌运动，除了会胡诌些并不可笑的事，然后莫名其妙地傻笑一通或是以此为乐外，一无所能。

对于主人的任性与偏执，我早已知道，但是，因他平日沉默寡言，所以还有不大了解之处。正是这不大了解之处，令我多少抱有些敬畏之念，可是听了他刚才那番饶舌之后，却忽然对他轻蔑起来。他为什么不能只是默默地倾听那二人的谈话呢？他不甘示弱，胡编了一通无稽之谈，又图什么呢？莫非是爱比克泰德在书本里写了，你要这么做吗？一言以蔽之，无论是主人、寒月，还是迷亭，都是些太平盛世的逸民，尽管他们像丝瓜一样随风摇曳，却又装得超然物外，其实，他们既有凡心，又有贪欲。在我们猫眼里，竞争之念、好强之心即使在他们的日常谈笑中，也隐约可见其端倪，再进一步，他们便与那些被他们平时痛骂的俗骨凡胎成为一丘之貉了，真是可悲至极。只不过他们的言行举止，并不像通常的凡夫俗子那样带有墨守成规的臭味，这还算是一点可取之处吧！

这么一想，忽觉三人的聊天没有了情趣，不如去看看三毛姑娘的情况好些了没有。于是，我去了二弦琴师傅家，绕到庭院的入口进了里面。门松和稻草绳都已撤去，已到了正月初十，春日艳阳从万里无云的高空普照五湖四海。不足十坪的庭院里，也比沐浴元旦曙光时更显得生机盎然。檐廊上只有一个坐垫，却不见人影，连纸隔扇也紧紧地关着，许是琴师去浴池洗澡了吧。琴师不在也不要紧，我惦记的是三毛姑娘的身体好些了没有。院子里静悄悄的，好像家里无人。我就直接跳上檐廊，伸开脏脚往坐垫正中一躺，那叫一个舒服，便昏昏然睡着了，连探问三毛姑娘的事都忘在了脑后。正睡着，突然听见纸隔扇里面有人说话：

"辛苦啦。做好了吗？"这是琴师的声音，原来她并没有外出。

"好了，我回来晚了。我去了那家佛像铺，他们说刚刚做得了。"

"怎么样啊？给我瞧瞧。啊，做得真漂亮。有了这个，三毛也可以安息了。这金箔不会脱落吧？"

"是的，我问过了，他们说，用的是上等材料，比人的灵位还耐用呢……还说'猫誉信女'的'誉'字，还是草写得好看些，所以，稍微改了一下笔画。"

"好了好了，赶快把三毛供在佛坛前，上炷香吧！"

三毛姑娘出什么事啦？我觉得好像情形不大妙，便从坐垫上站起身来。只听"丁零"一声，琴师念道："南无猫誉女居士，南无阿弥陀佛，南无阿弥陀佛……"

“来，你也给她烧一炷香吧！”

丁零……“南无猫誉女居士，南无阿弥陀佛，南无阿弥陀佛……”这回是女仆的声音。我顿时心跳加速，呆呆地站在垫子上，像只木雕猫一样，连眼珠都不转了。

“真是可惜哪！起初只不过是受了点风寒。”

“甘木医生要是给她开一点药，也许就没事了。”

“都是那个甘木医生不好，太不把咱们的三毛当回事啦。”

“不要说别人的坏话，这也是命中注定呀！”

看样子，她们也请甘木医生来给三毛看病了。

“依我说，都是临街教师家的那只野猫三番五次地勾引她出去玩才得病的。”

“可不是嘛。那个畜生就是三毛的仇敌啊！”

我本想辩白几句，又一想这时候必须克制一下，便咽了口唾沫继续往下听。对话断断续续地传来。

“这个世道可真是由不得人哪！像三毛这样漂亮的猫竟然夭折了，可那只丑八怪野猫却活蹦乱跳的，到处捣乱……”

“说的是啊。像三毛这样可爱的猫，即使敲锣打鼓地去寻，也找不到第二个哟！”

不说“第二只”，而说“第二个”。在女仆的眼里，似乎猫和人是同类。如此说来，这女仆的面相和咱猫脸颇为相像呢。

“可能的话，我真想让那只野猫替三毛去死……”

“那个教师家的野猫要是死掉了，您可就如愿以偿啦。”

她如愿以偿，我可就倒霉了。死亡究竟是怎么回事，我还没有体验过，所以说不上喜欢不喜欢死。不过，前些天因为太冷了，我就钻进了灭火罐子，女仆不知道我在里边，就扣上了盖子。当时那个痛苦就别提啦！现在想想都后怕。听白婶说“再晚一会儿，你可就没命了”。替三毛姑娘去死，我当然心甘情愿，但是，如果不受那份罪就死不成的话，不论替谁去死我也不愿意！

“不过，已经请和尚给她念了经，还取了法名，三毛死也瞑目了。”

“可不是吗，真是一只幸运的猫啊。美中不足的，只是那个师傅给猫念的经文太短了些。”

“我也觉得太短了，就问月桂寺的和尚，怎么这么短呢？他却说：‘只是选取一些主要的念了念。只是一只猫嘛，念这些已经足够送她去极乐世界的了。’”

“哟，怎么这样啊……可是像那只野猫……”

我一再声明，我眼下还没个名字。可是那女仆，张口闭口地叫我“野猫、野猫”，也太不懂规矩了！

“那家伙罪孽深重，无论多么灵验的经文，也不可能超度他的。”

后来不知又被她叫了几百次“野猫”。她们没完没了的无聊对话，我再也听不下去了，便滑下坐垫，从檐廊飞身而下。此时，我那八万八千八百八十根毛发齐刷刷地倒竖起来，浑身一抖。从此以后，我再也没有去过二弦琴师傅家。而今，大概已经轮到琴师自己接受月桂寺和尚那偷工减料的超度了吧？

近来，我连出门的勇气都没有了，总觉得世间叫人厌倦。我已经变成了不亚于懒惰主人的懒猫了。主人总是把自己关在书房里，人们都说他这是因为失恋，我觉得也不无道理。

由于我不曾捕鼠，女仆曾一度提出要把我驱逐出去，幸好主人清楚我不是一只平庸的猫，所以至今我依然在这个家里优哉游哉地享受光阴。

在这一点上，我毫无踌躇地深深感谢主人的恩德，同时对他那双识猫慧眼深表敬佩。对于女仆不懂我辈价值，施加虐待，我也并不怨恨。假如左甚五郎[1]再世，将我的肖像雕刻在门楼的柱子上，或者有个日本的斯坦朗[2]，愿意将我的风姿绘在画布上，那些有眼无珠的人才会因自己的无明而感到羞耻吧！

---

[1] 左甚五郎（1594—1651），江户初期的木雕刻名匠家。

[2] 斯坦朗（1859—1923），法国画家。早期作品具有批判现实主义的特点。表现巴黎公社的作品主题鲜明，战斗性强。代表作《共和国——我们流血斗争的女儿》《1871年5月》《国际歌》等，热情歌颂巴黎公社英雄们的牺牲精神，塑造了为争取自由、正义而斗争的工人阶级形象。

三

三毛姑娘死了，和老黑又合不来，我不免有些寂寞，幸而在人类中交上了知己，倒也不觉得多么无聊。前不久有人致函主人，请求将我的照片寄给他一张。近日又有人专门给我寄来了冈山名产——吉备团子[1]。随着日渐获得人们的怜惜，我渐渐忘却自己是一只猫，不知不觉间，自我感觉与猫族渐行渐远，而与人类越走越近了。因此，眼下丝毫没有纠集猫族同类与两条腿的人决一雌雄的意图。非但如此，甚至进化到了常常误以为自己也是人类的一分子的程度，真是越来越出息了。

当然，这并不表明咱蔑视同胞，无非是顺其自然，向性情相投之处觅一安身之地罢了。倘若指责咱是什么变心或是轻率、背叛的话，可有点承受不起。倒是那些搬弄是非、咒骂别人的人，多是些不知变通、顽

[1] 一种糯米粉和糖做的类似牛皮糖的软点心。

固不化的家伙。

咱脱去了猫性，才意识到不该执着于三毛姑娘和老黑，还是应该站在与人同等的高度，自信满满地去评价人们的思想与言行，这不是很顺理成章的吗！无奈主人只是把咱这么个识多见广的猫当作稍微聪明一点的猫儿了，连一句招呼都不打，就把黄米面团像吃自家东西似的吃了个精光，真是遗憾。人家索要我的照片，好像也还没有寄去。要说有想法，肯定是有的，不过，主人是主人，咱是咱，看法自然有所不同，也无可奈何。

由于咱随时随地以人自居，因此对于已经不再来往的猫胞动态，实在很难描绘，还是听我将迷亭、寒月几位先生的趣事一一道来吧。

那天是个晴朗的周日。主人款款走出书斋，把笔墨和稿纸放在我身边，然后趴在榻榻米上，口中念念有词。这怪腔调，大概是为撰写草稿做准备吧。我定睛一看，片刻工夫，主人就写了“香一炷”[1]三个大字，这到底算是诗，还是算俳句？对于主人来说，写出这三个字来，不免有些附庸风雅。就在此时，他另起一行，笔走龙蛇地写起来。“刚才一直在考虑写一篇有关天然居士[2]的故事。”只写了这一句又停了笔，半天不见动静。主人捏着毛笔，冥思苦想，却想不出什么佳句，竟然舔起了笔尖，结果搞得嘴唇乌黑。然后又在那句话下面画了个小圆圈，往圈里点了两点，安了一对眼睛。然后又在正中画了个鼻翼大张的鼻子，最后是一横，成了个一字形的嘴。这既不成文章，也算不上是俳句。主人自己看着似乎也觉得别扭，三下两下地把那张脸

[1] 香一炷，出自晚唐诗人司空图的诗句“清香一炷而知师意”。

[2] 天然居士，是日本镰仓圆觉寺的住持今北洪川给夏目漱石的亡友米山保三郎的居士号。

涂掉，又另起了一行。主人想当然地认为：只要另起一行，写出来的东西自然就成了诗、赞、语、录似的。少顷，他以言文一致体一气呵成了一篇不知所云的文章："天然居士者，乃探究空间、钻研《论语》、吃烤白薯、流鼻涕之人也。"接着，主人又无所顾忌地朗读起来，罕见地发出了笑声，"哈哈哈哈，有意思。"但他又说，"'流鼻涕'有点刻薄，还是去掉吧。"于是，在这个词上画了一杠。本来画一道足矣，他却两道三道地画，画成了漂亮的平行线，而且已经画出了界，他也不停笔。直到画了八条平行线，仍旧没有想出下一句来，这才投笔捻须。正当他狠狠地捻着胡子，撸上撸下的，好像在说"我一定要从胡须里捻出文章来给你们瞧瞧"的时候，女主人从茶间[1]走来，一屁股坐在主人面前，说道：

"我跟你说个事。"

"什么事？"主人的声音就像是水里敲铜锣，瓮声瓮气的。

妻子似乎不太满意主人的回答，又重复一句：

"我跟你说个事。"

"什么事呀？"

这时主人正将大拇指和食指伸进鼻孔，猛地拔下来一根鼻毛。

"这个月，钱有点不够花……"

"不会不够的。医生的药费已经付过，书店的赊账上个月不是也还清了吗？本月必有富余。"主人说着，若无其事地将拔下来的鼻毛当作天下奇观似的欣赏着。

"可是，你不是要吃米饭、吃面包，还要蘸果酱？"

[1] 日式房间中紧挨厨房的吃饭喝茶的地方。

"一共吃了几罐果酱？"

"这个月吃了八罐。"

"八罐？我不记得吃了那么多呀！"

"不光是你吃，孩子们也吃啊。"

"再怎么吃，也不过五六元钱呀。"

主人面无表情，小心翼翼地将鼻毛一根根竖着粘在稿纸上。由于根儿上带了点油脂，那鼻毛像针似的立得笔直。这意外的发现，令主人大为兴奋，"噗"地吹了口气。可是由于黏性太强，那鼻毛丝毫不动。"真够顽固的！"主人拼命地吹起来。

"不光果酱，还有好多非买不可的东西哪！"女主人一脸不满地说道。

"也可能有吧。"主人又将手指插进鼻孔，使劲地拔了一撮鼻毛。鼻毛有红色的，有黑色的，种种色彩之中，夹杂着一根是雪白色的。主人大吃一惊，目不转睛地盯着看。他将夹着那撮鼻毛的手指，伸到女主人眼前。

"哎哟，讨厌！"女主人皱起眉头，推开主人的手。

"你瞧瞧，鼻毛都白了！"主人颇为感慨地说道。

连原本来谈事的妻子都被逗笑了，边笑边回茶间去了，似乎不打算再和主人谈经济问题了……

主人又继续写他的天然居士了。

主人用鼻毛赶走了老婆后，摆出暂且可以安心写作的架势，一边拔鼻毛，一边急于写出文章来，可是，笔尖却动也不动。

"'吃烤白薯'也是画蛇添足，还是割爱吧！"他终于狠狠心把这一句划掉。"'香一炷'也太唐突，不要了！"又毫不惋惜地进行了笔诛，只剩下了一句："天然居士，乃探究空间，研读《论语》者也。"主人觉得这样写又未免有些简单。唉，真麻烦！还是不写文章了，只写个碑铭吧！他大笔一挥，画了个叉子。气势豪迈地画了一株蹩脚的南画风格的兰花。刚才费了半天劲写成的文章已经被他删得一字不剩了。他又把稿纸翻过来，在背面写了些莫名其妙的句子："生于空间，探索空间，死于空间。空也，间也。呜呼！天然居士！"

就在这时，那位迷亭先生又来登门拜访了。他似乎是将别人家当作自己家了，常常不请自来，大摇大摆地进入房间，甚至有时从后门飘然而至。他这个人，像什么忧愁、客气、顾忌、辛苦之类的，自打一出生就统统抛到九霄云外去了。

"又在写《巨人引力》吗？"迷亭等不及坐下，开口问道。

主人夸大其词地说："是啊。不过，也不是一直在写《巨人引力》，现在正撰写天然居士的墓志铭哪。"

"所谓天然居士，莫非和偶然童子一样，都是戒名吧？"迷亭依旧是随口胡扯。

"有偶然童子这个人吗？"

"没有啊。不过估计会有这种名字的。"

"鄙人孤陋寡闻，虽然不知道偶然童子乃何方人士，不过，天然居士，你是认识的。"

"到底是谁呀，竟然像煞有介事地起了个天然居士的名字？"

"就是那位曾吕崎呀！毕业后入了研究生院，研究的课题是'空间论'。由于用功过度，患腹膜炎死了。说起来，曾吕崎还是我的知交呢。"

"是老兄的知交，也一样啊，我绝不会说不中听的。不过，使曾吕崎变成了天然居士，究竟是谁人所为？”

“当然是我啦！是我给他起的这个称呼。因为和尚起的法号就没有不庸俗的。”主人似乎在炫耀天然居士这个名字十分风雅。

迷亭先生却笑着说：“还是让我拜读一下你写的墓志铭吧！”说着拿过原稿，高声朗读起来：

“什么呀这是……生于空间，探索空间，亡于空间。空也，间也，呜呼！天然居士。”

迷亭先生读罢恭维道：“果然是好文笔。与‘天然居士’这个名字很相称。”

主人很高兴地说：“不错吧？”

“应该把这个墓志铭刻在腌菜缸的压菜石上，然后像扔‘试力石’一样扔到佛殿后面去，高雅当然好，只是天然居士也该得道成仙了。”

“我也正想这么做呢。”主人回答得极其认真，又说，“失陪一下，去去就来，你先逗这猫儿玩玩吧！”

不等迷亭答应，主人早已一阵风似的走了。

没料到咱被任命为迷亭先生的接待员，总不好太冷淡，便“喵喵”地亲热地叫着，爬上他的膝头。谁知迷亭先生说：“嗬，这猫好肥呀！”竟然没礼貌地揪住我的颈毛，将我拎起来，还说什么：“后腿这么耷拉着，也不像能抓到老鼠的。嫂夫人，您说呢，这猫会捉耗子吗？”

看来光我接待还不够，他又和隔壁屋里的女主人攀谈起来。

“捉耗子就别指望了，倒是会吃年糕汤和跳舞呢。”没想到，这女主人竟然揭我的短。我正被人提着悬在半空，也觉得怪难为情的。然而，迷亭先生还是不肯放开我。

“说的是啊。看这猫脸儿，就像会跳舞的。嫂夫人，看这猫的相貌还真不可大意呢，很像从前通俗读物里描写的双尾猫哟！”迷亭先生满口胡言地一味跟女主人搭讪。女主人只好放下针线活儿，走进客厅来。

“不好意思，让您久等了，他也该回来了。”女主人说着，重新斟了一杯茶送到迷亭面前。

“苦沙弥兄去哪儿了？”

“我也不知道，他这个人，出门向来都不说一声去什么地方的。大概是去看医生了吧！”

“是甘木先生？被这样的病人缠上，甘木先生真是倒霉啊！”

“欸。”女主人不知该如何作答，只得含糊地应了一声，迷亭先生不以为然，又问：

“苦沙弥兄近来可好？胃病好些了吗？”

“谁知道是好还是不好。像他那么爱吃果酱，再怎么找甘木先生看病，也治不好他的胃病啊。”

女主人把刚才跟丈夫怄的气，借题发挥地对迷亭发泄起来。

“他那么爱吃果酱吗？简直像个孩子！”

“不光是吃果酱，近来还大吃特吃起了萝卜泥，说什么是治胃病的良药，所以……”

“真没想到！”迷亭惊叹道。

“就是从他在报纸上看到一条消息之后开始的了，说什么萝卜里面含有淀粉酶。”

“怪不得呢。他是想通过这个来缓解吃果酱给身体带来的危害啊。亏他想得出。哈哈……”迷亭听了女主人的抱怨，竟笑逐颜开。

“前几天他还叫小孩子吃哪……”

“吃果酱吗？”

“不是，是萝卜泥呀！……他说：‘乖乖，爸爸给你好吃的，过来！’我还以为他突然喜欢孩子了呢，哪知道他净干蠢事！两三天前，他还把二丫头抱到衣柜上……”

“有什么意趣？”迷亭不论听到什么，总要归结为意趣。

“哪里有什么意趣啊。就是想让女儿从那上面跳下来试试。才三四岁的小女孩，怎么能让她做那么危险的事？”

“的确是毫无意趣啊！不过，他倒是个没什么坏心眼儿的好人呢。”

“要是心眼儿再不好，那可就没法跟他过了！”女主人气咻咻地说。

“唉，还是不要发牢骚了！像现在这样天天吃喝不缺地过日子，就算有福气了。苦沙弥君既不嫖赌，又不讲究穿戴，真是个会过日子的好夫君。”迷亭兴致勃勃地进行着不合其身份的说教。

“那您可就大错特错了……”

“难道说他还做了什么见不得人的勾当？看来这世道，还真得小心点喽！”迷亭轻飘飘地说。

“他倒不是去玩乐，就是喜欢买些根本不看的书。如果懂得适可而止倒也罢了，可是他总是自行其是地去丸善书店，一买就是好多本，到了月末就装糊涂。就拿去年年底来说吧，由于月月拖欠书款，越积越多，搞得紧巴巴的。”

“咳，不就是书嘛，他想买多少就让他买多少好了，有什么关系。如果有人来讨账，就说：‘很快就付钱，很快就付钱！’要账的自然会走的。”

“话是这么说，也不能总是拖着不还！”女主人沉着脸说。

“那么，就说明理由，让他削减书费嘛！”

“行不通啊，跟他说什么也没有用，他哪里听得进去呀。近来又教训我说：‘瞧你这样子，哪像个学者的妻子！一点也不了解书籍的价值。从前罗马有这么个故事，为了让你开开窍，听我给你讲讲！’”

“有点意思。什么故事呀！”迷亭来了兴致。与其说是对女主人表示同情，不如说是受好奇心的驱使。

“据说古罗马有个国王名叫塔尔金……”

“‘塔尔金’？塔尔金这名字太有趣啦。”

“外国人的名字太难记了，我可记不住。据说他是第七任国王……”

“是吗？第七任国王叫塔尔金，着实有趣啊。那个第七任国王塔尔金怎么了？”

“哟，要是连您也取笑我，那我可真是无地自容啦。您知道的话，直接告诉我不就行了吗？心眼真坏！”女主人又把矛头转向了迷亭。

“取笑？我才不干那种缺德事呢。只不过觉得什么第七任国王塔尔金很有些古怪罢了……哎，等一下，你是说古罗马的第七位国王吧？这个我虽然记得不太准确，大概说的是卢修斯·塔克文·苏佩布[1]吧？嗨，是谁都无妨，那个国王怎么啦？”

“据说，有一个女人拿着九本书去见国王，问他买不买。”

“这样啊。”

“听说国王问她多少钱才肯卖，她要了很高的价钱。国王说太贵了，能不能便宜点儿？那女人突然从九本书里拿出三本，扔到火里烧掉了。”

---

[1] 卢修斯·塔克文·苏佩布（Lucius Tarquinius Superbus，？—前 496）也称高傲者塔克文，罗马王政时代第七任君主，前 535 年登基，当政后，暴虐无道，前 509 年被革命推翻。

“真可惜！”

“据说那些书里记载的全是不为人知的预言什么的。”

“哦！”

“国王以为九本书只剩了六本，价格应该多少会降低点吧，便问六本多少钱。可是，那个女人回答的还是那个价，一分钱也不让。国王说，这也太不讲理了。于是那女人又拿出三本书扔进火里烧掉了。国王似乎还有点不死心，问那个女人，剩下的三本书要多少钱。那女人还是要九本书的价钱。九本变成六本，六本变成三本，可是价钱照样一分钱不少。如果再讲价，那女人说不定会把剩下的三本书也扔进火堆里呢。终于，国王花了大价钱，把幸免于难的三本书买下了……丈夫讲完还兴致盎然地问我：‘怎么样？听了这个故事，你多少明白了书籍的可贵了吧？’可我还是不明白有什么可贵的。”

女主人说罢一己之见，催促迷亭回答。就连精明的迷亭先生也穷于应付似的，从和服长袖里掏出手帕来逗弄我。“不过，嫂夫人，”他好像忽然想起什么似的，大声说，“就因为他那样胡乱地买书，胡乱地往头脑里填塞，人们才勉强称他为学者的呀。前几日我看到一本文学刊物，还登了一篇评论苦沙弥兄的文章哪！”

“真的吗？”女主人转回身问道。看她对丈夫的评价这么关心，到底是夫妻。

“只写了两三行，说苦沙弥兄的文章‘如行云流水一般’。”

“就说了这些？”女主人露出笑模样。

“还有什么——‘出神入化，神龙见首不见尾’。”

女主人怀疑地问道：“这是在夸赞吗？”

“啊，算是夸赞吧！”迷亭若无其事地将手帕在我眼前摆弄。

女主人说："书是赚钱的工具，也不能不让他买。不过，他也太固执啦。"

迷亭心想：女主人又换了个方向发起牢骚了，便既向着女主人，又像是为主人开脱似的不即不离地巧妙回答："固执是固执了一点儿。做学问的人都是这个样子嘛。"

"前些天从学校回来，说是马上还要出门，嫌换衣服太麻烦，你猜怎么着，他连外套也不脱，就坐在矮桌上吃饭。他把饭菜放在火盆架上吃，我捧着饭盆坐在一旁看着他吃，可笑死了……""这蛮像是现代'验明首级'[1]嘛。不过，这一点正是苦沙弥兄之所以是苦沙弥兄之处呀……总而言之，他绝非'俗调'之辈啊。"迷亭肉麻地恭维着。

"什么俗调不俗调的，我们女人可不懂。不管怎么说，他也太过分了。"

"总比俗调好啊。"

见迷亭一味地替主人说话，女主人以不满的口吻，转而问起了俗调的定义：

"人们常说俗调俗调的，到底什么是俗调啊？"

"俗调嘛，就是……是啊，有点不大好说……"

"既然说不清楚，就算是俗调，也没什么不好吧？"她以女流之辈的逻辑追问着。

"并非说不清，全在我肚子里，只是不大好解释罢了。"

"看来是把自己讨厌的事都叫俗调吧？"女主人无意识地一语道破。

---

[1] 验明首级，指日本古代杀死了敌方将领之后时，将其首级置于盘子上，必由一人端盘，请主子验明首级。这里比喻女主人端着饭盆站在苦沙弥身前的情景很像日本古时的验明正身之态。

既然到了这个地步，迷亭先生也不得不对俗调做些解释了。

“嫂夫人，所谓俗调嘛，大约指的是那样一些家伙，一见‘二八佳人、二九佳人’便‘日思夜想，辗转反侧’。‘适逢此晴朗之日’必定‘携一瓢佳酿游墨堤[1]’。”

“有这样的人吗？”女主人不理解那是什么意思，只好敷衍地问了一句，态度终于软了下来，“什么乱七八糟的，我可不懂！”

“这就好比在曲亭马琴[2]的身子上安了彭登尼斯上尉[3]的脑袋，再吸上一两年欧洲的空气一样啊。”

“这样就会成为俗调吗？”

迷亭笑而不答，然后说：“何须费那么大的劲，容易得很。只要把中学生和‘白木屋’掌柜的加起来，再用二除，就是个很好的俗调例子！”

“是这样吗？”女主人沉思着，一副不解的神色。

“你还没走吗？”不知什么时候主人回来了，在迷亭身旁坐下。

“什么叫‘还没走吗’？这话说得多不中听啊！你不是说‘马上回来’，叫我等候吗？”

“他凡事如此！”女主人回头瞧着迷亭说。

“老兄不在家的工夫，我可是听说了你不少的逸闻啊。”

“女人就是喜欢多嘴，拿她们没办法。要是人也像这只猫一样不言不语，多好啊！”主人摩挲着我的头说。

“听说你给小孩子吃萝卜泥？”

---

[1] 墨堤：东京都墨田区的隅田川大堤的别称。

[2] 曲亭马琴（1767—1848），江户末期作家。姓泷泽，名兴邦，号曲亭。双目失明后，用 28 年写成《南总里见八犬传》。

[3] 英国小说家威廉·梅克比斯·萨克雷（1811—1863）所著的小说《彭登尼斯》中的主人公，是一个俗不可耐的人物。

“嗯。”主人笑着说，“虽说是孩子，可现今这小孩子可机灵呢。自从给她吃了萝卜泥以后，只要问她：‘好孩子，哪儿辣？’她准把舌头伸出来，好生奇怪。”

“这不是像驯小狗似的吗，太残忍喽。不过，寒月兄也该到了呀！”

“寒月也来吗？”主人很意外地问道。

“来呀。我给他寄了一张明信片，要他下午一点钟之前到苦沙弥家来。”

“你就喜欢自作主张，也不问问人家是否方便。叫寒月来干什么？”

“冤枉我了。今日之约可不是我的主意，是寒月本人的要求。据他说将在物理学会发表演说，需要演练一下，让我听一听。我就说，那正好，叫苦沙弥兄也一起听一听吧。因此，才叫他到你家来的。我觉得你反正是个闲人，这不是正合适吗？——他不是个妨碍别人的人，你还是听听好吧。”迷亭自说自话。

“物理学的讲演，我可不懂！”主人有点恼恨迷亭独断专行似的回道。

“不过，这个讲演可不是像镀镁喷嘴那么枯燥乏味的内容噢。是关于‘自缢的力学’这样超凡脱俗的题目，很值得一听噢！”

“你是个险些上吊的人，听听也好，我可就……”

“你该不会得出‘连去歌舞伎座看戏都会打冷战的人，听不了’的结论吧？”迷亭照例没有正经的。

女主人呵呵地笑着，回头瞧了瞧丈夫，退到隔壁房间去了。

主人不声不响地抚摩着我的头。只有这个时候，他才会格外温存地抚摩我。

过了大约七分钟，寒月先生果然来了。因为晚上要去讲演，他破例穿着漂亮的长礼服，刚刚浆洗过的雪白衬领笔挺笔挺的，使得寒月的男人风采更添了几分。

“让二位久等了……”他优雅地致歉。

“我俩已经等候多时了。请你速速开始吧，是吧，老兄！”

迷亭说罢，看了看主人。主人只好含糊地“嗯”了一声。寒月却不着急，说：“给我倒一杯水吧！”

“哟嗬，还认真啦？接下来该要求我们鼓掌了吧？”迷亭一个人起着哄。寒月先生从礼服内兜里掏出草稿，缓缓说了句开场白：

“因为是演习，请不要顾忌情面，多多批评指点！”

然后开始讲演了。

“对罪犯处以绞刑，主要是在盎格鲁－撒克逊民族中施行的一种刑罚。远溯其民族的上古，吊颈，主要是一种自杀的方法。据说犹太人的习惯是向罪犯投掷石块来行刑。经研究《旧约全书》可知，‘Hanging’[1]这个词，最早起源于：将罪犯的尸体吊起来，当作喂养野兽或食肉飞禽的食饵。按希罗多德[2]的学说，犹太人在离开埃及之前，最忌讳夜里曝尸。据说埃及人将罪犯斩首之后，只将其躯体钉在十字架上，夜里曝尸于野。而波斯人……”

“寒月兄，这与‘自缢’的题目似乎越来越远了，不要紧吗？”迷亭插嘴道。

“这就进入正题，请少安毋躁。且说，那波斯人是如何行刑的？据

[1] 英语，绞刑。

[2] 希罗多德（约前481—约前425），古希腊作家。他把旅行中的所闻所见，以及第一波斯帝国的历史记录下来，著成《历史》一书，成为西方文学史上第一部完整流传下来的散文作品。

说也是采用磔刑[1]的。只是搞不清楚，究竟是把人活活钉死的，还是杀死之后再钉上去的……”

“那些事，不知道也无所谓的。”主人无聊地打起了呵欠。

“我还有许多事要向诸位说明，但是考虑到诸位也许会感到厌烦，所以……”

“会感到厌烦的，不如‘想必会厌烦的’听起来顺耳。是吧？苦沙弥兄！”迷亭又在鸡蛋里挑骨头。苦沙弥不以为然地说：“都是一回事。”

“那么，现在就进入正题，且听我一一道来。”

“‘道来’之类的都是说书先生的行话呀！演说者还是用高雅些的词语为好。”迷亭又在打岔。

“如果‘道来’太俗气的话，用什么词才好呢？”寒月有些愠怒地问道。

“不知迷亭君是在听演讲呢，还是在捣乱？他老是瞎起哄，寒月君不用理睬，赶快往下讲吧。”

主人是想尽快度过这个关口。

“这可谓恰似‘勃然自辩，望见庭中柳’[2]吧。”迷亭依旧云里雾里，胡诌些让人摸不着头脑的话，寒月也忍不住“扑哧”一声笑了。

“据我查阅资料，真正处刑时动用了绞刑的，出现在《奥德赛》[3]

---

[1] 此处的磔刑，是日本古代刑罚的一种，即用钉子将人钉死。

[2] 江户中期俳人大岛蓼太（1718—1787）的俳句“勃然而归，望见庭中柳”，此处乃是模仿。

[3] 《奥德赛》（也作《奥德修记》），与《伊丽亚特》并称希腊两大史诗，传说为荷马所作。

第二十二卷，就是特勒玛科斯[1]绞死佩内洛普[2]的十二个侍女那一段。虽然我也可以用希腊语朗诵原文，但是难免有卖弄学识之嫌，因而作罢。请从四百六十五行看到四百七十三行，自会明了。”

“希腊语云云，还是免去为好。这不是等于在炫耀自己会讲希腊语吗！是吧？苦沙弥兄。”

“这一点，我也赞成。还是免去那些过于露骨之词，显得文雅一些。”主人破例地马上袒护了迷亭，因为二人一句希腊文也不懂。

“那么，今晚就把那两句略去，听我继续道来……噢，听我继续说明。”

“现在来想象一下这种绞刑，应该有两种执行方法：其一是，那位特勒玛科斯借助欧迈俄斯和菲洛提奥斯的帮助，将绞绳的一端系在柱子上，然后在绳子上打许多活结，把侍女的脑袋一个个套进活结里去，将绞绳的另一端猛劲一拉，就将人吊起来了。”

“就是说，把侍女吊起来，就像西方的浆洗房晾衬衫似的，就对了吧？”

“正是。再说第二种，是这么个程序：将绞绳的一端如上所述，系在柱子上，而另一端上已经高高吊在顶棚上了。然后从那吊在高处的绳子上放下几条绳来，将绳子头儿结成套圈儿，套在侍女的脖子上。到了行刑的时候，将侍女们脚下的凳子一撤即可。”

“打个比方吧，想象成绳帘下边吊着些小圆灯笼一般的情景，应该

[1] 忒特勒玛马科斯，希腊神话中的英雄，是《奥德赛》的主人公，国王奥德修斯与柏涅柏的独子。

[2] 佩内洛普·珀涅罗珀，希腊神话中的英雄，《奥德赛》的主人公奥德修斯国王的儿子的王后。

差不多吧？”

“小圆灯笼不曾见过，因此，无法发表意见。假如真有这种，大致可以类比吧……下面将以实例给大家证明：从力学角度看，第一种方法无论如何是不可能成立的。”

“真有意思！”迷亭说罢，主人也表示赞同：“嗯，有意思！”

“首先，假定侍女们被等距离地吊了起来，并且假定吊在距地面最近的两名侍女的脖子和脖子上套的绳索是水平状的，那么，把α1、α2……直到α6看成是绞绳与地平线形成的角度，把T1、T2……直到T6看成绳子各部分受的力，把T7＝X看成绞绳最低部分所受的力。不用说，W自然是侍女们的体重了。怎么样，各位明白了吗？”

迷亭和主人互相对望了一下，说：“大致明白了。”但是，这个大致的程度，只是二人随口一说，换作他人或许就不适用了。

“那么，根据各位所知的多边形的平均性原理，可成立十二个如下的方程式：（1）T1cosα1=T2cosα2……（2）T2cosα2=T3cosα3……（3）……”

“方程式，就不必一一赘述了吧？”主人毫不客气地打断了演讲。

“其实，这些方程式正是演说最关键的部分。”寒月显得甚为遗憾。

“那么，关键部分就改日再领教吧。”迷亭也有些为难的样子了。

“假如删掉这些方程式，我苦心钻研的力学，就等于全泡汤了……”

“何须如此多虑，能删的就尽量删去……”主人淡淡地说。

“那就仅遵指点，狠狠心删掉吧。”

“这就对喽！”迷亭竟不合时宜地啪唧啪唧鼓起掌来。

“接下来谈一谈英国的绞刑。在《裴欧沃夫》[1]这部史诗里可以看到‘绞首架’一词，即gallows这个词，可见绞刑是从这个时代开始实行的。根据布莱克斯通[2]的说法，被处以绞刑的罪犯，万一由于绞绳的缘故未能死去，须再受一次同样的绞刑。奇妙的是，在《农夫皮尔斯》[3]这部著作里却有‘纵使恶棍，也绝无重复绞首之理’这么一句。此说法是否真实虽然不清楚，但由此可知，不走运的话，一次未能绝命的受刑者是不乏其例的。有这么个例子，1786年有一起绞杀臭名远扬的费茨·杰拉尔特的案例。真是巧了，第一次，他的脚刚刚离开绞架之际，绞绳竟然断了。又吊了第二次，但是这一次因绞绳太长，脚着了地，还是没死成，最后在看客们的帮助下，才送他上了西天。”

“哎呀呀！”一听到这种稀奇古怪的事儿，迷亭就来了兴致。

“这可真是想死也死不了啊！”连主人都兴奋起来。

“奇妙的还不止这个哪。据说一吊脖子，人的个子就会被抻长一寸左右。这确实是医生测量过的，千真万确！”

“这可是个新招术啊！怎么样，苦沙弥兄，如果你申请上吊，把脖子抻出一寸来，说不准会成为中等身材呢！”迷亭瞧着主人调侃，主人竟格外认真地问道：

“寒月君，把身体抻长一寸左右的人，还能活过来吗？”

---

[1] 《裴欧沃夫》，裴欧沃夫（又译为贝奥武夫），是传说中的斯堪的纳维亚英雄，盎格鲁－撒克逊民族史诗记载了他的英雄事迹，原在英国民间流传于七八世纪之交，10世纪出现手抄本。全诗3000余行，分上、下两部。

[2] 威廉·布莱克斯通（William Blackstone，1723—1780），英格兰法学家、法官。

[3] 《农夫皮尔斯》，英国中世纪诗人威廉·兰格伦（1332—1400）所著。诗人描写看到在一片美好的田野里有各式各样的人：农民、各种僧侣、手工业者、商人、骑士、各种艺人、乞丐，无疑是14世纪英国社会的一个缩影。田野的一端矗立着真理之塔，另一端是死亡之谷。诗人一面描写这些人物，一面评论。

“那肯定不行了。说什么一吊起来，脊椎就被拉长了，那哪里是个子变高，是因为脊椎被抻断喽。”

主人也死了心，说：“既然如此，那就算了！”

演说还很长，寒月本打算一直论述到上吊的生理反应为止，因迷亭起哄似的胡乱插言，主人又不时无所顾忌地打呵欠，寒月不得已中止了演讲，打道回府了。至于当天晚上寒月先生是以何等姿态、进行了何等雄辩，因是发生在遥不可及的地方，咱不得而知。

其后二三日平静度过。一天下午两点，那位迷亭先生，又照例像偶然童子似的飘然而至。他刚一落座，就冷不防来了一句：

“老兄，越智东风君的‘高轮事件’，你听说了吗？”看他那势头，简直像是来报告攻克旅顺的最新消息。

“不知道，最近没见面。”主人一如往常，满面阴郁。

“今天，我是为了向你报告东风君遭遇惨败的事，才于百忙之中专程来访的哟！”

“又胡说八道了，反正你就是个不着调的家伙。”

“哈哈哈……与其说‘不着调’，不如说是‘不挨调’[1]为宜吧，这二者不分清楚的话，可事关本人的声誉哟！”

“都差不多！”主人装糊涂，完全是天然居士转世。

“听说上个星期天，东风君去了高轮的泉岳寺。天气这么冷，按说不该去的。可是——最起码，这年头去泉岳寺，岂不像个初次来东京的乡巴佬吗？”

“那是东风的自由喽，你又没有权力阻止他。”

[1] 这个词的日语原文，是迷亭自己造的词。

“不错，我的确没有阻止的权力。有没有权力不重要，不过，那个寺院里不是有个叫作‘义士遗物保存会’的展出，你知道吗？”

“这个……”

“你不知道？可是，你不是去过泉岳寺吗？”

“没去过。”

“没去过？真想不到。难怪你极力为东风君辩护。老江户，却没去过泉岳寺，多不好意思啊。”

“不知道也照样可以当教师嘛。”主人越发像个天然居士了。

“这个先不说了，且说东风君去那个展览会参观时，来了一对德国夫妻。起初，他们好像是用日语向东风君问了些什么。不过，你也知道，东风先生不是总喜欢卖弄几句德语吗？结果他就叽里咕噜地说了两三句，说得还相当流利。事后一想，这却给他惹了祸。”

“后来怎么样了？”主人终于被吊起了胃口。

“那德国人看到大鹰源吾[1]的漆金印盒，就问东风君，他想买下来，不知是否能够卖给他。当时东风君的回答真是太风趣了。他说，日本人都是清廉的君子，绝对不会卖的。直到此时，他还很得意呢，但是后来，那德国人以为好不容易遇到了个懂德语的人，便不停地问这问那。”

“问了什么？”

“问题就在这儿，倘若听得懂，还不要紧，可那德国人说话飞快，连珠炮似的发问，他完全听不明白。偶尔听懂一句半句，对方又问起鹰

[1] 大鹰源吾，其实是大高源吾（1672—1703），日本赤穗浪人之一。由于迷亭信口乱说，说错了一个字。

嘴钩子和大木槌来。西洋的‘鹰嘴钩子’和‘大木槌’这两个名词，东风先生没学过，不知道如何翻译，所以就傻眼了。”

“难怪啊。”主人联想到自己当教师的经历，深表同情。

“可是，一些闲人好奇地陆续向那里聚拢过来，最后将东风和一对德国人团团围住瞧热闹。东风满脸通红，尴尬极了，和开始时的扬扬自得相反，狼狈不堪的。”

“最后怎么样了？”

“最后，据说东风觉得实在应付不下去了，便用日语说了句‘洒衣那拉’，急忙撤退了。我问他：‘洒衣那拉，没怎么听过。难道你的家乡把“洒油那拉”说成“洒衣那拉”吗？’他回答：‘哪里，当然是说“洒油那拉”。只因为他们是西洋人，为了与西方发音协调，才念成了“洒衣那拉”的。’东风君身处尴尬之境也不忘协调，实在令人钦佩。”

“关于‘洒衣那拉’，就算了，那西洋人怎么样了？”

“据说那西洋人听得目瞪口呆。哈哈哈，够滑稽的吧！”

“也没有多么滑稽。倒是为此特地来报信的你，滑稽得多呢。”

主人将烟灰磕进火盆里。这时，门铃儿冷不丁地响起来。

“有人在家吗？”是尖细的女人声音。迷亭和主人不由得面面相觑，默然不语了。

女客造访主人家，可真少见。我一瞧，那个发出尖声的女人，在席子上拖拉着她那身双层绉绸和服走进屋来。她约莫有四十出头了，那光秃秃的前额上高耸着一排发帘，犹如一道堤坝，使得至少有半张脸朝天凸出着。她的眼睛就像汤岛切通坂[1]一般，斜吊成两条直线，左

---

[1] 切通坂是东京汤岛的地名，因是一条陡坡，以此得名。

右对立。所谓直线，是比喻其比鲸鱼眼睛还要细。独有鼻子大得出奇，仿佛把别人的鼻子偷来安在自己的脸的正中间。就如同将靖国神社的石头灯笼搬到了不足十平方米的小院里，尽管唯我独尊，却让人感觉很是不舒服。那鼻子是所谓鹰钩鼻，一度高耸，忽而觉得过分，中途又谦逊起来，到了鼻尖，没了初时的势头，开始下垂，窥视鼻下的嘴唇。因拥有如此不可一世的鼻子，这女人说话时，不能不令人以为她不是嘴里在说话，而是鼻孔在发声。我为了向这个伟大的鼻子致敬，准备以后称她为“鼻子夫人”。鼻子夫人叙罢初次见面之礼，冷冷地打量一番室内说：

“很不错的房子呀！”

“说谎！”主人心里说，嘴上吧嗒吧嗒地吸着烟。

迷亭则望着顶棚说：“老兄，那是雨水的痕迹，还是木板的花纹？图案很奇妙啊！”他在暗示主人说话。

“当然是下雨漏的。”主人回答。迷亭若无其事地说：“蛮好看哪！”而鼻子夫人则在心里怒骂：“真是些不懂社交礼仪的人！”好一会儿三人鼎坐，相对无语。

“我今天来是有点事想问您一下……”鼻子夫人又开了口。

“噢！”主人的回应极其冷淡。鼻子夫人觉得这样下去可不行，便说：“其实我家离您家不远——就是对面街角的那栋房子。”

“就是那个有大仓库的洋房吗？怪不得，门牌上写的是金田哪。”

主人似乎终于知道了金田家的洋房和仓库。然而，对金田夫人的尊敬度却依旧没变。

“是这样，我丈夫本想自己来和您商量一下，无奈公司里太忙……”鼻子夫人的眼神好像在说：“这下该起点作用了吧？”

然而，主人却无动于衷。他认为鼻子夫人刚才的措辞作为一个初次见面的女子来说，过于不礼貌，心里已然耿耿于怀。

“我家男人不只管理一个公司，而是兼管着两三个公司哪，并且，都是身居要职……想必你是知晓的。”夫人的神色似乎在表达“说得这么清楚，你还不对我毕恭毕敬吗”。

对我家主人来说，倘若对方说自己是博士或大学教授的话，他会非常恭敬的，奇怪的是，他对实业家们的尊敬度却极低。他确信中学教师远比实业家们伟大。即使不那么确信，以他那不知变通的固执个性，对于获得实业家和财主们的眷顾，也不抱任何希望。不论对方有权势也好，有财富也罢，既然已断定没有希望承蒙惠顾，那么，对于他们的利害得失，自然无关自己痛痒。因此，除了学者圈子以外，对于其他方面的事，他都表现得极其迂腐。尤其是对于实业界，有哪些人在哪里做什么事，他都一概不知。即使知道，也不会产生丝毫的敬畏之心。

鼻子夫人做梦也想不到，在环宇之一隅，竟有如此怪人同样沐浴在阳光下生存着。她阅人无数，只要一说是金田夫人，无不立即另眼相看。不论出席什么样的会议，也不论在身份多么高贵的人们面前，“金田夫人”这块招牌都非常吃得开，何况眼前这个迂腐不堪的老夫子？她满心以为，只要说一句“我家就是街角的那处公馆”，不等问干什么之类的，他就已经大惊失色了。

“你认识金田这个人吗？”主人漫不经心地问迷亭，迷亭则一本正经地回答：

“当然认识。金田先生是我伯父的朋友，前些天还来参加了游园会呢。”

“咦？你的伯父，是谁啊？”

“牧山男爵呀！”迷亭越发一本正经起来。主人正想说什么，可不等他开口，鼻子夫人突然转身看着迷亭。迷亭身穿大岛绸的衣裳，外套一件印花布衫，煞有介事地端坐一旁。

“哎呀呀，您是牧山先生的……什么人吗？我一点都不知道，真是太失敬了。我男人在家常常念叨‘一向多蒙牧山先生关照’呢。”她突然变得满口敬语，还外加躬身施礼。

“哪里！哈哈……”迷亭大笑起来。

主人已然被迷亭搞得晕头转向，愣愣地瞧着二人。

“连小女的婚事，也让牧山先生费了不少的心哪……”

“嘿，是吗？”听到这里，连迷亭也感到过于意外，发出了惊叹之声。

“事实上，有很多人想来我家求婚。不过，由于我家是有身份的人，不能把女儿随随便便地嫁出去，所以……”

“说得也是。”迷亭这才放下心来。

“今天前来拜访，就是想向你问问此事。”鼻子夫人转向主人，语气突然又变得简慢起来。

“听说有个叫水岛寒月的男人多次来过贵府，他到底是个怎样的人呢？”

“您问起寒月，有什么事呀？”主人不高兴地问道。

“大概事关你家小姐的婚事，想了解一下寒月兄的人品吧？”迷亭先生讨巧地问道。

“若能如此，当然再好不过了……”

“这么说，你是要把你家小姐嫁给寒月了？”主人问。

“我并没有说要把女儿嫁给他呀。”鼻子夫人出其不意地给主人一个窝脖。“除了寒月，来提亲的人也是络绎不绝哩。即便寒月先生不愿意，也不愁嫁不出去的。”

“既然如此，又何必要打听寒月兄的情况呢！”主人也不耐烦了。

“但是也没有必要替他隐瞒吧？”鼻子夫人摆出一副争吵的架势。

迷亭坐在二人中间，手拿银杆烟袋，宛如相扑裁判手里的指挥扇，心里在呐喊：“开始，加油……”

“请问，寒月君可曾表示过一定要娶你家小姐？”主人当头给了她一棒。

“虽然没有这么说过……”

“是你们认为他有意要娶吗？”主人似乎悟到，对这个女人必须非用大棒伺候不可。

“虽说事情还没有到那个程度……不过，寒月先生也未必不愿意吧。”在濒临绝境之际，鼻子夫人反守为攻。

“可有事实说明寒月君爱上了你家小姐吗？要是有的话，就说来听听。”主人派头十足地往椅背上一靠。

“估计有这么回事吧！”

主人这一棒毫无效果。一直以裁判自居，兴致勃勃地看热闹的迷亭，似乎被鼻子夫人的这句话勾起了好奇心，放下烟袋，探出身子说：

“寒月兄给令爱写过情书什么的吗？岂不快哉！到了新年，又添了一个趣闻，可有的聊喽！”他一个人喜不自禁。

“不是情书，可比情书还要热烈哟。您二位不是都知道吗？”鼻子夫人来劲了，故意讥讽道。

“你知道吗？”主人表情狐疑地问迷亭。迷亭装傻充愣地说：

“我可不知道。知道的，唯有老兄噢。”在鸡毛蒜皮的小事上，迷亭倒谦虚起来。

只有鼻子夫人扬扬得意地说：“哪里，那可是二位都清楚的事哟！”

“怎么？”二人都愣住了。

“二位如果已忘记，那我就提个醒吧！去年年底，向岛阿部先生府上举办音乐会，寒月先生不是也曾赴会吗？那天晚上他回家的时候，走到吾妻桥上时发生了点什么事吧……至于细节，我就不多讲了，不然，说不定会给本人带来麻烦的——有这些证据，我认为已经足够了。不知二位意下如何？”

鼻子夫人将戴着钻石戒指的手并排放在膝上，坐直了身子。她那出类拔萃的鼻子更加大放异彩，无论是迷亭还是主人，都渺小得微不足道了。

不要说主人，就连一向老到的迷亭先生面对这一突然袭击，也似乎丢魂丧胆，活像疟疾发作的病人，目瞪口呆地坐在那里好半天。随着惊愕稍去，逐渐恢复常态，滑稽感又一下子涌上心头。二人不约而同“哈哈……”地笑得前仰后合。只有鼻子夫人有点出乎意料，瞪着二人，心说：这种时候还哈哈大笑，太不礼貌了。

“她就是你家小姐吗？怪不得，这可太好了，您说得对呀。是吧，苦沙弥兄！寒月君肯定是爱上金田小姐了……想瞒也瞒不住的，还是如实说了吧。”

主人只哼了一声。

“自然瞒也瞒不住呀。已经证据在手了嘛！”鼻子夫人又得意起来。

“事到如今，有什么办法。还是把有关寒月君的恋爱事实都说出来，以备人家参考吧！喂，苦沙弥君，你可是一家之主，老是那么嘿嘿笑也没有用嘛！‘秘密’这东西可真可怕，任凭你怎么遮掩，也说不定会从什么地方暴露的……不过，说离奇也真是离奇。金田夫人，你是怎么探听到这个消息的？真叫人吃惊。”迷亭先生独自喋喋不休。

“我这边自然也没有疏漏啊！”鼻子夫人扬扬自得地说。

“简直太没有疏漏了。你究竟是听谁说的？”

“就是你家后面的那个车夫的老婆。”

“就是有一只老黑猫的那个车夫家吗？”主人瞪起眼问道。

“是啊，为了了解寒月先生的情况，我可是破费了不少呢。寒月先生每次来你这儿，我就委托车夫老婆，帮我了解他说了些什么，然后一一向我报告。”

“这可太过分了！”主人大声说。

“别误会呀，您干了什么，说了什么，我并不关心，我只是了解寒月先生的消息。”

“不管你是想了解寒月先生还是什么人，反正车夫的老婆就是个讨厌的人！”主人独自恼火起来。

“不过，到你家篱笆墙根偷听，难道这不是人家的自由吗？如果怕偷听，那就小点声说，或是搬到宽大宅第去住，不就没事了吗？”鼻子夫人理直气壮，毫不脸红。“不单是车夫家，我们还从胡同里的二弦琴师傅那儿探听了好多消息哪。”

“关于寒月吗？”

“不仅仅是寒月先生。”这句话说得好不吓人。她以为主人一定会吃惊，可主人却骂道：

“那个琴师装得好像多优雅似的，我以为只有她一个人长着一张人脸，混账一个！”

“恕我冒昧，人家可是个女人哟！‘混账’这词骂错人了吧！”

鼻子夫人的措辞使她越发原形毕露了。这么看来，她就是为了吵架才登门的。但是即使处于这种局面，迷亭先生到底是迷亭先生，津津有味地听着这场对话，就像铁拐李看斗鸡一样，神态安详。

主人意识到在对骂方面，自己绝不是鼻子夫人的对手，便不得不暂时沉默下来，但他终于想到了向迷亭呼救：

“你口口声声说寒月先生爱上了你家小姐，但据我所知，情况有一些出入。是吧，迷亭君！”

“嗯，据他对我们说，先是你家小姐玉体有恙……好像是说了些什么胡话……”

“什么？没有的事！”金田夫人非常干脆地立刻否认。

“不过，寒月确实说是听某某博士的夫人说的呀。”

“那是我的计策啊，是我拜托某某博士的夫人试探一下寒月的心思的。”

“那位某某博士的夫人答应了吗？”

“是的。虽说答应了，也不能让她白帮这个忙的。左一样右一样的，送给她好多礼物哪！”

“您是否打定主意，如不把寒月的情况刨根问底地查个水落石出，就绝不肯走？”迷亭也有些不快似的，一反常态，语气不大客气。“哎，苦沙弥兄，说了也没什么损失。你就说说吧！金田夫人，不管是我，还是苦沙弥兄，凡是有关寒月的事，只要能告诉你的，都会如实相告的……对了，还是请您按顺序提问比较合适吧。”

鼻子夫人总算同意了，开始了提问。虽一度出言不逊，现在面对迷亭，又变得恭敬如初。

“听说寒月先生是个理学士，那么他的专业到底是什么呢？”

“在大学院研究地球的磁力。”主人认真地回答。

不幸的是，鼻子夫人对于主人的回答完全搞不明白，虽然“啊”的一声，却一脸困惑，又问：

“研究这个，就能当上博士吗？”

“您是说，当不上博士，就不把女儿嫁给他吗？”主人不悦地反问了一句。

“是的。因为寻常的学士，还不是要多少有多少。”鼻子夫人面不改色地说。

主人望着迷亭，面色越来越不高兴了。

迷亭也有些不快，说道：“寒月能否当上博士，我们也无法担保，所以，请问下一个问题吧！”

“近来寒月先生还在研究那个什么地球吗？”

“两三天前，他在理学协会做了个题为‘缢死力学’的科研成果讲演。”主人哪壶不开提哪壶地说道。

“哎哟，真受不了，研究什么吊颈，这人够各色的。研究吊颈什么的，恐怕很难当上博士的吧？”

“若是他自己上吊，当然就难了，不过，研究吊颈的力学，不一定当不上博士。”

“是这样吗？”这回轮到鼻子夫人对主人察言观色了，可悲的是，她不懂什么是力学，心里怎么也不踏实。可是，似乎觉得询问这么基本的知识有伤她金田夫人的面子，只得靠观察主人的脸色来猜测，而主人一直绷着脸，什么表情也看不出来。

“除此之外，他就没有研究什么浅显的学问吗？”

“说起来，前些日子他曾经写过一篇论文，题目是《论橡子的稳定性与天体运行的关联》。”

“橡子之类的也是在大学里学习的内容吗？”

“这个嘛，我是外行，不大清楚。不过，既然寒月研究它，可见有研究的价值吧。”

迷亭假装正经地戏弄鼻子夫人。鼻子夫人意识到询问学术问题，自己完全是外行，便放弃了，换了个话题：

“另外想问一下——听说今年正月，寒月先生吃香菇时崩掉了两颗门牙，有这回事吗？”

“是啊，一吃年糕，豁了的地方还塞牙呢。”

这个问题正中迷亭下怀，这方面是他最拿手的了。

“他也太不讲究了吧，为什么不用牙签呢？”

“下次见了面，我一定提醒他一下。”主人吃吃地笑了起来。

“吃香菇还崩掉了牙，看来牙齿不太好啊。他的牙齿到底怎么样？”

“不能说很好吧。是吧？迷亭君！”

“虽说不算太好，但也怪可爱的。他一直没去补牙，正是他吸引人之处啊。直到现在，那个豁口仍然是年糕的避风港，岂非一大奇观。”

“他这样一直豁着牙，是因为没有钱补牙呢，还是喜欢这样子呢？”

“他应该不会一辈子以‘缺两颗门牙’为荣的。尽管放心。”迷亭的心情逐渐转好。鼻子夫人又提出了其他问题。

“假如府上有他写的书信之类，我很想拜读一下。”

主人从书房里拿来三四十张明信片，说：“明信片倒是多得很，请看吧。”

“也不用那么多。只想看其中两三张……”

"好的，好的，我给您挑几张有趣的。"迷亭挑出一张明信片说，"这张有意思。"

"哟，还会画画哪，真有才啊，让我拜读一下！"

她说着，拿过来一看，"哟，真是的，这不是狸子吗！画什么不好，干吗偏偏画狸子啊？——不过，能够画得叫人看出是狸子，也不容易呢！"语气不无欣赏。

"请念念那些句子。"主人边笑边说。

鼻子夫人像女仆读报似的念道："除夕之夜，山狸举办游园会，唱歌又跳舞。唱的是：'快来吧！除夕夜，没有人上山玩哟！嘿唷嘿唷嗬唷唷！'"

"这都是什么呀？这不是捉弄人玩吗？"鼻子夫人嘟囔道。

"这个仙女，您喜欢吗？"迷亭又抽出一张。画的是一个仙女穿着霓裳羽衣，在弹奏琵琶。

"这位仙女的鼻子似乎太小了。"鼻子夫人说。

"哪里，大小很正常嘛。先不谈鼻子，还是把上面的题字念一下吧！"

画旁边写的是：

从前，某地有位天文学家。一天夜晚，他像平时一样登上高台，专注地观看繁星时，天空出现一位美丽的仙女，奏起了人世间难得听到的优美音乐。天文学家竟忘却寒风刺骨，听得入了迷。翌日清晨，只见那位天文学家的尸体上落了一层白霜。那个爱瞎编的老头说："这是个真实的故事。"

"这都是什么乱七八糟的呀，一点意思都没有。就写这东西，还以理学士自居？还不如去看《文艺俱乐部》有趣呢！”寒月被鼻子夫人奚落了一顿。

迷亭半逗乐似的又拿出了第三张明信片，说：“这张如何？”

这回是铅印的帆船，照例在画下面胡乱写道：“昨夜泊船上，二八小女子，对着礁石上的白鸽、半夜惊醒的白鸽，哭诉没了爹和娘，爹娘是船家，葬身于浪底。”

“不错，很感人，值得说唱出来啊。”

“值得说唱吗？”

“是呀。这个故事可以用三弦琴伴奏，进行说唱呀！”

“用三弦琴伴奏的话，就更好听了。再看这一张怎么样？”

迷亭又信手拈来一张。

“不必了，拜读这几张，就不必看其他的了。我已经知道了，此人并不是那么粗俗的人。”她自以为是地说。

看样子，鼻子夫人大致问完了有关寒月的问题，于是又提了个不讲理的要求：

“今天实在打扰了。关于我来过这件事，希望二位不要告诉寒月先生。”

可见她的方针是：对于寒月，自己可以想问什么就问什么，而有关自己的情况，却一点也不许对寒月透露。迷亭和主人都爱搭不理地“嗯”了一声。

“日后一定再次登门致谢！”鼻子夫人边说边站起身来。

送走女客后，二人刚一落座，迷亭和主人就同时发问：“她算个什么东西？”只听女主人在里面房间忍不住吃吃地笑起来。迷亭高声喊道：

“嫂夫人，嫂夫人！刚才‘俗调’的活标本来喽。即便是俗调，如果俗到那种程度，也够让人开眼的了。不必顾忌什么，尽情地笑吧！”

“那张脸就让人看着不顺眼。”主人满心不悦，恨恨地说。迷亭立刻接过话茬，补充道：

“大鼻子盘踞脸中央，滑稽透顶。”

“而且是带弯钩的。”

“有点像驼背。驼背鼻子，真是太奇葩了！”迷亭笑个不停。

“看那面相，就克夫！”主人依然不解恨。

“那是十九世纪卖剩下了，二十世纪又赶上滞销的面相。”迷亭总是说些俏皮话。这时，女主人从里面走进客厅来。到底是女人，提醒道：

“坏话说多了，车夫老婆又会去告密的哟！”

“有人告密，对她来说是好事，嫂夫人。”

“不过，贬低别人的相貌，可就太下作了。没有人愿意长那么一个鼻子的。何况是个女人。你们说得也太难听了。”她在为鼻子夫人的鼻子辩护，同时也是间接为自己的长相辩护。

“有什么难听的！那种人根本算不得女人，就是个蠢货！是吧？迷亭君。”

“也许是个蠢货，不过，还是很有两下子呢。咱俩不是被她嘲弄了一番吗？”

“她究竟把教师看成什么了？”

“和后面的车夫差不多呗。若想得到那种人的尊敬，只有当博士。总之，没有弄个博士当，就要怪你自己没有远见。嫂夫人，对吧？”迷亭边笑边回头对女主人说。

“他哪里当得上博士哟！”连主人的老婆都看不起主人了。

“我说不定也能很快当上博士呢，别小看人！汝辈哪里知道，古时候有个叫伊索克拉底[1]的人，九十四岁时还写出了巨著；索福克勒斯[2]发表杰作，震惊天下时，已近百岁高龄；西摩尼得斯[3]八十岁写出了美妙的诗篇。我当然也……”

“简直可笑死了！像你这样害胃病的人能够活那么长久才怪呢。”女主人已经估算好了主人的寿命。

“胡说！你去问问甘木医生好了——还不是怪你让我穿这身皱皱巴巴的黑布褂子和净是补丁的破衣裳，才被那种女人看低的。从明天起，我要穿迷亭穿的那样的衣服，给我准备出来！”

“‘给我准备出来’，说得轻巧，那么漂亮的衣服，咱家里哪有呀。金田太太之所以对迷亭先生客客气气，是听了迷亭伯父的名字以后啊，根本怪不得衣服的。”女主人巧妙地逃脱了自己的责任。

一听到迷亭的伯父，主人好像突然想起了什么，问道：

“我今天才听说你还有一位伯父？之前没有听你提起过啊。真的有个伯父吗？”

“有啊，我那位伯父呀，是个老顽固，不过，他也和那个女人一样，是从十九世纪一直拖拖拉拉地活到了二十世纪的现在。”迷亭就等着主人问似的说道，然后看了看主人夫妇。

---

[1] 伊索克拉底（前436—前338），希腊古典时代后期著名的教育家。

[2] 索福克勒斯（约前496—前406），古希腊三大悲剧家之一。相传写了130部悲剧和喜剧。代表作《俄狄浦斯王》。

[3] 西摩尼得斯（约前556—前468），古希腊抒情诗人。他写过酒神颂歌、胜利者颂歌、铭辞等各种体裁的诗歌，尤以写挽歌和献给阿波罗的舞歌见长。他的挽歌引人泪下，同时又能使人在悲痛中得到某种安慰。

“呵呵呵，就会说笑话。他在哪儿活着呢？”

“在静冈呢。但他可不仅仅是活着。头上顶着个发髻[1]，因此令人敬畏。叫他戴帽子吧，他却傲慢地说：‘我活了这么大岁数，还不曾感觉冷得需要戴帽子。’告诉他天气寒冷，不要太早起床吧，他却说：‘人睡四个小时就足够了，睡四个小时以上，就是浪费！’于是，天还黑着呢，他就起床了。而且他说：‘我把睡眠时间缩短为四个小时，是经过多年锻炼的。’他吹嘘自己年轻时总是贪睡，近年来才进入了随心所欲之境界，甚为欢喜。六十七岁的人，睡不着是当然的，跟什么锻炼八竿子都打不着。可他本人却以为全是自己刻苦修炼的结果。所以，他外出的时候，必然带着一把铁扇。”

“带它干什么？”

“不知道他要干什么，反正就是带着出门。也许他是把它当作文明棍用吧。不过，这是前不久他搞的这么一出。”虽然是主人问的，迷亭却对女主人说。

女主人不冷不热地“哦”了一声。

“今年春天，他突然给我来了一封信，叫我把圆顶礼帽和长礼服火速寄去。我有些意外，便写信去问。回信说，是他老人家自己穿。信中命令：二十三日在静冈举行祝捷大会，所以，在此之前速速买好寄来。可笑的是命令之中还有这么一段：帽子买一顶尺寸差不多的就行，西装也估算一下尺寸，到大丸绸缎庄去定做……”

“近来，大丸绸缎庄也开始做西装了吗？”

“不是的，老兄，他是和白木屋西服店弄混了。”

---

[1] 江户时代男子的一种发式，前额头发剃去，余下的头发梳到脑后绾成刷子样的髻。

“叫你估摸尺寸去做，不是有点难为人吗？”

“这正是伯父的个性！”

“你怎么办的？”

“没办法，就估摸着做了一身寄去了。”

“你也够胡来的。那么，来得及吗？”

“啊，好歹算是赶上祝捷大会了。后来一看家乡的报纸，报道称，当天牧山翁罕见地身穿燕尾服，手拿一把铁扇……”

“看来那把铁扇他是绝不离身啊。”

“嗯，以后他死了，那把铁扇，我一定给他放棺材里。”

“不过，帽子和西服竟然都穿戴上了，不错嘛！”

“那你可想错了。我本来也认为他顺利参加了集会，就大功告成了呢。谁知不久，我收到家乡寄来的一个小包，还以为是他送给我的礼品呢，打开一看，原来是那个大礼帽，还附了一封信：‘特意购得之礼帽，因尺寸稍大，烦劳你前去帽子铺，改小一些为好。改帽之费用，将由这边汇去。’”

“的确够迂腐的。”主人发现天下竟有比自己还迂腐的人，十分满足，隔了一会儿问：

“后来呢，你怎么办？”

“什么怎么办？没办法，只好我把它戴上了！”

“就是那顶帽子？”主人嘻嘻直笑。

“那位伯父是男爵吗？”女主人好奇地问。

“谁呀？”

“你那位手拿铁扇的伯父呀。”

“不是。他是汉学家。小时候曾经在圣堂[1]里一心研读过朱子学什么的，所以即使在电灯下，也恭恭敬敬地梳着个发髻，真没办法。”他边说边来回搓着下巴。

“可是你刚才好像对那个女人提起过牧山男爵呀！”主人说。

“你是说过的呀。我在茶间里也听见了。”只有在这一点上，妻子也赞同主人的意见。

“是这样说的吗？哈哈哈……”迷亭忽然大笑起来，“那是瞎说的。若是有个男爵伯父，如今我早就当局长了。”他倒是很坦然。

“我也觉得奇怪嘛。”主人露出既欣喜又担心的神色。

“哎哟哟，敢撒那么大的谎，居然还装得那么像，你可真是个吹牛高手啊！”女主人佩服得不行。

“那个女人可比我能装。”

“你也不比她差多少。”

“不过，嫂夫人！我吹牛，只是为了吹牛，而那个女人吹牛，却是心怀鬼胎，话中有诈噢。性质恶劣。假如不把雕虫小技与天生的滑稽区别开来，那么，就连喜剧之神也不得不喟叹世人有眼无珠喽。”

“谁知道呢。”主人垂着脑袋说。

“还不是一回事！”女主人笑着说。

我从来没有去过对面那条街。当然没看见过街角处的金田家是什么样子，我也是今天才刚刚听说。由于在主人家里从未谈论过实业家，所以就连在主人家混饭吃的吾辈，也与实业家没有关系，而且毫不关心。然而，刚才鼻子夫人不期而至，我也就旁听了她说的话，想象着她家小

[1] 一般指位于日本东京都文京区汤岛的孔子庙。

姐的美貌，以及她家的富贵与权势，虽然身为猫辈，也不能安卧檐廊，享受清闲了。何况我对寒月君甚感同情之至。对方竟把博士的太太、车夫的老婆，甚至天璋院琴师都收买了，神不知鬼不觉地，连崩掉门牙的事都探听到了，而寒月君却只知道腼腆地摆弄外褂上的衣带，纵然是个刚出校门的理学士，也未免太无能了。

话虽这么说，可对方是将一个伟大的鼻子安在脸中央的女人，所以并非随便什么人都能接近的。关于这一事件，毋宁说主人太漠然置之，且太穷酸了。迷亭虽然不缺钱花，但像他那么一位‘偶然童子’，为寒月伸出援手的可能性也是微乎其微吧！看起来，最可怜的，只是那位演讲“缢死学”的寒月先生了。如果我不亲自出马，潜入敌阵，帮他侦察敌情的话，就太不公平了。

我虽然是猫，却是寄居于将爱比克泰德的大作翻看两页，便摔于桌上的学者之家的猫，与世上的痴猫、蠢猫毕竟有所不同。敢冒这点风险的侠义之心，已然存在于尾巴尖里。我并不是欠了寒月先生的情，也不是为了某个人心血来潮、逞英雄。往大里说，这是将“好公道、爱中庸”之天意化为现实的一大壮举。既然那金田太太，未经寒月本人同意，便到处宣扬“吾妻桥事件”等，既然她派出走狗到别人窗下窃听情报，还将听来的情报得意扬扬地四处散布；既然她不惜利用车夫、马弁、无赖、恶书生、佣婆、产婆、妖婆、按摩婆、傻婆等人，给国家有用之才捣乱，那么，我猫辈也就不客气了。

幸而今天天气很好。虽然冰霜消融，路难走些，但是为了成就道义，我死而无憾。脚底沾泥，在走廊留下梅花爪印，可能会给女仆添点麻烦，但于我而言算不得痛苦。不必等明天，这就出发！我下定勇往直前的伟大决心，跑到了厨房，转念一想：且慢，我作为一只猫，不仅已到达进化之极致，而且论智力发达，也绝不亚于初中三年级的学生，可悲的是喉咙永远是猫的构造，不会说人的语言。纵使顺利地钻进金田府，彻底查清了敌情，也不可能告诉当事人寒月先生。也没办法对主人或迷亭先生传达。既然不会说人话，那就如同土里埋着的金刚钻，虽承受阳光照耀，却不能发光一样，纵有超群智慧，也无用武之地。这是去干蠢事，还是算了吧，我犹豫不决地蹲在门槛上。

然而，一旦起意的事，中途放弃，犹如骤雨即将来临，等候间却见乌云从头上掠过，直向邻县飘去，不免叫人叹惜。而且，假如错在自己，另当别论，倘若是为了正义，为了人道，那么就应该勇往直前，白白送命也在所不惜，才是敢于担当的男儿夙愿。至于白白受累，白白弄脏手脚等，对于猫来说，正是恰如其身份。只因投胎为猫，而不具备以三寸不烂之舌，与寒月、迷亭、苦沙弥诸公交流思想的本事，但是，正因为是猫，在忍术方面却远比各位先生高超。能成就他人之所不能之事，其本身就是非常愉快的。哪怕只有我了解金田家的内幕，也总比无人知晓值得高兴。我虽然不能把所见所闻告诉人类，但是只要让金田家明白事情已经不是秘密，就足够愉快的了。这么多愉快的事在前面等着我，叫我怎么能不去？我还是按原计划去他家一趟吧。

来到对面街巷一瞧，那座洋房果然盘踞于街角。想必这家主人也如同这洋房一样，非常傲慢吧！进了大门，将整个外观打量一番，但见那二层楼房的构造除了兀自矗立，以势压人之外毫无所能。迷亭说的所谓“俗调”，莫非就是这样的？

进了玄关向右拐，穿过园子，转到厨房门口，不出所料，厨房也很大，比苦沙弥家的厨房足足大十倍。干净整齐，锃光瓦亮，绝不逊色于不久前在《日本新闻》上详细介绍过的大限伯[1]府上的厨房。“这才是模范厨房啊。”我心里赞叹着，钻了进去。看见那个车夫老婆正站在六七平方米大小的水泥地上，和金田家的厨子、车夫叽里咕噜地说些什么。这娘们可惹不起，我赶紧藏身水桶后面。只听厨子说：“那个教师是不是不知道我家老爷的名字啊？”

“怎么会不知道呢？在这一带，不知道金田公馆的人，除非是个没长眼睛、没长耳朵的废物！”这声音是给金田家拉包车的车夫。

“简直没法说，提起那个教员，就是个除了书本，什么都不懂的怪物。哪怕稍微了解一点金田老爷的身份，他说不定就会畏惧三分的，可是，那家伙就别提了，连自己的孩子几岁都不知道。”车夫老婆说。

“连金田老爷都不怕呀，真是个难缠的木头疙瘩！这有何难，咱们大家伙一起吓唬吓唬他怎么样？”

“这个主意好啊。他净胡说什么金田夫人的鼻子太大啦，金田夫人的脸看着不顺眼啦……太过分啦。也不瞧瞧他自己的面皮，活像个今户陶狸子！——就他那模样还觉得自己蛮像个人呢，最受不了的就是这种人。”

“不光是那张脸，你瞧他拎着条毛巾上澡堂子那样儿，多傲慢哪。他就是自以为没有人比他更了不起了。”苦沙弥就连在厨子眼里也没有什么好评。

“干脆咱们一起到他家墙根去，臭骂他一顿吧！”

“这么一来，他肯定害怕！”

[1] 即大隈重信（1838—1922），日本明治、大正年间政治家。明治维新的志士之一。日本第8任和第17任内阁总理大臣。

"但是，如果被他看到是我们在骂，就没意思了。刚才金田太太不是吩咐过吗？只让他听见叫骂声，干扰他读书，尽可能拱他上火。"

"这我自然明白。"这句话的意思表示车夫老婆承担了三分之一大声叫骂的任务。

原来这帮家伙要去捉弄苦沙弥先生。我边想，边轻轻地从三人身旁走过，进了室内。

猫脚有形无声，不论走到任何地方，从未发出过笨重的脚步声。宛如腾云驾雾，水中敲磬，洞里鼓瑟，又如"尝遍人间醍醐味，不言冷暖我自知"。不论是"俗调"的洋楼还是模范厨房，也不论是车夫老婆、包车夫、男仆、厨子，还是小姐、女佣，甚至鼻子夫人和老爷，我想去哪里就去哪里，想听什么就听什么，伸伸舌头，摇摇尾巴，胡子一支棱，悠悠然归去也。尤其吾猫辈擅长此道，在整个日本国也无人可比。连自己都怀疑，吾辈是否真的继承了草双纸[1]里描写的猫怪[2]血统！传说癞蛤蟆前额里有颗夜明珠，而吾辈的尾巴里，装有嘲弄天下人类的祖传妙药，更遑论天神地佛、生死爱恋了。我神不知鬼不觉地在金田府的走廊里穿行，简直比金刚力士踏烂一堆凉粉还易如反掌。这时，连我自己都对自身的能力钦佩万分。当我意识到多亏了咱这条平素所珍爱的尾巴时，便更觉不可慢待它了，理当顶礼膜拜吾辈那尊敬的尾巴大明神，祈祷它猫运长久。想到这里，我低头看去，却总是找不准方向。我必须对着尾巴行三拜之礼。为了看见尾巴，扭转身子时，尾巴也随之扭转；想要追赶尾巴，而扭过头去时，尾巴也保持着等距离向前转去。不愧是天地玄黄，

---

[1] 江户中期到明治初期流行的一种有图画和解说文字的通俗读物。

[2] 日文汉字写作"猫股"，传说猫老了之后，尾巴会分叉，变成猫怪出来害人。

尽收纳于三寸之尾的灵物，毕竟不是吾辈能够对付的。我追逐尾巴七圈半，精疲力竭，方才作罢。眼前有点天旋地转，一时不知身在何处。这有何妨，我晕头转向地四处乱闯。

忽听得纸拉门里有鼻子夫人说话声音。就是这儿，我立刻站住，竖起两耳，屏息倾听。

“一个穷酸教员，还那么神气！”正是那鼻子夫人尖声尖气的声音。

“嗯，的确是个狂妄的家伙！先折腾折腾他，让他吃点苦头！那个学校里有咱们的同乡。”

“有谁啊？”

“有津木乒助、福地岸水蚕。可以托他们去嘲笑那个穷教员！”

我不知金田家乡何处，只觉得全是些稀奇古怪的名字，有点吃惊。只听金田继续问道：

“那个家伙是英语教师吗？”

“是，据车夫老婆说，他专教英语课本什么的。”

“反正贼对不是个正派教员！”

把“绝对”说成“贼对”，叫我不能不捧腹。

“前几天我遇见乒助，他说‘我校有个奇怪的家伙’。学生问：‘老师，番茶用英语怎么说？’他一本正经地回答说：‘番茶就是savage tea[1]。’这已经在教员当中传为笑柄。他说：‘就因为有了这么个教员，搞得其他人都不得安宁。’他指的大概就是那个家伙吧！”

“肯定是他，不会有错。一看面相就知道会说出那种蠢话来，还装

[1] 番茶，即粗茶，主人误译为粗野人之茶，闹出了笑话。

模作样留着胡子。”

“不知羞耻的东西！”

如果留胡子就不知羞耻的话，我们猫族可就没有一只配活着了。

“还有那个叫什么迷亭，还是‘酩酊’的家伙，纯粹是个疯疯癫癫的跳梁小丑。跟我胡诌什么伯父是牧山男爵，看他那副长相，就觉得他不可能有个男爵伯父嘛。”

“也怪你笨，也不管是哪里的杂种说的话你都相信。”

“你说我笨？还不是因为他欺人太甚吗？”鼻子夫人觉得非常后悔。

奇怪的是，他们都没有提及寒月。到底是在我潜入之前早已结束了评论呢，还是他已经落选，不值一提了呢？这一点令人忧心，却毫无办法。我伫立思考时，只听隔着走廊的对面房间的铃声响起。看样子那边发生什么事了。机不可失！我直奔那边而去。

来到跟前一看，一个女人在高声讲着什么，听她声音很像鼻子夫人，由此推测，她便是这府上的小姐——那位驱使寒月君投河未遂的尤物吧！只可惜隔着一个纸隔扇，不得一睹芳容，无法确认她的脸中心是否也供奉着一只硕大的鼻子。不过，听她说话腔调以及粗重的鼻息等综合判断，应该不会是一个不引人注目的塌鼻子。那女子一直说个不停，对方的声音却一点也听不见，恐怕她在打人们常说的“电话”吧。

“是大和茶馆吗？明天，我去看戏。给我预订鹌鹑间的三座……好不好……听明白了吗……什么？没听明白？哎哟，真讨厌。我说的是订一下鹌鹑三座啊……你说什么……订不了？怎么可能订不了呢？我就要订……你还‘嘿嘿嘿’，你说我开玩笑？谁跟你开玩笑……净拿人寻开心！你到底是哪个？是长吉？你懂什么！去叫老板娘来接电话……你说什么？什么都可以跟你说？……你也太没规矩了。你知道我是谁吗？是金田小姐啊！……你‘嘿嘿’什么，你都知道？你这人，真是傻到家了……我不是说了我是金田小姐吗……什么？‘多蒙惠顾，非常感谢？’……谢什么呀？我没工夫听这个……哎哟，怎么又笑起来了。你可真够愚笨的……什么我说的是？……你要这么胡说八道，我可要挂断电话了！好不好啊，你就不怕吗？……你不说话，我也不知道你怎么想的……你倒是说话呀……”

大概是长吉那边挂断了电话，好像没有回答。小姐发起脾气来，把电话铃拨得铃铃作响，脚下的哈巴狗受了惊，突然汪汪地叫起来，这可得小心，我立刻蹿下走廊，钻进了地板下边。

这时，有人在走廊上越来越近，拉开了隔扇。是谁来了呢？我侧耳细听。

“小姐！老爷和太太请你去一下。”像是丫鬟的声音。

“我不去！”小姐给丫鬟吃了第一颗枪子儿。

“老爷和太太说，有点事，叫我来请小姐去。”

“烦人！不是说了我不去吗？”丫鬟又吃了第二颗枪子儿。

“……听说是关于水岛寒月的事。”丫鬟抖了个机灵，想使小姐高兴。

“什么寒月、水月的，不知道，不知道，最讨厌那个人啦。长得像个傻瓜蛋似的。”可怜的寒月，还没出门就挨了这第三颗枪子儿。

“哟，你什么时候梳起西式束发来了？”

“今天。”丫鬟松了口气，尽可能简明地回小姐的话。

“臭美什么？一个使唤丫头！”小姐又从另一个角度给丫鬟吃了第四颗枪子儿。

“并且，你还用上了新衬领？”

“是的。这是前些天小姐赏给我的，我觉得太漂亮，不好意思戴，就收进箱子里了。只是因为旧衬领全都脏了，这才找出来换上。”

“我什么时候给过你那个衬领？”

“今年正月，小姐去‘白木屋’商号买来的，是茶绿色的，印有相扑力士名号。小姐说：‘我用着太素了，送给你吧！’就是那条衬领。”

“哎哟，可气！你戴着真好看，气死我啦！”

“谢谢夸奖！”

“我不是夸你，是气你呀！”

“是。”

“那么好看的东西，为什么不吱一声就收下？”

“是。”

“连你用都那么好看，我用也不至于不好看吧！”

“肯定特别好看。”

“明明知道我用好看，你为什么不声不响地收下，而且还若无其事地戴上了？不像话！”

一连串地扫射。

我正在洗耳恭听局势将如何发展时，金田老爷从对面屋里大声喊小姐：

“富子！富子！”

小姐不得已应了一声，走出了电话间。

比我大一丁点儿的那只眼睛和嘴都耸在脸心的哈巴狗，也跟着小姐出去了。我照例蹑手蹑脚地再度从厨房出来，到了街上，急匆匆回主人家。这次探险首战告捷，获得十二分的成功。

回到家一看，由于从富丽堂皇的公馆突然回到肮脏的茅舍，感觉就像从阳光明媚的山巅突然掉进黑乎乎的洞窟里一般。探险的时候，由于注意力放在别的事情上，对于金田公馆的室内装饰、隔扇、拉门等都未曾留意，但仍旧感觉我的住处太寒酸，同时对所谓的“俗调”留恋起来。我觉得比起教师来，还是实业家了不起。自己也感到这念头有些反常，打算向尾巴求教。于是，从尾尖里发出了神谕：“的确如此！的确如此！”

我走进室内，吃了一惊，迷亭先生竟然还没有走，火盆里插满了烟头，像个马蜂窝似的。他盘着腿，正大讲特讲着什么。不知什么时候，连寒月先生也来了。主人曲肱为枕，凝眸眺望着顶棚漏雨的地方。依然一群太平逸民的聚会景象。

“寒月君，连说胡话都在念叨你的那个女人的名字，当时你保密，现在总可以公开了吧？”迷亭故意跟他打趣。

“如果只关系到我个人，说也无妨。但是，这会给对方带来麻烦的。”

“还说不得吗？”

“况且我已经和某某博士夫人发过誓了。”

“发誓绝不泄密吧？”

“是的。”寒月照例搓弄自己的和服衣带。那条紫色衣带很少见到有卖的。

“这衣带的色彩，有点‘天保调’[1]的意味啊！”主人横卧着调侃。主人对于‘金田事件’并不关心。

[1] 天保调，天宝是江户末期的年号（1830—1844），该时期的俳风低俗，与“俗调”大意相仿。

“是的，毕竟不是日俄战争年代的货嘛！这颜色的带子，只有戴上武士斗笠，穿上印有蜀葵形家徽[1]的后背开缝披风，才配得上。据说当年织田信长[2]去拜见老丈人[3]时，头上梳了个茶刷式发髻，当时他系的似乎就是这样的带子。”迷亭的话依然冗长。

“实际上，这条带子是我爷爷征伐长州时用过的。”寒月一本正经地说。

“差不多也该捐给博物馆了，怎么样啊？你这个‘缢死力学’的演说家、理学士水岛寒月先生，如果打扮得像个过时的武士，那可有伤体面呀！”

“遵旨照办也无妨，可是也有人认为我扎这条带子最合适不过了……”

“是谁说的，这么没有品位！”主人边翻身边大声喝道。

“是个你不认识的人，所以……”

“不认识有什么关系，到底是谁呀？”

“就是个女性。”

“哈哈哈，太搞笑啦。我来猜猜吧。想必还是从隅田川水下喊你名字的那个女子吧？老弟索性穿上那件褂子，再表演一次跳水如何？”迷亭挖苦道。

“嘿嘿嘿嘿……她已经不在水下喊了，她在西方的清净世界……”

“好像并不太清净吧！她有一只狠毒的鼻子哟！”

---

[1] 葵形家徽，即德川家徽，三叶葵纹样。

[2] 织田信长（1534—1582），日本战国末期名将，尾张人。战国三杰之一。曾统一大半国土，即将一统天下时，因家臣明智光秀谋反而被迫自杀。

[3] 即美浓国的霸主斋藤道三。

“什么？”寒月满脸不解。

“对面街巷的那位大鼻子女人刚刚不请自来啦。我俩真是吓了一跳。是吧？苦沙弥兄！”

主人躺着边喝茶边“嗯”了一声。

“大鼻子，是谁呀！”

“就是你那位亲爱的永远的女性的令堂大人啊！”

“啊？”

“金田的老婆来了解你的情况啦！”主人神色严肃地解释。

我窥视寒月的脸色，会吃惊、欢喜，还是羞怯？但他却面不改色，照例用平静的语气说：

“一定是想要我娶她家的小姐呗！”说着，又搓揉起了紫色衣带。

“大错特错矣。因为小姐的令堂大人是个伟大鼻子的拥有者……”

迷亭刚刚说了一半，主人竟胡乱接下茬：

“喂，告诉你，我刚才一直在给那个鼻子夫人构思一首俳体诗！”

女主人在隔壁房间里呵呵地笑起来。

“你也真够有闲心的，作好了没有？”

“刚想了一几句。第一句是：‘在她脸上祭大鼻’。”

“下一句……”

“给她鼻前供神酒。”

“下一句？”

“才想出这两句。”

“很有意思！”寒月笑眯眯的。

“下面接上‘两个洞洞黑幽幽’，如何？”迷亭立刻想出一句。于是寒月说：“再接上‘洞儿深深不见毛’，可不可以？”

就在他们正你一句我一句地胡诌八扯，在靠近主人家墙根的马路上，有四五个人大声起着哄：

“今户窑的狸子！今户窑的狸子！”

主人和迷亭一惊，透过篱笆缝向外面望去，只听到一些人哈哈大笑着向远处跑走的脚步声。

“今户窑的狸子是什么意思？”迷亭奇怪地问主人。

“谁知道什么意思！”主人回答说。

“倒是怪新颖的！”寒月加以点评。

迷亭好像想起了什么，“呼”地站起身来，以演讲的口吻说道：

“在下近年来从美学角度对鼻子进行过研究，借此机会披露一二，烦劳二位静听。”

因过于突然，主人只是呆然地望着迷亭。

寒月先生低声说：“一定洗耳恭听！”

“虽多方面进行查阅，鼻子的起源仍然扑朔迷离。第一个疑问即是：假如它是实用的器官，只要两个鼻孔就足够了，何必这般傲然兀立于脸中心。然而，正如各位所见，这鼻子为什么越来越高了呢？”说着，他捏起自己的鼻子给二人看。

“并不怎么高呀！”主人不以为然。

“反正没有凹下去吧。假如和只有一对窟窿的形状混同起来，说不定会产生误解的，因此，我首先请各位注意。那么，按鄙人愚见，鼻子的发达是由于擤鼻涕这一细微动作造成的。这一很自然的动作日积月累，便呈现出如此高耸的形象。”

“的确是货真价实的愚见！”主人又插了一句批语。

“众所周知，擤鼻涕时，必定捏住鼻子，于是，被捏的特定部位受到刺激，按照进化论的基本原理，该部位由于不断被刺激，会比其他部位不成比例地发达起来，皮肤自然更加坚硬，肌肉也逐渐变硬，终于凝固为骨。”

“这可有点……肌肉怎么会可能一下子变成骨头呢？”

寒月不愧是理学士，马上提出了抗议。迷亭却置若罔闻，继续高谈阔论：

“你有疑问，也可以理解。不过事实胜于雄辩，鼻子里确有骨头，有什么办法！鼻骨已经形成。即便已有骨头，鼻涕还是要流的。一流鼻涕，就非擤不可。由于这种作用力，鼻骨的左右两侧渐渐被去薄，并鼓了起来，变得又细又高……这擤鼻涕的作用果然巨大无比，宛如滴水能穿石、宾头卢[1]头自放光明，宛如异香天来、异臭地造一般，最终鼻梁变得这般又高又硬！”

“可是你的鼻子依然是软塌塌的呀？”

“关于演讲人的鼻子的局部构造，为了避开为自己辩护之嫌，有意避而不谈。下面特向二位介绍金田小姐的令堂大人所拥有的鼻子，这鼻子乃是最发达、最伟大的天下珍品。”

寒月不禁有些忐忑。

“不过，事物一达到极致，壮观是壮观，却总会令人心生畏惧，敬而远之。她的鼻梁绝对是出类拔萃的，然而，稍过险峻。古人之中也有苏格拉底[2]、哥尔德斯密斯[3]，或是萨克雷等人的鼻子，从构造来说，的

[1] 宾头卢尊者，十八罗汉之一，全名宾头卢·颇罗堕。现童颜白发长眉笑面之相。

[2] 苏格拉底（前469—前399），古希腊著名的思想家、哲学家、教育家、唯心主义哲学家。

[3] 哥尔德斯密斯（Oliver Goldsmith，1730—1774），英国18世纪中叶杰出的作家、诗人、剧作家。

确无法恭维。然而，正是那些有瑕疵之处，才格外惹人喜爱。所谓‘鼻不在高，奇者为贵’，即是这个道理吧。俗话也有：‘高鼻子不如米粉团子。’[1] 因此，我认为，从美学角度来说，鄙人的鼻子最为标准。”

寒月和主人嘿嘿地笑起来，迷亭也快活地笑了。

“却说，刚刚讲了……”迷亭接着说。

“先生！‘讲了’有点像说书人的用语，太俗气，请不要使用了吧！”寒月一报前仇。

“是吗？那就换个说法吧。那么，接下来想就鼻子与脸庞的比例稍稍谈及一二。假如不涉及其他部位，单独谈论鼻子的话，那位令堂大人拥有一个无论走到天涯海角，都绝不失体面的鼻子……纵使在鞍马山[2]开展览会，她恐怕也能获得头等奖。然而可悲的是，她的鼻子是自顾自地长那么大的，并没有跟嘴巴、眼睛等诸位邻居打招呼。恺撒[3]的鼻子无疑是非同凡响的。然而，如果用剪子将恺撒的鼻头剪掉，安在贵府的猫儿脸上的话，想想看，将会是何等模样！打个比方吧，在猫额头那么小的地方岿然耸立一个伟岸的鼻子的话，宛如在棋盘上摆了个奈良的大佛，因比例过于失调，而丧失其美学价值的。金田夫人的鼻头和恺撒同样，可谓英姿飒爽，赫然高耸，这一点毋庸置疑！然而，环绕鼻子周围的面部器官如何呢？当然，不至于像贵府的猫脸那么低劣了，不过说是像患癫痫病的丑女之面那样，眉根呈八字，细眼高吊，则是事实。诸位，

---

[1] 此处是诙谐的表达。这个谚语的原文是“好看的花不如米粉团子”，由于“花”和“鼻子”在日语发音中一样，故迷亭借此调侃。

[2] 鞍马山是京都市左京区的一座山。在日本古典戏剧中，鞍马山上栖息着长鼻子怪物“鞍马天狗”，迷亭借此传说进行调侃。

[3] 盖乌斯·尤利乌斯·恺撒，即恺撒大帝（前100—前44），罗马共和国（今地中海沿岸等地区）末期杰出的军事统帅、政治家。

这怎能令人不喟叹：‘既有此面，徒有此鼻啊！’”

当迷亭的话稍一停顿时，忽听房后有人说：“还在谈论鼻子哪，多么顽固不化呀！”

“是车夫老婆！”主人告诉迷亭。迷亭又演讲起来。

“竟然发现在意料不到的房后，有新的异性旁听者，此乃演说家的莫大荣誉。尤其那婉转动听的娇媚之音，给枯燥的讲坛平添一抹艳色，真是望外之福分。本应尽力讲得通俗些，以期不负佳人淑女之眷顾，然下文将稍稍涉及力学方面的问题，因此，女士们想必碍难听懂。还请多多迁就。”

寒月听到“力学”一词，又嘻嘻地笑起来。

“我想要论证的是：这只鼻子和这张脸根本无法调和。换句话说，违背了柴依辛的黄金律[1]。下面就打算严格地用力学公式演算一下其鼻子与脸部的比例给各位看一看。诸位要知道，首先以 H 代表鼻高；以 α 代表鼻子与脸平面交叉生成的角度；W 自然是代表鼻子的重量。怎么样，大致明白了吗？”

“怎么可能明白！”主人说。

“寒月兄呢？”

“我也不太明白哟！”

“这可不好办了。苦沙弥还情有可原，而你是个理学士，还以为你会明白呢。这个公式是我这番演说的灵魂，所以如果删掉，前面讲的就失去意义了……算了，没办法，那就略去公式，只说结论吧！”

“还有结论吗？”主人惊讶地问。

---

[1] 即黄金分割学说。指19世纪德国美学家柴依辛（Zeising，1810—1876）所发现的矩形中短边和长边的比例 a: b=b:（a+b），其中 a 为矩形之短边，b 为矩形之长边。他认为这种比例具有“多样的统一”和匀称美。著有《有关人体均衡的新研究》。

“当然有了。没有结论的演说，犹如没有上甜点的西餐。请二位仔细听着，下面就是结论了。上面的公式，如果参照魏尔肖[1]、魏斯曼[2]诸家的学说，当然不能否认鼻子是先天的形体遗传。而伴随其形体所产生的心理状况，即便已有认为是后天形成，并非遗传的有力学说，但是不可否认，在某种程度上必然会受到遗传的影响。因此有着那么不和谐的特大鼻子的女人生下的孩子，可想而知，她的鼻子也会有些异样。寒月君也许不认为金田小姐的鼻子有什么异样之处，因为她还年轻，但是，这种遗传的潜伏期很长，说不定什么时候气候突变，鼻子就会突然长大，刹那间膨胀得像她的老母一般大呢。因此，这门亲事，按照迷亭的学术性论证，趁早断念，是最保险的。这一点，不仅这家主人，就连睡在那边的猫怪阁下，也不会反对的！”

主人终于翻身坐起，非常热情地主张：“那是当然。那种女人的女儿，谁会要？寒月君，万万不能要。”

我为了聊表赞同之意，也喵喵地叫了两声。寒月也并不情绪激动，说：“既然两位先生如此高论，我就此断念也未尝不可。只是如果女方一时想不开，害了病，可是我的罪过呀……”

“哈哈哈哈，这就叫作‘艳罪’[3]吧！”

只有主人怒气冲天，嘟嘟囔囔：“谁去当那个冤大头！那种货色的女儿，也肯定不是个好东西！初到人家，就给我难堪。傲慢的家伙！”

这时，墙根下又传来三四个人哈哈大笑声。一个人说：“真是个傲慢的老顽固！”另一个说：“大概想住更大的房子吧！”还有一个大声说：

[1] 魏尔肖（1821—1902），德国病理学家，开创了细胞病理学说。

[2] 魏斯曼（Weismann，1834—1914），德国动物学家，遗传学奠基人之一。提出有名的“种质论”。对遗传学贡献巨大。

[3] 艳罪，日语发音与“冤罪”（即“冤枉”之意）同音。

“真是可怜哪，再怎么耍威风，也是窝里横啊！”

主人跑到檐廊上，也大声吼道：“吵死了，为啥偏偏到我家墙根来吵闹？”

“啊哈哈哈哈……savage tea，savage tea ……”墙根的人异口同声地骂个不停。

主人大发雷霆，猛然站起来，拿着手杖直奔马路而去。迷亭拍着手起哄：“有趣！有趣！哎呀呀！”寒月笑着搓弄那条衣带。我跟在主人身后，从篱笆墙的破洞钻出去，来到马路上一看，只有主人自己拄着手杖，茫然无措地站在大路当中，街上一个人也没有，主人的样子就像被狐仙附了体似的。

四

鄙猫照例潜入了金田宅邸。

为何说是“照例”，现在已无须做什么解释。即是表示已经到了将“多次”加以平方的程度的词语。干过一次的事，还想再干第二次，干过两次的事，就想干第三次，这种好奇心不只人类才有，即使是猫，也是带着这一心理降临于世的，这一点必须请人类认识到。反复干过三次以上的事情，才能冠之以“习惯”这个词，这种行为是生活的需要与进化，在这一点上，我们也和人类是一样的。假如有人对于我这么频繁地往金田家跑产生疑问，那么，在人类提问之前，我要先反问一句：为什么人们从嘴吸进烟雾，又从鼻腔喷出？人类既然不知羞耻地肆意吞吐这种既不果腹，也不补血的玩意儿，就不要那么大声责怪我出入金田家。金田家便是我的香烟！

使用“潜入”这个词，多少有些不恰当，听上去和小偷、奸夫差不多似的。我去金田公馆，虽然没有受到邀请，但也绝不是为了偷点鲣鱼干，或者跟那只鼻眼痉挛般地聚集在脸心的哈巴狗密谈——什么？侦探？太荒谬了！要说这世上干哪一行的最下贱，我觉得没有比侦探和放高利贷的更下贱了！不错，为了寒月，我萌生了猫族不该有的侠义之心，曾一度偷偷去侦察金田家的动静。但只去了那一次，尔后再没有干过那种有悖于猫族良心的卑鄙勾当。也许有人问：既然如此，又为什么用“潜入”这种不确切之词？说来，这里面还颇有意趣哩。我本以为，天空为覆万物，大地为载万物而存在——不论怎样喜欢强词夺理的人类，也不会否定这一事实的。那么，若问为了开天辟地，他们人类究竟花费了多大力气，岂不是寸功也不曾有过吗？将并非亲手创造的东西据为己有，是没有道理的吧！据为己有倒也罢了，可有什么理由禁止他类出入呢？人类卖弄小聪明，在这茫茫大地上，筑起围墙，树起木桩，画地为界，据为自己所有。这些所作所为恰如以绳圈天，要求这一片是我的天，那一片是他的天一般可笑。假如可以将土地切割成小块，按坪论价地买卖所有权的话，那么，我们呼吸的空气，也可以切成一尺见方的小块进行买卖了。假如既不能零售空气，又不能分割天空的话，那么，土地的私有岂不是也不合理吗？由于吾辈猫族依据如是观，奉行如是法，因此想去哪儿就去哪儿。当然，不想去的地方是不肯去的，而想去的地方，不问东西南北，大摇大摆地，慢慢悠悠前去便是。对于金田之辈，何必顾虑！然而猫族的可悲之处在于，论力量毕竟不是人类的对手。“强权即是公理。”既然我生存在有这一格言的这个尘世上，那么，再怎么有理，猫的逻辑也是行不通的。硬要行得通，就会像车夫家的老黑一样，会冷不防挨一顿鱼贩子的扁担。真理虽然在我这里，权力却在别人那里。此时只有两条路：或委曲求全，唯命是从；或偷偷摸摸地我行我素。我当然选择的是后者。

然而，由于必须提防挨扁担，就不得不“潜入”。因此之故，我才潜入金田宅邸。

随着潜入次数增多，我虽无意当什么密探，但是，金田一家子的大事小情却映入不屑一看的我的眼帘中，刻在了我不愿记忆的脑子里，这也是无可奈何之事。鼻子夫人每次洗脸时，总是仔仔细细地擦她的鼻子；富子小姐非常贪吃阿倍川年糕；还有金田君——金田不像太太那样，是个塌鼻子。不单是鼻子，整个脸都是扁平的。以至于叫人不能不疑心：莫非是小时候打架，他被坏孩子掐住脖子猛劲摁在墙上挤压过，结果直到四十年后的今天，那张脸依然平坦。

不用说那是一张极其安稳、毫无危险的脸，但是总觉得缺乏变化。不论多么愤怒，依然是一张平静的脸——就是这位金田君，他吃金枪鱼片时，总是啪啪地拍打自己的秃头。他不仅脸是扁的，个子也矮，所以不管什么场合，总戴着一顶高帽，穿一双高齿木屐。车夫觉得他这打扮很滑稽，将这些说给书生听，书生钦佩地说：“你的观察力很敏锐……”——诸如此类，就不一一赘述了。

最近我从厨房旁穿过院子，躲在假山后面观察前方。如果发现房门紧闭，静悄悄的，便慢慢地爬进去。如果人声嘈杂，或者觉得有可能被客厅里的人看到的话，便绕到水池东边，从茅房旁神出鬼没地钻进檐廊下面。我没干过坏事，没有必要躲躲藏藏，或是害怕什么，但是，如果在那里撞上人这种无法无天的家伙的话，就只好认倒霉了。因此，假如世上的人都成了大盗熊坂长范[1]之流，那么，不论是怎样有德行的君子，也会采取我这种态度的。金田君乃一堂堂实业家，所以不必担心他会像

[1] 熊坂长范：传说为平安时期传说中的大盗。

熊坂长范那样，抡起五尺三寸的大刀对付我，但是据我所知，他有个拿人不当人的毛病。既然拿人不当人，自然也会拿猫不当猫的。由此可见，身为猫者，不论多么有德行，在这个公馆里也绝不可掉以轻心。然而，正是“不可掉以轻心”这一点，让我觉得有趣。所以我如此频繁地出入金田家，说不定纯粹是为了冒这个风险呢。这个问题，待我日后好好思考，待我将猫的思维彻底剖析后，再向你们宣讲吧。

不知今天的情况如何？我这么琢磨着，将前额贴在那有假山的草坪上，向前方瞭望，只见十五榻榻米[1]的客厅大开着窗门，洒满三月春光。室内金田夫妇正和一位来客说话。偏巧鼻子夫人的鼻子正对着我所在的方向，隔着池塘，盯着我的额头。我被鼻子盯着看，有生以来还是第一次。金田先生幸好转过脸去面对着客人，他那张扁脸只能看到一半，而鼻子的所在也不明了。不过，由于花白胡须从各处乱糟糟地滋生，所以不费劲儿，就可以得出结论：胡须的上端应该有两个窟窿才对。我顺便起了遐想：假如春风总是吹拂这般平滑的一张脸，想必相当轻松吧！

来客在三个人之中，面相最为平庸。正因为其平庸，关于他的相貌也就没有什么值得特别介绍的。说到平庸，倒也不是坏事，但若平庸到登平凡之堂，入庸俗之室[2]的话，则未免令人悲悯！背负着这么一副无聊至极的面庞，降生于明治太平盛世的那位来客，到底是何方人士？我如果不照例钻进檐廊的地板下，聆听一下他们的谈话，是不会知道的。

“……因此，内人特地到那个家伙的家里登门拜访，了解情况……”金田君的口气依然很傲慢。虽然傲慢，却并不严厉。说话也和他的面孔

---

[1] 一个榻榻米的尺寸是长约 2 米，宽约 90 厘米。

[2] 这是一句反话。套用了《论语·先进篇》中的“子曰，由也升堂矣，未入于室也”。意为子路的学问虽高，但还不到家。

一样无趣而庸俗。

“是的，因为他教过水岛先生……是的，是个好主意……是的。”

满嘴“是的，是的”的人是来客。

“不过，总觉得他那个人很难缠。”

“也难怪啊，苦沙弥就是个不知好歹的人哪……从前他和我住在一个公寓的时候，就跟滚刀肉似的……想必您觉得很头痛吧？”客人瞧着鼻子夫人说。

“先不说什么头痛不头痛的，我跟你说吧，我长这么大，还没在别人家受过这种不礼貌的对待呢！”鼻子夫人说话时还是那样呼哧呼哧的。

“他说了什么不礼貌的话了？他从前就是个特别顽固的家伙。只要看看他十年如一日只会教英语入门，就可见一斑啦。”客人十分得体地附和着。

“哎呀，内人问他什么，他的回答总是夹枪带棒的，简直没办法跟他说话……”

“这可真是不像话！人一有点学问，就容易自以为是，再加上贫穷，就会争强好胜……这么说吧，这世上有那种无法无天的刁民。自己不干活，还老是跟有钱人对着干，不以为耻……就好像有钱人把他们的财产给卷走了似的，太可笑了。哈哈哈……”客人似乎心情大好。

“唉，简直是荒谬绝伦！之所以如此，毕竟是由于没见过世面，导致的任性胡为。所以，还是稍稍教训教训他，让他收敛一下为好，就让他尝了尝苦头……”

“有道理。那么，那家伙一定收敛了吧？这么做也完全是为了他好嘛！”客人没等聆听是怎么治的，就先表示了赞成。

“你想不到吧，铃木兄，他是个多么顽固的家伙。听说他到学校，竟然不理睬福地君和津木君。本以为他是心怀歉疚而默不作声呢。谁知道，据说最近他竟拿着手杖，追赶毫无过错的舍下的书生……三十多岁的人了，怎么能干出那种蠢事来呢。简直是破罐子破摔，脑子有点不正常了！”

“什么？他怎么又做出这等粗野之事来了呢……”连这位精明的来客听了这个事，都有点奇怪了。

“唉，其实就是因为舍下的书生从他面前走过时说了点什么，他便立刻拿起手杖，光着脚追了出去。就是那孩子小声嘀咕了几句，可毕竟是个孩子啊，他可是个满脸胡须的大人，还是个教师哪！”

“对呀，还是个教师哪。”客人附和道。金田君又重复了一遍：“还是个教师哪。”

既然是个教师，纵然受到天大的侮辱，也应该像个木头人似的乖乖忍受，看来这是三人的一致看法。

“还有那个名叫迷亭的家伙，完全是个不知天高地厚的人。只知道信口开河，胡诌八扯。我还第一次遇见这么怪的人呢。”

“啊，您是说迷亭吗？如此看来，他还是那么爱吹牛啊。夫人也是在苦沙弥家见到他的吗？他可不是个省油的灯。那家伙以前也是和我住在一个屋檐下的室友，就因为他总爱捉弄人，我经常和他干架。”

“像他那种人，谁能受得了啊。其实撒谎骗人倒也罢了……碍于朋友情面啦，不得不附和几句啦……那种场合，任谁也会说些言不由衷的话的。可是只要那家伙不吭声就没事了，他却一味地胡说八道，结果搞得无法收场。我真不明白，他那么胡言乱语到底图的是什么……居然大言不惭地瞪着眼睛说瞎话啊！”

“您说得没错。撒谎已经成了他的嗜好，所以才更难缠哪！”

“你说说，我好不容易特意去了解水岛先生的情况，也被他给搅和了。我又生气，又后悔……即便如此，人情往来还是要讲的。既然到别人家去了解情况，总不能假装不懂人情，这事咱可做不出来。所以，后来我打发车夫给他家送去一箱啤酒。可是，你猜怎么着？他说：‘我没有理由接受这份礼品，拿回去吧！’车夫说：‘只是略表谢意，还请收下！’他却说：‘这也太可恶了吧。我天天吃果子酱，可从来没喝过啤酒那种苦水！’说罢，转身进屋了。你瞧，多么失礼啊，有他这么说话的吗？”

“的确很过分！”客人这回好像是打心里觉得过分了。

“因此，今天特地请你来，”金田君的声音停顿了一会儿，“对那些愚蠢的家伙，原来暗中捉弄他们一番也就算了，可还是惹出了点麻烦……”说着，金田君像吃金枪鱼片时一样，啪啪地拍打自己的秃头。

当然，由于我是躲在檐廊的地板下面，所以他到底真的拍了秃头没有，是不可能看见的，不过近来，他那拍打秃头的声音早已听得耳熟了。如同尼姑擅长辨别木鱼声一般，我即便藏身于地板之下，只要那声音清晰，立刻就能够辨别出那是金田君在拍打秃头。

“所以，想麻烦老弟一下……”

“只要是我能帮到的，请千万不要客气……我这次能调到东京来工作，还不都靠您万般操心呀。”客人非常痛快地答应了金田君的请托。听口气，这位客人也是得到过金田君照拂的人。哎呀，看起来事情发展得越来越有得瞧了。只因今天天气好，我才改了主意前来偷听，万没想到会听来这么多有关主人的内容。这可真是歪打正着啊！

我很想知道金田君对来客所求何事，便趴在檐廊下面侧耳细听。

“苦沙弥那个怪物，不知为什么给水岛出谋划策，话里话外地暗示他最好不要娶金田小姐……是这样吧？夫人。”

“岂止是暗示啊。他说什么‘天下哪有这样的傻瓜，会娶那种货色的女儿！寒月兄，绝对不可娶她哟！’”

“‘那种货色’？！真是太无礼了！他当真说了那种粗话了吗？”

“何止是说过，是车夫老婆亲口告诉我的。”

“铃木君，怎么样？你都听见了吧。看来他很不好对付。”

“不好办哪！这种事情和别的不同，按说外人是不该妄加置喙的。苦沙弥就算再呆气，这点道理也该明白的呀！这到底是怎么回事呢？”

“所以啊……你从学生时期就和苦沙弥同吃同住的，不管现在怎样，听说从前关系还算亲密，我才拜托你见到他，一定要彻底晓之以利害。好吗？也许他会发火，但发火是他的过错。只要他识相些，我一定会充分关照他的，而且也不会再惹他生气。不过，他若是执迷不悟，我们也会以牙还牙的……就是说，再那么顽固不化，吃亏的是他自己。”

“是的，正如您说的那样，再那样冥顽不灵、负隅顽抗，吃亏的只是他自己，没有任何好处。我会好好劝告他的。”

“另外，向我家小姐求婚的人多得很，并非一定嫁给水岛先生。不过，经过了解，此人学识和品格都还不错，所以，如果他努力钻研学问，不久能考上博士的话，或许有希望结亲。这个意思，你不妨也不露声色地让他知道。”

“让寒月知晓这一点，对他而言也是一种激励，就会更有学习的劲头了。太好了。”

“还有，就是那个事很怪……我觉得与水岛的身份不符，可他却口口声声称那个怪物苦沙弥为老师。对苦沙弥说的话，好像大多都很听从，这很麻烦。当然了，我女儿也不是非水岛不嫁，所以，不管苦沙弥说些什么，捣什么乱，对于我们来说，都没有影响……”

“只是水岛先生怪可怜的。”鼻子夫人插了句嘴，“水岛这个人我还没有见过。总之，能和我家结亲，是他一辈子的福气，想必他本人应该不会不愿意吧！”

“是的，水岛先生自然是求之不得的，可是苦沙弥啦，迷亭啦，这些怪物总是这个那个地说三道四嘛。”

“这就不好了。这不是受过良好教育的人做的事。回头我到苦沙弥家去，好好和他谈谈。”

“啊，那就请你费心啦。还有，实际上水岛的情况苦沙弥最了解，可是上次内人去他家时，由于遭遇了刚才说过的那种不愉快的状况，没能很好地打听。所以，希望你这一次去，能替我们仔细了解一下水岛德行、才学等各方面的情况。”

“知道了！今天是星期六，我现在就去的话，他应该已经回家了。不知他近来住在哪儿？”

“从我家门前往右去，一直走到头，再往左走一百多米，有一个摇摇欲坠的黑墙房子，就是他家。”鼻子夫人说。

“这么说，就在附近喽。这就更好办了，我回去时顺道去一趟好了。很容易找的，一看门牌就知道了。”

“不过，他家的门牌可是时有时无的呢。大概是用饭粒把名片粘在门上的吧，一下雨就被冲洗掉了，然后，到了晴天再粘上。所以门牌是靠不住的。与其这么费事，何不干脆钉个木牌多好啊，真是个莫名其妙的人。”

“真叫人吃惊！不过，打听一下黑墙要倒的那家在哪儿，估计就知道了吧？”

“嗯，那么肮脏的人家这条街上找不到第二家，很好找的。啊，对了，对了，如果还是找不到，倒有个好标志，只要寻找房顶上长草的房子，准没有错。”

“真是个有特色的人家啊。啊哈哈……”

我若不趁铃木大驾光临之前回去，怕是有些不妙。听了这些议论，也足够了。我从檐廊地板下面一直走到茅房，再往西拐去，从假山后边来到大路上，快步走回房顶长草的房子里，若无其事地绕到客厅的檐廊上。

只见主人在檐廊上铺了块白毛毯，趴在上面，让明媚的春光晒着他的脊背。阳光的确是非常公平的，对于房顶上以杂草为标记的破屋，也如同对金田公馆的客厅一样照得暖洋洋的，唯有那块毛毯毫无春意可言。那块毛毯，厂家是按照白色织成，洋货店也是作为白色售出的，而且主人也是当作白色订购来的，怎禁得已经是十二三年前的事了，白色的年代早已过去，如今，正进入逐渐变为深灰色的时期。尚不清楚这条毛毯能否度过这一深灰色时期，存活到变成暗黑色那天。即使现在，那毛毯已然是伤痕累累，经纬线条历历可数，称其为毛毯，已经名不副实，倒是去掉“毛”字，只叫“毯子”更恰如其分。不过，依照主人的逻辑，既然用了一年、两年、五年、十年，那就必须用上一辈子了。

闲话少叙，却说主人趴在那块历史悠久的毛毯上，在干什么呢？原来他正双手托腮，右手指缝间夹着香烟发呆呢。当然，他那满是头皮的脑袋里，宇宙间的最高真理正如火轮般旋转也说不定，但从表面看，却是怎么也看不出来的。

香烟头已渐渐逼近烟嘴儿，一寸多长的烟灰“啪嗒”一声落在毯子上，主人也不在意，眼睛死死跟踪着烟缕的去向不放。烟缕随着春风沉浮，画出了一个又一个烟圈，不断地飘向妻子刚刚洗完头披散着的深紫色发根上……哎呀，忘了应该先交代一下女主人的事。

女主人的臀部正对着丈夫……什么，你说她是个没规矩的老婆？倒也没什么不规矩的。规矩或不规矩都是相对的，要看怎么去解释。主人非常坦然地双手托腮，面对着妻子的臀部，而妻子也满不在乎地将庄严的臀部高耸于丈夫的眼前，不过尔尔，何谈什么规矩不规矩的。这二位是一对结婚还不到一年时，就已经成了摆脱了烦冗规矩束缚的超脱的夫妻。

再说，这位将臀部对着丈夫的妻子，今天也不知是怎么想的，趁着天气好，用海藻和生鸡蛋，把一尺多长黑得发绿的头发搓洗了一通，将顺顺溜溜的长发正炫耀似的从肩头披散在后背，不声不吭地埋头缝制孩子的背心。其实，她是为了晾干头发才拿着薄呢坐垫和针线盒来到檐廊，恭敬地将臀部对着丈夫的。不过，也说不定是主人自己凑到妻子的臀部后面来的。

于是乎刚才提过的那团团烟圈，不断地涌向浓密而飘逸的乌发上去，犹如不合时宜的烟圈正在升腾，主人看得入了神。然而，烟云不会在一处停留，必然不断地向高处袅袅上升，所以主人若想不错过观赏这青烟与乌丝纠缠缭绕的奇观，就必须转动眼珠。主人首先从妻子的腰部开始观察，沿着脊背逐渐往上看，从肩头到达了脖颈，然而越过脖颈，终于抵达头顶时，主人不禁大吃一惊——原来与主人订下偕老同穴[1]之约的妻子头顶正中竟有着一大块圆圆的秃疤。而且那块秃疤反射着和煦的阳光，正堂而皇之地闪闪发光呢！无意之中竟然获得如此不可思议的大发

[1] 日语成语，即白头偕老。

现，此时主人的眼睛尽管辉映着阳光，仍露出了极其惊讶的神色，他顾不上被刺眼的阳光放大瞳孔，全神贯注地盯着那块秃疤。

主人发现这块秃疤时，脑海里首先闪现出的是他家祖传的那盏在佛坛上不知摆了多少代的佛灯盘。他全家信奉真宗[1]。真宗居士的家历来就有把不合身份的大把的钱花在佛坛上的规矩，主人还记得小时候他家黑乎乎的储物间里供着一个厚厚的贴金大佛龛，佛龛里总是吊着一个黄铜的灯盘，那个灯盘里白天也点着朦胧的灯火。由于储物间很昏暗，唯有这只灯盘闪着幽幽光亮，因此，想必在他幼小的心灵里，那不知看过多少遍的佛灯的印象，被妻子的秃疤唤醒，从而突然闪现了吧。

佛灯盘的影像不到一分钟便消失了。这时主人又想起了观音菩萨的神鸽。观音菩萨的神鸽与女主人的秃疤似乎风马牛不相及，但是，在主人的头脑里，二者之间却产生了密不可分的联想。也是他小时候的事，每次去浅草，他一定要给神鸽买豆吃。一碟豆子两个铜板，装在红色瓦碟里。那个瓦碟子无论是色调还是大小，都和老婆的秃疤十分相似。

“真是太像了。”主人万分惊讶地说。

“什么太像了？”女主人背对他问。

“还问什么？你头顶上有一大块秃疤啊，你知道吗？”

“知道。”女主人回答，手里依然在做针线活儿，丝毫没有觉得不好意思，真是个超凡脱俗的模范妻子。

“是出嫁时就有的，还是嫁过来以后新长的呢？”主人问道。他嘴上没有说，心里却在想：如果是结婚以前就有的话，自己就受骗了。

“记不得是什么时候有的了。秃不秃的有什么关系！”她倒是很想

[1] 真宗，净土真宗的别称。

得开。

“有什么关系？那不是你自己的脑袋吗？”主人有点冒火。

“正因为是我自己的脑袋，才没关系呀。”她虽然嘴硬，但毕竟有些在意，右手伸到头上，摸了摸那块秃疤。“哎呀，大了不少啊。原来可没有这么大。”

这么说来，她总算意识到了，从她的年龄来说，这块秃疤过大了些。

“女人一绾发髻，那个地方的头发就会被揪起来，谁都会秃的。”她又为自己分辩起来。

“照这个速度秃下去，到了四十岁，不就都成了秃子了吗？这一定是病，说不定会传染的，趁早请甘木医生瞧瞧吧。”主人边说边不停地抚摩自己的脑袋。

“你总是说别人，你自己鼻孔里不是也长了白发了吗？秃疤若是传染，白发也会传染的呀！”女主人有些愤愤不平。

“鼻孔里的白毛看不见，所以无碍，而头顶，尤其年轻女人的头顶，秃成那个样子，难看死了，那不成了残疾了吗？”

“既然是残疾，你何必要娶我呢？是你自己愿意娶我的，如今又说什么‘残疾’……”

“因为不知道啊！直到今天才知道的。你既然这么不以为意，为什么出嫁时不让我看看头顶？”

“胡说什么呢！没听说过非要女方在婚前检查脑袋，合格了才可以出嫁的呀？”

“有秃疤也就忍了，可是你个子也矮得出奇，怎么看怎么别扭。”

“个子不是一眼就可以看明白的吗？你当初娶我的时候，不是明知我个子矮的吗？”

“知道是知道的，不过，以为你还会长高些，才娶过来的呀！”

“都二十岁了，还能长高？你也太欺负人了吧！”女主人将婴儿坎肩一扔，转过身来面对主人说道。看她的架势，倘若主人再说什么不中听的话，她是绝不会罢休的。

“哪有这一说啊，人到了二十岁，就不许再长高了？我还以为你过门之后，让你吃些补品，有可能会长高一点呢。”主人正在一本正经地强词夺理时，门铃突然响起来，有人在大声叫门。看样子是铃木先生循着屋顶有杂草的标记，终于找到了苦沙弥先生的“卧龙窟”。

女主人只好慌忙抱着针线盒和小儿坎肩躲进茶间去了，回头再和他理论。

主人也卷起灰色毛毯，扔进书房。少顷，主人看了女仆拿来的名片，面露吃惊之色。他吩咐了一句“请他进来”，就拿着名片走进了茅房。他为什么突然去上茅房，不得其解，为什么将铃木藤十郎的名片拿到茅房去，就更难以理解了。反正最倒霉的是不得不奉陪主人去臭茅坑的名片。

女仆将花布坐垫摆在壁龛前，说了声“您请坐”，便退下了。铃木先生环顾了室内一圈。但见壁龛里挂着一幅木庵[1]的赝品画轴——《花开万国春》，以及插着春分前后开放的樱花的廉价的京都青瓷瓶。一一看过之后，他忽然看见女仆给自己摆好的那张坐垫上，不知什么时候，居然旁若无人地端坐着一只猫。毋庸赘述，那只猫不是别人，正是在下。此时，铃木先生的心中刹那间掀起波涛，差一点怒形于色。这个坐垫毫

[1] 木庵禅师（1611—1684），中国明末清初泉州开元寺僧人，清顺治十二年（1655）率弟子东渡日本，1670年在江户白金创建瑞圣寺，开创关东黄檗宗。日本天皇特赐紫衣。后退隐万福寺紫云院。木庵除佛学外，诗文书画均有较深造诣。文学作品传世颇多。

无疑问是给铃木先生准备的。给自已铺的坐垫，自己还没有坐下，竟然有一只莫名其妙的动物坦然盘踞其上，这是破坏铃木内心平静的第一个因素。假如这个坐垫空在那里，一任春风吹拂，那么，铃木先生说不定会有意在主人进来后，再次请他坐坐垫之前，在坚硬的席地上忍耐片刻，以表谦逊之意的。然而，在迟早属于自己的坐垫上，连个招呼都不打，便落座的家伙是谁？如果是人，或许还可以忍让，对于猫岂有忍让之理。由于是一只猫，使铃木先生愈加不快，这是破坏他内心平静的第二个因素。最惹他生气的是那只猫的表情。不仅没有一点抱歉的意思，反而傲慢地坐在无权占据的坐垫上，眨巴着两只毫不可爱的圆眼，盯着铃木先生的脸看，貌似在问："你是什么人？"这是破坏了他内心平静的第三个因素。

既然有这么多的不满，理应掐住我的脖颈，把我拽下去，但是铃木先生却默默地瞧着我。堂堂人类，岂能被猫吓得不敢出手。要问他为什么不立刻把我揪下去，以泄心中不平呢？依我推测，完全是出于维护作为人的体面的自尊心之故。如果诉诸武力，三尺孩童也能轻松地把我甩来甩去。然而从体面这一角度考虑，铃木藤十郎尽管是金田君的心腹，对于我这个镇守在二尺见方坐垫上的猫大明神，也是奈何不得的。无论在多么背人眼目的地方，倘若和猫儿争夺坐垫，也多少有损于人的尊严。认真地和猫儿争是非曲直，毕竟有失男子汉的风度。太滑稽了！为了避开这不名誉的行为，他只得受点委屈了。可是，正因为不得不受点委屈，他对猫的憎恶也相应地在增加。铃木哭丧着脸不时地瞅我一眼，而我觉得欣赏铃木先生那张气愤的脸着实有趣，我极力克制着滑稽感，装作满不在乎的样子。

就在我和铃木先生这样表演哑剧的时候，主人整理好衣着从茅房出来，“噢”了一声便坐下来，但手里那张名片已无影无踪。可见铃木藤十郎的大名已被关进茅坑里，宣判了无期徒刑。这张名片真够倒霉的，我正怜惜呢，“这个畜生！”主人一把揪住我后脖子的毛，把我扔到檐廊上。

“来，把它铺上吧。你可是稀客呀。什么时候到东京来的？”主人对故交寒暄道。铃木将坐垫翻了个个儿，坐在上面。

“还没有安顿好，所以一直没有告知老兄。老实说，最近我已经调回东京的总公司了……”

“那可太好了。真是好久没见啦。自从你下乡后，这还是第一次见面吧？”

“嗯，快十年啦。其实，后来也常常到东京来出差，只是，工作繁忙，所以一直没能来拜访。老兄不要见怪啊。公司的工作和老兄的职业不同，分身乏术噢！”

“十年来，老弟变化不小呀！”主人上上下下打量着铃木先生。铃木君留着溜光的分头，穿着英国制的毛料西装，系着漂亮的领带，胸前露出一条光闪闪的金表链。看他这派头，叫人不敢相信他是苦沙弥的旧友。

“就连这个，也是不得不戴上呢！”铃木频频炫耀他的金链。

“这是纯金的吗？”主人问了个唐突的问题。

“是 18K 金的。”铃木先生笑着回答说，“你看着也老了许多啊！记得老兄有个孩子，是一个吧？”

“不是。”

“两个？”

“不是。”

“还有吗？那么，是三个了？”

“嗯，有三个。不知以后还会有多少呢。”

“老兄还是那么无忧无虑的。最大的几岁了？不小了吧？”

“噢，我也搞不清几岁了，差不多六七岁吧。”

“哈哈哈，当教师真是逍遥自在，羡煞我也。当年我也当教师就好了。”

“你当个试试哦，不出三天就厌烦了。”

“是吗？又高尚，又快活，还清闲，可以做自己喜欢的学问，不是挺好吗？虽说做实业家也不坏，但是，如我之辈还是不行。要做实业家，就要做上头的。若是下面的，见人就得阿谀逢迎，或是不得不去应酬，跟人交杯换盏，愚蠢到家了。”

“我从上学的时候就非常讨厌实业家。只要能赚钱，他们什么事都干。用老话说就是市井小人哪。”主人竟当着实业家的面信口开河。

“不至于吧，也不能说所有实业家都是这样。不过的确有点卑贱。总之，如果不下定‘人为财死’的决心，是做不了这一行的。话又说回来，钱这东西，也是相当厉害的——刚才我还在一位实业家那里听说，要想发财，就必须学会‘三无战术’——无德、无情、无廉耻。有意思吧，哈哈……”

“是哪个傻瓜说的？”

“他可不是傻瓜。是个非常精明能干的人，在企业界小有名气呢，你不知道他吗？就住在前面那条街。”

“金田吗？他算个什么东西！”

“火气很大呀！何必呢，其实那不过是句玩笑话吧，就是打个比方，连这‘三无’都做不到，就别想赚钱的意思。像你这么钻牛角尖，怎么行啊。”

“‘三无战术’这种玩笑话也就罢了，可是他老婆的鼻子该怎么比方呢？你去过他家的话，自然拜见过那个‘鼻子’吧。”

“金田太太吗，那位夫人可是个非常开通的人哟！”

“我是说她的鼻子。就是她的那个大鼻子啊！前几天，我还给她的鼻子写了一首俳体诗呢。”

“什么是俳体诗？”

“连俳体诗都不懂啊，你也太落伍了。”

“啊，像我这样繁忙，对文学之类毕竟是一窍不通呀。再说从前我就不大喜欢附庸风雅。”

“你知道查理曼大帝[1]的鼻子长得什么样吗？”

“哈哈哈哈，老兄真有闲情雅致啊。我可不知道。”

“威灵顿[2]被他的部下起了个‘鼻子’的绰号，你知道吧？”

“你干吗这么跟鼻子过不去啊？何必操那份心呢，鼻子是圆的还是尖的，都无所谓啦。”

“大谬不然。你知道帕斯卡尔[3]的传闻吗？”

“又是‘你知道吗？’我就像来考试似的。帕斯卡尔又怎么啦？”

“帕斯卡尔曾经这样说过。”

“说什么？”

---

[1] 查理大帝（742—814），后人称他查理曼，法兰克王国加洛林王朝国王（768—814），罗马帝国的奠基人。

[2] 威灵顿（1769—1852），英国统帅，在反对拿破仑战争中，以指挥滑铁卢战役闻名。后历任首相、外交大臣等。

[3] 帕斯卡尔（1623—1662），即布莱士·帕斯卡，法国数学家、物理学家、哲学家、散文家。

“假如克娄巴特拉女王[1]的鼻子稍微短一点儿，会给世界的外观带来巨大的变化。”

“噢，原来如此。”

“所以说，像老弟这样不把鼻子当回事，轻视鼻子，可要不得。”

“好吧，今后我一定重视起来。这个事先这样吧，我这次来，是有点事跟你商量。那个，听说原来是你教过的，叫作水岛……那个水岛……哎呀，名字一时想不起了——那个，听说他常到你这儿来？”

“是寒月吗？”

“对呀，对呀，是寒月，寒月。我今天就是为了解他的情况才来的。”

“莫非是跟婚事有关？”

“啊，多少有些关系吧。我今天到金田家去……”

“前些天，‘鼻子’已经亲自登门了。”

“是呀，金田太太也是这么说的。她说想向苦沙弥先生仔细了解一下，可是不巧迷亭也在场，被他胡言乱语地一搅和，什么也没问成。”

“那还不是得怪她长了那么个大鼻子啊。”

“她并没有怪罪老兄的意思呀！她说，上次因迷亭在场，无法详细打听，感到非常遗憾，所以拜托我再来详细地问一问。我还从来没有帮过人家这种忙，不过假如当事人双方都不嫌弃的话，我从中周旋，加以成全，倒也不是件坏事——这么着，我就前来造访了。”

“有劳老弟啦！”主人冷淡地回答，但他心里不知怎么，听了“当事人双方”这个词儿，竟有点活动。有种宛如闷热的盛夏之夜，一缕凉

---

[1] 克娄巴特拉女王（前 69—前 30），埃及托勒密王朝的末代女王，以美貌和才智闻名于世。

风潜入袖口的感觉。本来，这位主人是被塑造成了一个粗鲁、顽固而无趣的人，然而，他又将自己与那冷酷而没有人情味的文明产物区分开来。欲知他是什么人，只要看他无端发火、怒发冲冠的样子，便可领略其中奥妙。前些天他之所以和鼻子夫人吵架，是因为对那个大鼻子看不顺眼，对于鼻子夫人的女儿倒没有什么。由于讨厌实业家，因而必然也讨厌实业家一分子的金田，但这与金田小姐本人，可以说是毫不相干的。他对金田小姐往日无仇，近日无冤，而寒月又是胜于手足的爱徒。倘若果然如铃木君所说的那样，当事人双方有情有义的话，即便是间接地妨碍此良缘，也绝非君子之所为——苦沙弥先生当然自诩为君子了——假如当事人双方相爱的话……可是，问题就在这儿。若想端正自己对于此事的态度，必须首先弄清真相。

“我问你，那个女子愿意嫁给寒月吗？金田和‘鼻子’怎么想，我不管，她本人是怎么想的呀？”

“这个嘛，让我……怎么说呢……好像是……对，好像是愿意吧。”铃木先生的回答有些含含糊糊。他本打算只要了解清楚寒月先生的情况，能够回去复命就完成使命了，至于小姐的心愿他并不曾问过。因此，八面玲珑的铃木也不禁有些狼狈。

“‘好像’可是太含糊啦。”不论何事，主人不正面予以攻击，便不甘心。

“哪里，怪我的表达不妥。小姐对寒月君确实是有意的。不对，是非常有意呀……什么？是太太对我说过的呀。据夫人说，小姐有时候还说过寒月的坏话呢。”

“那个姑娘吗？”

“是啊。”

“岂有此理，还说坏话！这不是更说明她对寒月没有意思吗？”

“这就是所谓世事纷繁哟！对自己喜欢的人，有时候会骂得更凶呢。”

“哪里有这样愚蠢的人哪？”

纵然听到对人情奥妙这等鞭辟入里的分析，主人依然不开窍。

“那种蠢人世上随处可见，无可奈何。金田太太就是这么说的：‘虽然小姐时常骂寒月先生就像个没头脑的窝囊废，但这正说明小姐心里相当惦念他呀！’”

主人听了铃木这套奇谈怪论，因过于出乎意料，而瞪圆眼睛，并不回答，像摆摊的算命先生似的，死死盯着铃木的脸。看这架势，弄不好我会白跑这一趟的。铃木似乎意识到了这一层，将话头转向主人也能够参与的方面来。

“老兄想一想就会明白的。小姐有那么多财产，有那么出众的相貌，当然不愁嫁个门当户对的好人家啦。寒月呢，或许也很了不起，但是说到身份……不，说身份的话可能有点不礼貌，从财产方面来说，想必谁都会觉得两个人不那么般配吧。尽管如此，做父母的还是操心费神地特地派我为这事来一趟，岂不是足以说明小姐对寒月有意了吗？”铃木巧舌如簧地辩解道。

见主人终于有所醒悟，铃木才放下心来，但他明白在这关键时刻如果磨磨蹭蹭，仍有遭遇当头棒喝的危险，加快推进此事，尽早完成使命乃万全之策。

“总而言之，正如我刚才说过的那样，对方表示，金钱、财产等都可以不要求，但是希望寒月能够取得一个资格。所谓资格，就是学位啊——倒不是说他当上了博士，才可以嫁女儿给他。请不要误会。只因上次金田太太来的时候，碰上迷亭兄在场，净说些不着调的怪话的缘故……不，没有怪你。太太还夸你是个耿直坦荡的好人呢。全要怪迷亭不好……所以呢，人家说了，寒月如果成了博士，女方在世人面前也有了面子，脸上有光。怎么样？水岛君可否于近期着手写出博士论文，以便获取博士学位呢？……其实呢，金田家对于什么博士啦，学士啦，都无所谓的，只是人言可畏嘛，实在是无法将就呢。”

听他这么说，主人觉得对方要求有个博士学位也不无道理。既然觉得不无道理，主人就打算依照铃木君的要求去做。那么，要主人活，还是要主人死，全凭铃木先生一句话了。主人果然是个单纯而又正直的人。

“那么，下次寒月来，我劝他写一篇博士论文吧！不过，必须首先问问清楚，寒月到底想不想娶金田小姐。”

“问清楚干什么呀？像你这么古板，什么事情也会搞砸的。还是平常聊天时，不露声色地试探他一下，才是上策。”

“试探一下？”

“对。说‘试探’也许不合适。其实也不用试探，闲聊时自然会搞清楚的。”

“你也许搞得清楚，可是我，不问个明白是不会清楚的。”

“搞不清楚，就算了吧。不过，像迷亭君那样多管闲事，胡乱插嘴，破坏人家姻缘可不好。这种事，即使不去成全，也应该尊重人家本人的意愿。下次寒月来，请尽可能不要横加干扰——不，我不是说你，是说迷亭。那个家伙只要一插嘴，就没有指望了。”

正当他替主人编排迷亭时，如同俗话说的那样：“说曹操曹操就到。”迷亭先生又是乘着春风从后门飘然而入。

“啊，来稀客啦！对于像我这样的熟客，苦沙弥向来是慢待的，不像话！看样子，苦沙弥的家门，十年登一次是最好不过了。这点心不是都比往日高级吗？”说着，迷亭不客气地大吃起藤田点心铺的羊羹来。

铃木先生不知所措，主人讪笑着，迷亭吧唧吧唧地吃着点心。我从檐廊窥见这一瞬间的光景，觉得足以构成一幕哑剧。如果说禅门的无言问答是以心传心，那么，这出无言的场面分明也是以心传心的一幕，尽管极其短暂，却颇为精彩。

“我还以为你老兄会羁旅一生，志在天涯海角呢，不想什么风又把你给吹回来了。看来还是愿意长生不老啊！谁知道会撞上什么大运呢。”

迷亭对铃木说话也像对主人一样，根本不懂得什么叫客气。尽管从前是一起开伙的老友，但十年没见了，总会感觉生疏的，可是，唯独迷亭先生绝不会这样的。不知这算是聪明呢，还是愚蠢呢？咱可判断不了。

“说得多么可怜哪，我可不记得对你有不敬过呀。”铃木虽然回答得不置可否，但显得心神不定，神经质地搓弄着那条金链。

“喂，你坐过电车吗？”主人突然对铃木提了个奇怪的问题。

“看来，我今天是为了被诸位奚落而来呀。虽说我是个土包子，可我还有市电公司的六十张股票呢。”

“那可是不能小瞧你啊！我本来有八百八十八张半的股票，遗憾的是全被虫子蛀了，如今只剩下半张。假如你再早些到东京来，还可以送给你十张虫子没蛀的。好可惜哟！”

“你这张嘴还是那么刻薄。不过玩笑归玩笑。持有那种股票是不会吃亏的，股价年年看涨啊。”

“对呀！即使只有半个股，在手里放了一千年，也能盖上三座储物间的。在这方面，你和我都是精明过人的当代英才嘛，不过，若论此道，苦沙弥兄就可怜了。你一提到‘株’，他说不定以为是白萝卜的兄弟辈呢。”

迷亭说着，又拿了块羊羹，朝主人望去，主人受到迷亭传染，不由得将手伸向点心盘。看来，世上万事争先的人享有被他人效仿的权利。

“股票的事就不管它了，我真想让曾吕崎坐坐电车，哪怕一次也行啊。”主人怅然地望着在羊羹上留下的齿痕。

“曾吕崎若是坐上电车，肯定是坐到品川下车。莫如还当他的天然居士，将法号刻在压咸菜缸的石头上，更保险些。”

“说到曾吕崎，听说他死了。真可惜啊！他是个很聪明的人，太可惜了。”

铃木话音刚落，迷亭立刻接过话茬儿：“虽然头脑聪明，但是烧饭技术却是最差劲的。轮到他做饭的时候，我总是到校外去吃荞麦面条填饱肚子。”

“没错，曾吕崎做的饭又煳、又夹生，我也吃不下。而且还总是用生拌豆腐对付人，冰凉得没法吃。”铃木也从记忆的深处唤醒了十年前的旧怨。

“苦沙弥从那时起就和曾吕崎成了好友，天天晚上一同出去喝小豆年糕汤，由于吃得太多，结果留下了病根，如今得了慢性胃炎，可受罪啦。说实在的，苦沙弥吃多了小豆年糕汤，按理说，应该比曾吕崎早死才对啊！”

“荒谬绝伦！我吃小豆年糕汤算什么，你自己呢，号称什么锻炼身体，天天晚上拿着竹刀到学校后面的卵塔墓地去敲打石塔。还不是被和尚发现，挨了一顿训吗？”主人也不甘示弱，揭了迷亭的短。

“啊，哈哈哈哈……对呀，对呀，记得那和尚说：‘你敲死人的头，会妨碍他们安眠的，别敲了！’不过，我只是用竹刀敲打，可是这位铃木将军却是大打出手。他跟石塔相扑，搬倒了大小三座石塔呢。”

“那时，可把那和尚气坏了，非叫我给扶起来不可。我说，等我找几个人来一起扶吧。他说：‘不许找别人！为了表示忏悔，你必须自己把石塔扶起，否则，就是忤逆佛旨。’”

“当时你上身穿了件白细布衬衫，下身扎了个兜裆布，站在雨后的水坑里吭哧吭哧地把石塔扶起来……”

“你居然还装模作样地给我画什么素描，真可恶！我虽然不轻易发脾气，可那时心里想：这家伙也太不像话了。你当时说过的那套说辞我至今没忘，不知你可记得？”

“十年说过的话，谁还能记得。不过，还记得那座石碑刻的字是：‘归泉院殿黄鹤大居士，安永五年辰正月。’那座石塔真是古雅啊。我搬走的时候甚至想把它一起盗走哪！真是一座符合美学原理的哥特式石塔噢。”迷亭又开始卖弄他那半瓶子醋的美学知识。

“那些就算了，我说的是你讲过的那套遁词。你当时是不是若无其事地说什么：‘吾辈乃有志于美学专业之学子，故而必须把天地间一切有趣事物尽可能写生下来，以供将来之参考。诸如可怜、可悲等私情之语，均不应出于忠实于学业之吾辈之口。’我觉得此人太不通人情，便用全是泥巴的脏手把你的写生册给撕烂了。”

“我这个前途无量的绘画天才遭到摧残，变得一蹶不振，就是从那时开始的啊。是被你断送了才华的呀，我恨死你了。”

“别倒打一耙啦！我才应该恨你呢。”

“迷亭从那时候就爱吹牛。”主人吃光了羊羹，又插进了二人的谈话，“约定的事，他从来没有履行过。被人责问时，他绝不会认错，总是胡搅蛮缠。当那个寺院里的百日红盛开时，迷亭说他要在百日红凋谢之前，写出一部有关美学原论的著作。我说那是不可能的，你根本写不出来的。

迷亭的回答是：‘别看我这样浪荡，其实是个硬汉子，你若不相信，咱们打个赌吧！’我信以为真，便打赌谁输了谁请对方到神田去吃西餐。我虽然料想他一定写不出什么著作，才跟他打赌，但是内心里还是七上八下的，因为我根本没有够请一顿西餐的钱。不过，一直不见这位仁兄有动笔的意思。过了七天，又过了二十天，还是一页纸也没写。百日红逐渐凋零，终于连一朵都不见了，可是人家仍未动笔。我心想：这顿西餐算是吃定了，便催他请客。不料他却装傻充愣地不理不睬。”

“一定又编了些理由吧？”铃木先生火上浇油地说。

“可不是吗，真是个厚颜无耻的家伙！他还强词夺理地说什么：‘吾辈虽无其他能耐，可若论决心，绝不输给你老兄噢！’”

“一页也没写，还这么说吗？”这回连迷亭先生自己也提出了疑问。

“当然啦！当时你还说：‘仅就意志而言，吾辈绝对不让任何人。然而遗憾的是，记忆方面，却比别人差了一倍。我想写美学原论的意志很坚定，可是这意志跟你约定后的第二天，就已经忘得一干二净了。因此缘故，没能在百日红凋零以前完成我的著作，这是记忆力之罪，而非意志之过。既然不是意志之罪，也就没有理由请你吃西餐了。’一点都不示弱呢。”

“这回可让迷亭兄充分发挥了他的特色，有意思！”铃木先生不知为什么兴致勃勃的，和迷亭不在时的口气大不一样，这或许就是聪明人的特点吧。

“有什么意思啊？”看样子主人现在还没有消气呢。

“真是惭愧啊。正是为了弥补这一过错，我不是不惜花费金钱，四处寻找孔雀舌吗？请暂且息怒，耐心等等吧！不过，提起著作嘛，我今天可带来一个特大奇闻哪！”

“你老兄，每次来都说有奇闻，我不会再轻信了。”

“不过，今日的奇闻可是真的！是货真价实的奇闻。你知道吗，寒月君动笔写博士论文了。寒月既然是那么个喜欢卖弄学识的人，应该不会白白浪费力气写什么博士论文吧，如此看来，他还是色心未泯哪，够可笑的吧。我说，你务必要通知鼻子夫人，说不定这会儿他正在做橡子博士的美梦哪！”

铃木听迷亭提起寒月，赶紧用下巴和眼睛暗示主人：千万别说不该说的话啊！而主人根本不解其意。刚才他听了铃木的开导，只觉得金田小姐怪可怜的。可是现在听迷亭一口一个‘鼻子’的，又想起了前几天和鼻子夫人吵嘴的事，觉得‘鼻子’既滑稽，又可恶。然而，迷亭说寒月着手写博士论文，就这一点来说，算得上是迷亭自诩的特大奇闻。岂止是奇闻，应该是令人振奋的喜讯！娶不娶金田家的姑娘并不重要，寒月能当上博士毕竟是件大好事。像自己这样刻坏了的木雕，即使白扔在佛像店的旮旯，直到被虫蛀了依然是块木头，即便被付之一炬，也毫不足惜，但寒月却是一件工艺精美的佛像雕塑，还是早日涂上金箔的好。

“他真的开始写论文了吗？”主人把铃木的暗示抛到脑后，关心地问道。

“你这个人，总是不相信别人的话……当然了，还不大清楚他是打算研究橡子，还是吊颈力学。总之，有关寒月的消息，一定会叫那个‘鼻子’大吃一惊的。”

每当听到迷亭不客气地说“鼻子”“鼻子”的，铃木就露出不安的神色。迷亭却毫未察觉，继续侃侃而谈。

“后来我还专门研究了鼻子。最近在《项狄传》[1]这本小说里发现了有关鼻子的论述。假如金田太太的鼻子被斯特恩发现的话，一定会成为很好的创作素材吧，太遗憾了。尽管她的鼻子有充分的资格载入史册，千古传颂，却如此默默无闻的，令人不胜惋惜之至呀！等她下次来访，我一定要给她画一幅素描，以供美学参考。”迷亭依然在信口胡言。

“不过，听说那位姑娘想嫁给寒月呢。”主人把从铃木口里听来的话学了一遍。铃木频频给主人使眼色，意思是这么说会惹麻烦，而主人却像个绝缘体，根本不过电。

“这可有点意思啊！那种人的女儿还会爱上别人？一定不是什么爱情吧，最多是‘鼻恋’的程度。”

“就算是鼻恋，只要寒月肯要她就行。”

“肯要她就行？前几天你不是大加反对吗？今天怎么这么软了？”

“不是软了，我绝对没有软！不过……”

“不过，有点糊涂了吧？喂，铃木，你也算是忝列实业家末席者，为供你参考，我专门说给你听听吧。就是那位金田某某，想让他的爱女当上天下闻名的秀才水岛寒月的夫人，简直是癞蛤蟆想吃天鹅肉！我们作为他的朋友，自然不能冷眼旁观，即使你这位实业家，也不得抱有异议。”

“真是精力旺盛，不减当年呀。钦佩！老兄还是和十年前一样，一点没变，了不起！”铃木虚与委蛇，想应付过去。

“既然蒙老兄夸奖了不起，那就再让你见识见识我的渊博学识好了。

[1] 《项狄传》全名为《绅士特里斯舛·项狄的生平与见解》，英国小说家劳伦斯·斯特恩（1713—1768）未完成的小说。

古时候的希腊人非常重视体育，所有竞技项目都设有高额悬赏，千方百计地讲求奖励之策。然而，奇怪的是，唯独对学者的知识毫无褒奖的记录，至今一直是个极大的谜。”

“的确有点奇怪！”不论别人说什么，铃木都随声附和。

“然而，就在两三天前，我研究美学时，竟然发现了其中的原因。于是，多年的疑团一举冰释，犹如醍醐灌顶，恍然彻悟，抵达了欢天喜地之境。”

由于迷亭的话过于云山雾罩，就连能言善辩的铃木先生也流露出甘拜下风的神色。主人早已料到迷亭又要开始摆龙门阵了，低下头，用象牙筷子“砰砰”地敲打点心碟。

只有迷亭扬扬自得地继续侃侃而谈。

“那么诸位可知道，这位阐明这一矛盾现象，从黑暗深渊中将吾之疑惑解救于千载之下的人是谁呢？他就是号称开人类学问家之先河的希腊哲人、逍遥派始祖亚里士多德[1]。根据他的解释——喂，不要敲点心碟，必须洗耳恭听！——由于他们希腊人竞技中所获的奖品远比他们表演的技艺本身要贵重，因此，奖品才成为其表彰和鼓励的手段。然而，对于学识该如何奖励呢？倘若要对学识给予什么奖励的话，就必须授以远比学识更有价值的奖品才行。然而，比学识更贵重的珍宝世上可有？当然没有。如果授以低于其价值的东西，只会有损于学识的尊严。当时，人们宁愿将百宝箱堆积得像奥林匹克山那般高，倾尽克罗伊斯[2]的财富，也要对学

[1] 亚里士多德（前384—前322），古希腊伟大的哲学家，神学家、教育家，希腊哲学的集大成者。柏拉图的学生，亚历山大大帝的老师。

[2] 克罗伊斯，古奴隶制国家吕底亚的麦牟纳德王朝最后的国王，在征服希腊时成为巨富。约西元前560年继承其父王位，完成征服爱奥尼亚大陆的大业。以财富甚多闻名。

识付以相应的奖赏。但是，他们思来想去，最终认识到无论多少财宝也不可能与学识相匹配。从那以后，就干脆彻底地什么也不奖励了。”

“如上所述，诸位可以充分理解金银财宝无法与学识匹敌的道理了吧！下面，在铭记这条真理的前提下，让我们来分析一下现实问题吧。金田何许人也？不过是个见钱眼开的人罢了。打个奇葩的比喻，他就是一张能够走动的钞票。走动的钞票的女儿，也就是一张走动邮票而已！反过来，看看寒月乃何许人也？他无比幸运地以第一名的成绩毕业于最高学府。时至今日，一直毫不懈怠地系着祖上征讨长州藩时用过的长袍衣带，夜以继日地研究橡子的稳定性。尽管如此他并不满足现状，不是即将发表压倒开尔文勋爵[1]的长篇大论吗？虽然偶尔搞出路过吾妻桥时，险些投河的闹剧，但这也是热血青年常有的冲动所为，丝毫无损于他那知识批发商般的身份。若以迷亭之流的比喻来评价寒月的话，他就好比是一个会走路的图书馆，是用知识铸成的二十八毫米的子弹。这颗子弹一旦时机成熟，在学术界爆炸的话……假如爆炸了……早晚会爆炸吧——”

迷亭说到这里，由于他自诩为“迷亭之流”的比喻没有及时跟上趟，因此正如俗语说的，未免虎头蛇尾，他稍稍面露难色，但马上又开始说：

“走路邮票之类，纵有几千万张，也会变成尘埃。因此对于寒月来说，那么不般配的女人是不可以要的。我坚决不同意！这就好比百兽之中最聪明的大象和最贪婪的小猪结婚似的。你说是吧，苦沙弥兄。”迷亭断言。主人又默然敲起了点心碟子。铃木先生有点服软了，无可奈何地说：“不

[1] 开尔文，即威廉·汤姆逊（William Thomson，1824—1907），英国物理学家、发明家。1892 年被封为开尔文勋爵（Load Kelvin）。在研究热学和电学及其应用方面最有成就。

像你说的那样吧？”

刚才他说过迷亭不少坏话，如果此时自己再说些不着调的话，主人那种冒失鬼，不知会揭自己什么老底呢。现在得避开迷亭的锋芒，平安地渡过此关才是上策。铃木先生是个聪明人。他深知尽力避免不必要的反抗是最时尚的，无益的争辩是封建时代的残余。人生的奋斗目标不在于善辩，而在于行动。只要事情能够按照自己的意愿顺利进展，人生的目标也就达成了。若是没有辛苦，没有忧心和争论，事情又能够顺利进展的话，那么人生目的便乐天地达成了。铃木毕业后，就靠这乐天精神取得了成功，靠这乐天精神戴上了金表，靠这乐天精神接受了金田夫妻的委托，又靠这乐天精神巧妙而完美地说服了苦沙弥。正当这件事已经十有八九成功在望之时，偏偏跳出来个不受常规约束、心理功能疑似有别于常人的痴狂的迷亭，铃木君被这半路杀出的程咬金搞得有点不知所措了。发明乐天精神的人是明治绅士，实践乐天精神的人是铃木藤十郎，而此时因乐天精神而陷于困境的，也是铃木藤十郎君。

“因为你一无所知，才装模作样地说：‘不至于那样的吧！’还一反常态地摆出一副沉默寡言的优雅姿态，可是，如果你看到前些天鼻子夫人来此的那副做派的话，哪怕是你这位护着实业家的人，也肯定会吓到的。是吧？苦沙弥兄，你不是跟她斗了一场吗？”

“即便如此，据说对我的评价要好于你哟！”苦沙弥说。

“啊，哈哈，真是个自信满满的家伙！不然的话，被学生、老师嘲笑为‘savage tea’，怎么可能还厚着脸皮去学校呢？虽说鄙人自以为论倔强绝不比别人差，却怎么也做不到那么厚颜无耻的。不胜钦佩之至呀！”

“学生和老师说几句闲言碎语，何惧之有！法国人圣佩甫[1]是独步古今的评论家，但是他在巴黎大学讲课时却很不受欢迎。听说他为了对付学生的攻击，外出时必将匕首藏于袖内，以作防身之器。布吕纳介[2]也是在巴黎大学，攻击左拉的小说时……”

“可是你和大学教授八竿子也打不着呀！充其量是个教英语入门的老师，居然这样引用世界文豪的例子，就如同‘小杂鱼自比大鲸鱼’一般，你说那些话，更得遭人耻笑了。”

“闭嘴！不论是圣佩甫，还是鄙人，都一样是学者。”

“老兄好有见地呀！不过，走路时袖里藏剑比较危险，至少这一点还是不要模仿的好。如果大学教授袖里藏剑的话，教英语入门的中学教师只配携带一把小刀吧。不过，说归说，身上带刀子出门毕竟有些悬乎，不如到商店街去买个玩具气枪背上走路安全些。而且还挺俏皮的。是吧？铃木兄。”

听迷亭这么问他，铃木终于感觉话题已经离开了“金田事件”，松了一口气，说道：

“你还是那么天真无邪、无忧无虑啊。一别十载，今日与二位仁兄重逢，犹如从狭隘的小巷来到了辽阔的原野。我和公司同事说话的时候，一点儿都松懈不得。不论说什么，都得小心设防，又是担心，又是紧张，真是苦不堪言！还是畅所欲言的好啊。和学生时期的同窗交谈，最无拘无束了。啊，今天与迷亭君不期而遇，好高兴啊。我还有点事，就此告辞。”

---

[1] 圣佩甫（Sainte-Beuve，1804—1869），法国文学评论家、诗人。

[2] 布吕纳介（1849—1906），法国文学批评家、文学史家，著有《法国戏剧的诸时期》（1892）、《法国文学简史》、《巴尔扎克》（1906）等。

铃木刚站起来，迷亭就说：“我也该走了。我现在必须到日本桥去参加演艺矫风会[1]，正好顺路，一起走吧！”

“那太好了，好久没有一起散步了。”

于是，二位携手归去。

[1] 矫风，是改进坏风俗的意思。

五

要想将一天里发生的事毫无遗漏地记述下来，一字不落地读完，至少也要花二十四个小时吧。我再怎么提倡“写生文”，也不得不坦率地承认，这玩意儿毕竟不是咱猫族可以企及之技艺！因而，尽管我家主人一天到晚都在捣鼓些值得精细描绘的奇言怪行，而在下却没有逐一将它们向读者报告的能耐和毅力，甚为遗憾。纵令遗憾，却是不得已。

铃木和迷亭君走后，犹如呼啸的寒风骤然平息，雪花霏霏飘落的冬夜一般，安静下来。主人照例钻进书房，孩子们在一个六榻榻米的屋子里并枕甜睡。

隔着一道两米多长纸隔扇的朝南房间里，女主人正躺着给三岁的绵子喂奶。花荫时节[1]白天很短，此时日已西沉，连外面走过的行人的低

[1] 樱花盛开时节，淡云遮蔽天空的天气。

齿木屐声都清晰地传到饭堂来。在邻街公寓里有人在吹明笛[1]，时断时续，不时地刺激着昏昏欲睡的耳底。外面已经暮色朦胧了吧。晚餐就着鱼肉山芋饼汤，吃光了鲍鱼壳，肚子饱饱的，实在需要休息一下。

听说世上有人以写所谓《猫恋》的俳谐为乐的现象，说是早春时节，一到夜晚，街里的猫胞们会尽数出动，兴奋地四处游走，以至于吵得人夜不能眠。可是我还不曾领略过这类心情的变化。说到底，爱情本是宇宙间的活力源头。上至天神丘比特、宙斯，下至土里鸣叫的蚯蚓、蝼蛄，一旦陷入此道，无不心神憔悴，此乃万物之习。因之，吾猫辈同胞，春心萌动，真情流露而风流快活些，也就情有可原了。回首往事，就连鄙猫也曾苦恋过三毛姑娘。“三无主义”的创始人——金田老板的千金，也就是那位大吃安倍川甜年糕的富子小姐，也传出过恋慕寒月的八卦。鉴于此故，对于普天下的雄猫雌猫，于那一刻千金的春宵，心神恍惚，痴狂迷走，鄙猫丝毫没有视之为三千烦恼而予以轻蔑之念，但无论他猫怎样勾引，咱也不会动情，没有法子。眼下我只想好好休息，这般困倦，也无法谈情说爱。我慢腾腾地转到孩子的被子脚边，甜甜地睡着了……

忽然睁眼一看，不知什么时候，主人已经从书房来到卧室，钻进妻子身旁的被窝里了。按主人的习惯，临睡前定要从书房带来一小本洋文书。但是，躺下以后从来不曾连续读上两页以上。甚至有时拿来放在枕旁，连碰也不碰一下就睡去了。既然连一行都不看，似乎没有必要特意带到寝室来。然而，这也正是主人之所以是主人的独特之处，任凭妻子嘲笑，叫他不要这样，他也绝不改变。每晚照例是不辞辛苦地把书搬到寝室来，

[1] 明笛，即六孔横笛。因是由我国传入日本，曾用于明朝器乐演奏，故名。

有时还抱来三四本。更有甚者，前些天，一连几天将韦伯斯特[1]主编的大辞典也抱了来。说起来，这是主人的毛病，正如讲究人，若不听龙文堂茶壶发出的松涛之声[2]便难安眠一样，主人不把书本放在枕边，便不能入梦吧。如此看来，对于主人来说，书本不是供人阅读之物，而是催眠的工具，是铅印的催眠剂。

今夜主人也会带本什么书来吧？我瞅了一眼，果然，有一本红皮薄书扣在主人嘴上靠近胡须的地方。主人左手的拇指依然夹在书页间，由此可知，今夜主人好像破天荒地读了五六行。与红皮书并列的那块镍金怀表，发出与融融春夜不协调的凛冽之色。

妻子将吃奶婴儿放在离身子一尺多远的地方，张着嘴打鼾，枕头也撇在一边。要说到人世上数什么最难看，我想，再也没有比张着嘴睡觉更看不下去的了。我们猫族，一辈子也不曾如此丢丑过。本来，口乃发声器官，鼻为吞吐空气之用具。当然了，到了北方，人们都犯懒，尽可能少开口说话，这样图省力的结果，便出现了用鼻子说话的鼻音方言。但是，鼻孔紧紧闭合，用嘴来代替鼻子呼吸，要比用鼻子方言更不像样子。至少，从天井掉下老鼠屎来，多么危险！

孩子们什么睡相呢？一瞧，她们的丑态也不亚于母亲。姐姐敦子伸着右手，搭在妹妹的耳朵上，仿佛在告诉妹妹“当姐姐的有权如此”似的。妹妹澄子以牙还牙，毫无顾忌地将一只脚伸在姐姐的肚皮上。双方都比睡下时掉转了九十度，而且，两个人都维持这种别扭的姿态，毫无怨言

---

[1] 韦伯斯特(1758—1843)，美国辞典编纂者，拼写改革倡导者，政论家，被誉为“美国学术和教育之父”。以编辑各种韦氏辞典而闻名。

[2] 龙文堂茶壶，是日本江户末期至明治三十三年延续了8代的著名京都铁壶匠人所制的茶壶，水沸时声如松风。

地乖乖地熟睡着。

春宵的灯火果然不同寻常。在这一家人天真烂漫，又极不雅观的睡相里，灯火仿佛珍惜此良宵一般闪烁着幽光。我环顾室内，想知道是什么时辰。四邻寂静，只听见壁钟的嘀嗒声，女主人的鼾声，以及远处女仆的磨牙声。这女仆，只要别人说她磨牙，她就矢口否认，硬说什么："我从出生，到今天，从来不记得磨过牙。"就是不说一句"今后努力改正"或是"很抱歉"等，只一味地声称不记得有这么回事。说的也是，熟睡时做的事嘛，本人肯定是不记得的。但是，有时候，即便不记得，事实也依然存在，所以才麻烦。世上有一种人，一面干着坏事，一面却自以为是正人君子。若这是由于他们自信没有罪孽在身，而如此天真，倒也无妨，然而，他人遭的难总不会因其天真而减少。这类绅士淑女也和这个女仆是同类——看来夜已经深了。

忽然听见有人在厨房的套窗上轻轻敲了两下。怎么？这个时候不会有人来呀？多半是那些老鼠吧。假如是老鼠，咱是不会捉的，由着它们随便折腾去好了——又听见"砰砰"两声响。总感觉不像是老鼠。若是老鼠，也一定是个非常谨慎的家伙。主人家的老鼠，都像主人任教的那所学校的学生那样，不分白天黑夜，一心一意地修炼如何耍横撒野，由于他们是一帮把惊破可怜的主人的好梦奉为天职的浑小子，所以绝对不可能这么客气的。刚才敲窗户的确实不是老鼠。比起前些天闯进主人卧室、咬了一口主人的塌鼻头后高奏凯歌，撤退而去的那只老鼠来，它显得过于怯懦。肯定不是老鼠！这时，又听到"吱"的一声自下往上推套窗的声音，同时，将拉门尽量慢慢地沿着沟槽滑动。我越来越可以肯定来者不是老鼠了。肯定是人！在这深更半夜，也不叫门，就自行开门造访，肯定不会是迷亭先生和铃木君，说不定是久闻大名的梁上君子！既是君子，在下真想快些拜见其尊容。那君子此时似乎已抬起巨大泥足，跨进厨房两步了。当他迈第三步时，被绊倒在地板上，发出“咕咚”一声响。吓得我只觉得仿佛被人用鞋刷子倒着刷后背毛似的竖了起来。好一会儿没有听见脚步声。我一看女主人，依然张着嘴，使劲吞吐着太平空气。主人也许梦见了他的大拇指被夹在红皮书里了吧。不久，从厨房那边传来擦火柴的声音。别看是君子，似乎也不如我这样有着一双夜眼。他看不清楚屋里的样子，想必行动多有不便，也怪难为他的。

这时，我蹲在地上思考起来。那君子是从厨房朝茶间移动呢，还是向左转，穿过玄关，奔书房而去呢？……听脚步声，是打开拉门后去了檐廊。看样子君子是去了书房，其后便无声息了。

到了此时我才想到，应该趁这工夫赶紧叫主人夫妇起来。但是，怎样才能唤醒他们呢？莫名其妙的法子在脑子里滚水车似的一圈一圈轱辘辘乱转，就像一团糨糊。我想，要不咬住被脚晃动他们试试，试了两三次，毫不见效。又想到用冰凉的鼻尖去蹭主人两腮的法子，便将鼻子凑近主人的脸，可是主人虽在梦中，却用力一伸手，一巴掌狠狠扇到我的鼻子上。鼻子对于猫来说，也是个重要部位，痛得我要命。我黔驴技穷了，便“喵喵”地叫了两声，想唤起他们。但不知怎么回事，偏偏在这时喉咙里像卡了什么东西似的，发不出声音来。好不容易喊出一声沙哑的低音，倒把自己吓了一跳。主人没有醒来，却突然听见君子的脚步声，“沙沙”地沿着外廊走近了。到底来了！这回可没救了！我彻底死了心，藏身在纸隔扇和柳条包之间，偷窥动静。

君子的脚步声响到卧室拉门前，停了下来。我屏住气息，全神贯注地等着看他下一步干些什么。事后回想，我当时的气势可谓双眼圆睁，如魂魄出窍一般。假如扑鼠时能拿出这个劲头的话，哪有功亏一篑之理？多亏梁上君子，使咱终于开悟，甚是难得！

只见拉门第三道格纸就像被雨点打湿了似的，中心部位开始变色。淡红色之物透过薄纸，越来越浓，不知何时纸破了，露出了一条血红的舌头。舌头又消失在黑暗中，片刻，换了一个发亮的东西出现在破洞里，毫无疑问，那是梁上君子的眼睛。奇妙的是，我感觉那只眼睛并不去瞧室内的任何物品，似乎一直盯在藏身于柳条包后的我身上似的。虽然还不到一分钟，但我觉得这样被他盯下去，会减少寿命的。我实在无法忍下去，索性从柳条包后跳出去吧，就在这当儿，卧室的门“咔啦”一声开了，让人等得不耐烦的梁上君子终于亮了相。

按照叙述的顺序，我应该荣幸地在此将这位不速之客、梁上君子向各位介绍一下，但是在此之前，我打算先抛砖引玉，仅供参考。

话说古代诸神，被奉为全知全能，尤其是耶稣，时至二十世纪之今日，依然披着全知全能的面纱。然而，凡夫俗子心目中的全知全能，有时也可以解释为无知无能。这分明是个反论。而道破这一反论者，开天辟地以来恐怕只有在下了！如此一想，在下也有了虚荣心，觉得在下并非一只猫的层次了，所以必须在此申明其理由，将“对猫也不可小瞧”这一观念，输入到高傲的人类头脑中去。

据说天地万物都是上帝创造的，那么，人也是上帝创造的了！所谓《圣经》就是这么明文记载的。关于人的诞生，人类自身积数千年的观察，深感玄妙而不可思议，同时，越来越倾向于承认上帝的全知全能了，这是不争的事实。毋庸置疑，纵然有无数的人，相貌相同者却无一人。脸上的五官当然千篇一律，尺寸也大抵相似。换句话说，人们都是用同样的材料制成的，尽管是用同样材料制成的，却没有一模一样的人。只用那么简单的材料，竟然能够设计出那么多不一样的面孔来，不能不佩服造物主的本领。如果不具有极为独特的想象力，就不可能创造得这般变化无穷。一代画家，耗尽毕生的精力描绘出来的不同面孔，也超不过十二三种。由此推论，一手承包了创造人类之重任的上帝，堪称技艺卓绝，不能不令人惊叹！由于毕竟是人类无缘目睹的绝技，因而称之为“全能技艺”也无妨吧！在这一点，人类似乎对于上帝诚惶诚恐。的确，从人类的角度来说，对上帝诚惶诚恐，完全顺理成章。然而，站在猫的立场来看，同一事实，也可以解释为：这恰恰证明了上帝的无能。我想，即使上帝并不是完全无能，也可以断定，绝不具有比人类更大的本事！传说上帝是按人头数创造了众多面孔。那么，当初他是胸有成竹地造出千差万别的模样吗？还是本想不管是何人，全都让它一个模子，可做的时候总是不理想，造一个，坏一个，因此才陷入如此杂乱不堪的局面呢？这一点，谁说得清楚。人类的面部构造，既可以看作是上帝超凡绝技的纪念碑，同时也可以断定为上帝未能获得成功的痕迹，难道不是吗？虽然可以说是“全能”的，但评价为“无能”也未尝不可。由于人类的两只眼睛并排在一个平面上，不能同时看到左右两边，所以，映入视野的只有事物的一个侧面，着实可怜。如果换个立场来看，这么简单的事实，在人类生活中虽白天黑夜不断发生，然而，由于当事人头昏目眩，慑于神明，而不能迷途知返。如果说制造出变化极其困难，那么，彻头彻尾地仿造也是同样地困难！假如要求拉斐尔[1]画两幅分毫不差的圣母像，就等于

[1] 拉斐尔(1483—1520)，意大利文艺复兴时期的画家、建筑师，与列奥那多·达·芬奇和米开朗基罗合称“文艺复兴艺术三杰”。

强迫他画出两幅迥然不同的玛利亚像一样，恐怕拉斐尔会很为难吧！或许画出两张完全相同的画反而更加困难。要求弘法大师[1]用昨天的笔法再写一次“空海”二字，也许比要求他换一种字体来写更难。人类使用的语言，完全是靠模仿来习得。人们跟着妈妈、奶妈或其他人学习日常使用的语言时，除了重复听到的词语之外，毫无其他的欲求。即是说只是在竭尽所能地进行模仿。这样建立在模仿别人的基础上的语言，过了十年、二十年后，发音自然会产生变化，这就足以证明人类是不具备完全不走样的模仿力的。纯粹的模仿就是这样困难至极。因此，假如上帝能把人类造得无法区别，全像一个模子做出来的丑女能面[2]的话，就更可以证明上帝是万能的。同时，像当今这样，将胡乱造出来的面孔暴露于光天化日之下，令其生出让人眼花缭乱的变化，反而成为推断上帝无能的证据。

我竟然忘了有什么必要发此番议论了。不过，“忘本”这种事就连在人类当中都是家常便饭，猫自然也难免，请不要见怪吧！总之，当我瞥见拉开卧房的拉门，突然出现在门槛上方的梁上君子时，上述感慨便自然涌上心头。“为什么呢？”若有人发问，就得赶紧思考一番。这个嘛——理由是这样的：

当我看到梁上君子悠然出现在眼前时——平时，我总是怀疑上帝造出来的人这种作品，说不定是上帝无能的结果。然而，他这张脸完全具有一举否定我这一疑问的特征。其特征不是别的，正是这样一个事实：他的眉眼和我们那可爱的美男子水岛寒月就像是一个模子里造出来的一

---

[1] 弘法大师（774—835），日本真言宗开山祖师空海的谥号。弘法大师对日本文化的贡献巨大。弘法大师还是一位杰出的书法家，与嵯峨天皇、橘逸势并称“三书圣”。
[2] 能剧中使用的面具。

样。我并非在盗贼当中有很多知己，但平日根据盗贼的粗暴行径加以想象，心中不是没有悄悄勾画过他们的面相：鼻翼向左右伸张，长着两只一分铜币大的小豆眼，剃了个光头……这虽是咱臆想的，但是，亲眼所见和想象却有着天壤之别。看来绝不可随便想象的。

而这位君子，却是一个身材修长，有着浅黑色一字眉的风流倜傥、相貌堂堂的贼。大约二十六七岁，连年龄都是复制寒月君的。既然上帝能够制造出两个这么酷似的人来，那就绝对不该认为上帝无能了。说心里话，由于这两个人太相似，以至于我一瞬间产生错觉，以为寒月也许是精神失常，深更半夜跑来了呢。只因盗贼的鼻下没有留着浅黑色胡须，这才意识到，原来不是他。寒月是个标准的美男子，是足以让被迷亭称为“会走的邮票”的金田小姐销魂的上帝的杰作。不过，这位梁上君子，从长相看，对于女人的吸引力，也丝毫不逊色于寒月。假如金田小姐只对寒月的眼神与嘴唇着迷，却不以同样的热情，对这位盗贼迷恋的话，就太不通人情了。且不说人情，也不合道理嘛。像金田小姐那么有才华，头脑那么聪敏的女子，此等常识，即使没有听别人说过，也没有不懂得之理！由此可见，假如委派这位盗贼做寒月的替身，金田小姐也必定会献出全身心的爱，收获琴瑟谐和之果实的。即便寒月先生被迷亭之流说服，这桩千古良缘被破坏了，只要这位盗贼还活着，小姐就无须担忧了。我为了富子小姐，对事态的发展预测到这个程度，才算放下心来。这位梁上君子能够生存于天地之间，使富子小姐生活幸福是必要条件之一。

梁上君子腋下好像夹着个什么东西。仔细一瞧，原来是刚才主人扔进书房里的那个旧毛毯。他身穿条纹布短褂，一条青灰色博多腰带松垮垮地系到臀部上边，苍白的两条小腿裸露出来，此时他正迈出一只脚跨进室内。

主人一直在做大拇指被红书咬住的梦。这时，他咕咚翻了个身，大喊道："是寒月！"盗贼吓得手里的毛毯掉在地上，赶忙将跨进来的那只脚缩回去，纸隔扇上映出两条微微颤抖的小腿。主人"哼"了一声，口里咕哝着，一把推开那本红皮书，像得了皮癣似的，咯吱咯吱地搔他那黑胳膊。然后没有了动静，主人扒拉开枕头睡着了。原来他那声"寒月"，完全是在说梦话。

君子仍然站在檐廊上，察看室内的动静，当他看清夫妻二人都在酣睡后，又将一只脚踏进屋内的草席上。这回连喊寒月的声音都没有了。紧接着，另一只脚也跨了进来。一盏春夜长明灯照得通亮的六榻榻米房间，被君子的身影截然分割成阴阳两半。那影子，从柳条包那边开始，越过我的头顶，半面墙壁都是昏黑的。我扭头一看，那位君子的面影刚好在墙壁的三分之二高的地方模模糊糊晃动着。哪怕是个美男子，假如只看他们的影子，就像八头芋精似的奇形怪状的。君子俯下身盯着女主人的睡脸看了片刻，不知为何竟然咧嘴笑了，连他笑模样都和寒月一个模子，叫我吃惊。

女主人的枕旁，当个宝儿似的放着一个钉着钉子的四寸宽、一尺五六寸长的箱子。这里面装的是家住肥前国[1]唐津市的多多良三平君，前些日子探亲带回来的家乡特产山药。把山药摆在枕头旁边，陪伴入梦，可谓闻所未闻，但是，这位女主人是个缺乏"适得其所"概念的女人，连煮菜用的精白糖也往衣橱里放。对她来说，别说是山药了，即便卧室里有腌萝卜也不以为然的。然而，君子不是神仙，不可能知道她是这么个女人。既然如此贴身放置，也难怪他会推断这是件贵重的物品。君子

---

[1] 肥前国：日本古国名，今佐贺县与长崎县的部分地区。

稍稍抱起箱子来一掂量，不出所料，很有分量，十分满意。我暗想，他打算偷山药了。一想到这么一位美男子偷山药，我顿时感到很可笑。但是笑出声就危险了，只得拼命忍住。

君子开始用旧毛毯小心翼翼地包起山药箱，然后四下看了看，想找根绳子捆起来。幸好旁边扔着一条主人睡前解下的绉绸腰带，君子便用这条腰带将山药箱结结实实地捆好，轻而易举地背在了背上。这可不是女人喜欢的姿势。然后，君子又把两件孩子的棉坎肩塞进主人的棉毛裤里，撑得棉毛裤的裤裆圆鼓鼓的，宛如青蛇吞了一只青蛙一般——或许还是用“青蛇临盆”来形容更加贴切吧。反正是怪哉妙哉。如果谁不信，不妨尝试一下。君子将主人的棉毛裤缠绕在脖子上。且看他下一步偷什么？只见他又把主人的丝绸上衣摊开作为包袱皮。将女主人的腰带、男主人的外褂和内衣等其他所有衣物，风卷残云般地统统包了进去。他那熟练而麻利的整套动作，倒叫我心下多少有些钦佩。然后，他用女主人和服的腰带衬里和腰带连接成一条绳，束紧这个大包的收口，一只手拎起来。他四下张望，看看还有什么可拿的，瞧见主人脑袋上方有一包“朝日”牌香烟，也随手扔进自己的和服袖里。马上又拿出来，从那个烟盒里抽出一支烟，就着煤油灯点着，深吸了一口，喷吐出的烟雾在乳白色的灯罩外圈缭绕。不等烟雾消散，君子的脚步声已经沿着檐廊远去，渐渐听不见了。主人夫妇仍在酣睡。人类还真够疏忽大意的。

我还需要休息一会儿。一直这样饶舌的话，身体要吃不消的。当我蒙头大睡，一觉醒来时，天已大亮，阳春三月，晴空朗朗，主人夫妇在后院厨房门口与巡警说话呢。

“那么，是从这儿进来，然后去的卧室吧？你们正在睡觉，根本没有察觉了？”

“是的。”主人似乎有点不好意思。

“那么，失窃大概是几点呢？”巡警这个问题简直叫人无从回答。如果知道什么时候失窃的话，窃贼如何能够得逞呢？主人夫妇并没有意识到这一层，就这个问题，一个劲地相互询问起来：

“是几点呢？”

“我想想……”妻子思考起来。她似乎以为只有思考，就会想得起来。

“你昨晚是几点钟睡觉的？”

“我睡得比你晚。”

“是啊，我是在你之前睡的。”

“那么咱们是几点钟醒来的呢？”

“好像是七点半吧？”

“那么，盗贼进来的时候是几点钟呢？”

“应该是半夜吧？”

“还用你说，当然是半夜，我是问几点钟？”

“确切的时间，不仔细回想一下怎么知道啊。”

妻子还是打算继续回想下去。但是，巡警不过是走个形式，随便问问，至于那贼几点进来的，根本无关他的痛痒。他觉得主人夫妇随便回答一两句就行了，撒个谎也没关系，然而主人夫妇老是傻里傻气地互相询问，于是巡警有些不耐烦了，问道：“这么说，被盗时间不清楚了？”

于是主人以他特有的腔调答道：“可以这么说吧。”

巡警没有笑，说：“那么，请你交一份失盗诉状。写明‘明治三十八年某月某日，锁好门窗就寝后，盗贼将某套窗摘下，溜进某室内，盗走几样物品。特此申诉。’这不是申报，是申诉，最好不写抬头。”

“被盗物品需要一一写明吗？”

“是的。外褂几件，价值多少，这样列成表呈报——我进屋看也没有什么用，已经是被盗之后了嘛！”巡警淡然说完就走了。

主人将笔砚拿到客厅中心，让妻子坐在自己面前，用吵架似的大嗓门儿说：

“现在我要写失盗申诉书。你把被盗物品一件件地说来！快说呀！”

“哟，真是的。居然还叫我‘快说’，你这么要横，谁还肯说？”女主人只系了条细带子，一屁股坐下。

“你怎么这副样子！活像个没人要的卖笑女郎！为什么不系腰带？”

“你若嫌这带子难看，就给我买一条来。什么女郎女郎的，还不是因为被偷了，有什么办法！”

“连腰带也被偷了去吗？可恶的盗贼！那就从腰带开始写吧。丢的是什么样的腰带？”

“什么样的腰带？我能有几条啊？就是黑缎子面、绸子里的那条呗！”

“好的，黑缎面、绸子里腰带一条——值多少钱？”

“六元左右吧！”

“还了得，系这么贵的带子。今后要系一元五角左右的！”

“哪有那么便宜的带子啊。所以说你这个人没有人情味嘛。不管老婆穿得怎么邋遢都不在乎，只要把自己打扮好就行。”

“行啦，还丢了什么？”

“捻绸外褂。那是河野姑母的遗物，所以同样是捻绸，和现在的捻绸不是一个档次的。”

“没工夫听你讲解。值多少钱？”

“十五元！”

“穿十五元的和服外褂，太不合身份了！”

“那怎么了，又不是花你的钱买的！”

“还有什么？”

“黑布袜子一双。”

“是你的吗？”

“是你的呀，两角七分买的。”

“下一个。”

“山药一箱。”

“连山药也偷去了？他是想煮了吃？还是做成山药泥吃？”

“我哪知道他想怎么吃，有劳你到窃贼家跑一趟，问问他吧！”

“值多少钱？”

“我可不知道山药的价钱。”

“那就写上十二元五角左右吧。”

“这也太离谱了，就算是从唐津挖来的山药，也不可能值十二元五角啊。”

“你不是说不知道吗？”

“是不知道，虽然不知道，可是十二元五角，也太过分了。”

“不知道价钱，又说十二元五角太过分，是怎么回事？完全不合逻辑啊。所以，我才说你是奥坦钦·巴列奥略[1]呢。”

“你说我是什么？”

“奥坦钦·巴列奥略。”

“是什么意思？”

“管它是什么意思。接下来是——我的衣服怎么一件也没有提？”

“还有什么都不关我的事。告诉我‘奥坦钦·巴列奥略’是什么意思？”

“哪里有什么意思啊。”

“那也可以告诉我呀。你也太欺负人了！你一定觉得我不懂英语，用英语说我坏话吧。”

“少说废话，快些往下说！不赶快交上申诉书，失盗的物品就找不回来啦。”

“反正现在申诉也找不回来了。还是快点告诉我奥坦钦·巴列奥略是什么意思为好。”

“你这个女人真是难缠。不是告诉你什么意思也没有吗？”

“那好吧，失盗物品也只有这些。”

“真是榆木疙瘩脑袋！那就随你的便好了，我不再写申诉了。”

“我也不告诉你丢了什么了，申诉书应该是你自己写的。你不写，我怕什么！”

“那就不写了！”

主人照例猛地站起来，走进书房去了。妻子退到了饭堂，坐在针线

---

[1] 奥坦钦·巴列奥略，应该是君士坦丁·巴列奥略（1404—1453），拜占庭帝国最后一个王朝的皇帝。文中故意将君士坦丁念成“奥坦钦”，使之与江户语“糊涂虫”发音相同。

盒前。约莫十分钟工夫，两个人什么也不做，瞪着纸隔扇发呆。

就在这时，寄来山药的多多良三平，“哐当”一声推开大门，走进屋来。这位多多良三平以前在主人家里寄宿过，如今，法政大学毕了业，就职于某公司的矿山部。这位也是实业家苗子，是铃木藤十郎的后来人。三平君感念过去的交情，常常来旧日先生的茅舍造访。若是星期日，会玩上一整天再回去。他和这一家人的关系就是如此无拘无束。

“师母，今天是个好天气呀！”他好像是唐津口音，在女主人面前跪坐下来说道。

“噢，是多多良君！”

“先生出门了？”

“没有，在书房。”

“师母，先生这么用功，有伤身体呀！又是个星期天，师母！”

“跟我说也没用，你直接对先生说吧！”

“好的……”说到这儿，三平看了看屋里，说，“今天怎么也没看见小姐们哪？”

话音没落，敦子和骏子就从隔壁房间跑了出来。

“多多良哥，今天带寿司了吗？”姐姐敦子还记得前些天的约定，一见到三平就问起来。多多良搔着头皮坦白说：

“你还记得呀，下次一定带来！今天忘了。”

“不行！”姐姐一说，妹妹也立刻照着学：“不行——！”

女主人渐渐心情好些了，有了一点笑容。

“我没带寿司来，可是送来山药了呀。小姐们尝过了吗？”

“山药是什么？”姐姐一问，妹妹又学着说：“山药，是什么呀？”

“还没吃吗？快叫妈妈煮呀！唐津山药跟东京的山药不一样，可好吃啦！”

听到三平夸赞家乡，女主人这才想了起来。

“多谢多多良君，上次送了那么多山药。”

“怎么样？尝过了吗？我专门找人做了个木箱，装得很紧实，以免山药折断。想必没有断吧？”

“可惜呀，您好不容易送给的山药，昨天夜里被小偷偷走了。”

“窃贼吗？愚蠢的家伙！竟有人那么喜欢山药吗？”三平大为感慨。

“妈妈，昨天晚上进小偷了吗？”姐姐问。

“嗯。”女主人轻声回答。

“进了小偷……进了小偷……进来的时候是什么表情？”这回是妹妹问的。对于这奇怪的发问，女主人也不知怎样回答才好，她说：

“进门时是一张吓人的脸。”说着，看了看多多良。

“吓人的脸，是不是像三平哥那样的脸呢？”姐姐毫不留情面地反问道。

“说什么呢，没有礼貌。”

“哈哈哈……我的脸那么吓人吗？这可怎么办啊。”三平说着，搔起头来。

多多良三平的脑后有一块直径一寸上下的秃。一个月前出现的，找医生看了，还是没有治好。第一个发现这块秃的是敦子。

“哎呀，三平哥的脑袋跟妈妈的脑袋似的发亮呢！”

“不是叫你们别瞎说吗？”

“妈妈，昨晚那个贼，脑袋也发亮吗？”这是妹妹提出的问话。女主人和三平都不由得失声大笑。可是孩子们太烦人，没法好好说个话，女主人就对姐俩说：

“好了，好了，你们俩到院子里去玩一会儿，妈妈这就给你们拿点心来。”总算把孩子们轰出去了，然后认真地问道，“多多良君，您的脑袋怎么啦？”

“长了虫子，老是治不好。师母也有吗？”

“瞎说，哪里有什么虫子！女人盘发髻的地方，都会有点秃的。”

“秃疤，都是因为有细菌呀。”

“我的可不是细菌。”

“那就是师母固执了。”

“不管怎么说，反正不是细菌。对了，英文把秃头叫作什么？”

“秃头好像是叫作bald。”

“不，不是这个。还有个更长的名字吧？”

“问问苦沙弥先生，立刻就会清楚的。”

“他说什么也不告诉我，所以才问你哪！”

“我只知道‘bald’这个词，很长的词？怎么说的？”

“是‘奥坦钦·巴列奥略’，‘奥坦钦’大概是‘秃’，巴列奥略是‘头’吧。”

“也许是这样。我这就到先生书房去查查韦氏大辞典。不过，先生也真是与众不同啊。这么好的天气，竟闷在家里。师母，先生这样下去，胃病可好不了啊！还是劝劝他到上野去赏樱花吧！”

“你叫他去吧。他这个人绝不会听女人的话。”

“近来先生还那么爱吃果酱吗？”

“是的，还是那样。”

“不久前先生还对我发牢骚呢。‘你师母总是说我果酱吃得太狠了，直发愁。可我觉得没吃那么多呀。是不是计算错了？’我就说：‘那一定是令爱和师母一块儿吃的……’”

“你这个讨人嫌的多多良！干什么要那么说呀？”

“可是，师母的样子就像是爱吃果酱的呀！”

“看样子怎么能看得出？”

“虽说是看不出……不过，师母一点儿也没吃吗？”

“当然吃了一点。吃点有什么关系？自己家的东西嘛。”

“哈哈……我就猜到了……不过，说正经的，失盗可是飞来横祸呀！只偷走了山药吗？”

“若是只偷了山药就不发愁了，连平时穿的衣服都被偷走啦。”

“眼下有什么困难吗？又需要借钱吧？这只猫，换成是狗就好了……真是吃亏了啊。师母，一定要养一条肥壮的狗……猫没有用的，光知道吃……会逮耗子吗？”

“一只耗子也没有捉过，是个刁蛮滑头的猫！”

“哎哟，那不就等于白养活了吗。赶快扔掉得了！要不，我就拿走炖了吃吧？”

“哟，多多良君还吃猫啊？”

“吃过呀。猫肉可香哪。”

“真有胆子！”

我也曾听过这样的传说：在下等书生当中，有些吃猫肉的野蛮人。但是，连平素蒙受眷顾的多多良君竟也是此道中人，倒是我做梦都不曾料到的。何况，此公已不再是穷书生，尽管毕业时日尚浅，却是一名堂堂的法学士，在六井物产公司供职，因此，我的惊愕也就非同寻常了。

“见人要想到防贼。”[1]这句格言已经由寒月二世——梁上君子的行为证实了。而“见人要想到吃猫鬼”这句话则是多亏多多良君，我才得以悟到的真理。“见多而识广”，见识多固然可喜，但是，危险也逐日增多，越来越不能疏忽大意。人，无论是变得狡猾，还是变得卑鄙，或是披上表里不一的伪装，无不是见识多的恶果。见识多是年高的罪过。所谓“老人没有好东西”，说的就是这个道理。像我等猫辈，或许还是早日在多多良君的锅里陪着洋葱一同成佛为上策，我暗自思忖，躲在墙角缩成一团。这时刚才因和妻子吵架，一度回了书房的主人，听见多多良的声音，慢吞吞地再度现身客厅。

“先生，听说您家失盗啦？太愚蠢啦！”多多良劈头给了主人一闷棍。

“进别人家来的贼才愚蠢哪！”主人无论何时都以圣贤自居。

“贼自然是愚蠢，被偷的也不够聪明。”

“还是没有东西可偷的多多良君这等人最聪明吧？”妻子这回站在了丈夫一边。

“不过，最愚蠢的还是这只猫。真是的，它整天都在干什么？又不捉耗子，贼来了也装不知道……先生，干脆把这只猫给我算了。养它在家里也毫无用处。”

“给你也行，做什么用？”

“炖肉吃！”

主人听了这句过于刺激的话，立刻流露出胃病患者的病态笑容，但没有表态，而多多良也没有表示一定要吃猫肉的迫切愿望，对我来说，

[1] 日语谚语，即“防人之心不可无”的意思。

真是喜出望外。过了一会儿，主人换了个话题，说："猫怎样都无碍，可衣物失盗，冷得受不住呢。"显得十分懊丧。

怎么能不冷啊？冬天主人一向穿两件棉衣，而今天只穿了件夹衣和半袖衫，从清早起，也不出去活动，一直枯坐室内，本已不足的血液全都为他的胃而忙活，根本顾及不到手脚了。

"先生，干教师这个行当，说到底是失策呀！稍一失盗，立刻就捉襟见肘的——干脆重打鼓另开张，当个实业家好不好？"

"他讨厌实业家，你说也是白说。"女主人从旁插嘴，回答多多良。不用说，女主人自然希望丈夫成为实业家。

"先生，您毕业几年了？"

"今年是第九个年头吧。"女主人说罢，回头瞅了丈夫一眼，丈夫不置可否。

"已经九年了，也不涨薪水。再怎么有学问，也没有人识货。真算得上是'郎君独寂寞'[1]啊！"多多良将中学时期背熟的一句诗朗诵给女主人听，女主人完全不知所云，没有回应。

"教员嘛，自然不喜欢。实业家嘛，更不喜欢。"主人心里好像在盘算自己到底喜欢干什么。

"他是讨厌一切的……"妻子说。

"不讨厌的只有师母吗？"多多良开了个不合身份的玩笑。

"那是最讨厌的！"主人回答得极干脆。

妻子转过脸去，貌似无所谓，然后回过头望着丈夫的脸，说：

[1] 出自鲍照的诗《咏史》，"……君平独寂寞，身世两相弃"。鲍照（约414—466），中国南朝文学家，字明远。尤擅七言歌行，风格俊逸，对唐诗人李白、岑参等颇有影响。

“恐怕你连活着都厌烦吧？”她满心以为这下子可以把主人噎住。

“反正不怎么喜欢。”主人的回答竟然从容不迫，这可叫女主人没招了。

“先生，您得打起精神多出去散散步，不然会搞坏身体的……要不然，您当个实业家吧！赚钱实在是轻而易举之事。”

“你也没有赚到几个钱，还说我呢。”

“先生，我不是去年刚刚进的公司嘛。就算这样，也比老师有一点储蓄。”

“存了多少？”女主人热心地问道。

“已经有五十元了。”

“你到底拿多少月薪？”女主人又问。

“三十元。其中每月存入公司五元，以备不时之需。师母，您也拿零钱买点外环线电车股票吧？从现在起，三四个月后就能多一倍。只要稍微投入一点钱，很快就可以增值两倍，三倍呢。”

“若有那么多钱，即使失盗，也不至于犯愁了。”

“所以我才说，最好当个实业家嘛。假如先生是学法律的，在公司或银行里做事，如今每月会有三四百元的收入呢，太可惜了……先生，您认识工学士铃木藤十郎吗？”

“嗯，昨天来过。”

“是吗。前些天在一个酒会上见到他时，提到先生，他说：‘原来你在苦沙弥兄家做过书生啊？学生时代我也曾和苦沙弥兄在小石川寺一同开过伙。下次你去，给我带个好，说我过几天去拜访他。’”

“听说他最近来东京工作啦？”

“是的。以前他一直在九州煤矿，近来调到东京来了。很能干的。

跟我说话也像老朋友一样……先生，您猜他每月挣多少钱？”

“不知道。”

“月薪二百五十元。年中、年末还有分红，平均下来每个月合四五百元哪。像他那号人都挣那么多，先生是教英语入门的行家，却依旧‘十载一狐裘’[1]，有些愚钝啊！”

“的确是愚钝！”

即使主人这般超然物外的人，对于金钱的看法也与普通人相差无几。不，正因为穷困潦倒，很可能对于金钱比一般人更加渴求呢。

多多良大肆吹嘘了一通实业家的好处后，也没什么其他好讲的了，便说：

“师母，有个叫水岛寒月的人到先生这儿来过吗？”

“啊，常来的。”

“他是个什么样的人呢？”

“好像是个很有学问的人。”

“是个美男子吗？”

“呵呵……和你差不离吧？”

“是吗，和我差不离吗？”多多良显得很认真。

“你怎么知道寒月这个名字的？”主人问道。

“不久前有人托我了解一下他的情况。那寒月真的是个值得了解的人物吗？”多多良还没开始了解，已摆出一副凌驾于寒月之上的派头。

“此人远远比你了不起！”

[1] 出自《礼记注疏》卷九《檀弓下》：“晏子一狐裘三十年。”春秋齐相晏婴，以节俭力行著称，着布衣鹿裘以朝。孔子弟子有若谓其衣一狐裘至三十年。后因以“晏子裘”为称人节俭的典故。亦谓处境困顿。亦省作“晏裘”。

“是吗，比我了不起啊？”多多良既没有笑，也没有恼，这就是他的特色。

“近日能当上博士吗？”

“据说目前正写论文哪。”

“看来还是个傻瓜，还写什么博士论文，我还以为是个值得一提的人物哩。”

“你还是那么见解不凡呀！”女主人边笑边说。

“听人家说：只要他当上博士，那家就把姑娘嫁给他云云。居然有这等傻瓜！为了娶媳妇而当博士，我告诉对方，与其把女儿嫁给那号人，还不如嫁给我合算得多呢。”

“对谁说的？”

“对托我了解一下水岛寒月的那个人。”

“是铃木吧？”

“哪里，这种话，可不能对他讲的，人家是个大人物嘛！”

“原来多多良是个窝里横呀！到我家来，这么神气，可是一到铃木面前，立刻就变成缩头乌龟了吧？”

“是啊，不如此，可就麻烦喽！”

“多多良，咱们出去散散步吧？”主人突然开口说。他只穿着一件夹袍，太冷了。稍微活动一下也许会暖和些，出于这个考虑，主人才破天荒地提出了这么个建议。凡事顺其自然的多多良当然不会踌躇。

“走吧！去上野吗？那就去芋坂吃米粉团吧。先生，你吃过那里的米粉团吗？师母也去吃一次尝尝。又柔软，又便宜，还给酒喝。”多多良颠三倒四地贫嘴滑舌时，主人已经戴上帽子，去换鞋了。

我还要休息一会儿。至于主人和多多良在上野公园干些什么，在芋坂吃了几盘米粉团，此类逸事，既无侦察的必要，亦无跟踪的勇气，略去不谈，趁主人出门的工夫要好好休息了。休息乃万物的天赋权利。负有生息于此世的义务的苍生，为了尽生息之责，必须得到休养。假如有神明说“汝等乃为劳动而生，非为睡眠而生”的话，我将这样回敬：“吾辈正如所言为劳动而生，故而要求为劳动而休息。”即使像我家主人那样顽固不化的人，不也常常在星期天之外，自行偷闲休息吗？像咱这般多愁善感、日夜劳神者，纵然是猫，也需要比主人更多的休息，已是不必多说的了。只是刚才多多良君把我视为除了休息之外一无所能的废物，出言不逊，叫我深受刺激。总之，只受制于物的凡夫俗子，除了寻求感官刺激外不知其他，因此，评价他人时，也概不涉及形骸之外，简直不可理喻。他们似乎认为，不撅着屁股干活，出一身大汗，便算不得劳动。但是，据说达摩和尚一直面壁坐禅，以至于两脚溃烂，即使从石缝中爬出来的常春藤，将高僧的眼睛和嘴遮蔽，也一动不动，也没有睡着或死去。他的头脑一刻不停地在活动，还在思索“廓然无圣”[1]等玄奥禅理。听闻儒家也有静坐功之说，但这也并非闭居一室，修炼安闲与膝行，脑中的活力，比之常人加倍炽热。只因外观上貌似极其沉静庄重，天下的凡胎才把这些知识巨匠视为昏睡假死的庸人，以至于进行不应有的诽谤，诸如废物、饭桶等。这类凡眼，都是天生的只见其形，不识其心的瞎子，而且，多多良三平之流，正是此类人中的一等货色，因此，他把我这猫看作干屎橛也就不足为奇了。可恶的是，就连略晓古今诗文、粗知事物真相的主人，竟然也不假思索地赞同浅

[1] 出于《碧岩录》第一则，梁武帝问达摩大师：“如何是圣谛第一义？”摩云：“廓然无圣。”

薄的多多良三平，这和对于多多良提议的“猫火锅”不加阻拦有什么两样。

然而，退一步想想，人们这样轻视吾辈，也不无道理。所谓“大音不入于里耳”[1]，“阳春白雪，曲高和寡”等比喻，自古有之。硬叫看不见形体以外活动的人看到己灵[2]的光辉，如同逼和尚留发，命金枪鱼演说，叫电车脱轨，劝主人辞职，要三平不想赚钱一样，毕竟是强人所难。

然而，纵使是猫，也是社会性的动物。既然是社会动物，不论多么自命清高，也要在某种程度上与社会协调着活下去。主人、夫人，乃至女仆、三平之流不能够公正地评价我，固然令人遗憾，也无可奈何。但是假如由于人类的愚昧无知，扒了我的皮，卖给做三弦琴的，将我的肉，做成多多良的盘中餐的话，就非同小可了。

吾辈既然是奉凭头脑求生存之天命降生此俗世，可见是独步古今之猫，乃是千金之身。古语说：“千金之子，坐不垂堂。”[3]因此倘若一味好高骛远，则徒然招致危险于吾身，不但祸及自身，也有悖天意。纵然是猛虎，一旦被关进动物园，也只能与猪猡比邻；鸿雁若被生擒于卖家，也只好与鸡雏共俎。我既与庸人为伍，便不得不退而做个庸猫。既要做庸猫，便不能不捕鼠……我终于决定要捕鼠了。

早就听说日本和俄国在打一场大战。我是日本猫，自然偏袒日本。可能的话，真想组织一支混编猫兵旅，去抓挠那些俄国兵。然而像我这么精力充沛的猫，只要打算捉一两只老鼠，闭着眼睛都可以捉住的，不

[1] 见《庄子·外篇·天地》，曲高和寡之意。

[2] 己灵，即人人各自所有的性灵。也是佛法中所说众生本具的佛性。

[3] 出自西汉的司马迁《史记·袁盎晁错列传》：“臣闻千金之子，坐不垂堂。”家有千金的人不在屋檐下停留，形容有钱人非常看重自己的身体。

在话下。从前有人问一位著名法师："怎样做才能悟道？"据说法师回答得颇有风趣："要像猫扑鼠那样。"意思是说，只要像猫扑鼠那样全神贯注，就会开悟。虽有"女子太聪明，卖不了牛"[1]的谚语，却还没有"猫太聪明捕不到鼠"的格言。由此可见，不论我多么聪慧，也没有不扑鼠之理，非得如此，没有捉不到老鼠之理。之所以至今没有捉，是因为没想去捉罢了！

和昨天一样，春日西下了。散落的樱花被伴着晚风，不时从厨房门的破洞中吹进来，飘落在水桶里，在厨房昏暗的油灯下呈现出一片白色。我决心今夜大干一场，叫这一家人都开开眼。为此，有必要先勘察战场，熟悉地形。战线当然不会太长。这个土间若铺席子，大约可铺四张大小。一张草席那么大的地方，一分为二，一半是水槽，一半是酒馆、菜店的伙计送货的地方。炉灶很气派，与寒酸的厨房很不相称，紫铜水壶锃亮锃亮的。炉灶后边至墙板之间留有二尺，是我放鲍鱼壳的地方。挨近茶间的六尺之地是装着锅碗瓢盆的柜橱，把小厨房分割得更加窄小。差一点就顶到旁边探出来的架子了。橱柜下面口朝上放着一个研钵，钵里有个小桶，桶底儿正对着我。并排挂着的萝卜泥擦子和研钵杵旁边只悄然立着一个灭火罐。熏得漆黑的椽子交叉处，有一个吊钩，吊钩上挂着一个平底大筐，那个筐不时被风刮得晃动起来。为什么吊着这么个竹筐呢？刚刚来到这户人家时，我完全搞不明白，但自从我知道这是人们为了使猫爪够不着，而把食物放在这里的，不禁深感人类心眼太坏了！

---

[1] 日本谚语。意思是女人看似聪明，却往往短视，而把事情办砸。相当于"头发长见识短"。

我开始制定作战方案。若问我准备在哪里与老鼠作战？自然是老鼠出没的地方了。不论地形对我多么有利，独自傻傻地死守何谈战争。因此，有必要研究一下老鼠出没的路线。我站在厨房中央四下察看，感觉自己很有点像东乡大将[1]。

女仆刚去了浴池，还没有回来。孩子们睡得正熟。主人去芋坂吃罢米粉团回来，依旧关在书房里。女主人嘛，不知在干什么，大概是在打瞌睡，梦见了山药吧？不时有人力车从门前跑过，响动过后更觉冷清。不论是我的决心、气概，还是厨房里的光景，四周的冷清，整个气氛都是那么悲怆，俨然自己就是猫中的东乡大将。置身于这种境界，必然会在紧张之中感受到某种愉快，虽说任谁都会这样，不过，我发现在愉快的深处还存在着一大忧患。

与鼠作战，就是为了捕老鼠，不论来多少只老鼠也不可怕。问题是，如果不清楚老鼠的出处，就会非常被动。根据综合周密观察后取得的资料，我判断老鼠出处大概有三条路线。第一条路线，如果是地沟里的老鼠，一定是顺着下水道进入水池，再绕到炉灶后面。那么，我就藏在灭火罐后面断其退路。第二条路线，老鼠也许是从往地沟里放掉洗澡水的石灰眼儿里钻进浴室来，出其不意地溜进厨房。如果是这样，我就在锅盖上蹲守，老鼠一出现在我眼皮子底下，立刻一跃而下，一举擒获。另外还有一条线路，我又巡视了一圈，发现柜橱右下角被咬了个月牙形的洞，我怀疑这是为了老鼠出入而制造的。凑近一闻，果然有老鼠的味儿。假如老鼠从这儿攻进来，我就靠柱子做掩护，先放它们过去，再从侧面杀出来，一爪致命。

---

[1] 东乡大将：即东乡平八郎（1848—1934），鹿儿岛人。日本海军元帅。

万一它们从顶棚上出来呢？我仰头一看，上面被油烟熏得漆黑，在灯光照耀下，宛如倒挂地狱一般，按我眼下的本事，上不去也下不来的。那老鼠应该不会从那么高的地方跳下来的，所以，这条线路可以不去提防，不过，仍有三面受敌的危险。假如老鼠从一个方向攻来，我闭上一只眼睛也能把它们击败。若是两路进攻，也自信能够想出办法击退它们。但是，假如它们三路围攻，不管怎么认定我生来就会捕鼠，也束手无策了。既然如此，何不向车夫家的老黑求援？但这有损于我的威严，如何是好呢？我绞尽脑汁也想不出好法子来。

这种时候，最能使自己安心的捷径，便是认定那样的事不会发生。人总是把无能为力的事情当作不会发生。首先请诸位展望人世间，昨天娶到家的新娘，说不准今天就会谢世吧。然而，新郎不是满口的山茶花千代啦、八千代啦[1]，面无愁容吗？面无愁容并非因为不值得忧愁，而是因为再怎么发愁，也不能起死回生。我断言绝对不会发生三面夹攻虽然毫无根据，但认定不会发生，比较便于稳定情绪。万物都需要安心。我也想要安心。因此认定三面夹击绝不会发生。

尽管如此，我仍然放心不下。为什么会这样？左思右想才明白了，原来我是对于这三个方案，选择哪一个才是上策的问题，苦于得不出明确的结论而烦恼。老鼠若从橱柜攻来，我有对策；若从浴室攻来，我有计谋；若从水槽上来，我也有迎头痛击的成竹在胸。但是，倘若必须在三者之中确定一条战线的话，我可就无法决断了。据说当年东乡大将，对于俄国的波罗的海舰队究竟会取道对马海峡，还是会出现在津轻海峡，或是远远绕过宗谷海峡，曾经非常担忧过。而今我从自己的处境出发

---

[1] 两个词在日语里都是天长地久之意。

想象一下，便非常理解他当时难以决断的心情了。我的整体情况不但和东乡阁下很相似，而且对于眼下的非常处境，也与东乡阁下同样的煞费苦心。

我正在专注地思考战略战术，突然那扇破格子门被人拉开，探进了女仆的脸。说她只露出脸，并不等于她的手脚没有进来，而是因为其他部位由于太黑看不清，唯独那张脸色彩鲜明地映入我的眼眸。她的脸平日就红红的，沐浴后更红了。她一回来，就早早把厨房门锁了，大概是因为昨夜失窃的事，加了小心。

书房里主人在喊，把手杖放在他的枕旁。我搞不明白，为什么主人要把手杖摆放在枕旁呢？他应该不至于想入非非，以易水壮士[1]自居，倾听龙吟[2]之声吧！昨日枕旁摆山药，今日摆手杖，不知明天将会是什么。

夜色未深，老鼠还不见动静。大战在即，我得先休息一会儿。

主人家的厨房里没有拉绳天窗，只在客厅的门楣处开了个一尺来宽的窗，以便冬夏通风，代替天窗。潇洒散落的寒樱，随风钻进洞内。嗖嗖的风声使我惊觉，睁眼一看，不知什么时候已经照进来的朦胧月色，将炉灶的影子斜映在地盖上。我担心睡过了头，抖了两三下耳朵，倾听家里的动静，只听到那座挂钟和昨夜一样嘀嗒嘀嗒走着。老鼠快要出洞了！会从哪儿出来呢？

壁橱里响起咯吱咯吱的响声，它们似乎正用爪子摁住碟子边，偷吃碟子里的食物。好哇，它们要从这里出来，我就蹲在洞旁守候起来。可

[1] 易水壮士，荆轲欲行刺秦始皇，临行前，在易水岸边与燕太子丹告别时，曰：“风萧萧兮易水寒，壮士一去兮不回还。”
[2] 传说中宝剑在夜间会在匣中发出长吟，其声如龙鸣。

是左等右等一直不见打算出来的意思。碟子的响声没有了，好像又去翻弄大碗了，不时地发出更大的声音。而且就在一门之隔的地方，离我的鼻尖不足三寸。虽然不时听到老鼠哧溜哧溜走近洞口的脚步声，却又走远了，一只也没有露头。只隔着一层柜门，敌人正在里边疯狂作案，我却只能一直守在洞口，真叫人不堪忍受。老鼠在旅顺碗[1]里召开盛大舞会呢。至少女仆应该把这扇门开一条缝，让我可以进出啊。乡下女人脑瓜子就是不好使。

这时，炉灶后面，我的鲍鱼壳嘎啦响了一声。敌人还跑到这儿来了。我蹑手蹑脚地走近，只见两个水桶之间露出一条尾巴，立刻钻进水池下边去了。过了一会儿，浴室里的漱口杯“哐当”一声碰到了洗脸盆上。敌人就在身后。我刚一扭头，看见一个差不多五寸长的家伙啪的一声撞掉牙粉袋子，逃到地板下面去了。“别想逃！”我紧跟着跳了下去，早已无踪无影了。实际上，捕鼠远比想象中的要难。说不定我缺乏捕鼠的天赋。

我一转到浴池时，鼠贼就从壁橱蹿出；我在壁橱蹲守，鼠贼就从水池下钻上来；我在厨房中心严阵以待时，鼠兵便三面夹击，一齐出动。说它们可恶也好，胆怯也罢，反正它们不是君子之敌。我来来回回奔跑了十五六次，劳神费力，疲惫不堪，却一次也没有成功。虽感遗憾，但与此小人为敌，任凭那威风凛凛的东乡大将，也无计可施。开始时我既有勇气，也有杀敌气概，甚至还有所谓悲壮的崇高美感，到头来由于费劲、

[1] “旅顺碗”三字的日语读音与“旅顺湾”相同，应该是夏目漱石的造词。日俄战争期间，在俄国的波罗的海舰队未到达日本海前，东乡平八郎率领的日本联合舰队先将俄国的太平洋舰队堵在旅顺湾内，在乃木希典所率领的陆军攻下203高地后，用重炮将其歼灭。夏目漱石在文中，似以此讽喻俄国舰队。

懊丧、困倦和疲乏，蹲坐在厨房中央，再也不想动弹。虽然不想动，但只要装作“眼观六路，耳听八方”的话，敌人都是小人，也不敢怎么样的。原本当作敌人的家伙，想不到都是些胆小鬼，这么一想，战争的光荣感顿时消失，剩下的只有厌恶。厌恶之念闪过后，便斗志全无，意气消沉。看样子你们也搞不出什么新花样来了，一旦松懈下来，我便轻视起了敌人，昏昏欲睡了。经过上述一番折腾，我终于困了，睡着了，即使身在敌人包围之中，也是必须休息的。

从侧面朝着房檐开的天窗那儿又吹进来一团落英。我只觉得一阵迅猛的风刮过，从壁橱门口蹦出一个子弹似的小东西，我还没来得及躲闪，它已经猛扑过来，咬住了我的左耳。紧接着又一个黑影蹿到我的身后，没等我反应过来，就吊在了我的尾巴上。这是一瞬间发生的事。我本能地纵身一跳，将全身之力集中于毛孔，想抖掉这个怪物。咬住耳朵的那家伙身子失去重心，悬在了我的侧脸上，它那胶皮管似的柔软尾巴尖，竟然插进了我的嘴里。这真是送上门来了。我狠狠地咬住尾巴，左右摇晃，结果只剩下那家伙的尾巴留在我的门牙里，身子摔在了旧报纸糊的墙壁上，又被弹到地窖盖上。它刚要爬起来，我不失时机地扑了过去，可是，像踢了个球似的，那家伙竟掠过我的鼻尖，跳到架子边儿上，缩着腿蹲着。它从架子上俯视着我，我从地板上抬头看着它。相距有五尺。月光犹如展开在空中的腰带，横扫着洒进屋来。我前爪运足力气，才终于跳到了架子上。但是，只是前爪顺利地搭在架子边，后腿却悬在空中胡乱蹬踹，而我的尾巴还被刚才那个黑东西咬着，大有死也不肯松口的架势。太危险了！我重新调整了一下前爪，想抓得更牢一些。但是，每当这样调整时，就会由于尾巴上太沉了，而适得其反，若是再滑二三分，非掉下去不可。我的处境更加岌岌可危了！只听得我的爪子咯吱咯吱地抓挠着架子板。

这可不行。就在我倒换左爪的工夫，由于没有抓牢，只剩下右爪扒在架子上，承担着全身的重量。自身体重加上尾巴上的分量，使我的身子滴溜溜直打转。一直一动不动地蹲在架子上盯着我的那个怪物，趁机像投掷一块石头似的，从架子上冲着我的前额扑下来。我的前爪终于失去了最后一点指望，我们三个纠结成一团，垂直地穿过月光坠落下来。放在架子下一层的研钵以及研钵里的小桶和果酱空瓶，也随着我们一起下坠，最后还捎带上了地上放着的灭火罐，稀里哗啦，一半物件掉进水缸里，一半摔在了地板上，共同发出在这寂静的深夜格外刺耳的巨大声响，就连正在殊死搏斗的我，都被吓得心惊胆寒。

“有贼！”主人扯着沙哑的嗓音大叫一声，从卧房奔了过来。只见他一手提油灯，一手拿手杖，惺忪的睡眼中闪烁着符合主人身份的炯炯目光。

我静静地蹲坐在鲍鱼壳旁。那两个怪物已经逃进了壁橱。一无所获的主人恼怒地不知向谁喝问：“怎么回事？是谁呀？声音这么大！”

由于月亮西斜了，白色光带已缩短成半幅宽了。

六

天气这么热，就算是猫也受不了。听说英国有个叫什么西德尼[1]的人曾经如此形容盛夏之苦："恨不能剥去皮、剔去肉，只剩下骨头凉快凉快。"不过，对我来说，不到这个程度也行，至少把我这身浅灰色的花皮毛拆洗一下，或是暂时送进当铺之类的。

在人类眼里，也许以为我们猫一年到头总是一个表情，春夏秋冬都不用换衣服，过着最单纯而平静的、不需要花钱的生活。不过，纵然是猫，也是知道冷热的。也想偶尔去洗个澡，怎奈这身皮毛，用水洗的话，很不容易晒干，所以才忍受着身上的汗味儿，长这么大，也没进过澡堂子。

虽说也不是不想扇扇扇子，可是咱拿不了扇子，只好放弃。一想到这些，就觉得人类太铺张。本来应该生吃的东西，非要煮呀、烤呀，又

[1] 西德尼·史密斯（1771—1845），英国国教牧师，作家，《爱丁堡评论》的创办者。

是用醋泡，又是加调味酱的，喜欢费很多工夫，互相引以为乐。

衣着也是如此。要求人类像咱猫这样一年四季不换衣服，对于生来就缺陷多多的人类来说，也许有点强人所难，但是，他们也没有必要把那些乱七八糟的东西套在皮肤上过日子啊。以至于因此而给羊添麻烦，让蚕受累，还要感念棉花田之恩。这只能让我断言：人类的奢侈，正是其无能造成的结果了。

衣食这方面，还可以宽容一下，不跟他们较真儿了。然而，就连那些与生存毫无直接利害关系的方面，人类也是同样的奢侈，这就令我完全不能理解了。首先，头发是自然长出来的，所以，我认为任其生长是最简便，也是对人最有好处的。叫我费解的是，人类却偏要绞尽脑汁搞出各种各样奇形怪状的发式，还因此而自鸣得意。自称和尚的人，无论什么时候，脑袋都是青色的。到了热天，就在头上撑把伞；天冷了，就缠上头巾。既然如此，又何必把头皮刮得发青，岂不是没有道理？除此之外，还有人用叫作"梳子"的毫无意义的锯条似的东西，把头发左右等分，自以为美。除了等分之外，有些人按照三七比例，在头盖骨上人为地划出两个区域。还有些人让这个分界线穿过发旋，一直通到脑后，活像一片人造的芭蕉叶。此外，有人把头顶剪成平的，把左右两边切削得笔直。由于圆圆的脑袋上犹如扣了个方盘子，所以只能看成是在模仿请花匠栽种的杉树篱笆。听说还有留五分长、三分长、一分长头发的，看这架势，将来说不定还会流行更新的款式，比如往脑袋里剃进去，叫作负一分长，乃至负三分长等等呢。总而言之，我实在搞不懂人们干吗那么绞尽脑汁地折腾头发？这个先放到一边，单说人本来有四只脚，却只用两只，这就是浪费！用四只脚走路多么快捷，人们却总是用两只脚凑合，而另两只脚则像别人送的鳕鱼干似的闲着，太莫名其妙了！

由此可见，人类比起猫来更加悠闲。正是由于太无聊，才想出那些花样自娱自乐的。可笑的是，这些无所事事的人只要一碰面，就口口声声的“忙得很呀，忙得很呀”，而且，他们的表情也貌似很忙，看他们那蝇营狗苟的样子，不由得担心他们弄不好会忙碌死的。有的人见了我，常说什么：“要是像猫那样成天闲待着，多快活啊！”真是觉得我快活，就变成猫好了。谁也没求你们那么忙碌呀！人们自己制造出好多麻烦事来，疲于应对，却整天喊叫“累死啦，累死啦”。这好比自己燃起熊熊烈火，却又喊叫“热死了，热死了”一样。换作是猫，到了琢磨出二十多种发式的那一天，也不可能这样逍遥了。若想自在，就该像咱这样，练就一身夏天也能穿着毛衣不换的本事……虽然这么说，毕竟有点热。穿毛衣过夏的确太热了。

这么热的天，我的长项——午睡也睡不成了。

有没有什么新鲜事啊？已经好久疏于观察人们了。今天本想趁着有此雅兴，瞧一下他们浑浑噩噩、蝇营狗苟的样子，偏巧主人在懒惰这点上，与猫的习性颇为相近。他午睡时间丝毫不比我短，尤其是放暑假以后，什么正经事都不做，所以，再怎么观察，也观察不出什么来的。这种时候，迷亭一来，那受胃病困扰的主人也会有几分反应，暂时可以多少远离一些猫性。正当我寻思着迷亭先生现在来就好了时，不知何人在浴室里哗哗冲水。不仅有冲水的声音，还不时地听到有人高声说话。“啊，就这样！”“真舒服啊！”“再来一下”等，整个家里都能听见。到主人家来，能够这么吆五喝六、无所顾忌的，除了迷亭外，没有第二个。

他终于来了，今日这个半天又好消磨了。正想着，迷亭先生已经擦完了汗，穿好了衣服，照例大摇大摆地进了客厅。

“嫂夫人，苦沙弥兄干什么哪？”他一边大呼小叫，一边把帽子扔到席子上。

女主人正在隔壁房间里，趴在针线盒旁睡得正香，猛然被一阵几乎震破耳鼓的“哇啦哇啦”声吵醒，大吃一惊，强睁着惺忪的睡眼，走进客厅一瞧，原来是迷亭穿着萨摩产的上等麻布衫大模大样地坐在房间里，不停地摇着扇子。

“哟，您来啦！”女主人也不擦去鼻尖的汗珠，有点尴尬地低了低头说，“怎么一点儿都没听见啊。”

“哪里，我刚来。刚才在浴室里让女仆给我浇点凉水，总算舒服些了……这天也太热啦！”

“这两三天，待着不动还冒汗呢。可是够热的……不过，我看您还挺精神的。”女主人依然不去擦鼻尖上的汗。

“啊，谢谢啦。天气热点儿，身子倒不至于出什么毛病。不过，最近热得出奇，总觉得四肢无力呢。”

“我也是啊，连我这个向来不睡午觉的人都热得睡起来……”

“睡午觉吗？那很好哇！若是白天睡了，晚上还能睡，可就再好不过了。”

迷亭又信口开河起来，而且觉得还不够劲儿，便说：

“我这个人，天生就不喜欢睡午觉。每次来，看到像苦沙弥兄这样能睡觉的人，真是羡慕死啦！当然了，胃不好的人最怕天气热了。即使健康人，像今天这么热的天气，就连肩膀上扛着个脑袋都觉得重呢。可是话又说回来，既然长了这么个脑袋，也不好把它拧掉呀！”迷亭居然罕见地发愁起要不要这个脑袋来了。“像嫂夫人这样，头上还要顶着那么个东西，怎么坐得住呢。光是那个发髻的分量就叫人想躺下呀。”

听他这么一说，女主人以为是自己的发髻让迷亭看出她一直在贪睡，便呵呵呵笑着，一边说“竟笑话人”，一边摆弄自己的发髻。

迷亭并不在意地说：

“嫂夫人，我昨天在房顶上做了个煎鸡蛋的试验呢。”

“是怎么煎的？”

“我看房顶的瓦片被太阳烤得特别烫，觉得不利用一下太可惜，就放上些牛油，溶化之后又打了个鸡蛋。”

“哎哟，我的天哪！”

“不过，太阳光到底没有那么热，好半天也煎不成半熟。我就暂且从房顶下来，正在看报时，有客人来了，就把煎鸡蛋的事给忘了。今天早晨忽然想起来，估摸着煎得差不多了吧，上房一看……”

“怎么样了？”

“哪里是半熟，全都流光了。”

“哎呀呀！”女主人皱起眉头，叹息着。

“不过，三伏天前那么凉快，现在又变得这么热，天气太不正常了。”

“可不是嘛。前些天穿单衣还觉得冷呢，可是从前天开始突然热起来了。”

“螃蟹是横着走，可是由于今年的天气，是倒退着走的呢。恐怕是想告诉人类：‘倒行逆施，亦可为也。’”

“您说什么呢？”

“噢，没说什么。气候这么反常，满像是赫拉克勒斯[1]的牛呢。”

[1] 赫拉克勒斯，希腊神话中的大力神。

女主人一问，迷亭更加起劲，越说越没谱了。果不出所料，女主人全然不懂了。但由于接受了刚刚那句“倒行逆施”的教训，她这回才只“噢——”了一声，没有再问。倘若她不再问下去，迷亭那番话岂不是白说了。

“嫂夫人，你知道赫拉克勒斯的牛吗？”

“我可不知道那个什么牛。”

“不知道吗？那我就给你讲一讲吧？”

女主人也不好说不必介绍了，便“哎”的一声。

“从前有个叫赫拉克勒斯的，一天，他牵来了一头牛。”

“那个叫赫拉克勒斯的是个牛倌？”

“他可不是牛倌，而且也不是牛肉铺的老板。那个时候的希腊，连一家牛肉铺也还没有呢。”

“哟，是希腊的故事啊？怎么不早说呢。”希腊这个国名女主人还是知道的。

“我不是告诉你赫拉克勒斯了吗？”

“赫拉克勒斯就是希腊的意思吗？”

“是啊，赫拉克勒斯是希腊的一位英雄。”

“难怪我不知道。那么，他怎么样了？”

“他呀，有一天也像嫂夫人一样困得不行，呼呼大睡……”

“哟，瞎说什么呀！”

“他正在酣睡的时候，巴尔干的儿子来了。”

“巴尔干是什么？”

“巴尔干是个铁匠。就是这个铁匠的儿子偷走了那头牛。不过，由于这孩子是揪着牛尾巴拖着走的，赫拉克勒斯睡醒之后，到处寻找，也没有找到。他当然找不到。因为铁匠儿子不是牵着牛往前走，而是拉着牛倒退着走的，即使他顺着牛蹄印往前找，也找不到！虽然是个铁匠的儿子，却极其聪明。”迷亭已经忘了刚才在谈论天气热，继续说，“苦沙弥兄现在干什么呢？还是在睡午觉吗？午睡出现在汉诗里很是风流的。不过，像苦沙弥兄这么天天都午睡，未免俗气了。每天这样睡觉，不就像是一点点在睡成死人似的吗？嫂夫人，麻烦你，把他叫醒吧。”

迷亭这么一催促，女主人也赞同，便说：“是啊，他天天这么爱睡觉，真没办法。这样下去，身体越来越坏了。而且他刚吃过饭就睡觉。”

女主人刚站起来，迷亭说：“嫂夫人！提起吃饭，我还没有吃饭呢。”别人也没问，迷亭就厚着脸皮说道。

“哎呀，是吗？正是吃午饭的时候，我怎么给忘了——那么，没什么好吃的，将就吃点茶泡饭吧？”

“不了，要是茶泡饭的话，就不吃啦。”

“可是，反正没有合您胃口的东西呀！”女主人话里有话，迷亭听出来了，赶忙说道：

“我不是那意思，茶泡饭还是水泡饭都不必麻烦了。刚才来的路上，我顺便在饭馆叫了外卖，打算在这儿吃呢。”他这一套一般人还真学不来。

女主人只是“哟”了一声。这一声“哟”里，包含了惊讶、抱歉和因省去了麻烦而庆幸等意思。

这时，主人晃晃悠悠地走出书房，似乎是吵人的说话声，搅扰了他的睡意。

“你一来就这么不得清净。正想好好睡一觉呢。”主人打着呵欠，满脸不悦。

“呀，睡醒啦？打扰到你休息了，罪该万死！不过，偶尔为之，亦无不可吧！好了，请坐下吧。”

听他这话，到底谁是客人都不知道了。主人默默地落了座，从寄木[1]烟盒里抽出一支“朝日”牌香烟，吧嗒吧嗒地抽起来。不经意地看见迷亭扔在角落的草帽，问：

“你买了个帽子？”

迷亭立刻将草帽拿起来给主人夫妇看，得意地说：

“怎么样？”

“哎呀，真好看！眼儿特别小，还特别柔软。”女主人一再地抚摩草帽。

“嫂夫人，这顶帽子可以百变呢！你叫它什么样，它就什么样。”迷亭说着攥紧拳头，打在巴拿马草帽的侧面，草帽果然出现了拳头大的凹坑。

“哟！”女主人惊叫了一声，迷亭立刻又把拳头伸进帽子里头，用力一顶，那帽子顶又鼓了个包。接着，他又捏住两边的帽檐，把它压扁。压扁了的草帽就像用擀面杖擀开的荞麦面片似的，平展展的。然后再把它像卷席子似的一圈圈地卷了起来。

“怎么样啊？还可以这样呢。”说着，将卷成卷的草帽揣进怀里。

女主人仿佛在看归天斋正一[2]变戏法，惊奇地说：“太神奇啦！”

迷亭也学着变戏法的样子，又显摆地把塞进右边怀里的草帽，从左袖口掏了出来。

---

[1] 寄木，用各种颜色的木料拼出的工艺品。

[2] 归天斋正一，明治时代表演西洋魔术的魔术师。

"一点也没有变形吧。"他说着，将草帽恢复原状，用食指从里面顶着帽子，让草帽滴溜溜地转圈。以为他的表演就此结束，没想到，最后他将草帽"啪"的一下扔到身后，一屁股坐在帽子上。

"不会压坏吗？"连主人都担心起来了。女主人更是担心地提醒他：

"好容易买的漂亮帽子，若是弄坏了，可不得了！我看你还是别表演了吧。"

只有草帽的主人得意扬扬的。

"问题是，就因为它不会变形，所以才神奇哪！"说着，把坐得皱皱巴巴的草帽从屁股底下拽出来，直接戴在了头上。不可思议的是，那草帽竟立刻恢复了原状。

"这个帽子可真叫皮实啊。这到底是这么回事啊？"女主人越来越佩服。

"噢，我什么也没有做，本来就是这样的帽子嘛！"迷亭戴着帽子，回答女主人。

"你也买这么个帽子戴戴，多好啊！"过了一会儿，女主人劝主人。

"不过，苦沙弥兄不是也有一顶漂亮的草帽吗？"

"可你不知道，前些天，孩子把它踩坏了。"

"哟，那可太可惜了。"

"所以我想，让他再买一顶像你那样的结实又好看的帽子，那多好啊！"由于女主人不清楚巴拿马草帽的价钱，再三劝丈夫，"就买这样的吧，好不好？"

这时候，迷亭又从右袖筒里掏出一个红盒子，从盒子里拿出一把剪刀，给女主人看。

"嫂夫人，草帽就介绍到这里。下面请看这把剪刀，这也是个非常方便的物件，有十四种用途哪！”

我看得明明白白：假如迷亭不拿出这把剪刀来，主人必将被妻子催逼买巴拿马草帽。幸亏女人天生就有好奇心，主人才免遭厄运。与其说这是迷亭的机智，莫如说纯属侥幸罢了。

“这把剪子为什么会有十四种用途？”女主人话音未落，迷亭君便扬扬得意地说：

“现在，我就来给你讲解一下，请听我说下去。你看，这里有个月牙形的洞眼吧？把烟卷往这里头一塞，‘咔嚓’一声就切断了。其次，这剪子根上有个装饰吧？可以用这儿咔嚓咔嚓地剪铁丝。再次，把它平放在纸上，可以当作规尺画线用。还有，刀背上有刻度，也可以代替尺子用。翻过来看这一面，有个小锉刀，可以用来磨指甲。此外，把这个锉刀尖儿插进螺丝钉里，使劲拧紧，还能当小锤子用。这个刀尖也可以撬东西使，一般的钉子钉的木箱盖轻而易举地就能打开。还有，这个刀尖可以当锥子用。再看这个地方，是用来刮掉写错的字的。把它这么拆卸开，就成了一把小刀。最后——嫂夫人，这最后一个用法最有趣了！你看这儿有个苍蝇眼睛那么小的圆球吧？请瞅一瞅。”

“我可不看，你又拿我开心吧。”

“这么不信任我怎么可以呀。你就当是再上一回当，瞧瞧看吧。怎么？不愿意？瞧一眼就行。”说着，把剪刀递给了女主人。

女主人犹豫着接过剪刀，把眼睛贴在那个苍蝇眼睛上一个劲儿地瞅。

“看见了吗？”

“全是黑的呀！”

“怎么会是黑的呢。你朝纸拉门这边转转身子，把剪子立起来看……对啦，对啦，这回看见了吧？”

“哎呀，是照片呀！这么小的照片是怎么贴上去的呢？”

“所以我才说有趣哪。”

女主人和迷亭两个人一问一答着。

这时，一直默默无言的主人，突然也想看看那照片，就说：“喂，让我也看看！”

女主人仍旧将剪子贴在脸上，迟迟不肯交给他。嘴里一边赞叹着：“太漂亮了！真是裸体美人啊。”

“喂，没听见我让你给我看看吗？”

“你再等一等好不好。好美丽的长发呀，都达到腰部了。稍微扬起点来看的话，就成了个头特别高的女人了。不过，好一个美人哟。”

“喂，快给我看看呀！差不离就得了，赶快拿给我看看。”主人急不可耐地催着妻子。

“好吧，让您久等了，请瞧个够吧！”

当妻子将剪刀递给主人时，女仆端着两笼荞麦面条，从厨房走进客厅，说：“客人要的外卖送到了。”

“嫂夫人！这就是我要的好吃的。那么，恕在下冒昧，就在这里进食了！”迷亭恭敬有加地低头行了个礼。

看他那做派既像是认真的，又像是在做戏，连女主人也一时摸不着头脑，不知该如何应对，只好轻声道：“请自便。”然后瞧着他吃面条。

主人终于把剪子从眼前拿开，说：“迷亭，这大热的天，吃荞面可不好哟！”

“不要紧。爱吃的东西轻易不会吃坏人的。”说着，他揭开笼屉盖。

“现做的面条就是好啊！俗话说，放得时间太长的荞麦面条和活得太愚蠢的人，都同样没有出息！”说着，把佐料放进汤汁里，胡乱地搅和起来。

“你放那么多绿芥末，很辣的！”主人担心地提醒他。

“荞麦面条就是蘸着汤汁和绿芥末吃的嘛。看来你是不爱吃荞麦面条的喽？”

“我爱吃馄饨。”

“馄饨是马夫吃的东西。再没有比不懂得荞麦面条滋味的人更可怜的了。”说着，把杉木筷子往笼里一插，夹了满满一筷子荞麦面条，挑起二寸多高，说，“嫂夫人，吃荞麦面条也有各种吃法呢。初次吃面的人，才会一味地蘸汁，然后吧唧吧唧地嚼。这样哪里吃得出荞麦面味儿呀。一定要像这样，一次挑起这么多来。”他边说边抬起筷子，将一大团长长的面条挑起一尺多高。他估摸差不多了，往下一瞧，还有十二三根面条的尾巴没有脱离笼屉，正在盖帘上缠绵呢。

“这面条可真够长的。你看怎么样，嫂夫人，这个长度？”迷亭又催着女主人跟他应和。

“是够长的呢。”女主人露出十分钦佩的样子答道。

“讲究的吃法，是把这一筷子长长的面条的三分之一蘸上汁，然后一口吞下去。千万不能嚼，一嚼就吃不出荞麦面的味道了。得呼噜呼噜吞下去，才能吃出其中三昧来哪！”

说完，迷亭把筷子高高举起，面条才好歹离开了笼屉。然后他将面条往左手拿着的碗里一点点放下来，面条尾部逐渐浸入调味汁里。按照阿基米德[1]原理，浸入汤汁里荞麦面条的数量，与汤汁升高的量成正比。

---

[1] 阿基米德（前287—前212），出生于西西里岛的叙拉古，古希腊哲学家、数学家、物理学家，确定了许多物体表面积和体积的计算方法，发现了杠杆原理和浮力定律，即阿基米德定律。

此时，碗里已经有八分汤汁了，所以不等迷亭手里的面条放进四分之一，碗里就满了。只见迷亭把筷子举到离碗五寸高之处突然停下，好一会儿没有动。难怪他不动，因为只要再放进去一点，汤汁就会溢出来。见此情形，连迷亭都犹豫了一下，继而以快如脱兔之势将嘴凑近筷子，说时迟那时快，只听呼噜呼噜几声，喉头上下拼命移动了一两下，筷子头上的荞面已经消失不见了。再一看迷亭君，从两个眼角淌出一两滴泪珠，沿着面颊流下来。这眼泪到底是绿芥末辣出来的，还是吞咽过猛所致，至今是个未解之谜。

“真了不起啊，竟然能够一口吞下去。”主人钦佩万分地说。

“真让人开眼哪！”女主人也高度评价迷亭这一精彩绝伦的吞面表演。

迷亭却一言不发，放下筷子，拍了两三下胸脯，说：“嫂夫人，一屉荞面差不多应该三口半或是四口吃完的。倘若吃很多口，就不好吃了。”说罢，用手绢擦了擦嘴，暂且顺顺气。

这时，寒月君来了。不知怎么回事，大热的天，他却戴着棉帽，两只脚上脏兮兮的。

“啊，美男子大驾光临！无奈我正在用餐，就不起身啦。”迷亭在众人环座之中，毫不难为情地横扫了另一笼荞麦面条。这回他尽管没有像刚才那样令人瞠目地吞食，也没有使用了手绢遮掩中途歇口气的尴尬，把两笼荞麦面条轻松地吃掉，还算不错。

“寒月君，博士论文已经脱稿了吧？”主人问罢，迷亭紧跟其后起哄说：

“金田小姐已经等得不耐烦了，还是早日呈交吧！”

寒月照例露出叫人不舒服的坏笑说：“这是我的错。我也想早些交稿，叫她安心，课题毕竟是课题，需要投入很多精力进行研究的。”他把原本不是发自肺腑的话，说得就像肺腑之言似的。

“可也是呀，课题毕竟是课题嘛，不可能以‘鼻子’的意志为转移呀。尽管那个大鼻子，倒也完全具有仰其鼻息的价值哟！”迷亭和寒月之流是同样的腔调。还是主人比较认真，问道：

“你的论文题目是什么？”

“是《紫外线对于青蛙眼球的电动作用的影响》。”

“奇妙至极！不愧是寒月先生。青蛙的眼球，太标新立异了！怎么样？苦沙弥兄！不如在论文脱稿以前，先把这个课题报告给金田公馆吧？”主人并不理睬迷亭的调侃，问寒月道：

“你做这个研究，一定很辛苦吧？”

“是的，这是个非常复杂的研究。第一个难题就是，青蛙眼球上的晶体构造并不那么简单。因此，必须进行种种实验。我想，为此首先要做一个玻璃球，然后才能进行研究。”

“玻璃球好办，到玻璃店去一趟，就可以买到的嘛！”主人说。

“不行的，不行的！”寒月挺起胸膛说，“原本圆或直线，都是些几何学上的术语，因此完全符合几何学定义的理想的圆或直线，在现实世界是不存在的。”

“既然不存在，不做岂不是更好？”迷亭插嘴。

“所以我想先试制一个可以应付试验的玻璃球，前些天已经开始了。”

“做出来了吗？”主人不以为然地问。

“怎么做得出来呢？”寒月说完，又意识到这么说与前面的话相矛盾，便说，“相当困难。一点一点地磨了半天之后，发觉这半边的半径长了些，就稍稍磨去一点儿，结果，麻烦了，另一半的直径又长了。然后费了好大劲儿，好容易磨去了一层之后，整个球却变成椭圆形的了。想方设法将椭圆矫正过来后，发现直径又不对了。开始磨的时候，那个玻璃球足有苹果那么大，可是越磨越小，最后只剩下草莓那么小了。但是我仍然坚持不懈地磨下去，磨到了黄豆粒那么小。即使像黄豆粒那么小了，还是没有磨成纯粹的圆。我就这般满腔热情地磨着……从今年正月到现在，已经磨坏了大大小小六个玻璃球了。”寒月喋喋不休地说着，判断不出说的是真是假。

“你在哪里磨了那么多呀？”主人问。

“还是在学校的实验室里。从清早开始磨，吃午饭时休息一会儿，然后一直磨到天黑。可是不轻松哟。”

“如此说来，你近来总说忙啊忙啊的，连星期日也到学校去，就是为了磨玻璃球吧？”主人问道。

“反正眼下，我是从早到晚，整天都在磨玻璃球。”

“这不正应了那句磨球博士‘混进来了’的台词吗。不过，如果鼻子夫人听说你那么玩命，凭她再怎么傲慢，也会领情的吧？前些天我有点事去图书馆。临走时，刚要迈出大门，偶然遇见了老梅君。看他毕业后还跑图书馆，我甚觉不可思议，便感慨地说：‘真用功啊！’他却不解地说：‘哪里，我可不是来看书的。刚才从门前路过，突然想小解，所以进来借用茅房方便一下。’说完哈哈大笑。不过，真是应该把这老梅君和你，作为不可多得的两个相互对照的例子，收进《新撰蒙求》[1]这本书里呢。”迷亭照例冗长地饶舌了一番。

[1] 《蒙求》是唐朝李瀚编纂的启蒙课本，《新撰蒙求》应是后人所写。

主人一本正经地问："你这样日日都在磨球，自然可以。不过，到底想几时磨成功呀？"

"按目前情况，估计要十年工夫吧！"看样子，寒月比主人更沉得住气。

"十年太长了吧？再快些磨成才好哇！"

"十年还是快的呢。弄不好，要二十年呢。"

"这还了得！那不是很难当上博士了吗？"

"是的。我期盼早日磨成，好叫金田小姐放心。可是，不先把玻璃球磨出来，就不可能进行关键的实验……"

寒月稍稍停了一会儿，自负地说："其实大可不必那么担心，金田家也完全了解我在一心一意地磨球。老实说，两三天前去他家的时候，我已经把情况说清楚了。"

这时，一直听着三个人的对话，却根本听不懂的女主人奇怪地问道：

"可是，金田一家不是从上个月就全家去大矶了吗？"

寒月似乎有些招架不住，却装傻充愣地说：

"那就怪了，怎么回事？"

每当这种时候，迷亭就成了活宝。每当冷场、尴尬、犯困以及有发愁事等，无论任何情况，他都会冲杀出来。

"和上个月去了大矶的人，于两三天前在东京相遇，可称得上神秘莫测啊。这就是所谓心灵相通吧！相思情切的时候，常常会出现这种现象的。乍一听，好像是在做梦。但是，就算是梦，这梦境也远比现实更真实。像嫂夫人这样子，稀里糊涂地嫁给了相互毫无感觉的苦沙弥君，一辈子都不知道恋爱为何物，理解不了这种现象，也在情理之中了……"

"哟，你根据什么这么说呀？真是小瞧人。"女主人打断迷亭的饶舌，驳斥道。

“你自己不是也没有害过相思病吗？”主人也立刻出马助夫人一臂之力。

“说到我的风流韵事嘛，纵然再多，无奈都已经过了七十五日[1]，各位仁兄想必早已不记得了……说实话，我这个年纪还过着形单影只的独身生活，正是失恋的结果呀。”说完，迷亭轮流看了一圈在座的每个人的反应。

“呵呵呵，有意思。”女主人说。

“又拿别人寻开心！”主人向庭院望去。

只有寒月依然笑嘻嘻地说：“请务必为提携后进，披露一下您的坎坷经历吧。”

“我的经历，说来大都很神秘。如果讲给已故的小泉八云[2]听，他一定会大为受用，遗憾的是先生已经长眠了。所以，老实说，我没有多大兴致讲这些事了。不过，既然各位盛情难却，我就勉为其难，披露一下吧！但有个条件，诸位必须安静地听到最后。”他叮咛之后，才言归正传。

“回忆起来，距现在……那个……那是几年前啦……真麻烦，姑且定为十五六年前吧！”

“瞎说八道。”主人哼了一声。

“记性也太坏了。”女主人讥讽道。

---

[1] 日本谚语，意思是背地里说人，最多活不过七十五日。

[2] 小泉八云（1850—1904），文学家。英国人，原名拉夫卡迪奥·赫恩，生于希腊，1896年加入日本国籍，从妻姓小泉，取名八云。在日本生活了14年。近代史上有名的日本通，现代怪谈文学的鼻祖。著有《心》《怪谈》《灵的日本》等。

只有寒月严格守约，一声不吭，似乎是盼着尽快听到下面的内容。

“记得好像是一年冬天吧，我在越后国，经过蒲原郡的筍谷，登上蛸壶岭，眼看要进入会津境内的时候……”

“怎么去了这么个怪地方。”主人又打岔。

“你别说话，安静地听着。挺有意思的。”女主人发话了。

“可是，天又黑，路又不熟，肚子又饿，没办法，就敲了山腰上一户人家的门，因为这个那个原因，如此这般，诉说一番，请求借宿一晚。只听门里的人说：‘这有何难，请进吧！’待开门一看那位把蜡烛举到我眼前的姑娘的脸，我立刻激动地战栗起来。我就是从这时起，才切实体验到恋爱这个怪物的魔力的。”

“哎呀，真是的！那么个半山腰上，还会有美女吗？”女主人说。

“别说是高山还是大海，美女无处不在啊。嫂夫人，我真想让你看上一眼那位姑娘呢。还梳着文金高岛田发髻[1]呢。”

“啊？”女主人目瞪口呆的。

“我进屋一看，在八铺席正中间，有一个大大的地炉。姑娘、姑娘的老爹和老妈还有我四个人围坐在炉旁。他们问我：‘你大概饿了吧？’我就说：‘什么都行，请快些给我点东西吃吧！’于是，老爹说：‘难得有客人来，就给你做一顿蛇饭吃吧！’注意，快到讲到失恋的地方了，要仔细听！”

“先生，仔细听倒是没有问题，不过，你去的是越后国，恐怕冬天没有蛇吧？”

“嗯，问得有道理！不过，这么充满诗意的故事，就不能那么拘泥

[1] 岛田发式，日本未婚女子或做新娘子时梳的发髻。

于道理了。在泉镜花[1]的小说里，不是还说过从雪里爬出螃蟹来了吗？”

“诚然！”寒月说罢又恢复了洗耳恭听的姿态。

“当时，我是个什么都敢吃的人。像什么蝗虫啦，蚰蜒啦，赤蛙啦，都已经吃腻了，这蛇饭，倒是没有吃过。我便回答老人：‘那就尽快做给我吃吧！’于是，老人把锅放在地炉上，往锅里倒了些大米，咕嘟嘟地煮起来。奇怪的是，一看那锅盖，有大小十来个窟窿，从那些窟窿眼里呼呼地冒出热气来，我心想，真讲究啊，在乡下太少见了。我满心欢喜地看着，这时，老人家忽然起身，不知道要去哪里。过了一会儿，他腋下夹着个大竹篓回来了。他把竹篓随手搁在地炉旁。我往里头一瞧，哇，只见很多长长的蛇，由于太冷，互相盘绕，蜷成了一团！”

“好了，别讲下去了，恶心死了。”女主人蹙着眉头说。

“为什么呀？这可是造成我失恋的最大原因，不能不讲的。不多时，老人家左手打开锅盖，右手抓起一把盘成一团的蛇，嗖地扔进锅里，立刻盖上锅盖。当时，连我都吓得气都喘不上来了。”

“不要讲下去了。怪瘆人的。”女主人害怕得不得了。

“眼看就到失恋那一段了，请再忍一下。于是，不到一分钟，突然从锅盖的窟窿眼里钻出一个蛇头来，把我吓了一跳。我刚想，哟，怎么钻出来了？只见另一个窟窿里也突然钻出个蛇头来。我刚说：‘又钻出一条！’又一个窟窿也钻出了一个来。就这样，一个一个的，整个锅盖上都是蛇头了！”

“为什么蛇头都钻出来呢？”主人问。

---

[1] 泉镜花（1873—1939），明治时代小说家，原名镜太郎。早期创作观念小说，后转为唯美倾向。作品《银短册》中叙述一人到暴风雪中的山上小屋寻找螃蟹，台词中说：“这是尊贵的客人。螃蟹如有心，说不定会在雪中的。”

“因为锅里太热，它们受不了了，想钻出去呀！不多时，老头说：‘差不多了，可以拽了。’老妈妈说：‘好。’姑娘说：‘哎！’于是，她们分别抓住一个蛇头，用力一揪，蛇肉就都留在了锅里，只有蛇骨被拔出，长长的骨架随着蛇头被揪出来，十分有趣。”

“这是给蛇剔骨吧？”寒月笑着问。

“一点不错，就是剔蛇骨，很巧妙吧？然后老头揭开锅盖，用饭勺将米饭和蛇肉拌匀，对我说：‘好了，请吃吧！’”

“你吃了吗？”主人冷冷地问道，女主人却哭丧着脸埋怨：

“不要再讲了。太恶心了！还叫人怎么吃得下饭哪。”

“嫂夫人没吃过蛇饭，才会这么说。有机会不妨吃一回尝尝，那味道简直让人终生难忘呀！”

“哎哟，恶心死了，谁吃它呀。”

“就这样，我享受了一顿美餐，也忘却了寒冷，还尽情地欣赏了姑娘的容颜，觉得已经没有任何不满足的了。人家一说：‘请安歇吧！’加上旅途劳顿，便客随主便，倒下便呼呼大睡。”

“后来怎么样了？”这回，女主人又催他讲下去。

“第二天早晨醒来后，我就失恋了。”

“发生什么事了？”

“噢，倒也没有发生什么。早晨起来，我吸着卷烟，从窗户往外一看，有个秃子正在对面引水竹管旁边洗脸呢。”

“是老头，还是老太婆？”女主人问。

“一开始我也分辨不清是谁。瞧了一会儿，等到秃头扭过脸来面向这边时，我不禁大吃一惊，原来正是昨晚成为我初恋的那位姑娘！”

“可你开头不是说，这姑娘头梳高高的岛田发髻吗？”

“头天晚上她是梳的岛田发髻呀，而且是漂亮的岛田发式。然而，到了第二天早晨，竟然变成了秃子。”

“简直是在蒙人。”主人照例把视线移向顶棚。

“我也是由于太意外了，心里有点害怕，所以就从旁仔细观察，只见秃子洗完了脸，拿起放在身旁一块石头上的岛田式发套随意戴在头上，若无其事地走进屋来，我这才搞明白是怎么回事。虽说搞明白了，但从那时起，我便终生背负了不断失恋的悲剧命运。”

“竟然有这样无聊的失恋。是吧？寒月君！正因为是无聊的失恋，即便失恋，他依然这么生气勃勃、精力充沛呀！”主人面对寒月评价迷亭的失恋。

寒月却说：“不过，假如那位姑娘不是秃子，幸运地把她带回东京来的话，迷亭先生说不定更精神焕发呢。总之，难得遇见一位好姑娘，却是个秃子，可谓遗恨千秋啊！话说回来，那么年轻的女子，怎么会掉光了头发呢？”

“后来我也想过这件事。我觉得，一定是因为蛇饭吃得太多的缘故，蛇饭这东西火大呀！”

“但是，你倒是没什么事，很不错嘛。”

“我虽然万幸没有变成秃头，不过，从那以后变成了近视眼。”说着，他摘下金边眼镜，用手绢小心地擦了擦。过了一会儿，主人猛然想起，叮问道：“你这恋爱到底哪里神秘呢？”

“她那个假发套是从哪儿买来的？还是捡来的？到现在我还是百思莫解，这不是很神秘吗？”说着，迷亭又将眼镜架在了鼻梁上。

“简直就像听了一段单口相声！”女主人这样评论。

迷亭的胡编乱造到此告一段落。我以为他就此闭嘴呢，谁知只要不被堵住嘴，这位先生是绝对不会沉默的，真是天性使然。他又发表了下面一通独到见解：

“我这次失恋，虽然也算是一段痛苦的经历，但是，假如当时不知道她是个秃子而娶回家来，一生都不得不面对她呀。所以说，娶妻之事，不慎重考虑，太危险了！结婚这种事，到了关键时刻，往往会发现在意想不到的地方隐藏着伤口。因此，我奉劝寒月君不要那么朝思暮想、一往情深，还是静下心来，好好磨玻璃球吧。”

寒月故作为难似的说：“是啊，我也想专心磨玻璃球。无奈对方不让我专心，不知如何是好。”

“是啊！你是由于对方追得紧，没法子。不过，也有人很滑稽。说到跑进图书馆方便的那位老梅君，才叫奇妙呢。”

“他干了什么？”主人起哄似的问。

“是这么回事。这位先生以前曾经在静冈县的东西旅馆里住过。只住了一个晚上——可是当天晚上，他就向旅馆里一位女招待求了婚。我就够随心所欲的了，可也不到他那个程度呀。当然了，那时候，那个旅馆里有个叫阿夏的出名的美女。到老梅的房间来侍候的，恰好正是她，所以这就不奇怪了。”

“岂止不奇怪，这和你到什么岭去的艳遇，不是如出一辙吗？”

“是有点相似啊。老实说，我和老梅君没有多少不同。总之，老梅向阿夏求婚，还没等对方回话，他突然想吃西瓜了。”

“什么？”

主人一副莫名其妙的表情。不仅是主人，连女主人和寒月都不约而同地思索着。迷亭却毫不介意地继续讲下去。

“老梅叫来阿夏，问她静冈有没有西瓜？阿夏说，就算是静冈这小地方，西瓜还是有的。阿夏端来了满满一大盘西瓜，老梅就吃了。他将一盘子西瓜一扫而光，等待阿夏的答复。还没等来答复，他肚子开始痛了。痛得哎哟哎哟直叫唤，叫也不管用，便又叫来阿夏，问她静冈有没有医生？阿夏照例说：‘就算静冈是小地方，医生总还是有的。’于是，请来了一个医生。这位医生的名字叫作天地玄黄，仿佛是从《千字文》里抄来的名字。到了第二天早晨，肚子果然不疼了，真是谢天谢地。出发前十五分钟，他叫来阿夏，询问昨天求婚的事是否应允。阿夏边笑边说：‘静冈这地方，有西瓜，也有医生，就是没有一夜成亲的新娘子！’说罢，转身离去，再也没有露面。从此，老梅和我同样失了恋，除了去方便之外，再也不到图书馆去了。说起来，女人真是造孽哟！”

主人一反常态地同意了迷亭这个观点。“一点不假。不久前读了缪塞[1]的剧本，书中人物引用了罗马诗人的一段话：‘比鸿毛还轻的是灰尘，比灰尘还轻的是清风，比清风还轻的是女人，比女人还轻的是虚无’……说得多么精辟，女子就是难对付。”

主人竟在这意想不到的问题上妄下断语。然而，女主人听了可不干了。

“虽然你说女人轻不好，可是，男人重也未必是件好事吧？”

“重，是什么意思？”

“重就是重呗！就像你那样。”

“我怎么重了？”

“你还不重吗？”

---

[1] 缪塞（1810—1857），法国浪漫主义作家，生于贵族家庭。写有诗剧《酒杯与嘴唇》、长诗《罗拉》、历史剧《洛郎查丘》、自传体小说《一个世纪儿的忏悔》等，大都描绘对社会现实不满而又找不到出路的个人主义者的悲剧。

一场奇妙的争论又开始了。迷亭听得饶有兴致，开口道：

“这样面红耳赤地互相攻击，才是真实的夫妻之情吧！从前的夫妻，一定是平淡无味的。”

他这番话含糊其词的，不知是在奚落，还是赞赏。说到这里，本应适可而止，可他又以他一贯的语调加以发挥，说出下面一番话来：

“据说从前没有一个女人敢跟丈夫顶嘴。那么，岂不等于娶了个哑巴做媳妇吗？我一向不赞成。还是希望被嫂夫人那样训斥：‘你还不重吗？’既然同是娶老婆，倘若不偶尔吵上一两架，我可闷得受不了！拿我老娘来说吧，在老爷子面前，只会唯唯诺诺。并且，老两口共同生活了二十年，据说除了去寺庙上香，就不曾出过门，岂不太可悲了吗？不过，多亏了老娘，记住了所有老祖宗的戒名。男女之间的交往也是这样的，我们小时候绝对不可能像寒月君那样和意中人合奏一曲啦，心灵相通啦，在如梦如醉的朦胧中神交啦……”

“可怜啊！”寒月低了下头。

“的确可怜！而且，那时候的女人未必就比现在的女人品行好。嫂夫人，近来人们对女学生堕落等大惊小怪的。其实以前的女孩子比这可过分得多呢！”

“是吗？”女主人很认真。

“是呀！我没有胡说。有据可查，有什么办法。苦沙弥兄，你也许记得，直到我们五六岁的时候，还有的女孩像茄子似的被装进筐里，用扁担挑着四处叫卖呢。是吧？老兄。”

“我可不记得那些事。”

“你家乡情况如何我不知道，在静冈确实如此。”

“没想到……”女主人小声说。

“真的吗？”寒月也言不由衷地问道。

“是真的。我老爹就跟卖主讨价还价过。记得那时，我好像是六岁。我和爸爸从油町去通町散步，从对面有人一边走一边高声大喊：‘谁买女孩！谁买女孩！’我们刚好走到二丁目的拐角，在伊势源和服铺门口遇见了那个人。伊势源有十间门市，五个仓库，是静冈县最大的绸缎庄。有机会去那边可以去看看，至今还保持得很完整，真是一家很气派的老店。掌柜的叫甚兵卫。总像三天前死了娘似的哭丧着脸坐在账房里。他身旁坐着一名二十四五岁的年轻学徒，名叫阿初。这小子面色苍白，活像皈依了云照大师[1]后，三七二十一天光喝荞麦汤似的。挨着阿初的是阿长，他就像昨天家里失火逃出来的一样，愁容满面地伏在算盘上。挨着阿长的是……”

“你到底是讲和服铺的故事，还是讲卖小女孩的故事啊？”

“对了，对了，刚才我是在讲卖孩子的故事。不过呢，关于这‘伊势源’也有好多奇闻呢，今天就暂且割爱，只讲卖孩子的故事吧！”

“我看，卖孩子也割爱为宜。”

“为什么呀？这个故事对于二十世纪的今天和明治初年的女人品行的对比研究，可是大有参考价值的资料，怎么能轻易就不讲呢……且说，我和老爹来到伊势源铺子门前，那个人贩子看见我老爹，就说：‘老爷，我这还有两个女孩，便宜些给你，请买了吧！’说着，他放下扁担，擦了擦汗。我看见前后两个筐里各装了一个两岁上下的小女孩。老爹问他：‘要是便宜些，倒可以买下。只有这么两个？’人贩子说：‘唉，赶巧今天都卖光，只剩这么两个了。要哪个都行，随你挑。’人贩子像拿茄

---

[1] 云照大师（1827—1909），日本真言宗的高僧。出云国（岛根县）人。俗姓渡边。

子似的把两个女孩都举到爸爸眼前，老爹啪啪敲了几下两个女孩子的脑袋，说：‘嗬，声音很响呀！’接着，就开始讲价。经过一番杀价，老爹说：‘买下倒也可以。不过，货色可好？’人贩子说：‘好啊！前边那个一直在我眼前看着，不会有问题。后边那个，因为我没长后眼，说不准有点毛病。后边这个不敢打包票，不过价钱可以少算些。’这一场对话，至今我还记忆犹新，所以，在我幼小心灵里就产生这样的想法：‘女人，真是不可大意！’——不过，到了明治三十八年的今天，再也没有人干这种蠢事，挑着女孩沿街叫卖。再也听不到‘由于眼睛看不到，后筐里的女孩不敢打包票’之类的故事了。因此，依我看来，可以肯定多亏了西方文明，女子的品行也有了很大的进步。同意吗？寒月君！”

寒月在回答之前，先大模大样地咳嗽了一声，然后才故作沉稳地用低沉的嗓音表达了自己的观点：

“现在的女人，在上学放学的途中，在音乐会、慈善会或游园会上，总是会对男人说什么：‘请买下我吧！’‘怎么？不喜欢我？’她们居然这样到处向男人推销自己，因此，如今已经没有必要雇那些难缠的菜贩子，替商家干那种下作的买卖，吆喝什么‘谁买女孩喽’了。人的自立心一提高，自然会变成这样的。老人们总是喜欢自寻烦恼，说三道四。然而老实说，这是文明发展的趋势，我等就认为是令人无比喜悦的现象，内心在祝贺呢！像从前那样，买主敲敲脑瓜，问卖主‘货色没问题吗？’那样的情形再也看不到了，真是让人安心！而且，在这复杂的社会里，倘若手续如此烦琐，婚姻就遥遥无期了。女人恐怕到了五十岁、六十岁也找不到男人，嫁不出去的吧！”

寒月不愧为二十世纪的青年，振振有词地宣讲了一通当代观念，吸了一口“敷岛”牌香烟，将烟圈对着迷亭的脸喷去。迷亭可不是“敷岛”

牌能够喷晕的。

“老弟所言甚是！如今的女学生们、小姐们，自尊、自信构成她们的骨肉、皮肤，处处不向男子服输，令人钦佩之至。拿我家附近的女学生来说，就很了不起哟！穿件短袖和服，吊在铁杠上，让人佩服啊。每当我从二楼的窗子看她们做体操时，就会怀念希腊的妇女。”

“又是希腊！”主人冷笑着发话道。

“凡是给人以美感的，大抵都起源于希腊，有什么办法！美学家与希腊，毕竟是无法分割的嘛！——尤其是欣赏那位皮肤黝黑的女学生专心致志地做体操的时候，我总会联想起 Agnodice 的趣闻。”迷亭以知识渊博自居，大话连篇。

“又是一个稀奇古怪的名字！”寒月依然嘻嘻笑着。

“Agnodice 可是一位了不起的女人哟，我非常佩服！按当时雅典的法律，是禁止妇女从事产婆行当的。所以女性真是不方便哪。Agnodice 想必也感到这对于女性是很不方便的吧。”

“叫什么？你刚才说的……那个是什么？”

“女人呀！是个女人的名字。这个女人经过思考，认为女人不能当产婆实在可悲，对于女性极其不方便。她决心要当个产婆。她一连三天三夜思考：难道就没有什么办法当上产婆吗？恰好在第三天的拂晓，她听到邻家出生的婴儿哇哇的啼哭声，啊，我知道了！她豁然开朗，急忙剪掉长发，女扮男装，去听 Hierophilus 讲课。她从头至尾听完课，认为已经了解得差不多了，终于开始做接生婆了。不过嫂夫人，她的生意特别好。这家婴儿呱呱坠地，那家婴儿又呱呱降生，全都是她接的生，因此她赚了很多钱。然而，人间万事如塞翁失马，人有旦夕祸福，福无双至，祸不单行。终于她做接生婆的秘密暴露了，最终以冒犯朝廷法令之罪，将被处以严厉惩罚。”

“简直像在说单口相声。”女主人说。

“很有趣的故事吧？不过，由于雅典的妇女们联名请愿，当时的官吏们不敢不予理睬，最后将这位女产婆无罪释放，甚至贴出布告：今后女子也有选择产婆职业的自由。这件事总算以皆大欢喜告终。”

“你知道的趣事可真多，不简单！”女主人说。

“是的，世间之事鲜有不知吧。不知道的，只有自己干的那些蠢事。但是，连这些也略知一二。”

“呵呵呵……真会讲笑话。”女主人正笑得前仰后合时，隔扇上的门铃儿发出了和新安装时一样的清脆响声。

“啊，又来客人了。”女主人说着退到茶间去了。和女主人前后脚走进客厅的人，我以为是谁呢，原来是各位也熟识的越智东风君。

今天连东风君也加入的话，那么，出入于苦沙弥家的怪人，虽然不敢说网罗殆尽，至少可以说凑够了足以慰我寂寞的人头数了。如果这样还不满足，那就太奢求了。假如运气不好，被其他人收养的话，说不定一辈子都不知道人类中竟有这般稀奇人物，便了却此生。万幸的是我成为苦沙弥先生门下的猫儿，朝夕侍于虎皮[1]跟前，因此躺着就能够欣赏到苦沙弥，乃至迷亭、寒月乃至东风等，即便在偌大东京也难得一见的，以一当十的英雄豪杰们的举止言谈，这些对于我这只猫儿来说，实乃千载难逢之荣幸！多亏了他们的存在，我甚至忘却了大热天，还有被毛皮裹身之累，得以开心地消磨半日时光，不胜感激之至。既然群英荟萃，决无草草了事之理。他们又将搬弄出什么趣事来，待我置身于纸拉门的阴凉处作壁上观了。

[1] 虎皮，此处是上座之意。因虎皮为贵人铺垫而来。

“久疏问候！少见少见！”只见弓身施礼的东风先生的脸依然如前几日那般神采奕奕。单单评论他的头面，很像个唱小戏的，但是，看他勉为其难地穿着硬邦邦的白色小仓布裤裙的那副装腔作势的样子，又不能不以为他是榊原健吉[1]门徒呢。总之，东风的身上像平常人的地方，只有肩头到腰部这一段。

“噢，这么热的天，还顶着太阳出门啊。快请进，到这边来！”迷亭像在自己家里似的招呼着。

“好久没见到迷亭先生了。”

“是呀，大概是今年春天那个朗诵会以后就没见面了。提起朗诵会，近来也还是那么红火吧。后来你扮演宫小姐了吗？你演得真好！我卖力地鼓掌呢。你注意到了吗？”

“是啊！蒙您捧场，我勇气倍增，终于坚持演到了最后。”

“下一次何时公演？”主人插了句嘴。

“七、八两个月休息，九月份打算搞个好看的演一演，好好热闹一下。先生有什么好题材吗？”

“是吗……”主人淡淡地回答。

“东风君，要不要演一下我的作品？”这时寒月搭话了。

“你的作品一定很有趣。不过，到底是什么作品呀？”

“是剧本。”寒月特意底气十足地这么一说，不出所料，在场的三个人都惊讶不已，不约而同地瞧着寒月。

“剧本可是了不起！是喜剧，还是悲剧？”对于东风君追问，寒月先生依然十分镇静地说：

---

[1] 榊原健吉（1829—1894），日本著名剑术家。有“最后的武士”之称。

“哪里！既不是喜剧，也不悲剧。近来大家都在搞旧剧，或是新剧，所以我不想凑热闹，就别出心裁地写了一出俳剧。”

“俳剧是什么剧？”

“就是将‘俳句风格的戏剧’简称为‘俳剧’。”

连主人和迷亭都有点如坠五里云雾，等着他讲解下去。

“那么，具体怎么个情节？”还是东风君在问。

“由于来源于俳句情趣，如果拖拖拉拉，就不好看，所以，写成了独幕剧。”

“有道理。”

“先从道具谈起吧，道具也是越简单越好，在舞台中心立一棵粗大的柳树，从树干向右方伸出一根枝丫，让一只乌鸦蹲在那枝头上。”

“乌鸦要是一动不动就好了。”主人有些担心，自言自语地说。

“这很容易。事先用绳子把乌鸦的脚绑在树枝上，然后在树下面放一个澡盆，一位美人侧身坐在澡盆里，正用毛巾搓澡。”

“这可有点像颓废派啦。问题是，谁来扮演那位女人？”迷亭问道。

“这也难不住的。请个美术学校的模特儿来。”

“那警察厅可要找上门来了。”主人还在担心。

“不过，只要不是公演那就没关系。若是这样不允许的话，学校里的裸体写生画就不可能了。”

“然而，那是为了教学呀，和供人们娱乐可不一样哟！”

“只要先生们还这样看问题，日本就好不了。绘画也好，演戏也罢，同样都是艺术。”寒月君不容置疑地说。

“好了，先不要争论了，接下去怎么样啊？”东风君很想了解一下剧情，说不定有可能采用似的。

"这时，俳人高滨虚子[1]手持文明棍，从花道[2]出场。他头戴白色灯芯帽，身穿薄纱披风，足登翻出萨摩[3]飞白边图案的矮腰靴。看他这副扮相，很像个陆军的军需商人，但他是个俳坛诗人，所以必须尽可能表现得从容不迫，一边专心推敲诗句一边走路。当他穿过花道，即将登上舞台时，忽然抬起双眼，朝前一看，看见前方有一棵巨柳，在柳荫之下，有一位白皙的美女在沐浴。他吃了一惊，再向上看去，只见细长的柳枝上蹲着一只乌鸦，正在俯视着美女沐浴。于是，虚子先生俳兴大发，只思索了五十秒钟，便高声吟诵一句：'美人入浴，看呆枝头鸦。'以此为信号，一声梆子，大幕落下……怎么样？这样的情节，不知您是否中意？东风君！你与其扮演宫小姐，莫如扮演高滨虚子更好些！"

东风君似乎还觉得缺点什么，一本正经地回说：

"太简单了吧，不过瘾。再添加点富于人情味的情节就好了。"

好一会儿没有出声的迷亭，可不是个一直沉默的人。

"这个程度的话，俳剧也太不入流了。上田敏[4]先生认为所谓俳风啦，滑稽戏之类的都很消极，属于亡国之音。不愧为上田敏，真是高论！那么无聊的俳剧，演演看吧，肯定要被上田先生嘲笑的。首先，让人看了都搞不清到底是正剧，还是滑稽剧，可见消极到家啦。恕我冒昧，寒月还是到实验室去磨玻璃球的好。俳剧嘛，任凭你写一百篇，二百篇，只

---

[1] 高滨虚子（1874—1959），本名清，爱媛县松山人，主编俳句刊物《子规》，成为日本派俳句的中心人物。主张在俳句中采取写实主义，强调俳句诗人必须如实地观察大自然。主要作品有《高滨虚子俳句全集》（1980），长篇小说《俳谐师》（1909）。

[2] 歌舞伎剧场的延长至观众席的通道，用于演员出场，退场。

[3] 萨摩，即今鹿儿岛。

[4] 上田敏（1874—1916），东京人，诗人、翻译家、评论家。在东京大学英文科学习期间参加创办《帝国文学》，并积极翻译与介绍外国文学，于1905年（明治三十八年）出版以法国象征派诗歌为主体的译作《海潮音》。

要是亡国之音，就完蛋！”

寒月有点恼火：“真的那么消极吗？我的初衷可是很积极的呢。”他在徒劳地争辩，“那虚子先生的‘美人入浴，看呆了枝头鸦。’是以乌鸦为视角，让它迷上女人，这一点正是非常积极的寓意。”

“此说倒很有新意，请务必详细说明！”

“在理学士的立场来看，乌鸦迷上了美女，不大合乎逻辑吧？”

“没错。”

“把这种不合逻辑的事情信口吟诗，听来却又不觉得不合情理。”

“是吗？”主人以怀疑的语调从旁插嘴，但是，寒月根本不理睬。

“若问为什么听起来并不觉得不合情理，从心理学角度一解释便明白。其实，是否迷得发呆，都是诗人本身的感情，与乌鸦八竿子打不着。然而感觉那乌鸦看呆了，并不是说乌鸦如何如何，归根结底，是诗人自己看呆了。高滨虚子自己看见美女入浴的一幕，宛如惊鸿一瞥，刹时便神魂颠倒。由于他以神魂颠倒的眼睛看到枝头上正一动不动地俯视女人的乌鸦，才产生了错觉：‘哈哈哈，那乌鸦竟也和我一样被迷住了。’虽说这无疑是一种错觉，但这一点也正是最具有文学性，具有积极意义之处。把自己的感受强加于乌鸦头上，却佯装不知，这岂不是相当积极的精神吗？先生，是不是这样？”

“的确是高见。假如对高滨虚子这样说，他一定会吃惊的。你讲得倒很积极，只怕实际表演这出戏的时候，观众会感觉消极的。是吧，东风君。”

“是啊，总觉得太消极了。”东风一脸严肃地回答说。

主人似乎想把谈话的范围拓展一些。便说：“怎么样？东风君，近日可有杰作？”

“哪里，没写出什么值得先生过目的东西。不过，近来想出一本诗集……幸好带来了稿子，就请多多指教吧！”东风从怀里掏出一个紫色的小绸布包来，从中取出一本约五六十页的稿子，放在主人面前。主人煞有介事地说：“那就拜读了”。只见第一页写了一行字：

献给与众不同的纤纤淑女——富子小姐！

主人微微露出神秘的表情，默默地看着第一页。迷亭从旁说：

“是新体诗吗？”说着，他扫了诗稿一眼，夸赞说，“噢，‘献给’啊！东风君，横下一条心献给富子小姐，了不起！”

主人仍然感到奇怪，问道：

“东风君，这个富子小姐，是真实存在的女人吗？”

“是的，就是上次受邀和迷亭先生一起出席朗诵会的一位女士，她就住在这附近。坦率地说，我刚刚到她家去过，想给她看看这个诗集，不巧她从上个月就去大矶避暑了，不在家。”东风装得一本正经地说。

“苦沙弥兄！如今是二十世纪啊。别做出那副表情。快些朗读杰作吧！不过，东风君，你‘献给’的手法可不大高明。那‘纤纤’二字，究竟何意呀？”迷亭问道。

“我认为是表示‘纤弱’或是‘柔弱’的词。”东风回答。

“当然，也不是没有那个用法。但是，这个词本来的意思是表示岌岌可危的啊。因此，如果是我，不会这么用的。”

“怎么写才能更富于诗意呢？”

“如果是我，就这么写：‘献给与众不同的纤纤淑女——富子小姐鼻下。’虽然只有两个字只差，但是，有没有‘鼻下’二字，给人的感觉可不大相同哟。”

“说的是！”东风本不明白，却硬装出明白的样子。

主人仍然默默地看着，终于翻过一页，读起卷头第一章。

散发着倦怠气息的熏香里，
缭绕着你的相思与情丝。
啊，我在这辛辣的红尘中，
唯有你火热的一吻最甜蜜。

“这诗，我可有点领会不了。”主人叹息着将诗稿递给迷亭。

“这诗句可有点抒发过头了。”迷亭又将诗稿递给寒月。

“是有那么一点。”寒月又将诗稿还给东风。

“先生，您不懂这首诗不足为怪，因为今天的诗坛比起十年前的诗坛，已经发展得面目一新了。现在的诗，毕竟不是躺在床上或是蹲在车站就可以读懂的。就连作者自己，如果被人问起是何寓意，也往往穷于应对。因为诗篇全凭灵感写出，因此，诗人不负任何责任。注释和训诂都是学者们的事，和我们诗人毫无关系。不久前我有个朋友，名叫送籍[1]，写了短篇小说叫《一夜》[2]。可是谁看都不解其意，便去见作者，问他《一夜》的立意到底是什么。谁知作者说‘我怎么知道’，完全不予回答。我想，这大概正是诗人的特点。”

“他也许算是个诗人，不过，相当有个性啊。”主人说。

[1] 送籍，日文读音与漱石相同，夏目漱石也写过同名短篇小说。

[2] 在此之前，作者发表了诗体短篇作品《一夜》。

“就是个蠢货！”迷亭干脆地毙掉了送籍。

东风君觉得这么几句品评还不过瘾，便说：“送籍这个人，即便在我的朋友中也是被排斥的，不过，还是请诸位多少以送籍君的立意来看我的诗作吧！请特别注意的是‘辛辣的红尘’和‘火热的一吻’，这一对偶的表达，是我苦思出来的。”

“看得出你费了心思了。”

“‘甜蜜’与‘辛辣’的对仗，简直就是‘十七香调’[1]对‘辣椒调’啊，有趣！这纯粹是东风君独特的窍门啊，甘拜下风！”迷亭一味地跟一本正经的东风君插科打诨。

主人不知想起了什么，突然站起来去了书房，不大工夫，拿着一张纸走出来。

“诸位已经拜读了东风君的大作，下面我来朗读一段短文，请诸位指教。”他满怀诚意似的说道。

“如果是天然居士的墓志铭，已经听过两三遍了。”

“喂，请不要那么多话！东风君，这绝非我的得意之作，不过是给各位助兴，还望耐心倾听。”

“有劳赐教。”

“寒月君也顺便听一听吧。”

“纵然不是‘顺便’，也一定要听的。不是长篇大论吧？”

“仅仅六十余字。”

苦沙弥先生终于开始朗读他自己写就的名作了：

[1] 十七香：本是七香作料，因俳句十七个字，作者故意打趣地说成十七香。

“大和魂[1]！”日本人这样叫喊，就像肺病患者似的咳嗽起来。

“开头气势如虹！”寒月赞道。

“大和魂！”报贩子在喊。“大和魂！”扒手在喊。大和魂纵身一跃，远渡重洋！在英国演讲大和魂，在德国演出大和魂戏剧。

“果然不错，此乃超越天然居士之作啊。”这回是迷亭先生挺起胸膛说。

东乡大将有大和魂！鱼铺的阿银也有大和魂！骗子、投机商、杀人犯也都有大和魂！

“先生，请在后面添上一个，寒月我也有大和魂。”

假如有人问何为大和魂？只回答一句：“就是大和魂呗！”便扬长而去。行至百米开外，只听得一声响亮的清嗓之声。

“这一句妙极了！老兄很有文才嘛。接下来的呢？”

大和魂究竟是三角形的，还是四方形的？顾名思义，大和魂乃灵魂之意。既为灵魂，常飘忽不定。

---

[1] 日本民族固有的精神。

“先生，写得倒是蛮有意思，只是‘大和魂’这个词用得太多了吧？”东风提醒道。

“赞成！”这一声自然出自迷亭。

没有人不谈论它，却没有一个人看见过它；没有人没听说过它，但没有一个人遇见过它。大和魂，难道是天狗之类？

主人在文章达到高潮时戛然而止。然而，因这奇文过于短小，难以领会其主题何在，三人便以为还有下文，等待主人读下去。可是左等右等，也不见主人吐个一言半语，最后寒月忍不住问道：

“就这些？”

主人轻轻“嗯”了一声，只这么“嗯”一声也太放松了。

奇怪的是，迷亭对于这篇妙文居然没有像往常那样胡乱编排一通，过了一会儿，他转过脸来问主人：

“我看老兄也把所写的短篇结集成册，然后奉献给谁，如何？”

“那就献给你吧？”主人随口说道。

“不敢当！”迷亭说罢，拿出刚才对女主人显摆的那把剪子，咔嚓咔嚓地剪起指甲来。

寒月问东风：“你认识那位金田小姐吗？”

“自从今年春天请她参加朗诵会以来，渐渐熟悉起来，一直在交往。我一见到那位小姐，不知怎么搞的，总感觉有一种冲动。近来一段时期，不论是写诗还是吟歌，都非常有兴致，常有神来之笔。这本诗集里之所以爱情诗居多，我想，多半是由于从那样优雅的异性朋友身上获得的灵感。因此，我必须对那位小姐诚心诚意地表示感谢，因此决定借此机会，向她献上我的诗集。自古以来，没有红颜知己的人，是写不出好诗来的。”

“也许是吧。”寒月答道，心里在窃笑。

此时，高谈阔论的劲头渐渐减弱了，可见即便是能言善辩者凑到一起，也未必会持续多久的。我可没有整日倾听他们这些老生常谈的义务，便擅自离席，到院子里捕螳螂去了。

夕阳从梧桐树的绿叶间稀稀疏疏地洒下来，蝉儿在树干上“知了知了”地聒噪。今天晚上说不定会下一场雨。

七

我近来开始锻炼了。“不过是一只猫，还自命不凡地锻什么炼！”在此，我想对如此冷嘲热讽的家伙奉劝一句，即使说这番话的你们人类，直到几年前，不是还不知运动为何物，只知道把傻吃闷睡奉为天职吗？人类应该记得，从前一直号称什么“无事即贵人”，把袖手闲坐、屁股快要坐烂了也不离席，视为贵人们的名誉而扬扬自得地生活着，而后来变得连连倡导什么锻炼身体吧，喝牛奶吧，洗冷水澡吧，下海消夏吧，到了夏天，去山间避暑，享受几日山林野趣吧等无聊之举，则是近年来从西方传染到神国日本的一种疾病，大致可以视之为与霍乱、肺病、神经衰弱等同宗的疾病。

不过，我去年才降生，今年刚一岁，因此，头脑里并不存在人类当年染上这些疾病时是什么样子的记忆。而且，可以肯定，当时我不曾被卷入尘世的风云际会之中，但也可以说，猫活一岁，等于人活十年。猫的寿命尽管比人要短促一半或三分之二以上，而在短暂的岁月里，一只猫却能够达到相当圆熟之境。若以此推论，将人类之年轮与猫族之星霜同样看待，就大错而特错了。这一点，只要看看才一岁零几个月的我，就有这般卓越的见识，便可见一斑。像主人的三女儿，好像虚岁已经三岁了，可是从智商发育来看，就太迟缓啦。她除了哇哇哭、尿床、吃奶以外，什么也不懂。和我这愤世嫉俗的猫相比，她简直不值一提。正因为如此，我将运动、海水浴以及异地疗养等知识皆储备于我的方寸之中，也就毫不奇怪了。如果对于这么微不足道的事，也大惊小怪的话，那么他一定是缺了两条腿的愚蠢的人类。

人类从古至今就愚蠢透顶。因此，直到近来才开始大肆吹嘘运动的功能，喋喋不休地宣传海水浴的好处，仿佛发现了新大陆似的。相比之下，这等小事，我们猫儿还在娘胎里时就一清二楚了。首先，若问为什么海水可以治病？只要到海边去一趟，不就立刻明白了吗？我虽然不知道在那辽阔的大海中，究竟有多少条鱼，但是，我知道没有一条鱼会得了病找医生看。它们都健康地游来游去。鱼要是得了病，身体就不听使唤了。死了的话就会浮上水面。因此之故才把鱼的往生称为“浮”，把鸟的薨去名曰“落”，人类的寂灭号称“涅槃”。不妨去问问横渡印度洋，去过西方的人们，可曾见过鱼死去？所有人都会说不曾见过。他们当然会这么回答。因为不论他们在海上往返多少次，也没有人会看见一条停止呼吸的鱼——不对，“呼吸”用词不当。因为是鱼，应该说停止“吞吐海水”才对——停止“吞吐海水”的鱼，漂浮在波涛之上。古往今来，任凭你夜以继日地打着火把巡游四方，在那浩瀚无边的苍茫大海上，也找不到一条漂浮的鱼，由此推论，立刻就可以得出“鱼，一定是非常健康”的结论。假如再问：为什么鱼那么健康？这也太简单了，不需待人告知便了然于心。此乃鱼终日吞吐海水，进行海水浴之故。海水浴的功效对于鱼儿就是如此显著。既然对鱼儿功效显著，对于人类也必然有效。一七五〇年，理查德·拉赛尔博士发布了“只要跳进布赖顿海[1]，四百零四种疾病立时痊愈”的夸张广告。

虽说是猫，只要时机一到，我们也打算全体出动，前往镰仓一带的海滨的。但是，眼下还不行。万事都要选择时机。正像明治维新以前的日本人到死都未曾享受过海水浴的功效一样，今日之猫也还没有遇到裸体跳进大海的机会。欲速则不达，像今天这样，被人扔到筑地区的猫，平安地回家之前，是不能随随便便跳进大海的。遵照进化的法则，直到我们猫辈的体能对狂澜怒涛有一定抵抗力之前，换句话说，直到人们习惯于不再说猫“死”，而是用猫“浮”这个词汇以前，不得轻易去进行海水浴的。

所以，我决定海水浴以后再说，第一步先进行一下个运动。如今已是二十世纪了，若不做做运动，就像穷人似的，名声不大好。不运动的话，人家不会认为你是不运动，而是断定你不能够运动，没有空闲运动。正如古人嘲笑进行运动的人是奴才一样，如今把不运动的人看作低贱之人。世人的评价，像我的眼珠一样因时间地点不同而变化多端。但我的眼珠不过是忽然变大或变小，而说到人的品质，却是颠三倒四。颠三倒四也没关系，可事物本来有两面或两头。敲打两头，让同一事物发生颠倒黑白的变化，乃是人类善于审时度势的处事之术。将“方寸”二字颠倒过来，就成了“寸方”，这才是意趣之所在。从胯下倒看“天之桥立”[2]，

---

[1] 布赖顿，英格兰南部城市，临近英吉利海峡，是英国著名的海滨疗养地。

[2] 天之桥立，日本京都府与谢郡的风景名胜，全长约 3.6km 的沙洲上，约 8000 株松树组成的街道树连绵不断。弯下腰去，从自己的胯下倒望，绵延的沙洲犹如一条向天上伸展而去的桥梁，故取名“天之桥立”，与松岛（宫城县）、宫岛（广岛县）并列的日本三景之一。

是别有一番情趣的。即便是大文豪莎士比亚，倘若千年万年只读莎士比亚的话，便无聊至极了。如果没有人偶尔从胯下倒看哈姆雷特，对他说“你不可如此”的话，想必文学界也就不会进步了。因此，贬斥进行运动的人突然变得喜好运动，就连女子也手拿球拍行走于街头，也毫不足怪。只要不讥笑我们猫进行运动是装模作样就可以了。

或许有人不明白猫都进行哪些运动，下面我打算给诸位交代一下。如你们所知，不幸的是，我们猫不会拿任何器具，因而，无论是球还是球棒，都无法使用。其次因为没有钱，也就不可能去买。由于这两种原因，我所选择的运动，必须属于分文不花，不使用器具的运动。因此，人类可能以为我无非是来回走走，或是叼着一片金枪鱼奔跑，然而，只是让我四肢机械地运动，顺应地心引力而行走于大地的话，未免也太单调、太没趣了。纵然怎样号称运动，像主人经常进行的那种所谓读书等眼睛在文字上面的运动，是有辱于运动的神圣感的。

当然，即便是单调的运动，也未必一定要在某种刺激下才能进行。像争抢鲣鱼干，或捕大马哈鱼竞赛等固然很好，但这是基于有猎物吸引的前提。如果去除了这些猎物的刺激，就变得索然无味了。假如没有悬赏的兴奋剂，我想尝试一下有技术含量的运动。我进行了各种探索。例如：从厨房的房檐跳上屋顶之方，四条腿站立在屋顶最高处的梅花形瓦上之术啦，走晾衣竿啦——这个探索到底也没有成功。那竹竿滑溜溜的，根本站不住。冷不丁地从小孩身后扑上去啦——这可是颇有意思的运动之一，但是，常干就要倒霉，所以，一个月最多干那么两三回。还有就是让人把纸袋罩在我的头上——这种玩法不但难受，而且没有意思，尤其是没有人类帮忙就不能成功，所以不行。此外还有，用爪子挠书本的封面玩——若是被主人发现，不仅必然会被骂得狗血喷头，而且只能锻炼爪子的灵敏，全身肌肉得不到运动。以上都是我所说的旧式运动。

新式运动当中，有的非常有趣。最有意思的是捉螳螂。捉螳螂虽然没有拿耗子那么大的运动量，但也没有那么大的风险。在从仲夏到初秋的游戏当中，这种玩法最为上乘。具体来说，就是先到院子里去找一只螳螂来。碰上运气好，找到一只、两只不费吹灰之力。且说找到了螳螂之后，我就风驰电掣般扑到它身旁。于是，那螳螂大惊失色，立刻高高扬起了脑袋。别看是螳螂，却非常勇敢，也不掂量一下对方的力气就进行抵抗，的确很有意思。我伸出右脚轻轻扒拉一下它的头，那昂起的头便软塌塌地歪向一旁。这时，螳螂老弟的表情特别有趣。呆若木鸡的。于是我一步蹿到它身后，轻轻搔它的翅膀。那翅膀平时都是很宝贝地叠在一起的，当我使劲一挠，翅膀便一下子展开，中间露出类似吉野纸似的一层透明内衣。即使盛夏它也不惜捂汗，披着两层衣裳，还挺讲究。这时，它的细长脖子一定会扭过头来。有时会转身面对着我，但大多数时候都只是挺直脑袋站着，等我出手。假如对方一直保持这种姿态，就不成其为运动。所以等得不耐烦了，我就用爪子再扑了它一下。挨了这一爪，若是识相点的螳螂，一定会望风而逃。而在这生死关头，还不顾一切地跟我对着干的，肯定是非常没有教养的野蛮螳螂。假如对方这么蛮不讲理，我就瞅准它的位置，狠狠地扇它一巴掌，一般都会把它扇出二三尺远吧！但是，如果对方老老实实地撤退，我便动了恻隐之心，像飞鸟似的兀自绕着院里的树跑上两三圈。可即便如此，那位螳螂君只逃出了五六寸远。它已经知道我的厉害，所以没有勇气再较量，只是东逃西窜的，胡乱逃命。然而，我也左冲右撞地跟踪追击。它终于跑不动了，扇动着翅膀，试图大战一场。原本螳螂翅膀和它的脖子相配，长得又细又长。据说那翅膀完全是装饰品，就像人们学英语、法语和德语一样，毫无实用价值。因此，它想利用那个派不上用场的废物翅膀大战一场，对于我自然不可能奏效的。说是大战，其实它不过是拖着翅膀在地面上爬行而已。这么一来，尽管觉得它怪可怜的，但是为了运动，我也不得已而为之了。我狠狠心蹿到它的前面。它由于惰性，不能急转弯，不得不继续向前爬。我打了一下它的鼻子。这时，螳螂君肯定会张开翅膀一动不动地倒下。我再用前爪用力将它按住，稍事休息，然后再放开它。放开以后再按住它，以诸葛孔明七擒七纵的战术来彻底制服它。以此模式反复进行大约三十分钟，看到它已经动不得，便将它叼在嘴里，晃几下，然后又把它吐了出来。这下子它躺在地面上不动了，我才用另一只爪子戳它，它被戳起来，再把它按住。这个也玩腻了，最后一步，就是将它吞进肚子里。顺便对没有吃过螳螂的人说一声：螳螂并不怎么好吃，而且，好像也没有多少营养。

除了捉螳螂外，我还进行捕蝉运动。虽说是蝉，并非只有一种。既然人里有黄种人、黑种人、白种人，蝉也分油蝉、蛁蝉、寒蝉。油蝉叫起来没完没了，太烦人；蛁蝉很狂妄，不好对付；只有寒蝉捉起来最有趣。这种蝉不到夏末不出来。直到秋风从和服腋下的缝隙钻进来，抚摩人们的肌肤，使人受了风寒时，寒蝉才摇晃着尾尖鸣叫。它特别能叫，依我看，它的天职仿佛只有聒噪和供猫捕捉似的。初秋季节，我就喜欢捕这些家伙玩儿，谓之捉蝉运动。

谨向各位声明一下：既然名叫寒蝉，就不可落在地面上。落在地面上的，肯定招来蚂蚁。我捕捉的，可不是躺倒在蚂蚁领地上的货色，而是那些蹲在高高枝头，“知了知了”叫的那些家伙。顺便再次请教一下博学多识的人类，那寒蝉到底是“知了知了”地叫，还是“了知了知”地叫呢？对此解释不同，会对蝉学的研究产生很大的影响。人之所以优越于猫，就在于此，因此人类自豪之处，也正是这一点。假如不能立刻回答，那你们就回头仔细想想好了。不错，从捉蝉运动角度来说，随便它们怎样叫都无妨。我只要循着蝉声，爬上树去，当它正在一心一意地鸣叫时猛扑过去抓住就是了。这运动看似简单，其实是很费力气的。我有四条腿，在大地上奔跑这方面绝不比其他动物逊色。至少按数学常识来判断，长着四条腿的猫是不会输给两条腿的人类的。然而，若论爬树，却有很多比我们猫更灵活的动物。不要说爬树行家猴子，即使属于猿猴后代的人类，也有很多不可轻视的家伙。本来爬树是违反地心引力的倒行逆施，所以就算不会爬树，我也不觉得有什么可耻辱的，只不过会给捉蝉运动带来许多不便。幸而我有爪子这种利器，好歹能爬得上去，可这绝非看上去那么轻松。况且，蝉是会飞的，它和螳螂不同，一旦它飞走了，就等于白费了力气，爬上树也和没爬上树没有不同了。最后一个让我头疼的事是，有时还会遭遇被浇一身蝉尿的危险。那蝉仿佛总是瞄准我的眼睛撒尿似的。蝉老弟逃掉就不追究了，但求不要垂尿。蝉在飞起之际必然便溺，究竟是何种心理状态影响了生理器官呢？是因为实在憋不住了呢，还是为了出其不意地创造逃跑的时机？这一手，和乌贼喷墨、无赖炫耀文身，以及主人卖弄拉丁语之类，应该归为同一类。这也是蝉学上不可忽略的课题。如果仔细研究，仅此一点就足够写一篇博士论文了。

闲话少说，还是书归正传。蝉最爱聚集——如果“聚集”二字太怪，那就改成“集合”，可“集合”又过于陈腐，还是叫“聚集”吧——蝉最爱聚集的地方是青桐，据说汉语叫作梧桐。这青桐叶子繁茂，而且都像团扇那么大，如果它们层层叠叠的，就会茂密得几乎看不见树枝。这成为捉蝉运动的极大障碍。我甚至怀疑“但闻其声，不见其身”这句俗语，是否是早已专为我而造出的。没办法，我只好把蝉叫声作为目标，从树下面往上爬。在梧桐树五六尺高的地方，分为两杈，正合吾意。可以在这里暂且歇息，透过茂密的树叶，侦察蝉在什么地方。只是我还没有爬到那个地方，已经有些性急的家伙嗡嗡地飞走了。只要飞走一只，就麻烦了。在擅于模仿这一点，蝉几乎是不次于人类的傻瓜。它们会接二连三地飞走。往往我好容易才爬上树杈时，早已满树静寂，片声不留了。我曾经爬到此处后，不论怎么东张西望，怎么竖起耳朵倾听，也没有发现蝉的动静，又懒得再爬一次，干脆歇息片刻，便在树杈上趴着，等待第二次机会。谁料，不知不觉困倦起来，进入黑甜乡[1]游玩起来。忽然惊觉时，我已从树杈的黑甜乡中，“扑通”一声跌落在院子里的石板地上了。

不过，一般来说我上树都会捉到一只蝉。扫兴的是必须在树上就把蝉叼在嘴里，因此，待下到地上后再吐出来时，大多已经死了。任凭我怎么逗弄它，抓挠它，都丝毫没有反应。而捉蝉的妙趣就在于悄悄地接近，当寒蝉拼命地将尾巴一伸一缩时，我忽地用前爪逮住它。这时，蝉君知了知了地哀叫，将薄而透明的羽翼疯狂乱晃。其速度之快，姿态之优美，简直无与伦比，实属寒蝉世界的一大奇观。每当我摁住“知了君”时，总要请它给我表演一番这优美的艺术。看得腻了，就抱歉地把它塞进嘴里吃掉。有的蝉直到进我嘴里之前，还在表演呢。

除了捉螳螂和蝉，还有就是滑松树运动了。这无须多说，只简要介绍一下。一说滑松树，也许有人以为是从松树上滑下，其实这也是爬树的一种方式。然而捉蝉是为了捉蝉而爬树，滑松树却是为了爬树而爬树，

---

[1] 日语是“黑甜乡里”。日语的四字熟语，相当于中文的白日梦。

这是二者的不同。原本松树就恒久不变，自从北条时赖[1]在最明寺享受美餐以来，直到今日，松树皮总是疙疙瘩瘩，粗糙不平的。因此，再没有比松树干更不光滑的树了；再没有比松树干更好攀爬，更好下脚的了。换句话说，就是没有比松树干更好下爪的了。我就是选择这种好下爪的树干一鼓作气爬上去。飞快地爬上去后，再飞快地爬下来。爬下来有两种方法：一种是倒着爬，即头朝地面爬下来；另一种是保持爬上去时的姿势，尾巴朝下退下来。试问人类，是否知道哪一种下法更难些？以人们的肤浅见识，一定认为既然是往下爬，还是头朝下爬下来更容易吧？这就错了。你们只知道源义经摔下鹎越古道[2]的故事，就以为连源义经都是头朝下下山的，那么，猫自然是头朝下爬下树了。不能这么小瞧我们猫。你知道猫爪是怎么长的吗？都是朝后弯曲的。因此，爪子像消防钩一样，能够钩住东西往自己这边拽，但往前推就使不上力了。假设我现在飞快地爬上了松树，由于我是地上的动物，自然不可能在松树之巅久留，什么都不抓的话，必然会掉下来。但是，如果直接跳下来，速度太快，所以，必须采取什么办法使这自然下落减速几分，这便是爬下来。跳下与爬下，似乎差异很大，其实，并不像人们想象的那样有多么大的差别。将跳下的速度减缓些就是爬下，将爬下的速度加快些就是跳下。跳下与爬下只差之毫厘。我不喜欢从松树上往下跳，因此，必须减缓跳下的速度以便爬下来。也就是说，要用什么办法来增加跳下的阻力。如上所述，我的爪子都是朝后弯曲的。假如头朝上抓树干的话，就能够利

---

[1] 北条时赖（1227—1263），镰仓幕府第5代执政官。相传他走遍各地，体察民情，因而有“盆景取暖”的故事。

[2] 鹎越古道，从神户市西部横贯街区的六甲山地，前往西北方的古道。1184年，源义经（1159—1189）协助其兄源赖朝，于一之谷大败平家军。因古路险要，源义经曾摔下古道。

用脚爪的所有力量抵住下落的势头，于是，跳下便成为爬下，这是极其浅显的道理。然而，反过来，试一试源义经那种头朝下爬松树的话，即便有爪子，也不起作用，我会刺溜溜地滑下来，根本没有阻力能够支撑自己的体重。这样，虽然打算爬下来，却变为跳下来。可见想学源义经翻下鹎越古道是相当困难的。在猫当中会这种本事的恐怕非我莫属。因此，我才把这一运动叫作滑松树。

最后，我再稍微说一说跑竹篱运动。主人家的院子是用竹篱围成的四边形，和檐廊平行的那一边，大约有五六丈长吧，左右两侧都不过两尺五。刚才我所说的跑竹篱运动，就是在篱笆上面跑上一圈而不掉下去。虽然有时也掉下去，但如果顺利地跑到头，就特别解闷儿。尤其是到处立着烧了根的松木桩子，便于我歇口气。今天跑得很不错，从早到晚跑了三圈，一次比一次跑得好。越好就越有兴趣，结果跑了第四圈。跑到一半时，从邻居的屋顶飞来三只乌鸦，在离我六尺多远的前方齐刷刷地落了下来。这几个不速之客，居然来妨碍人家运动！尤其是这些乌鸦来历不明，这等身份怎么可以随便落在别人家的墙头？我想到这儿便喝道：“喂，我要过去！闪开！”

最前边的乌鸦瞅着我，咧着嘴笑。第二只乌鸦在眺望主人的院子。第三只在竹篱上蹭嘴，它们飞来之前一定吃了什么东西。为了等待它们的回答，我站在篱笆墙上，给它们三分钟考虑时间。听说人们都管乌鸦叫作“勘左卫门”[1]，果然名副其实。不管我怎么耐心等待，它们既不问候，也不起飞。没办法，我只得慢慢走去。于是，最前头的乌鸦忽地张开了翅膀，我还以为它终于惧怕我的威风，想要逃走，原来，它只是转了个

[1] 勘左卫门，日语里用来嘲笑肤色黑的人。

方向，朝右变为朝左了。这些浑蛋！若是在地面上，这么没规矩，我肯定会好好教训教训它们的。怎奈正走在这么一条走路都要小心翼翼的篱笆上，没有余力和丧门神较量！然而，又不甘心继续站在这里等待三只乌鸦自动退却。首先，这么等下去的话，我的腿是站不住的。而对方有翅膀，在这种地方停留易如反掌，也就是说，只要他们乐意，不知会逗留多久呢。可是我已经跑了四圈，已经很累了，何况这是不亚于走钢丝的技巧性的运动。就算没有任何障碍，也难保不会摔下去，倘若这三个黑衣歹徒挡住去路，更是难上加难了。这样耗下去，最终只好我自动停止运动，跳下篱笆。没工夫跟他们耗着，索性就这么办吧！一方面对方人多势众，而且模样看着眼生，不像是本地的主儿。嘴巴尖得出奇，活像天狗的神受之子！反正不是什么好东西。还是退却安全些。如果跟他们较劲，万一摔下去，就更加耻辱了。我刚想到这里，只听面朝左的那只乌鸦叫了一声“傻——瓜”，第二只也学舌似的叫声“傻——瓜”，第三只很温柔连叫了两声“傻——瓜，傻——瓜”。即便我再厚道，也不能视而不见。况且，在自己家的院子里居然受到乌鸦鼠辈的侮辱，关系到我的名节。如果说我还没名没姓，谈不上什么名节，那么就算是关系到我的颜面吧！绝对不能退却！成语里也有“乌合之众”这一说，所以尽管它们是三只，说不定意外地柔弱无能呢。我壮着胆子，慢慢地往前走去，打算逼他们后退。乌鸦们却佯作不知，像在聊天似的。我更是气不打一处来。假如墙头再宽五六寸，一定会叫它们尝尝我的厉害。遗憾的是，不论我怎么恼火，也只能慢腾腾地走路。总算走到距离乌鸦的先锋五六寸的地方，刚想歇口气儿，那些鬼精灵忽然不约而同地扇动起翅膀，飞起了一两尺高。一阵风随之扑到我的脸上，我一吃惊，一脚踩空，咚地摔了下去。真是丢人现眼！我从篱笆下仰头一看，那三只乌鸦仍站在原地，正俯看着我，三个尖嘴恰好齐刷刷一排。厚颜无耻的东西！我气呼呼地瞪着它们，却毫无收效。于是我弓起背来，轻轻吼了一声，这就更没有作用了。正如俗人不懂神奇的象征诗一样，我对乌鸦表示愤怒的意思，也不会有丝毫反应的。想想看也没有什么奇怪的。我一直拿它们当猫来对待，从根儿上就错了。假如他们是猫的话，这点肢体语言肯定明白，无奈它们是乌鸦。和这些乌鸦之辈遭遇，如之奈何？正如实业家急于要制服我家主人苦沙弥，源赖朝[1]送给西行法师[2]一只银制猫，乌鸦君在西乡隆盛[3]的铜像上拉屎一样。善于见机行事的我，已明白毫无胜算，随即潇洒地撤退到檐廊去了。

已经到了吃晚饭的时候。运动固然好，过度可不好，我只觉得浑身像散了架似的，软绵绵的。何况刚刚初秋，运动时被日头晒得热乎乎的毛衣，吸收了充足的夕阳，热得我受不了。从毛孔里渗出的汗珠流淌下去尚好，可它却像油似的沾在毛根上，后背痒痒得难受，出汗发痒和跳蚤钻进毛里的发痒，我能够辨别清楚。虽说也知道凡是嘴能够到的地方可以咬一咬，爪子能伸到的部位可以挠一挠，可是，如果是恰巧是那条脊梁骨上痒痒的话，就不是自己力所能及的了。每当这种时候，或是见到人就在他身上乱蹭，或是利用松树皮大肆摩擦一通。二者必择其一，否则刺痒得难以安眠。

---

[1] 源赖朝（1147—1199），镰仓初期首任征夷大将军。也是日本武家政治和镰仓幕府的建立者。

[2] 西行法师（1118—1190），平安时代末，镰仓时代初期的歌人。俗名佐藤义清，23岁出家。行游各地，结庵修行，写作了大量和歌，对后世影响巨大。

[3] 西乡隆盛（1828—1877），萨摩藩武士出身。日本明治维新时的政治家。前期从事于倒幕运动，明治维新成功后鼓吹对外侵略扩张，后发动反政府的武装叛乱，史称西南战争，失败自杀。上野公园有他的铜像。

人都是愚钝的，所以我只要娇声娇气地——娇声娇气本是人类对我们猫发出的亲昵声音。假如处在我的角度，就不是猫在娇声娇气地邀宠，应该说是被人类娇宠而发出的声音——叫几声就行了。反正人类都是些愚蠢的家伙，所以，我只要发出“被娇宠之声”，靠近人们的腿，一般来说，人们就会误以为我是喜欢他或她，不仅任我随意蹭毛，还常常抚摩我的头部。然而近来，我的皮毛里繁殖着一种号称跳蚤的寄生虫，偶尔靠近人时，我必定会要被他们掐住脖子，扔得远远的。可见，人只因为那种肉眼看不清楚的微不足道的小虫，便连我也一起厌恶了。所谓“翻手为云，覆手为雨”。说的正是人类这种行为。充其量一两千只跳蚤，人们竟然做得出这么势利的事。据说人世上通行的爱的法则的头一条是：“于己有利时，则须爱人。”

既然人们对我的态度骤然一变，那么身上再怎么痒，也不能指望利用人类之力解决了。因此，只好采取第二种方法——摩擦松树皮了。那就去摩擦一会儿吧！我这么想着，刚要从檐廊跳下去，又一想，这可是个得不偿失的笨法子。理由很简单：松树上有油。这松油是特别顽固的东西，一旦粘在毛梢上，哪怕是雷霆万钧，还是波罗的海舰队苦战到全军覆没，它也绝不肯脱落。更可恨的是，一旦粘到了五根毛上，很快就蔓延到十根毛。刚发现粘了十根，就已经粘住了三十根。我本是个淡泊明志的儒雅之猫，最讨厌这种执着狠毒、黏黏糊糊、纠缠不休的玩意儿。纵然面对天下第一的美女猫，我也不会动心，何况区区松脂乎？松脂居然以车夫家老黑眼里迎着北风流下的眼眵不相上下的身份，来糟蹋我这身浅灰色毛衣，孰不可忍！只要松脂稍微动动脑子就会明白。但是，那家伙没有一点思考的意思。只要我将后背往树皮上一靠，肯定立刻被粘住。和这种不明事理的傻蛋认真，不仅有损于我的颜面，也有害于我的皮毛。无论多么痒，也只好忍着了。然而，这两种方法都行不通，令我忧心忡忡。不赶快想个办法，总这样奇痒难耐，黏黏糊糊的，说不定会害病的。有什么好法子呢？我正弯着后腿打主意，忽然想起一件事来。

我家主人常常带上毛巾和肥皂，飘然去个什么地方。过了三四十分钟回来以后，只见他灰暗的面色多少有了生气，显得明朗多了。假如对主人那么邋邋遢遢的人都能给予如此大的改变，对我就会更有效验了。我天生丽质，虽说没有必要再费心收拾自己，去出卖色相，可万一染上重病，导致享年一岁零几个月便夭折，岂不愧对天下苍生！

我打听了一下，说是那个地方是人类为了消磨时光而想出来的澡堂子。反正人类造出的东西没几个像样的，不过赶上身体这么不爽，不妨进去瞧瞧吧！如果去了也不奏效，不再去就是了。只是不知人类是否有肚量容忍异类的猫进入为他们自己设计的澡堂，这还要打个问号。既然是连主人都能大模大样地进入之所，料想也不会将我拒之门外，但是，万一吃了个闭门羹，传出去可不大好听。最好还是先去侦察一下。感觉没有问题，再叼一条毛巾跳进去试试。就这样打定了主意后，我便慢吞吞地去澡堂了。

出了巷口向左一拐，迎面高高耸立着一个竹筒样的东西，从筒尖上冒着淡淡的烟雾，那里便是澡堂。我从后门蹑手蹑脚地溜了进去。人们说什么走后门是胆小、懦弱等，这都是那些不从正门进入就无法去拜访的家伙出于嫉妒，胡乱发的牢骚。自古以来，聪明人都是从后门出其不意进来的。据说《绅士养成法》的第二卷第一章第五页就是这么写的。在下一页的背面，绅士遗书中写有“后门乃修身明德之门也”之类的话。我是二十世纪的猫，这点教养还是有的，不要太小瞧我了！

等我溜进去一看，左边是堆积如山的锯成八寸长的松木，松木旁边是堆积似冈的煤。也许有人要问：“为什么松木为山，黑煤似冈呢？”

这倒没什么特别的意义，只不过将“山冈”二字分开使用罢了。人类也够可悲的了，又是吃米，又是吃鸟、兽、虫、鱼，吃尽种种恶食，终于堕落到了吃煤炭的地步。

我往尽头一瞧，只见六尺多宽的入口大敞着。往里看去，空空如也，悄无声息的。只听见对面有很多人说话的声音。所谓的澡堂子，一定就在发出说话声的那边，我这样判断后，便穿过松木和煤炭堆之间形成的深谷，往左拐去。一直向前走，看到右侧有个玻璃窗，窗外有三个小圆桶堆成的三角形，也就是金字塔形。想那圆形小桶被堆成三角形，一定非常不情愿吧，我暗暗地同情起圆桶诸君了。小桶南侧有四五尺宽的地板，好像专为欢迎我而设的。地板高于地面约一米，正适合我跳上去的高度，“好嘞”！我说着轻轻纵身一跃而上，于是，所谓澡堂子便呈现在我的鼻下、眼下和面前了。若问天下什么最有趣儿？莫过于吃到没吃过的东西，看到没看过的光景更开心的了。列位如果也像我家主人那样，一周三次到这个澡堂之地来混三十分钟乃至四十分钟的话，则另当别论，假如像我这样从未见过澡堂的话，最好快来看看。宁肯二老临死不去送终，也务必要来观赏这番情景。虽说世界之大，无奇不有，然而，如此奇观却是绝无仅有。

你问是什么奇观？是我几乎没法说出口那样程度的奇观。在那玻璃窗里挤成一堆，吵吵嚷嚷的人都是赤条条的。一个个宛如野人，二十世纪的亚当。翻开人类服装史——这说来话长，还是让给杜费尔斯德洛赫[1]去研究吧，这里不进行详细探讨了——人类全靠衣着提高身价。

[1] 杜费尔斯德洛赫，英国思想家卡莱尔（1795—1881）的《衣裳哲学》（1833—1834）一书中虚构的人物，大学教授。他将宇宙看作是用永恒的精神包裹的一件衣服，以此来比喻地球上的一切事物。

十八世纪时，纳修对于大英帝国的巴斯温泉制定了严格的规则：在浴池内，不论男女，从肩到脚都不得裸露。距今六十年前，也是在英国的都城开办了绘图学校。由于是绘图学校，那么，买些裸体画、裸体像的素描及人体模型，四处陈列起来，本是件好事，可是到了举行开学典礼时，上至当权者下到教职员，都非常尴尬。开学典礼嘛，总会邀请市内的名媛淑女光临。然而，当时的贵妇人认为：人是穿着服饰的动物，不是披着毛皮的猴子后代。人不穿衣，犹如大象没有鼻子，学校没有学生，士兵没有胆量一样，完全失去了人之为人之本。既然失去了人之本，那就不能算是个人，而是野兽。纵然是素描或模型，与兽类为伍，自然有失于淑女的身份。因此，她们表示“恕不出席”。

教职员们都认为她们是些不可理喻的女人。然而女人是一种装饰品，不分东方西方。她们虽然一不会舂米，二不当志愿兵，但在开学典礼上却是不可缺少的装饰。因此，没有办法，学校只好派人到布店去买来一丈二尺八分七厘的黑布，给那些被咒为野兽的人像统统穿上了衣服。又生怕不够周全，一无遗漏地将脸部都遮上了。如此这般，开学典礼总算顺利举行了。服装之于人，就是如此地重要。

近来还有些老师，一味宣扬要画裸体画，但他们错了。据我这个有生以来从未裸过体的猫来看，这肯定是错了。裸体本是希腊、罗马的遗风，乘着文艺复兴时期的淫靡之风而盛行于世的东西，希腊人与罗马人，对于裸体已经司空见惯，所以丝毫想不到裸体与教化有什么利害关系。然而，北欧却是个寒冷的地方。就连日本人都常说“不穿衣服怎能出远门”，何况在德国或英国光着身子，那样只会冻死。死了不划算，还是得穿衣服。大家都穿起衣服来，人就成了穿服饰的动物。一旦成为穿服饰的动物，偶然遇上裸体的人，就不会承认他是人，而认为是兽了。因此欧洲人，尤其北欧人是可以将裸体画、裸体像看作兽类的。看作比猫更低等的兽类，也是可以的。你说很美？美就是美！不妨视为“美丽的野兽”吧。

如此说来，也许有人要问：“你见过西方妇女的礼服吗？”我只是一只猫，哪里见识过西方妇女的礼服？据说，她们袒胸露肩，把这样的衣裳叫作礼服，真是不可理喻！直到十四世纪以前，女人们的衣着打扮并没有这么滑稽，穿的还是普通人的装束。那么现在为什么会变得像个下流的杂技演员似的呢？说来话长，恕不多述。反正知者知之，不知者姑且作不知状为好吧！历史暂且不提，却说她们打扮得那副怪异姿容，尽管夜晚春风得意，但是内心里似乎多少还有些人性，所以一到白天，她们就盖上肩头，遮住胸脯，包紧胳膊，不仅全身不外露，就连被人看见一个脚趾，都认为是奇耻大辱。由此可见，她们的所谓礼服是通过某种荒谬绝伦的作用，使其变成在傻瓜和傻瓜之间才能够得到欣赏的东西。如果有人觉得委屈的话，那么，就试一试大白天的露出肩膀、胸脯和胳膊来好了。裸体崇拜者也是如此。既然裸体那么好，尽可以叫女儿赤身裸体，顺便你自己也脱得精光，到上野公园去走走好了。做不到？不，不是做不到，是因为西洋人不这么干，你才不这么做吧？眼下不就有人穿着这种不合逻辑的礼服炫耀地出入帝国饭店吗？若问是何缘由，简单得很，无非西洋人穿，他们便穿了而已。大概是认为西洋人强大，哪怕是很勉强、很愚蠢的事，也觉得不模仿就受不了。俗话说：随波逐流、随行就市、随遇而安。这一连串的“随”，岂不愚笨到家了！如果说没法子，我就这么愚笨，那就原谅你，不过，以后就不要以为日本人了不起了。学问也可以此类推，只因与服装无关，略去不提。

衣服之于人类，就是如此重要的东西，重要得几乎可以说人就是衣服，衣服就是人。我甚至想说：人类的历史，既不是肉的历史，也不是骨的历史，更不是血的历史，仅仅是服装的历史。因此，见了不穿衣服的人，就会觉得他不像个人，犹如遇见了妖怪。即便是妖怪，假如全体人类约定，一齐变成妖怪，所谓妖怪也就不存在了，不过，这样一来，人类本身可就麻烦大了。

远古时期，大自然平等造人，将人投于世界。因此任何人出生时，必定是赤条条的。假如人类的本性是安于平等的，就应该始终赤裸着身体生存下去。然而，一个赤条条的人说：这样人人毫无差别的话，努力也没有意义，显示不出奋斗的成果。应该想个办法能够一眼看出我就是我，在任何人看来都是我，而不是别人。为此想要在身上裹上点什么让别人见了大吃一惊的东西。有没有什么好办法呢。他想了十年，终于发明了裤衩，立刻穿上了它，骄傲地走上街头，到处炫耀。他便是今日车夫的祖先。仅仅发明个简单的裤头就花费了十年之久的岁月，人们也许会觉得有点奇怪吧？不过，这是由于以今天的眼光回溯远古，置身于蒙昧世界得出的结论。但在当时，这却是前所未有的伟大发明。笛卡儿[1]说："我思，故我在。"这本是三岁孩子都懂的道理，他却花费了十几年工夫才想出来。说明一切真理在探索过程中都是很费力气的。因此，发明裤衩虽然用了十年，但从车夫的智力来看，不能不说已极为难得了。

且说，这裤衩一发明出来，社会上最神气的只有车夫。他们穿着裤衩，在普天下的大路上，如同走在自己领地上似的横行霸道。于是一个对他们不服气的妖怪，用了六年时间，发明了这种叫作短外褂的废物。于是，裤衩的势力顿时衰退，进化到了短褂全盛的时期。鲜货庄、药材店、裁

[1] 笛卡儿（1596—1650），法国哲学家、数学家、物理学家，解析几何之父。他还是西方现代哲学思想的奠基人。著有《哲学原理》等。

缝铺，都是这位大发明家的末裔。继裤衩时期、短外褂时期而来的，是裙裤时期。这是看着那些穿短外褂的不顺眼，心说有什么了不起的那些妖怪发明出来的。古代的武士和今日的官员，都属于这类妖怪。就这样，妖怪们争先恐后地标新立异，以至于出现了模仿燕子尾巴的畸形装束。追根溯源，人类绝不是盲目乱来，偶然为之，或漫不经心造成的事实，无一不是出于争强好胜的勃勃雄心凝结出来的种类繁多的新花样，为了表明“我和你不一样！”而穿在身上的。

从这种心理出发，我有了一大发现。那就是：正如大自然嫉恨真空一样，人类也是厌恶平等的。在这已经由于厌恶平等，不得不把衣服如同皮毛般穿在身上的今日，如果要人们将构成人类属性之一的衣服抛掉，再回到从前人人平等的原始时期，只能是痴人之举。就算有人甘愿当个狂人，也不可能回到原始时期的。在文明人的眼里，那些回归原始的人都是怪物。即便将全世界几亿人口全都拉回妖怪的国度里去，以为“这样就能够平等了，大家都是妖怪，没有什么可以羞耻的”。而心安理得，终归还是不行。因为全世界的人都成为妖怪的第二天，妖怪之间又将开始竞争。假如不能穿上衣服竞争，那就以妖怪之态来竞争。裸体也无妨，照样可以制造出差别来。即便着眼于这一点，衣服也是脱不得的。

然而，在我眼皮子下面的这一伙人，竟然将脱不得的裤衩、短外褂甚至裙裤全都扔在衣架上，丝毫不知羞耻地将本来面目暴露于众目睽睽之下，而且谈笑风生，泰然自若的。我在前文所说的“一大奇观”，指的就是这种场面。吾辈在此谨向文明的列位君子简要介绍一下澡堂子里的所见所闻。

周围太喧闹了，真不知该从何处下笔。妖怪们做事没有规律，因而，为了做出井然有序的说明，我不免要费些力气。还是先从浴池说起吧！

不知那是浴池还是什么，只觉得应该叫它浴池。足有三尺宽、九尺长，被分隔成两半，一半装满乳白色的热水。听说号称什么“药池”，好像是将石灰溶解在里边一样，呈现出浑浊的颜色。当然不但是浑浊，还油乎乎的、黏糊糊的。仔细一打听，怪不得池里的水看上去像臭了似的，原来一周才换一次水。另一半是一般的洗澡水，但是我敢保证，这边也绝对够不上清澈、透明。这里的水色，足以和搅浑的消防水桶里的积水相媲美了。

下文说说这些妖怪。这可要叫我花费力气了。在那类似消防水桶的池子里站着两个年轻人。他们面对面站着，往自己的肚皮上哗哗地撩水，真会享受。二人的共同点是皮肤同样的黝黑。“这两个妖怪长得真魁梧！”我边看边想。撩完了水，其中一人用毛巾来回搓着胸脯，一边问道：“阿金，我老觉得这地方疼，你说怎么回事？”

“那是胃。胃不好可要命呢！不小心点，可危险哟！”阿金热心肠地提醒他。

“可是，是左侧疼呀！”他指点着左肺。

“那就是胃啊，左边是胃，右边是肺嘛。”

“是吗，我还以为胃在这儿呢。”他又拍了拍腰部。

阿金说：“要不就是疝气吧。”

这时，一个二十五六岁、蓄着小胡子的小伙子“扑通”一声跳进水里，于是，他身上的肥皂沫与泥垢一同漂在水面，就像铁锈水那样闪着光。他旁边的一个秃顶老头儿，跟一个留平头的年轻人喋喋不休地说着话。二人只将脑袋露出水面。

“唉，人一上年纪，就不中用啦。人老了就比不了年轻人喽！只是这洗澡水，现在还是不热一点不舒服啊。”

“老人家，你算是结实的啦！这么有精神头，就不错了。”

“哪里有什么精神头。只是没有病罢了。人只要不干坏事，就能活一百二十岁。”

“是吗？能活那么长时间？”

“当然能活啦。保你活到一百二十岁。明治维新以前，牛込区有个叫曲渊的武将，他手下的一个仆人活了一百三十岁呢。”

“这个人可真能活啊！”

“可不是吗。因为活得太长了，他连自己的年岁都给忘记了。听说活到一百岁时还记得，后来就记不住了。我知道他的时候，他是一百三十岁，但还没有死，不知他后来活了多少年，说不定现在还活着哩！”说着老头儿出了浴池。刚才跳下来的那个留胡子的年轻人一边在身上弄出云母片似的污垢，一边独自吃吃地笑。

这个跳进池里来的家伙不同于一般的妖怪，脊背刺了画。画面好像是岩见重太郎[1]挥舞大刀，杀退巨蟒的情景，只可惜尚未刺完，找不见那条巨蟒。所以看上去重太郎先生有点英雄无用武之地的样子。他边跃入浴池边说：“怎么这么温乎？”

紧接着，又下来了一个人。

“哎哟，真热！……再温一点就好了。”他皱起眉头，极力忍受着水温过高的样子。一看见“重太郎”，招呼了一声“噢，师傅”。重太郎“噢”了一声，过一会儿问道：

“阿民现在怎么样？”

---

[1] 岩见重太郎，日本战国时期的剑客。民间曾流传其斩杀鬼怪的故事，故而作者在此引用。

“你问他怎么样？喜欢臭显摆呗！”

“也不光是臭显摆……”

“是吗，那家伙就是个心术不正的人嘛……怎么说呢？反正大家都不喜欢他……怎么说才好呢……反正大家都不相信他。按说手艺人，不该是这样呀！”

“就是呀！阿民为人很不谦恭，趾高气扬的，所以，大家才不相信他的。”

“是这么回事。他那样子还自以为自己有本事呢……归根结底还是自己吃亏呀。”

“白银町也走了不少老手艺人啊。如今，只剩下桶铺的元兄、砖瓦铺的掌柜和师傅您了。咱们都是这里土生土长的，可是像阿民那样的，谁知他是从哪儿来的？”

“是呀！不过他居然还做起了买卖！”

“嗯。反正不知怎么搞的大家都不爱搭理他，大概是因为他不和人们来往吧？”两人你一句我一句的一个劲地贬低阿民。

“消防水桶”般浑浊的洗澡水这边暂且介绍到此。再看看白色药汤那边吧。那里也是人满为患。与其说人进入池里，莫如说水漫进人群更为确切。而且，他们都非常悠然自得，一直有人进，无人出。照此情形，一个星期不换水的话，水不脏才怪。我感叹不已，又往浴池中仔细观瞧，竟发现苦沙弥先生被人群挤在左边的犄角旮旯，满脸赤红地蜷缩成一团。好可怜！若是有人给主人让出条路来就好了。可是没有人愿意动一动，主人也无意挤出来，只是一动不动地泡得浑身通红。这可够受罪的。他大概是想用足了这二分五厘的泡澡钱，才把自己泡得这么红通通的吧？再不上来，怕要脑贫血的呀！我这个忠于主子的猫，蹲在窗框上直揪心。

这时跟主人相隔六尺远的一个人，眉头皱成八字说：

“这水，好像烧得过头了。热得发烫的水在从后边过来了！”听他的话音是想在周围的妖怪中寻找同情者。

“哪里！这水的热度正好。药池不这么热就没有效验，在我们家乡，都要泡比这热一倍的水哪。”有人非常自豪地说。

“究竟这种水能治什么病？”一个人将手巾叠起，遮在凹凸不平的头上，向众人请教。

“能治好多种病呢，听说能治百病哪！真了不得。”

说话的人面孔瘦瘦的，兼具黄瓜一般的形和色。既然药池那么灵验，这家伙应该更健康些才是。

“投药之后过三四天的水最好，今天来泡正是时候。”

我一看那个以万事通自居的说话人是个肥胖的汉子，这家伙想必也是虚胖吧。

“这水喝下去也有效吗？”有人尖声尖气地问道，不知从哪儿发出的。

“水凉了之后，喝下一杯再睡觉，可以不起夜！不妨喝点试试吧。”这回答也不知是从哪张嘴里发出的。

浴池这边先介绍这么多吧，我再朝冲洗室那边一望，也有好多好多怪物，如同难以入画的亚当，一字排开，各自以随意的姿态，随意地洗着各自的部位。其中最叫我吃惊的是两位“亚当”：一个仰面朝天地躺着，盯着高高的天窗发呆；一个趴着，瞅着水沟发愣。这两位看来是十分悠闲的“亚当”。还有一个秃子，面对石墙蹲着，背后一个小秃子不停地敲他的肩头。二人大概是师徒关系，小秃子替代了搓澡人的活计。当然也有正格的搓澡人。此人大概患了感冒，这么热还穿着坎肩。他用一个椭圆形小桶，往一位老先生的肩上泼着水。再一看此人的右脚，大脚趾缝里夹着一条羊毛搓澡布。这边有个人霸占了三个小桶，一边叫旁边的人用他的肥皂，一边滔滔不绝地摆龙门阵。我仔细一听，他正在讲的是：

“火枪是外国传来的。从前的人，打仗只用刀剑互相对砍。外国人胆子小，所以才造出那种玩意儿。好像不是中国人造出来的，是西方人造的，和唐内[1]时代还没有嘛。和唐内其实应该是清和源氏时候的人[2]。据说是源义经[3]从虾夷国[4]渡海去中国东北地区时，一个非常有学问的虾夷人追随他去了。后来源义经的儿子攻打明朝时担心打不过明朝，派出使臣去见三代将军[5]，要求借兵三千。三代将军却扣留了那个家伙，不放他回去……忘了那个使臣叫什么了……反正叫什么使臣……三代将军将他扣留两年，最后在长崎给他讨了个妓女，那女人所生之子便是和唐内。后来回国一看，大明朝已为国贼所灭……”他说的什么乱七八糟的？简直听不懂。

他身后还有个二十五六岁的表情阴沉的男子，木然地用热水不住地敷着胯下。好像是生了个疥子还是什么，很痛苦的样子。他身旁有个年约十七八岁的后生，左一个“小子”，右一个“老子”的，唠唠叨叨地胡乱吹嘘，大概是附近哪家的书生吧。再下面一个人，只能看见他那奇特的后脊梁，脊梁骨节一清二楚的，活像从屁股里插进去一根紫竹。而且，

---

[1] 和唐内，近松门左卫门的净琉璃《国姓爷合战》的主人公，是作者根据中国民族英雄郑成功而塑造的人物。

[2] 清和源氏，日本第五十二代天皇。

[3] 源义经（1159—1189），平安末期武将。协助其兄源赖朝打天下。后被源赖朝流放，最终自杀。

[4] 虾夷国，指日本古时奥羽（今东北6县，青森、岩手、秋田、山形、宫城、福岛）至北海道一带。

[5] 三代将军，即德川幕府第三代将军德川家光（1604—1651）。

脊背左右两边各有四个形如十六指棋子的圆点，排列得很规整。有的“棋子儿”发红溃烂，还在流脓。

这样一一写下来的话，要写的事情太多，仅凭我这点本事，毕竟连一斑亦无法窥得。我正懊悔干了这桩力所不能及的事，忽见门口出现了一位身穿浅黄布衣，年近古稀的秃老头。他对那些裸体妖怪施了一礼，说：

“啊，承蒙各位天天来照顾生意，多谢了！今天天气有点冷，请各位多泡一泡……请去白水那里几趟，好好暖暖身子……掌柜的！要掌握好洗澡水的凉热。”

掌柜答应了一声：“好嘞！”

“多会说话呀！不这样怎么做得好生意啊！”“和唐内”对老头儿大为赞赏。

我由于突然碰上这个奇怪的老头儿感到有些意外，所以就中断了刚才的叙述，专门观察那个秃头老翁了。老头儿看见个从浴池出来的四岁左右的男孩子，就伸出手对孩子说：“小宝贝，到这儿来！”

大概那孩子看见老头儿那被张犹如踩扁的豆馅饼样的面孔被吓了一跳吧，“哇”的一声大哭起来。老头儿有点做作地叹息道：“哟，怎么哭啦？害怕爷爷吗？哎呀，哎呀，这可真是的。”

没办法老头儿只好转移方向，对孩子的爸爸说：“啊，是源先生啊！今天有点冷啊。昨夜溜进近江铺子的那个小偷，简直笨到家啦。在小门上切了个方口子。而且我跟你说啊，什么也没拿就跑了。大概是看见巡警或是巡夜的人过来了吧？”他大大耻笑了一通小偷的有勇无谋。

接着又对另一个人说：“您来了，好冷啊！您还年轻，也许不觉得冷吧？”他是个老头儿，所以，只有他自己觉得很冷！

我的注意力被老头儿吸引了，不但把其他怪物都忘了，就连难受地蜷缩在池子里的主人也忘得一干二净了。这时，突然有人在浴池和冲洗室之间的地方发出一声吼。我一瞧，不是别人，正是苦沙弥先生！主人的声音格外洪亮，而且沙哑刺耳，听他大声吼叫并非自今日始，但是，在这个场合听到，使我大吃一惊，刹那间，我便做出了判断：主人一定是咬牙忍耐着，在热水中泡得太久而爆发的。假如这单纯是因病所致，倒也无可指责，然而，他尽管冒火，仍未失心性，却为何发出这么骇人听闻的吼叫声，只要听我说明一下，便会明白。

他像小孩似的，正在和一个微不足道的狂妄书生吵架。

“你再往那边一点！水不许进我的桶里！”吼叫着的自然是主人。

事情因立场不同，看法也不同。所以倒也不必把这声怒吼判断为上火的结果。说不定万人之中有那么一个人，说他这一声怒吼好比高山彦九郎[1]怒斥山贼呢！也许主人正是这么想的才演了这么一出戏的。遗憾的是对方并不情愿充当山贼，那么主人肯定收不到预期的效果了。

学生回过头来，很老实地对主人说：“我本来就在这儿！”

这句回答很平常，不过是表达了不肯离开此处的意思，因而违背了主人之意，所以，不论主人的态度还是语气，都大可不必像对山贼那样破口大骂，这一点，无论是主人怎么上火，也应该清楚的。但是，主人发火，并非由于对学生所占的位置感到不满，似乎因为这两个小伙子净说些不符合年轻人身份的不知天高地厚的话，主人实在听不下去，才十分恼火的。所以，即使对方老老实实地回话，主人也不肯一声不响地走

---

[1] 高山彦九郎(1747—1793)，江户后期的勤王派。名正之，上野人。当时与林子平、蒲生君平并称“宽政三奇人”。后自刎而死。

进冲洗室，便又喝道："浑小子，像话吗？有这样往别人的桶里溅脏水的吗？"

我也觉得这个小子有点可恨，所以心里暗暗地称快。又一想，主人身为教师，这样做有点不大稳重吧？原本主人就是特别固执的人，像焦炭似的毫不圆通且特别坚硬。从前汉尼拔[1]翻越阿尔卑斯山时，有一块巨大的岩石挡在了路中央，给部队前进造成了障碍。于是，汉尼拔往这块巨石上浇上醋，用火烧，使之变软了之后，再用锯子像切鱼糕似的锯开，大军得以顺利通过。像我的主人这样，即便在这么灵验的药水里像被水煮似的泡着，还丝毫不见功效的人，恐怕也只有用醋浇火烧不可了。否则，像这样的书生，即使出来上百人，用上几十年，也不会治好主人的顽固症的。

无论是泡在这个浴池里的人，还是挤在冲洗间里的人，都是脱去了文明人所必需的服装的一群妖怪，当然不能以常规俗礼要求他们。他们可以为所欲为。随他们瞎说什么"胃长在肺那里""郑成功就是和唐内""阿民不可信"……然而，一旦跨出冲洗室，来到更衣处，人们就不再是妖怪了。因为他们进入了正常人生息的俗世，因为他们穿上了文明必需的服装了。因此，不得不采取像个人样儿的行动了。

主人脚踩的地方是门槛——那是冲洗间与更衣室分界线上的门槛，他即将回到"和颜悦色、世故圆滑"的世界的分水岭。就连在这样的分界线上，主人依然是那么顽固，可见这顽固，对于他来说，已是不可拔除的沉疴。既然是沉疴，当然不容易治愈。依我的愚见，这种病只有一服药可以治，即是请求校长免去他的教职。一旦被免职，一向固执的主

---

[1] 汉尼拔（约前247—前183），迦太基统帅，非洲北部加尔达哥城的政治家、军事家。

人，定会走投无路。走投无路的结果，必然饿死在路旁。换句话说，免职将成为主人死亡的间接原因。尽管主人乐于闹点小病，但最忌惮死。他是奢望害点不至于丧命的病，好乐在其中。因此，如果吓唬他说：“你若总是闹病，就要了你的命！”的话，主人是个胆小鬼，这么一来他肯定会浑身发抖，浑身发抖时，病就会好的，如果这样还不见好，可就病入膏肓了。

无论如何糊涂，患多重的病，主人毕竟是主人。有个诗人说：“一饭重君恩。”我虽然是猫，也不会不担忧主人的命运的。由于同情之念充满内心，而疏忽了对冲洗间的观察，突然，听到很多人冲着白水浴池骂声连连。难道那里也吵架了？我回头一看，妖怪们正将浴池石榴口[1]挤得水泄不通，有毛的小腿和没毛的大腿乱成一团。

此时初秋日暮，冲洗间里笼罩着腾腾热气，直达天棚。那些妖怪们拥挤的样子透过雾气朦胧可见。“太烫了，太烫了”的叫声震得脑子里嗡嗡乱响。那些叫声里，粗细尖厉等声音互相重叠着，组成某种无法名状的音响，在浴池弥漫。这些声音只能用混乱嘈杂来形容，其他什么意义也没有。我被这光景迷住了，茫然伫立。渐渐地，哇啦哇啦的叫声达到混乱的顶点，到了无以复加的程度。这时，在你推我搡、混乱不堪的人群中霍地站起了一条大汉。只见他的个头比其他先生们高出三寸上下。而且他仰起那不知是脸上长胡子还是脸寄居在胡子里的红脸膛，发出烈日下敲破钟般的声音吼道：“盖上火！盖上火！太烫了，太烫了！”

只有那声音，那张脸，高高突出于纷纭纠缠的人群之上。刹那间，

[1] 浴池石榴口，即日本江户时代浴池的入口。

只觉得整个浴池聚合为他一个人了。是超人！他就便是尼采所谓的超人！是群魔之王！是妖怪的头领！我正想着，有人在浴池后“噢”地应了一声。我赶紧又往那边一瞧，只见在一片暗淡之中，那个穿坎肩的搓澡人喊了声：“烧啊！”将一块煤投进灶里。关上灶门时，那块煤噼里啪啦燃烧时，将搓澡人的半边脸唰地照亮了。同时，搓澡人背后的砖墙像着了火似的亮起来，穿透了夜幕。我觉得有点恐怖，急忙从窗户跳下，回家去了。

我在回家的路上还边走边想：人们脱掉短外褂，脱掉裤衩，力求平等而变得赤裸裸的。可是，在赤裸裸的人群中，又跳出来一个赤裸裸的豪杰制服了其他人。可见，不管怎么脱得赤裸裸的，也是不可能获得平等的。

回到家一看，天下太平。主人正在用晚餐，刚刚沐浴归来的面庞熠熠发光。看我从檐廊走来，说了句：“这猫儿可真逍遥。这个时间跑到哪儿溜达去啦？”

一看饭桌，别看没什么钱，偏偏摆了两三样菜。其中还有一条烤鱼。我不知道这鱼叫什么名称，但肯定是昨天在东京湾御台场附近被捕获的。我曾说过鱼是健壮的，但是，再怎么健壮，也禁不住被这么又是煎又是煮的。倒不如疾病缠身、苟延残喘更好些。这么想着，我蹲坐在饭桌旁，装作对饭菜似看似不看的样子，以待时机，吃个一星半点的。不会这么装模作样的话，就别想吃到美味的鱼！主人夹了一点鱼吃，露出不大好吃的表情，放下了筷子。坐在主人对面的妻子，也一声不响地观察着主人将筷子举起放下的动作和嘴巴张开闭合的样子。

“喂，你去打那猫的脑袋两下！”主人突然吩咐妻子。

“打它干什么呀？”

“别问干什么了，打它几下！”

“是这样打吗？”妻子用巴掌拍了拍我的头，一点也不疼。

“没叫唤嘛！”

“是啊。”

“再打它几下看看！”

“打几遍，不是都一样吗！”

妻子又用手“啪”地打了我一下，还是不觉得痛，因此我还是听之任之。然而，到底为什么打我，我虽足智多谋，仍然了解不了。假如知道缘由，总会好歹想点办法应付一下的。可是主人光是命令妻子打我，这样一来，不仅打我的女主人稀里糊涂的，挨打的我也莫名其妙。主人一看，两次都不能叫他满意，便有些不耐烦地说：“我说，你得打得它叫唤！”

“让它叫唤干什么？”妻子厌烦地边问边“啪”地打了我一下。

这回我明白主人的意图了，就好办了。原来只要叫一声，就会使主人称心如意的。主人就是这么愚蠢，叫人讨厌。如果为了让我叫，早说不就得啦，既用不着这么三番两次地大费周折，我也可以少受两次罪。除了以打为目的之外，是不该下达“打它两下”的命令的。打，是对方的事；哭，是我的事。主人从一开始就以让我叫为目标，却只命令“打两下”，他以为这命令之中连属于我的自由的叫唤也都包括在内了，真是太不像话了！简直就是不尊重别人的人格！是欺负猫！这种事，若是主人视为蛇蝎而厌恶至极的金田老板，也许能干得出来，而作为自诩两袖清风的主人这么干，可就过于卑鄙了。不过，说实在的，主人并不是那样的小人，因此，主人的这道命令还不能说是因狡猾至极而发出。应该看作是由于智力不足而冒出来的孑孓一般的念头。他大概轻率地断定：吃了饭，肚子肯定会饱；划个口子，肯定会出血；杀人的话，肯定会杀死；按此逻辑，他快速断定：打一巴掌，猫肯定会叫唤的！然而对不起，这可有点不合逻辑。依照他的逻辑，就会得出如下结论：掉进河里，肯定会死；吃炸虾，肯定要泻肚；拿了工资肯定去上班；读书肯定有出息。如此“肯定会怎么样”，有人就会吃不消。假如“打一巴掌肯定会叫唤”的话，我可就麻烦了。如果把我当成目白[1]的报时钟，一敲就响，我可就枉然投生为猫了。我先在内心把主人驳斥一通，然后按照主人心愿，“喵”地叫了一声。

于是，主人问妻子：“刚才叫的‘喵’的一声，是感叹词呢，还是副词呢，你知道吗？”

由于问题提得太唐突，妻子哑然无语。老实说，我也认为主人这样胡搅蛮缠，是因为在澡堂子惹起的火气还没有消下去！本来这位主人在左邻右舍眼里已是个有名的怪人，有人甚至断言他就是个神经病患者。然而，主人的自信可不比寻常。他坚称：“我没有神经病！世上的人才是神经病患者哩！”邻居们都叫主人“狗”，主人则美其名曰“为了维护正义”，叫邻居们“猪”。实际上主人的确是处处想维护正义。真没办法。既然他是这样的人，对妻子提出这么怪异的问题，在主人来说，也许就相当于早饭前的一段小小插曲，但是，从听者的角度来看，就有点像疯人痴话了。因此妻子如堕五里雾中，一句话也说不出，我当然更无从回应。主人马上大声喊道：“喂！”

妻子吓了一跳，赶忙答道：“哎！”

“你这一声‘哎’，是感叹词，还是副词？”

“谁知道什么呀！净问这些荒唐的问题，管它是什么词呢！”

---

[1] 东京地名。

“那怎么行。这可是占据国语（日本语）学者头脑的重大问题哟！”

“哎呀，是吗。是研究猫叫吗？真受不了！可是那猫叫声也不是日语呀！”

“所以说嘛，这正是费解之处啊！这叫作‘比较研究’。”

“是吗？”妻子是个聪明人，不和这种愚蠢的问题纠缠。“那么，到底是什么词，弄清楚了吗？”

“重大问题嘛，哪有那么快就弄清的。”说着，主人将那条鱼吧唧吧唧吃了。顺便又吃起了烤鱼旁边的猪肉炖芋头。

“这是猪肉吧？”

“哎，是猪肉。”

“哼！”主人以极轻蔑的口吻哼了一声，又喝了一大口酒，伸出酒杯说，“再来一杯！”

“今晚你真没少喝啊。已经满脸通红了。”

“当然要喝……你知道世界上最长的单词是什么吗？”

“知道，是前任关白太政大臣吧？”

“那是人名。我说的是最长的单词，你知道吗？”

“词？是横写的洋文吗？”

“嗯。”

“不知道……酒差不多了吧，该吃饭了。好不好？”

“不，还要喝！告诉你最长的单词吧！”

“好，说完就吃饭啊。”

“就是 archaiomelesidonophrunicherata [1] 这个词。”

---

[1] 是古希腊早期喜剧代表作家阿里斯多芬的作品《蜂》的一句台词，意为可爱的人。

“你在胡编吧？”

“怎么是胡编呢？是希腊语。”

“是什么词？翻译成日语的话。”

“意思不知道，只知道怎么拼写。如果写得长些，可达六寸三左右。”

主人能够把其他人在酒桌上的玩笑话，说得一本正经，真乃奇观。不过，今夜主人少见地贪杯。平时的话只喝两盅，而今天已经四杯进肚了。一向只喝两杯他脸就红了，现在多喝了一倍，脸像烧红了的火筷子似的通红，想必很难受了。可他还要喝，伸出酒杯说：“再来一杯！”

妻子怕他喝得太多，就沉着脸说：“不要再喝啦！喝多了会难受。”

“嗯，就算是难受，今后也得学着喝喝。大町桂月[1]就说过：‘喝酒吧！’”

“桂月是什么？”就连著名的桂月，一旦碰上女主人，也一文不值。

“桂月是当代一流的批评家。既然他说‘喝酒吧’，那肯定是有好处！”

“瞎说什么呢！桂月也好，梅月也好，叫人喝酒受罪，多管闲事！”

“他不仅劝人喝酒，还叫人们多交际、爱风流、常旅行哪。”

“那岂不是更可恶吗？那种人还是一流批评家？哎哟，真想不到！竟然劝有老婆孩子的人喝酒玩乐……”

“喝酒玩乐也不坏嘛。即使桂月不劝，只要有钱，说不定我也要干呢。”

---

[1] 大町桂月（1869—1925），近代日本诗人、歌人、随笔家、评论家。本名芳卫，高知县人，终生好酒和旅行，有酒仙、山水开眼之士之称。

“还是没有钱的好啊！你若是今后玩乐起来的话，有你好受的！”

“你若这么说，我就不去玩乐了。不过，条件是：你必须更贤惠地侍候丈夫。而且，晚上要多做些好菜。”

“现在我已经尽了最大努力了。”

“是真的吗？那么，等以后我有了钱再去玩乐吧，今晚的酒就喝到这儿了！”说着主人伸出饭碗。他好像一连吃了三大碗茶泡饭。那天晚上，我吃到了三片猪肉和一个盐烤鱼头。

八

我在介绍跑篱笆墙运动时，就打算把围绕主人家院子的竹篱笆描绘一番的。不过，倘若以为主人的竹篱笆外就是邻居家，比方说南边邻居是个小次郎什么的，那就想错了。房租虽很便宜，但主人家并未和什么"阿与""小次郎"之类带"阿"或"小"的人相隔一墙，结为亲密邻居，此乃苦沙弥先生的独特之处。竹篱外是三四丈宽的空地，空地的尽头并立着五六棵苍郁扁柏，从檐廊望去，不远处是茂密的森林，先生的住所，乃是荒野中的独户人家，有种以无名猫为友，悠然度日的江湖隐士之感怀。

只是那些扁柏并不像我吹嘘的那么茂密，因此，从扁柏空隙中可以轻松望见一所徒有"群鹤馆"之名的廉价民宿的屋顶。因此之故，想象苦沙弥先生的家貌自然不容易。不过既然那家民宿都号称"群鹤馆"的话，那么先生的居所当然不愧对"卧龙窟"的雅号了。反正名称不用上税，我好歹给双方起了貌似高雅的名字。

这三四丈宽的空地，沿着篱笆墙按东西走向十余丈处，忽然拐了个大弯，围住了卧龙窟的北面。这北方即成了被人骚扰的源头。

本来房屋西北两侧都是空地，完全可以自豪地说："走到头一看，还是一片空地。"不要说卧龙窟的主人，即使我这卧龙窟的灵猫，对这片空地也感觉棘手。如同南边那些称霸一方的扁柏一样，北边也排列着七八株梧桐。梧桐已经长到了一尺粗，只要把做木屐的领来，就可以卖个好价钱。然而，租住人家房子的可悲之处就在于，无论怎样打算，也无法付诸行动。我对于主人非常同情。

前些天，中学的一个杂役来砍了一个枝儿去，他再次过来时，便穿上了新做的桐木厚木屐，不打自招地吹嘘这新木屐就是用上次砍的梧桐树枝做的。狡猾的家伙！

这里虽有梧桐树，对于我和主人全家来说，却是不值一文。据说有句古语："怀璧有罪。"[1] 那么，说主人也可以是"守着梧桐受穷"了，即所谓"拿着金碗讨饭吃"。愚蠢的不是主人，也不是我，而是房东传兵卫。梧桐似乎再三催促传兵卫："木屐商没有来吗？"而他却佯作不知，就知道每月来催要房租。我与传兵卫无冤无仇，就不再说他的坏话了，书归正传，介绍一下刚才说的"这块空地是被人骚扰之源头"的趣闻，但诸位绝不可告诉主人，听完就完了。

说到这块空地，最麻烦的是没有围墙。那可是一片任风吹雨打、随意穿行、畅通无阻的空场。如果说"是"，好像在说谎，不太好。其实

[1] 出自《左传·桓公十年》："周谚有之：'匹夫无罪。怀璧其罪。'"即百姓没有罪，因身藏璧玉而获罪。原指财宝能致祸，后比喻因才能等而招祸。

应该说“曾经是”才对。然而，不回溯往昔，就不明原因。原因不明的话，医生也难开处方。因此，我必须从主人乔迁于此处之时开始慢慢道来。

虽说通风极好，夏天凉爽宜人。即便疏于戒备，贫寒之家也不大发生盗案。因此，对于主人家而言，凡是院墙或篱笆、木栅栏，乃至枣刺网之类，应该不需要的。不过，我想，这恐怕要取决于空地对面的住户究竟是些什么样的人或是什么种类的动物了。

总之，为了解决这个问题，必须把盘踞在对面的君子们的品格查清楚。在没有弄清楚他们是人还是动物之前便称之为“君子”，未免太轻率，不过，应该是些君子，不会有错的。本来就是个连盗贼都被尊称为“梁上君子”的社会嘛！只不过，主人家对面的那些君子绝不是给警察添麻烦的君子。虽然不给警察添麻烦，却是人多势众。号称“落云馆”的这所私立中学——是一所为了把八百君子培养得更为君子，每月征收两元学费的学校。如果以为既然名曰“落云馆”，便个个都是文雅的君子，那就大错特错了。其名不副实，犹如“鹤不落群鹤馆”“卧龙窟里只有猫”一般。既然了解号称学者、教师的人们当中竟有我家主人苦沙弥这样的疯子，就可以明白落云馆里的君子也不全是文人骚客了。如果还坚持自己的看法，不妨到主人家来住上三天。

如上所述，主人刚搬来时，那片空地上没有围墙，因此落云馆的君子们像车夫家的老黑似的，大模大样地进入桐树林，聊大天，吃便当，在嫩竹上躺卧……干什么的都有。然后将包饭盒的东西，就是竹皮、破报纸，以及破草鞋、破木屐等，凡是带有“破”字的东西大都抛在这里。凡事粗陋的主人居然不以为然，也不向校方提出抗议，得过且过，不知他是不知道，还是明明知道也不想追究。不过，随着在学校接受的教育日益增多，那些君子渐渐变得像个地道的君子了，开始企图逐步由北向南蚕食了。假如“蚕食”二字与君子之称不大相称，不提也罢。只是找不到其他恰当的词汇。且说这些君子像逐水草而迁徙的沙漠上的游牧民一样，离开桐树林，迁移到扁柏林来了。扁柏就位于主人客厅前面。如非大胆的君子，是不会采取这一行动的。过了一两天后，他们的胆子变得更大了一层，成为“大大胆”了。

再没有比教育的效果更可怕的了。他们不仅逼近了客厅前方，而且在那里唱起歌来。歌名是什么记不得了，但绝不是三十一个字的和歌之类，而是更活泼、更容易入俗人耳的歌。令人吃惊的是：不仅主人，就连我这猫也佩服彼等君子们的才艺，不由得竖起耳朵倾听。不过，读者也清楚，说“佩服”与说“骚扰”，有时是兼而有之的。这二者竟然在此时此刻合二为一，至今回想起来，还感到万般遗憾。主人想必也引以为憾，不得不从书房跑了出去，对他们说：“这儿不是你们进来的地方，出去！”赶了他们两三次。然而，由于他们是些受过教育的人，是不会乖乖听从的，刚被赶走，他们转头又进来了，一进来就唱起欢闹的歌，高声地说话。而且这些君子们说话与众不同，满嘴的“你小子”“去他娘的”，等等。这类语言，据说在明治维新以前，是属于家丁、脚夫、搓澡工之类的行话，然而到了二十世纪，已成为有教养的君子们学习的唯一语言。有人解释说：“这与被一般人所轻视的运动，如今却大受欢迎是一个道理。”

主人又从书房跑了出来，捉住一个最会说“君子语言”的学生，质问他“为什么擅自跑进来？”君子即刻忘记了“你小子”“去他娘的”等高雅的词儿，以极其粗鄙的语言回答：“我以为这里是学校的植物园哩。”主人告诫他下不为例，便放了他。

若说“放了他”，好像放了个小乌龟似的，叫人不解。实际上，主人是揪住君子的衣袖进行谈判的。主人以为，对君子这么严厉训诫一通，他们就不敢来了。殊不知，自从女娲补天以来，常常是事与愿违的，因此主人又一次失败了。君子们这回从北侧横穿院子，从正门出去。由于他们“哐啷”一声打开大门，主人以为是有客人临门，却听到桐树林子那边发出笑声。形势益发不妙了，教育之功效愈加显著了。

可怜的主人自知不是敌手，便回到书房里，给落云馆校长写了一封恭敬有加的书信，恳请稍稍管束一下君子们。校长给主人郑重回函，告知立刻修篱笆，请主人暂且忍耐云云。不多时三四名工匠前来，半日功夫便在主人的宅子与落云馆的分界上修起了三尺高的篱笆墙来。这回可以放心了，主人很高兴。不过，主人毕竟蠢笨。这么低的篱笆墙，怎么可能改变君子的行为呢？

捉弄人毕竟是很有趣的。连我这猫都常常捉弄主人的宝贝女儿玩呢。所以落云馆的君子们捉弄冥顽不灵的苦沙弥先生，也是势在必行的。对此抱不平的，恐怕只有被捉弄的当事人了。

下面解剖一下捉弄人的心理，大凡要具备两个要素：第一，被捉弄的人不能够不以为意；第二，捉弄人的人，无论是在势力上还是在人数上必须优于对方。

近来，主人从动物园回来，常常提起一件使他感受很深的事。原来主人看见了大骆驼和小狗打架。小狗在骆驼周围快如疾风般地转着圈狂吠，骆驼却毫不介意，依然故我地鼓着驼峰，站着不动。任凭小狗怎样叫唤、怎样疯跑，大骆驼也不理睬，最终，小狗厌倦了，不再折腾了。主人笑那骆驼感觉迟钝，但这个例子恰好可以用在此事上。不管多么会捉弄人的人，如果对方像那个骆驼一样，也捉弄不成。反之，如果对方像狮子和老虎一般过于凶猛，也不会成功。因为刚一捉弄，自己就会被咬得七零八碎。只有在没有任何危险的情况下，捉弄人才乐趣多多呢。

一捉弄对方，对方就生气，生气归生气，却对自己无可奈何。为什么说捉弄人有趣呢？理由是多种多样的。首先最适于消磨时光。人在寂寞得无聊时，恨不得想数一下胡须有多少根。传说古代有个被投入牢狱的囚徒，因无聊至极，竟在墙上反复地画三角形，苦熬岁月。

世上再也没有比寂寞更令人难耐的了。假如不找点什么刺激的事，活着也是受罪！

捉弄人，也算是一种人为制造刺激的娱乐。只是，如果不惹得对方恼火，或焦急，或服软，就不称其为刺激。因此，自古以来热衷于捉弄人的只有那些不体谅别人的昏官般无聊透顶的家伙，或是除了让自己开心外，无暇顾及其余的那种幼稚的，且精力多得无处发泄的恶少。

其次，对于想实地验证自己优势的人来说，捉弄人是最简便的方法。当然，杀人、伤人或害人等，也能证明自己的优势，然而，这些都是以杀人、伤人和害人为目的而采取的手段。而证实自己的优势，是实施了这些手段后必然导致的结果罢了。因此，如果一方要想显示自己的势力，又不想使对方受到上述伤害，捉弄人是最合适不过的了。不稍稍加害于人，就不能证明自己了不起。如果没有事实，即使放心，也会觉得无甚乐趣。人是很自恃的，不，不能够自恃的时候也想要自恃。因此，他们一定要对别人具体表现一下他们就是这么自恃的人，如此才可以安心，否则，便不肯罢休。而且，那些不明事理的俗物，以及缺乏自信或沉不住气的人，便利用一切机会，以求稳操胜券，这和会柔道的人总想摔倒对方是一码事。柔道不怎么地的家伙总是怀着险恶居心在街头转悠，以便碰上一个比自己弱的对手，哪怕交一次手也好，即便对方是不会柔道的人，也一定要摔倒他，他们这么做也同样是为了这个目的。

此外还有各种各样的原因，但说来话长，就此略去。如果还想听，就带上一盒子鱼干来向我请教，随时可以传授。

参照上面所述，推论一下。依我之见，山里的猴子和学校的教师，是最合适的捉弄对象。拿学校教师比喻山猴，的确不合算——不是对猴子而言，而是对教师来说不合算。然而，既然二者如此相似，有什么办法！

众所周知，山里的猴子被锁链拴着，无论怎么龇牙咧嘴，张牙舞爪，也不用担心被它们抓到。教师虽然没有被锁链拴着，却被月薪捆着。所以随你怎样捉弄都不要紧，他们绝对不会辞了职去打学生。假如他们是有勇气辞职的人，当初就不会去当那孩子王的。我家主人是教师。他虽然不是落云馆的教师，毕竟也是教师。自然是最最适合、最最容易、最最保险的捉弄对象。落云馆的学生都是少年，由于捉弄人可以满足他们的虚荣心，以至于认为捉弄人是作为教育的成果，自己应该享有的正当权利。不仅如此，他们是一些假如不捉弄人，便不知如何处置那充满活力的四肢和头脑，来熬过漫长的课余时间的小坏蛋。这些条件都具备了的话，主人自然要被捉弄，学生自然要捉弄他，不论叫谁说，都是无可厚非的事。主人对此发怒，恐怕是迂腐至极，愚蠢透顶吧！下面谨将落云馆学生如何捉弄我家主人，我家主人对此又如何愚不可及疲于应对的，一一描述下来，请您欣赏。

列位都知道“方格篱笆”是什么样的吧。就是通风好的简易篱笆，我们猫可以自由自在地从篱笆眼里出入。修了篱笆也和没有修那个篱笆差不多是一回事。然而，落云馆的校长并不是为了我们猫才修了方格篱笆，而是为了防止自己培养的君子钻进钻出，才特请工匠来搭建起来的。不但通风良好，人也不可能钻进来。要想从这种用竹子编成的四寸见方的格子钻进来，纵使大清国的魔术师张世尊，也束手无策。因此，这道篱笆对于人来说，肯定会充分发挥其功能的。主人一看修起了这道篱笆墙，以为从此天下便太平了。他这么高兴也不无道理。然而，主人的理论却有着很大的漏洞，这漏洞比方格窟窿眼儿的漏洞更大，是个连吞舟之鱼都能溜掉的大漏洞。主人的逻辑是从“篱笆墙不可逾越”这一假定出发的。按他的逻辑，既然身为学生，不论怎样粗陋的篱笆墙，只要起名之为墙，划定了区域的分界线，就不用担心他们会擅自闯入。接着，主人又暂且推翻这一假定，做出了即使有人擅自闯入也不要紧的论断。因为不论多么小的毛孩子也没有可能从格子眼里钻进来，所以立刻得出结论：“绝无闯入之忧。”不错，只要他们不是猫，就不可能从篱笆的方格眼里钻入，想钻也办不到。但是，如果反过来，跳过来却不需要费吹灰之力，反而变成了一种运动，而让他们乐此不疲。

从修起了篱笆的第二天开始，君子们就和未修篱笆前一样，扑通扑通地跳进北侧的空地来了。只是他们不再深入到客厅的正面来了。因为假如遭遇追赶，要逃跑的话，需要一点时间，因此，他们将逃跑所需的时间计算在内，只是在没有被活捉的危险的地方游玩。他们究竟在那里干些什么，待在东厢房里的主人自然是看不到的。若想知道他们在北侧空地上的活动，必须打开栅栏门，从相反的方向绕个大直角去看，或是从茅房的窗户，透过篱笆墙才能看到。从窗户往外看，可以将那里发生的一切一览无余，不过，无论看到了多少敌人，也不好捉拿，只能从窗户里呵斥几声。假如从栅栏门处迂回，突袭敌阵的话，那么，不等你去抓，他们早已听到脚步声，一溜烟翻出篱笆外面去了。恰似偷猎渔船驶向海狗正在晒太阳的地方一样。

主人当然不会在茅房里盯着他们，也无意开着栏栅，一旦听到动静便立刻奔出。假如真想这么干，除非辞掉教员职务，专门干这个，否则是追不上的。要说主人的不利之处是：在书房里，只能闻敌人之声，不能见其人，而在茅房的窗前，则只能见其人，却抓不到他们。识破了主人的这些不利条件的敌人，采取了如下的战略：当他们侦察到主人闷坐书房时，便尽可能地哇啦哇啦地高声叫嚷，其中还夹杂着指桑骂槐的话，来刺激主人。而且那发声之处很不确定，乍一听来，很难判断他们到底是在篱笆以内叫嚷，还是在篱笆墙外吵闹。一旦主人出来，他们或是早已逃之夭夭，或是仿佛一直在竹篱外似的，装得没事人似的。还有主人进入茅房时（我从前文便频频使用“茅房”这一肮脏字眼儿，并非我多么引以为荣。老实说，只因为叙述这场战争的需要，才不得已而为之，恕我冒昧）——也就是说，当他们看见主人进入茅房时，定会在桐树一带转悠，故意让主人看见。假如主人从茅房里发出响彻四邻的怒喝，敌人也毫不惊慌，从容地退回根据地去。敌人一采取这种战术，主人就非常被动了。当他认为敌人确已侵入时，便操起文明杖跑出去，却看不到一个人，静悄悄的。然而以为没有人来，从茅房窗子往外一看，肯定会有一两个学生进来了。主人忽而绕到后院去瞧看，忽而从茅房里观察动静，这样反反复复，去看多少次还是一样结果。可怜他仍旧不断地重复着，所谓“疲于奔命”，指的就是主人这种状况。主人怒火中烧，有点搞不清自己究竟是以教师为业呢，还是靠战争为生了。就在主人恼火到了极点时，惹出了下面的风波。

风波大抵因上火而引起。“上火”，顾名思义，就是火往上攻。关于这一点，不论是盖伦[1]，还是帕拉塞尔苏斯[2]，甚至是扁鹊，全都没有

[1] 盖伦（Galen，129—199），是古罗马时期最著名、最有影响的医学大师，他被认为是仅次于希波克拉底（Hippocrates）的第二个医学权威。盖伦是最著名的医生和解剖学家。他一生专心致力于医疗实践解剖研究、写作和各类学术活动。

[2] 帕拉塞尔苏斯（1493—1541），原名冯·霍恩海姆。文艺复兴初期的瑞士医学家、炼金术士。

异议。只是火攻何处，是问题所在。还有就是什么火往上攻，也是争论的焦点。据古时欧洲人的传说，人体内有四种液体在循环。第一种叫作“怒液”，它若上升，人就会大发雷霆；第二种是“钝液”，它一上升，神经就会迟钝；第三种是“忧液”，它使人抑郁；最后一种是“血液”，它使人四肢强壮。传说随着人类进化，怒液、钝液、忧液不知不觉地消失，如今只剩下血液依然在人体内循环。因此，如果有人“上火”，除了血液，不会有其他的。然而，这血液的数量因人而异。虽然由于性格不同而稍有增减，但大抵每个人的血量有二点七公升左右。据此，二点七公升的血液一旦倒流，那么，只有血到之处才热血沸腾，其他局部则因缺血而变得冰凉。这好比交警派出所失火之际，警察们齐聚警察局，街上连一个警察的影子都看不见。这在医学上，就叫作“警察上火”。那么，要想治好上火这种病，就必须使血液像从前一样均匀地分配于全身。为此，必须将上攻之火退下去。退火的方法有很多种。据说主人的先人等，曾用湿毛巾敷于额头，去烤火盆。正如《伤寒论》中所说“头寒足热，乃益寿祛灾之兆”的那样，敷湿毛巾作为延年益寿法，是一日也不可缺少的。如不想用此法，可试一下和尚惯用的方法，据说：“居无定所的沙弥，云游四方的行僧，必眠于树下石上。”所谓眠于树下石上，并非为了苦苦修行，完全是禅宗六祖为了消去火气，边舂米边想出的秘法。不信请试着坐在石头上看看，自然感觉臀部发凉吧？臀部一凉，火气便下降，这也是自然规律，毫无质疑之余地。如此这般采取种种手段除火的妙策已然发明了不少，但至今仍未想出引发上火的良方，令人遗憾。一般说来，“上火”是有害无益的现象，但有些时候，还不能把结论下得太早。对有的职业而言，上火就十分重要；如不上火，便一事无成。其中最看重上火的就是诗人。诗人之需要火气，犹如轮船之不可无煤。

哪怕停止一天供火，诗人就沦落为除了拱手进餐，别无所能的凡夫俗子。诚然，上火即是发疯的别名。不发疯，就支撑不住家业，名声不好听。因此，诗人们之间不以“上火”称之，不约而同地称之为“灵感”，煞有介事的。这是他们为了蒙骗世人而制造的名字。其实，就是上火。柏拉图给那些诗人帮腔，把诗人上火称为“神圣的疯狂”。然而，再怎么神圣，既然是“疯狂”，人们就不会与他们为伍。因此，还是像新发明的药名那样，称之为灵感，诗人们觉得更好听些吧。但是，如同鱼糕的原料是山药，观音菩萨像的材料是一寸八的朽木，鸭丝面里是乌鸦肉，民宿里吃的牛肉锅里是马肉一样，而灵感，实质上就是上火。所谓上火，就是暂时发疯，不被送进巢鸭[1]疯人院，就因为只是临时性的发疯。不过，制造临时性发疯十分困难。让人一辈子癫狂，反倒容易些，而只是在执笔写字时发疯，不论多么高明的神佛，使出浑身解数，也很难制造出来的。既然神都造不了，只好自力更生了。因此，从古至今，上火术和消火术同样使学者们大伤脑筋。有的人为了获得灵感，每天吃十二个涩柿子。这是基于如此逻辑：吃了涩柿子就会便秘，一便秘就会使火往上攻。还有的人拿着烫热的酒壶，跳进极烫的澡堂池子。因为他们认为在热水里饮酒，肯定会火气上升。据此人说，他坚信如果这样还不上火，只要将葡萄酒烧开，跳进去，保管立刻见效。可惜的是，此人因为没有钱，终于事未竟而身先死，天可怜见！

最后，还有人想到，如果模仿古人，也许能激起灵感。这是应用了模仿某人的表情举止，心理状态也会与某人相似起来的学说。假如像个醉鬼那样胡话连篇，那么不知不觉地也会变得像醉酒人一样的心情了。

[1] 巢鸭位于东京都丰岛区东部。

假如模仿坐禅，只要坚持一炷香的工夫，就会感觉自己俨然成了和尚。因此，如果模仿古代有灵感的大家名作，肯定会激情迸发的。传说雨果[1]曾躺在一艘快艇上构思过作品，因此，只要躺在船上凝望苍穹，保证会上火的。又传说史蒂文森[2]趴着写小说，因此，只要是趴着写字，一定会血往上涌，头脑发热的。诸如此类，各种各样的人，想出了各种各样的办法，却没有一个人获得成功。主要是因为，如今人为的激情已经成为不可能的事了。虽然很遗憾，却无可奈何。毫无疑问，早晚有一天，随心所欲激发灵感的时机一定会到来。我为了人类文明，期盼这一天早日降临。

我估计关于上火的阐述，说这么多足够了，所以下文将开始叙述事件的过程。不过，任何大事件发生之前，一定会发生小风波。只谈大事而忽略小事，是自古以来的史学家们常犯的毛病。我家主人的上火，也是每当碰上小风波，就激烈一步，终于引发大乱子。鉴于此缘故，如不按事物的发展顺序一一道来，就难以理解主人究竟是怎样上火的。难以理解的话，主人上火就落个徒有其名，说不定世人会瞧不起他，说："不至于那样吧？"主人好容易上一次火，如果不被人们称道是"绝妙的上火"，岂不太丧气了吗？下述各事件不论大小，对于主人来说，都不算光彩之事。既然事件本身不大光彩，至少上火之行为是地地道道的上火，绝不逊色于他人，这一点必须事先说清楚。主人在别的方面，没有什么值得夸口的，假如连上火都不吹嘘一番，我就再也没有什么可以为主人

[1] 雨果（1802—1885），法国著名的积极浪漫主义作家，浪漫派的领袖，作品有小说《巴黎圣母院》《悲惨世界》等。

[2] 史蒂文森（1850—1894），英国小说家。他对宝藏、海盗和海洋冒险故事感兴趣，同时对于人性心理也有深刻的了解。主要作品有小说《金银岛》《化身博士》《诱拐》等。

大书特书的题材了。

聚在落云馆的敌军近日发明了一种达姆弹[1]，在课间十分钟休息或放学后，就冲着北方的空地拼命开炮。那达姆弹通称为球，是拿着一根类似特大研磨棒的家伙，任意把球打向敌阵的一种玩法。纵然是什么达姆，因为是从落云馆的运动场发射过来的，自然不可能射中躲在书房里的我家主人。即使敌人，也并非不知道射程太远，然而，这正是其战略战术之所在，那么，落在空地上的虽说是球，也不会没有效果的。更何况每发一炮，全军便一齐发出“嗷”的一声惊天动地的恐吓之声！主人受到惊吓，手脚里流通的血液不得不收缩。烦闷至极，缩成一堆无处可去的血液自然要倒流。敌人的计策可谓十分巧妙。

据说古希腊有个名叫埃斯库罗斯的作家，此人拥有一个学者和作家共通的脑袋。我所说的学者和作家共通的脑袋，就是秃头的意思。要问为什么头秃了呢？一定是因为头部营养不良，缺乏生长头发的足够活力。学者和作家大抵都是用脑最多的人，而且很穷。因此，学者和作家的头发都因营养不良而光秃秃的。

且说，伊索克拉底[2]也是一名作家，自然也要秃头的。他有着一颗光溜溜的金橘头。可是，有一天，这位先生照例摇晃着那个秃头（脑袋不像身体那样既不用穿礼服也不用穿家居服，所以当然还是那个秃头了），在阳光的照射下，走在长街上。这便是给他带来灾难的根源。秃头辉映着日光，远远看去，油光闪亮。树大招风，光头也会招点什么的。此时，伊索克拉底斯头上方盘旋着一只老鹰，利爪上还抓着一只不知在

---

[1] 达姆弹（Dumdum bullet），19 世纪，在位于英属印度达姆的兵工厂制造的子弹总称。

[2] 伊索克拉底（前 436—前 338），古希腊教育家、修辞家。

什么地方捉的乌龟。乌龟、甲鱼之类自然属于美味，可是自古希腊时代开始，它们就披上了坚硬的甲壳。有这么一层硬盖，不管如何美味，也难以下嘴。带皮烤大虾倒是有的，而带壳炖小乌龟，至今还不曾有过，因此当年，肯定更是不会有的了。

就连那凶猛的老鹰都拿乌龟没有办法，这时忽见远远的下方有个闪闪发光的东西，老鹰心想：有办法了！如果将小乌龟往闪亮的地方一摔，乌龟壳一定会撞得粉碎。碎了之后，我再落下来吃乌龟肉，就易如反掌了。对呀，对呀，老鹰想到这儿，锁定目标，把小乌龟从空中不容分说地向下面的秃头砸了下去。可怜那作家的脑壳哪里比得了乌龟壳那么硬，结果被砸了个稀巴烂，著名的伊索克拉底便就此悲惨地丢了命。这个先不提，令人难以理解的是老鹰的居心。它究竟是明知那是作家的头才摔下乌龟的呢，还是误以为是光石头才摔下的？因解答不同，既可以拿老鹰和落云馆的学生们相比，也可以说不能相比。

主人的头虽然不像伊索克拉底或那些鼎鼎大名的学者般闪闪发亮，但是，毕竟一人独占了这间只有六铺席大的房间，号称书房，一边犯瞌睡，还一边埋头于玄奥的书本，就应该把他看作学者或作家的同行。如此说来，主人的头之所以没秃，是因为他还没有取得秃头的资格。“不久也要秃的。”就是即将降临主人脑袋的命运吧！看来落云馆的学生们以主人的头为目标，集中炮轰达姆弹，不能不说是极合时宜的战术。假如敌人的“行动”持续两个星期的话，主人的头必然由于恐惧和烦闷而出现营养不良，变成金橘、茶壶或铜壶的吧。如果再连续吃两周的炮弹的话，金橘也会粉碎，茶壶也会漏水，铜壶也会裂缝的。连这显而易见的结局都不去预测，却煞费苦心地和敌人决一死战的，只有苦沙弥先生本人了。

一天下午，我照例在檐廊上睡午觉，梦见我变成了一只老虎，叫主人给我拿鸡肉来。主人答应了一声，便战战兢兢地拿来了鸡肉。

迷亭先生也来了。我对迷亭说："我想吃大雁肉，你去大雁火锅店要一份大雁肉来！"迷亭像往常一样耍起了贫嘴："把酱菜和咸煎饼掺和起来吃，就是雁肉味。"

我张开大口，吼了一声，吓唬他。迷亭脸都吓白了，说："山下做雁肉的火锅店已经关门了，这可如何是好？"

我说："那就将就着吃点牛肉吧。你快到西川肉铺去买一斤牛里脊肉来！不快去快回，先把你吃了。"

于是迷亭掖起后衣襟跑出去了。我因体格突然变大，所以一躺下，就占据了整个檐廊。正等待迷亭回来，突然屋内发出一声巨响，还没等享用到牛肉呢，美梦却醒了。

只见刚才还一直唯唯诺诺地匍匐在我面前的主人，竟然从茅房里跑了出来，使劲踢了我的肚子一脚，我正纳闷儿呢，他已经趿拉着木屐从栅栏门绕过去，向落云馆方向跑去了。我一下子由老虎缩小为猫，既有些难为情，又有点好笑。但是，由于主人气势汹汹，小腹被踢得疼痛，变成老虎的事，马上就忘得干干净净了。再加上，主人终于出马和敌人交战了。太有看头了！所以，我忍痛跟在主人后面，去了后门。与此同时，只听主人怒声喝道："强盗！"我看见一个戴学生帽的十八九岁的壮小伙正在翻越篱笆墙。"啊，他跑不掉了！"我正这么想着，那个戴学生帽的小子撒开腿，像飞毛腿韦驮天[1]似的跑回根据地去了。主人以为大骂"强盗"功效卓著，便继续高喊着"强盗"，继续追击。然而，想要追上敌人，主人必须跳过篱笆。如果追得过远，主人自身也就成了强盗。

[1] 韦驮天，飞毛腿护法神。

如上所述，主人是个出色的上火行家。他似乎以为既然乘势追击贼寇，那么宁肯老夫自身沦为贼寇，也要追下去的。因此，毫无收兵之意，一直冲到篱笆根下。再前进一步，主人就进入强盗的领地了。就在这千钧一发之际，一个蓄着稀疏小胡的将军从敌军中大摇大摆地走出了队列。于是，二人以篱笆为界进行谈判。仔细一听，原来是如下无聊的争辩：

“他是我校的学生！”

“作为一个学生，为什么擅自闯进他人的住宅？”

“哪里，刚才是不小心，把球打进去了。”

“为什么不先打声招呼，再进来拿球？”

“今后让他们注意。”

“那就好！”

本以为将会出现龙争虎斗的壮观对决，却这样以散文式的谈判平和而迅速地了结了。主人怒发冲冠不过是虚张声势，一旦交锋，总是这样收场。很像我从梦中的老虎一下子还原为现实的猫一样。我所说的“小风波”，即是如此。小风波既已交代完毕，按着顺序，该述说大事件了。

主人敞着客厅的隔扇，趴在铺席上思索着什么。大约是在思考对敌防御之策吧！落云馆好像正在上课，运动场上出奇地安静，唯有校舍的某教室里正在上伦理课的声音听得非常真切。那响亮的声音、振振有词的口气，正是昨日从敌营出马，跟主人谈判的那位将军。

“……所以说，公德非常重要。到了西洋一看，不论是法国、德国还是英国，没有一个国家不讲公德。而且，不论多么下层的人，也没有一个人不重视公德。多么可悲呀！在我们日本，在这一点上，还不能与其他国家抗衡。你们当中也许有人以为，公德是新近从外国输入的呢。其实，这种想法大谬不然。古人云：‘夫子之道，一以贯之，忠恕而已矣。’其中的‘恕’字，正是‘公德’一词的出处。我也是人，有时非常想放开喉咙唱首歌什么的，可是，我读书时，如果听到邻室的人在高歌，怎么也读不下去书了，这是我的性格。因此，每当我觉得高声吟咏《唐诗选》才开心时，心里便想：假如隔壁住的也是个像我一样怕吵闹的人，那么不知不觉地打搅人家的话，那就太惭愧了。这样一想，我每次都是克制自己的。因此，大家也应尽量遵守公德。假如自己觉得那是影响别人的事，就决不要做……”

主人一直侧耳偷听老师讲课。听到这里，不禁吃吃一笑。这里有必要对主人窃笑的含意稍作说明。如果是讽刺家读了这段文字，一定认为这窃笑中包含着冷嘲的成分。然而，主人绝不是心地那么坏的人，与其心地坏，莫如说他是个智力不太发达的人。若问主人为什么笑？完全是因为高兴才笑的。既然伦理学老师进行了这么一番谆谆教诲，今后肯定会永远免于遭受达姆弹的乱轰了。暂时脑袋可以不秃了。上火的毛病尽管不能立刻根除，但时机一到，总会逐渐康复的！估计不头蒙湿手巾、烤暖炉、不睡在树下石上，也不会有事的，因此才吃吃地笑了。即使二十世纪的今天，主人依然天真地认为“借债一定会还的”。那么，他认真倾听老师讲课，也就理所当然了。

不多时，好像是下课时间到了，讲课声戛然而止。其他教室也都同时下课。于是，一直被密闭在室内的八百学生哇哇地喊叫着，冲出校舍，其势头宛如推翻了一尺大的马蜂窝，嗡嗡、哇哇的声音从所有的门窗，凡是开口的地方，肆无忌惮、争先恐后地飞出来。这便是一场大乱的开端。

先从“马蜂”的阵地开始讲述。假如有人说这等战争何谈什么阵地，那他就错了。一般人谈到战争，就马上想到沙河、奉天、旅顺之类，以为除此之外再无其他战争了。至于那些粗知文史的野蛮人，喜欢联想起诸如阿喀琉斯[1]拖着赫克托尔的尸体在特洛伊绕城三圈，或是燕人张飞立于长坂桥头，端着丈八长矛，喝退曹兵百万等夸张场面。你怎么联想是你的自由，然而，倘若认为除此之外都不算是站着就不合适了。

只是在远古蒙昧时期，或许进行过那种荒唐的战争。然而，在如今的太平盛世，在大日本国都城的中心，那种野蛮行径已属于难得一见的奇迹。无论学生们怎样捣乱，也不可能超出火烧警察署的程度。如此看来，卧龙窟主人苦沙弥先生和落云馆的八百健儿之间的战争，列为东京都有史以来大战之一也名副其实。左丘明[2]写鄢陵之战[3]时，也是先从敌军的排兵布阵着笔。自古以来善于讲故事的作者通常会采取这种笔法。因此，我首先从“马蜂”——敌军的布阵开始讲述，也就无可厚非了吧！

因此，首先观察了一下敌营的布阵，但见篱笆墙外已然排好了一列纵队，他们的任务好像是引诱我的主人进入战线之内。然后，这个纵队全体发出呐喊：“他还不投降？”“没投降，没投降。”“不管用，不管用。”“他不出来。”“球没掉进去吧？”“不可能掉不进去的。”“叫两声让他听听！”“汪、汪、汪！”“汪、汪、汪……”

纵队右侧不远处的操场上，火炮队选了个有利地形作为阵地。一名将领手握大号研磨棒，面对卧龙窟待命，他对面隔了三丈的地方还站着一个人；拿研磨棒的后面也有一个人，面对着卧龙窟站得笔直。如此呈一条直线，相向而立的是炮手。听人家说，这是在练习打棒球，绝不是

[1] 阿喀琉斯，一个半人半神的英雄。是海洋女神忒提斯（Thetis）和凡人英雄珀琉斯（Peleus）所生。他参加了特洛伊战争，使希腊联军转败为胜。

[2] 左丘明（约前502—约前451），中国春秋时史学家，鲁国太史，双目失明，相传著有《左传》（或称《左氏春秋》）。

[3] 鄢陵，春秋时郾国属地，今隶属于河南许昌市。公元前575年，晋军大败楚军于此，史称“鄢陵之战”。

准备战斗。我是个文盲猫，不知棒球为何物。不过，据悉这是一种从美国引进的游戏，在当今日本中学以上的学校里，是最时髦的体育运动。美国是个最喜欢制造些异想天开的事情的国家，所以，才会如此热情地非要把这种极容易被误认为是炮弹，扰得四邻不安的游戏教给日本吧！不然就是美国人真的把这玩意儿当成一种运动游戏了？可是，就连纯粹的游戏都具有如此惊扰四邻的力量，那么，使用得当的话，自然可以充分发挥炮弹的作用了。据我的猫眼观察，只能认为美国人是想利用运动之术，收到炮击之功。凡事都看怎么说，说有理就有理。既然有人借慈善之名，进行欺骗；既然有人号称上火是灵感，而引以为豪，那么，难保不在玩棒球这种游戏的名目下打起仗来。那人说的大概是人们所知道的一般的棒球，而我上面讲述的炮战，却是只有这种特殊场合才能看到的棒球，即作为攻城大炮使用的武器。

下面再介绍一下达姆弹的发射方法。一字排开的三个炮兵中，一人右手握着达姆弹，向拿大棒的人投去。达姆弹是用什么做的，局外人不得而知。它就像用皮革给一个坚硬的石球缝了一层皮似的东西。这炮弹脱离了炮手的手心，飞速地飞了出去。站在对面的人吃力地挥起那根研磨棒，将炮弹击回。有时打不中，炮弹会飞过去，但一般情况下都能砰的一声将炮弹打回去。那炮弹的冲力相当厉害，可以轻而易举地击破患神经性胃炎的我家主人的脑壳。

按说几个炮手这么打来打去已经足够威慑主人了，而周围还云集着起哄兼援兵的人。每当木棒“砰”的一声打中圆球，他们便啪唧啪唧鼓掌，七嘴八舌地大喊：“好哇，好哇！”“打中了吧？”“这还不服输吗？”“不害怕吗？”“投降吗？”

如果仅仅这样，还没有什么。问题是被打回去的炮弹，三发必有一发飞进卧龙窟院内。因为如果炮弹不飞进主人家里，便没有射中攻击的目标。近来虽然各地都在制造达姆弹，但价格仍然很贵，所以即便是战争，也不大可能获得充足的供给。大体上一个炮队发给一个或者两个，不能够砰的一声把那么贵重的炮弹消费掉。为此，他们又增设一队“捡球”人马，负责将炮弹拾回来。球落的地点好的话，拾球倒也不费力气，一旦落在草地或人家院子里，就不那么容易拾回来了。因此，平日的话，为了捡球省力，都是把球打向容易拾到的地方，而在此场合，则必须相反。因为打球不是为了游戏，而是打仗，所以，他们故意让达姆弹飞进主人的院落。既然将球打入了院内，势必要进院拾球。进院最简便的办法就是翻过方格篱笆，只要他们在方格篱笆之内闹腾，主人就一定会发火，跑出来的。不然，就得卸甲投降的，或因被骚扰而烦恼过度，脑袋肯定会越来越秃的。

刚才敌军发出的那一炮，准确无误地穿过方格篱笆，打落桐树的叶子，命中第二道城墙——竹篱。声音很大。牛顿的运动定律第一条曰：如无外力影响，一旦飞出的物体会以平均速度直线运行。假如那棒球的运行只受这一条定律的约束，那么，主人的脑袋，此时此刻已遭到和伊索克拉底斯同样的命运了。幸而牛顿在发布了第一定律的同时，又提出了第二定律，这才使主人的头在危急关头保住一命。牛顿的运动第二定律曰：“运动的变化与所受之外力成正比，但这一外力要发生在直线运行的方向。”究竟说的是些什么意思，有点费解，不过，那达姆弹穿过竹篱后，并不曾撞破纸隔扇，砸碎到人的脑袋，可见，肯定是受到了牛顿的庇护。

过不多时，我果然感觉有敌人跳进院内，拿着棒子到处敲打着竹叶，一边说：“是这儿吧？”“再靠左些？”……每当敌军跳进院来拾抬达姆弹，必定会大喊大叫。悄悄地进来，悄悄地拾球，就达不到这么激怒主人的重大目的了。达姆弹可能也宝贵，但捉弄主人远比达姆弹更重要。这种时候，远远就可以看清楚达姆弹落在什么地方。听得清达姆弹撞击竹篱笆墙的声音，知道击中的地方，而且也知道球掉落在哪里。因此，如果他们想悄悄地拾弹，完全不是问题。按莱布尼茨[1]的定义："空间标志着能够同时存在的秩序。"五十音图歌总是按照同样顺序排列。柳树之下，必有泥鳅；蝙蝠常与弯月搭配。至于墙根与球，或许不大协调。然而在天天往别人院内投球的人眼里，已经习惯于如此排列的空间。也就是说，应该是一眼就知道球在哪里，却搞得这般喧闹，显而易见是向主人挑战的策略。

既然到了如此程度，主人再怎么消极，也非应战不可了。刚才在房间里听了老师讲伦理课后喜笑颜开的主人，此时奋然站起，猛然跑了出去，突然活捉了一名敌兵。对主人来说，真是极大的胜利。虽说是胜利，可一看，原来是个十四五岁的孩子，作为长了胡子的主人之敌，未免不相称。然而，主人也许觉得已经足够了。他把一再道歉的孩子硬拉到檐廊跟前。

在此有必要对敌人的战术说明一下。敌军看到主人昨天的咄咄逼人的气势，估计他今天也一定会亲自出马。到时候，万一来不及逃走，被抓个大孩子，事情就搞砸了，所以不如派个一二年级的孩子去拾球更能躲避风险。就算小孩被主人抓住，唠唠叨叨地讲道理，也无损于落云馆的名声，只会成为大人欺负小孩子的主人的耻辱。敌人的想法就是这样

[1] 莱布尼茨（1646—1716），德国最重要的自然科学家、数学家、物理学家、历史学家和理性主义哲学家，和牛顿并称为微积分的创始人。此句原见《历史的批评的辞典》。

的。这是普通人的想法，是颇有其道理的。只是敌人忽略了对手不是个寻常人这一事实。倘若主人稍稍具备一点常识，昨天就不会追赶坏小子们。上火，会将普通人提升为超越普通人的高度，将没有常识的想法赋予有常识的人。当人们分得清女人、小孩、车夫、马夫的时候，还不足以让人以“上火”炫耀于人。假如不是像主人那样居然到了活捉一个柔弱中学一年级学生当作战争人质的程度，是不可能跻身上火家之列的。可怜的是俘虏。只不过遵照高年级学生的命令充当了拾球的勤杂兵，而不幸被不正常的敌将、上火的天才穷追猛打，来不及跳墙便被拖到庭前。如此一来，敌兵不能眼睁睁地看着自己的战友受辱了。他们争先恐后地翻过方格篱笆，从木栅门闯进院子来。人数约有一打，在主人面前站了一排。大都没有穿上衣或背心，有的穿着白衬衫，挽着袖子，抱着胳膊。有的光着脊梁，只将旧绒衣披在肩头。还有个时髦的家伙，穿着一件镶着黑边白帆布上衣，前胸绣有黑色花纹。他们个个都像以一当十的猛将，肤色黝黑，肌肉发达，大有“吾乃丹波国好汉，昨夜来自笹山也[1]”的气势。把这些人送进中学，叫他们学习，实在可惜了。假如叫他们去做渔夫或水手的话，多半更有利于国家的吧！这些人不约而同地光着脚穿鞋，裤腿挽得高高的，仿佛要去附近救火似的。他们在主人面前列队而立，不发一言。主人也不开口。一时间双方怒目对视，目光中颇有几分杀气。

“尔等是强盗吗？”主人气势汹汹地质问道。犹如用槽牙咬碎的摔炮，从鼻孔蹦了出来，使得鼻翅猛烈地煽动。越后地区狮子的鼻子，恐怕就是照着人们发怒时的模样做出来的。否则的话，不可能造得那么

[1] 丹波国，日本古国名，今京都府及兵陈县一部分。 山，在古丹波国境内。从 山来，就成为山野莽夫的代名词。

吓人。

“不，我不是强盗，是落云馆的学生！”

“胡说！落云馆的学生，怎么会擅自侵入他人住宅？”

“可是，我戴的是有校徽的帽子呀！”

“是冒充的吧？既是落云馆的学生，为什么擅自侵入？”

“是因为球飞进来了。”

“为什么让球飞进来啊？”

“不小心飞进去的。”

“没教养的家伙！”

“以后一定注意，这一回就饶了我吧！”

“来历不明的人翻墙闯进家里，怎么可能轻易放走？”

“可是我就是落云馆的学生，没错的。”

“既是落云馆的学生，是几年级？”

“三年级。”

“是真的吗？”

“是的。”

主人回头朝屋里喊道：“喂，来个人哪！”

埼玉县出生的女仆拉开纸格门，探出头来，应了一声。

“到落云馆去找个人来！”

“找谁来？”

“谁都行，给我找一个来！”

女仆虽然答应了一声“是”，但是，看到院子里情况不大正常，不明白出使的目的，加上觉得整个事件的经过十分可笑，所以她既不站起来，也不坐下，只是嘻嘻地笑着。主人却想打它一场大战，充分发挥一下上火的本事。在这关键时刻，自己的用人当然应该站在主子一边，可她不但不严肃对待，反而边听吩咐边吃吃地笑，这使主人越发遏制不住上火了。

“不是告诉你了吗，谁都行，找一个人来！你听不懂吗？管他是校长，还是干事，还是教导主任……”

“那个，是把校长先生……”女仆只知道校长这个词。

“不是告诉你校长、干事，还是教导主任都行吗，听不懂吗？”

“若是都不在，叫个校工来也行吗？”

“胡说！杂役懂什么！”

事已至此，女仆大概是明白不得不去了，便答应了一声，出去了。然而，对于出使的目的仍然摸不清。主人正担心，女仆只会叫来个校工，不料，刚才讲伦理学的老师从正门走进来了。等他坦然落座后，主人便开始了谈判。

“适才这些小子擅入敝宅……”开头半句用的是《忠臣藏》里的古文道白，忽而又改为略带讥讽地说了后半句，“确实是贵校的学生吧？”

伦理课教师毫无吃惊之色，泰然自若地扫视了一圈站在庭前的勇士们，又将眼珠收回，看着主人，做了如下答辩。

“是的，都是敝校学生。我们一直教育学生遵守礼仪，不要做出此类事情……可他们总是不听话……你们为什么跳过墙来？”

学生毕竟是学生，他们好像面对伦理课老师没有什么话说，谁也不开口，都老老实实地挤在院落一隅，犹如羊群遇上了大雪。

主人说：“球飞了进来也是难免的事。既然住在学校旁边，就会不时地有球飞进院里来的！不过……他们太不像话了。即使翻过墙来，悄悄地把球拾去，还可以原谅的嘛……”

“所言极是。敝校尽管一再告诫，无奈学生人多……那么今后一定要注意啊。如果球飞进了院子，必须绕到正门，跟人家打个招呼再进去拾球。听见了吗？……学校太大，叫人操不完的心，没办法。不过，运动是必须要有的，实在禁止不得的。可是一允许运动，就会惹出这样的麻烦来。这一点，无论如何请多多原谅。今后一定从正门进院，打个招呼后再进去拾球。”

“好了，你这么通情达理，什么都好说。无论扔进来多少球都不要紧的。只要从正门进来，说一声，就可以了。那么，这个学生交给你，劳烦你带他回去吧！有劳你跑了一趟，抱歉！抱歉！”

主人的态度照例是虎头蛇尾，不了了之。伦理课老师带着丹波国的笹山好汉从正门撤回了落云馆。

我所说的“大事件”，至此暂且告一段落。如果有人耻笑：“这算得上什么大事件？”任你笑好了。我只能说，对于这样的人来说当然不是大事件。我是在叙述主人的大事件呀，并不是叙述那些人的大事件。如果有人讥笑主人“虎头蛇尾”“强弩之末”等的话，那么请你记住，这正是主人的特色。请你记住，主人之所以成为滑稽文章的题材，也正是由于这些特色。如果批评主人和十四五岁的孩子一般见识，太愚蠢，我也同意。所以，大町桂月才会对主人说：“你还没有去掉孩子气。”

我既讲完了小风波，现在又说完了大事件，下面想描绘一下大事件发生后的余波，作为全篇的结尾。

我所描述的一切，说不定有的读者以为是胡编乱造的呢，我绝不是那样不负责任的猫。姑且不说一字一句里都包含着宇宙间的巨大哲理，字字句句都条理清楚、首尾呼应，认为是闲言碎语而漫然翻阅的读者，会感到精神为之一振，此书是不易读懂的佛门法典，因此我是绝不容许躺着看，或不端正坐姿，一目十行等丑态阅读此书的。据说柳宗元每当读韩愈的文章，都要先用蔷薇花水净手，那么，对待我的文章，也希望读者至少能自己掏腰包买回来，不至于借朋友看过的来对付看看。

下文所述，我称之为“余波”。假如有人认为“既然是余波，一定无聊，不读也可以”的话，一定会追悔莫及的。请务必从头至尾，细心精读。

发生大事件的第二天，我想散散步，便走出门外。只见金田老板和铃木藤十郎先生在对面巷角站着聊得正欢。金田老板正坐车回府，铃木先生拜访金田老板，见其未在家，正打道回府，于是，二人路上相遇。

由于近来金田府上了然无趣，我很少去那边了，可是刚才一见到他的面，又不免有些怀念。铃木先生也是好久没见，不妨暗暗跟随，一睹尊容吧。我这样想定，便慢慢靠近二人身旁，他们的对话自然传进了我的耳朵里，这并非是我的过错，是他们不该站在那儿谈话。金田老板可是个“有良心的人”，甚至派密探去侦察主人的动向。那么，我偶然偷听他的谈话，他也不至于发火吧？如果发火的话，只能说明他还不懂得“公平”二字的含义。

总之，我听了二位的谈话，不是想要听才听的，尽管没想听，谈话声却自然钻进了我的耳朵。

“刚刚去了府上。真是巧遇啊！”藤十郎先生毕恭毕敬地低头施礼。

“嗯，是吗？说真的，近来我正想跟你见个面呢。来得正好！”

“是吗？那可太巧了，有何吩咐？”

“哪里，没什么大不了的。不过，这事儿虽说不是什么大事，可是除了你以外，别人是办不成的。”

“只要是我力所能及的事，尽管吩咐！是什么事？”

“嗯……这个……”金田老板思索着。

“若是现在不好说，就在您方便的时候我再来拜访。哪天您方便呢？”

“也没什么大不了的事……那么，今天难得见到你，就拜托你吧。”

“请不客气……”

“那个怪人，就是你的那个老友，是叫什么苦沙弥吧……”

“是的。苦沙弥怎么啦？”

“倒也没怎么。只是自从那个事件之来，我就感觉心情不太好。”

“难怪您心情不好。那个苦沙弥太傲慢啦……多少也应该看看自己的社会地位，可他还以为老子天下第一哪！”

“就是啊。说什么‘不向金钱低头’‘实业家算老几’等，说了好多狂妄的话，所以我想，那就让他尝尝实业家的厉害吧！前一阵子把他治得收敛了些，但还是不服软，真是个顽固的家伙，叫人吃惊。”

“他是个缺乏得失观念的家伙，所以不过是在硬着头皮逞能罢了！他以前就有这个毛病，根本意识不到自己吃了亏，所以才不可救药呢。”

“啊，哈哈哈……的确是不可救药啊。我变着法地折腾他，最后，叫学生们整了他一通。”

“这个主意太妙了！有没有效果呀？”

“这下子，那个家伙好像也很头疼啊。用不了多久，他肯定会缴械投降的。”

“那太好了。他再怎么神气，毕竟是寡不敌众呀！”

“是啊。孤家寡人，哪里是我的对手！因此，他收敛了不少。不过，究竟是什么情况，我想拜托你去他家一趟，了解了解。”

“噢，是这样！这好办，我立刻去他家看一下。情况嘛，一出来就向您报告。有趣吧？那么顽固的人居然都意气消沉了，一定很有看头的。”

“好，回家时过来一趟，我等着你。”

“那么，我就失陪了。”

嘿，又要起了阴谋！不愧是实业家，果然势力了得。不论是使一点就着的主人上火，也不论是使主人苦闷不堪，以至于脑袋变成了苍蝇站上去都打滑的险地，还是使主人的头颅遭遇到伊索克拉底同样的厄运，无不是实业家的势力使然。我不清楚使地球旋转的究竟是什么力量，但是知道使社会运转的确实是金钱。懂得金钱的功力，并能自由发挥金钱威力的人，除了实业家诸君外，别无他人。连太阳平安地从东方升起，又平平安安地从西方落下，也完全是托了实业家的洪福。长这么大，我一直生活在不懂世事的穷夫子之家，连实业家的功德都一无所知，自己也觉得是一大憾事。不过我想，即便是冥顽不灵的主人，这回也多少会有所醒悟的。如果依然冥顽不灵，对抗到底的话，可是危险。主人最珍惜的生命都难保了。不知他见了铃木先生将说些什么。听到他如何对应便自然可知其觉醒的程度如何了。不能再耽搁下去了！我虽然是猫，对主人的事却十分关心。我赶紧超过铃木先生，先他一步，回到了家。

铃木先生依然是个见风使舵的人，今天他对金田老板拜托的事只字不提，却兴致勃勃地聊些无关痛痒的家常话。

“你面色可不大好，没什么不舒服的吧？”

“哪儿也没什么不好呀！”

“脸色可是很苍白啊！不当心点可不行，这个季节容易得病！夜里睡得好吗？”

“嗯。”

“有什么挂心事吧？只要我能办到的，什么事都可以帮忙哟！你不用客气，告诉我吧！”

"挂心事？挂心什么？"

"哪里，没有更好，我是说如果有的话。忧虑，是最伤身子的呀！人生在世还是开开心心地过日子最合算哪。我总觉得你有点过于忧郁了。"

"笑也伤身子的。笑过火了，还会送命呢。"

"别说笑了！俗语说：'笑门开，洪福来。'"

"古希腊有个哲学家，名叫克利西波斯[1]的，你知道吗？"

"不知道。他怎么啦？"

"他笑得过了度，死了。"

"这可真新鲜！不过，这是过去的事……"

"过去也好，现今也好，还不是一样？他看见毛驴吃银碗里的无花果，觉得滑稽，忍不住大笑起来。结果怎么也控制不住，笑个不停，终于笑死了。"

"哈哈哈……不过，他何必那么毫无节制地大笑嘛。应该微笑……适当地笑……这样最快活。"

铃木正在一个劲地打探主人的心思，正门嘎啦嘎啦开了，以为是有客来访，其实不然。

"球落进院子啦，请允许我去取。"

女仆从厨房里答应了一声："好的。"学生便绕到后门去了。铃木奇怪地问："这是怎么回事？"

"是后面的学生把球投进院里来啦。"

[1] 克利西波斯（Chrysippus，前280—前207），斯多噶学派的哲学家，索利的阿波罗尼乌斯之子，前260年移居雅典，在学园聆听阿尔克西拉乌斯讲学，后在克里安西斯教诲下信奉斯多噶哲学。他于公元前232年继任斯多噶学派领袖。

“后面的学生？后面有学生吗？”

“是一所叫作落云馆的学校。”

“啊，是学校呀。吵闹得很吧？”

“何止是吵闹了，连书都没法安静地看下去哟。我如果是文部大臣，早就下令关闭它了。”

“哈哈哈，火气不小呀！有什么让老兄烦恼的事吗？”

“还问有没有的，从早一直气到晚！”

“既然那么生气，就搬走算了。”

“我才不搬家呢。岂有此理！”

“对我发火有什么用！都是些小孩子嘛，置之不理就没事了。”

“你没事，我可不行。昨天找他们的老师来谈判过了。”

“这可太有意思啦，他们害怕了吧？”

“嗯。”

这时，门又开了，又听见一个学生说：“球掉进了院子，请允许我来取一下！”

“啊，怎么老来呀，又是找球。”

“哼，说好的，他们要走正门来拾球。”

“怪不得老来呢。是这样啊，知道了。”

“什么知道了？”

“知道来拾球的原因了。”

“今天到现在已经是第十六次了。”

“你不嫌麻烦吗？不叫他们来有多好！”

“就说不叫他们来，有什么用？他们来了，也没办法啊！”

“要说没办法，也的确没办法。不过你也不要那么固执。人一有棱角，在人世上与人打交道，就要吃苦，吃亏呀！圆滑的人，无论转到哪里都吃得开；而有棱有角的话，不但转的时候费力，而且每转动一次，楞角都要被磨得很疼。毕竟这世上不是只有自己一个人，不可能人人都让你满意呀！唉，怎么说呢，跟有钱人作对肯定要吃亏的，只能让自己忧烦，伤害身体，没人说你好。而对方毫发无损。人家坐在家里支使别人就把事情办了。'胳膊拧不过大腿'，明摆着斗不过的嘛。固执倒也没什么，但是若一条道走到黑，顽固不化，就会影响自己的学习，给日常工作带来麻烦，到头来只能是得不偿失！"

"对不起，刚才球飞进来了，我到后门去拾球，可以吗？"

"瞧瞧，又来啦！"铃木笑着说。

"真是无礼！"主人满脸通红。

铃木觉得自己已经完成了来访的使命，便说了句："那么，我告辞了，有空再来。"就走了。跟他前后脚进门的是甘木先生。

自称"上火家"者，自古以来，鲜有其例。当本人感到"有点不对头"时，已然翻过了上火的顶峰。主人上火，在昨天的大事件中已经达到了顶峰，而后来的谈判尽管虎头蛇尾，但总算有了收场。因此，那天晚上主人在书房里仔细思量，发觉事情有点不大对头。当然，到底是落云馆不对头，还是自己不对头，还有着很大的疑问。然而，事情不大对头，是毫无疑问的。他心想：就算是与中学为邻，像这样一年到头地生气，的确有点不对头。既然不对头，就得想办法解决，可是，什么法子也想不出来，除了服下医生给的药，对肝火的发生源用贿赂手段抚慰一番之外，别无他途。既已开悟，便想请平素常去就诊的甘本医生来给自己瞧瞧。究竟是贤，还是愚，另当别论，至少意识到自己已经上火这一点，就不能不说其志可嘉、难能可贵了。

甘本医生照例是微微含笑，四平八稳地问道："感觉怎么样？"医生大抵都要问一声"怎么样"的，我对那些不问一声"怎么样"的医生，无论如何也信不过。

"医生，还是不见好。"

"怎么会不见好呢？"

"医生开的药，到底有没有效力？"

甘木医生也有点吃惊，不过他毕竟是一位温厚的长者，并不显得特别激动，稳健地回答：

"不会没有效力的。"

"我这胃病，不论吃多少药，还是那样呀！"

"绝对不会的！"

"不会吗？难道说稍微好些了？"

胃长在自己身体里，主人却问别人。

"不会好得那么快，要一点点好起来。现在就比以前好多了。"

"是这样吗？"

"又是动了肝火？"

"当然啦，连做梦都在恼火啊。"

"稍微运动运动为好啊。"

"一运动，更要上火的！"

甘木医生也格外惊讶地说：

"喂，让我瞧瞧吧！"

说完就开始诊察。主人没有耐性等医生瞧完，突然高声问道：

"医生，前些天我看了介绍催眠术的书，书上说：采用催眠术能治好小偷小摸的毛病以及各种疾病，是真的吗？"

“是啊，也有那种疗法。”

“现在也有这么治的吗？”

“是的。”

“催眠术，很有难度吧？”

“哪里？不难。我也常用这个法子呢。”

“先生也常用？”

“唉，不妨给你也试试？按说，人人都应该做做催眠术。只要你同意，就试一试吧！”

“这个法子有意思。那就给我试一下吧。我早就想做做看了。只怕催眠之后醒不过来，可就麻烦啦！”

“哪里，没事的！那就开始吧！”

三言两语就说定了，主人开始接受催眠术了。我还从来没有见识过这种场面，心里暗自欢喜，蹲在屋角观瞧治疗效果。医生先从主人的眼睛开始催眠。具体方法是：将两眼的上眼皮从上往下摩挲。尽管主人已经闭着眼睛了，医生依然朝着一个方向摩挲眼皮。过了一会儿，医生向主人问道：

“这样摩挲眼皮，感觉眼皮渐渐发沉了吧？”

主人回答说：“的确发沉了。”

医生继续用同样方法摩挲主人眼皮说：

“会越来越沉的，不要紧吧？”

主人也许真的睡着了，没有说话。同样的摩擦法又进行了三四分钟。最后，甘木医生说：“好了，眼睛睁不开了！”

好可怜！主人的眼睛终于看不见了。

“已经睁不开了？”主人问。

“嗯，睁不开了。”医生说。

主人默然地闭着眼睛躺着，我还以为主人的眼睛瞎了呢。可是过了一会儿，医生说：

“若能睁开眼睛，你就睁一下试试。反正是睁不开的！”

“是吗？”主人的话音还没落，他的眼睛已经像平常一样睁开了。笑着说，“催眠不成功啊！”

甘木医生也同样笑着说：“是的，不成功。”

催眠术终于以失败告终，甘木医生也走了。

接着又来一位。主人府上从来没有来过这么多的客人，对于不好与人交往的主人家来说，简直难以置信。然而，其实来了客人，而且是一位稀客。我一字不落地记述这位稀客的事，不单纯因为他是稀客。如上所述，我是在继续写上面讲过的大事件之后的余波。而这位稀客却是描述事件的余波不可遗漏的素材。我不知道他叫什么名字。只说明他是个长脸，留着两撇山羊胡的四十岁上下的男子，就够了吧。与迷亭这位美学家相区别，我准备称他为哲学家。若问为什么称他为哲学家？因为此人不像迷亭那样自吹自擂的，光是看他和主人谈话时的风度，就觉得他像个哲学家。此人好像也是主人的老同学，二人说话的样子十分随便。

“噢，说到迷亭嘛，他就像漂在池面上的喂金鱼的麸子轻飘飘的。前些天他和一个朋友，路过素昧平生的华族家门前时，他说要进门去讨碗茶喝，硬把那位朋友给拽了进去，真是的，哪有他这么满不在乎的。”

“后来如何？”

“后来如何，我没有问过——嗨，他就是这么个天生的古怪人吧！同时也是个没有思想的无所事事的喂金鱼的麸子。是铃木吗？——他来过了？新鲜！他虽不明事理，人情世故却很有一套，是个戴金壳表的人物。但是，太肤浅、不踏实，不会有发展。他常说要圆滑些，圆滑些。可是，他压根儿就不懂什么是圆滑。如果迷亭是喂金鱼的麸子，铃木便是用草绳捆着的魔芋粉，滑滑溜溜的，晃悠个不停。”

主人听了这绝妙的比喻，好像特别赞同似的，近来难得一见地哈哈大笑起来。

“那么，你是什么呢？”

“我嘛？像我这样的……不过是个野山药罢了，长得老长还埋在土里。”

“你好像一直这样优哉游哉的，真羡慕你啊！”

“哪里！我只不过尽量像平常人一样生活而已，没什么可羡慕的。唯一难得的是，我不会去羡慕别人，也就这一点还行吧。”

“收入近来不错吧？”

“哪里，还是老样子，凑凑合合的吧。不过，没有饿肚子，倒也过得下去。没有瞎说哟！”

“我心里不痛快，老是着急上火，看什么都不顺眼。”

“不顺眼也好嘛！有怨气就发出来，心情多少会好一些的。人是各种各样的，所以希望别人都变成你这样的人，是不可能的。虽说不和别人同样拿筷子就吃不成饭，但是，自己的面包，还是自己随便切着吃最好。在技术高超的西服铺子定做的衣服，一穿上就会合身，但是，在差劲裁缝铺做的话，不将就着穿一段时间是不行的。不过，社会可以说是件非常奇妙的衣裳，穿上一段时间，那衣服就自动地适应人们的身材了。假如是高明的父母，把我们生得能够适应于当下的社会，那就是幸福的。然而，如果生得不合格，那么，除了与世人格格不入，离群索居，或是忍耐到适应于社会的时候为止之外，没有其他路可走。”

“但是，像我这样的人，到什么时候也融不进社会的，叫人心不安哪。”

“不大合身的西装，硬要穿上就会撑破，同样道理，人世间也会发生吵架，自杀，或暴动什么的。不过，你现在的情况只是感到无聊，绝对不会自杀，连吵架的事也不会发生的，还算过得去啦。”

“可是，我现在整天都在吵架哩！即使没有对象，只要生气，也算是吵架吧！”

“的确，这叫自己吵架。蛮有意思的，吵多少次都无妨的。”

“我可是厌倦了。”

“那就不吵了。”

“对你说实话吧，我的心情，不是自己可以做主的。”

“哎呀，到底是什么事让你这么不痛快呢？”

于是主人就从落云馆事件说起，一一举出今户窑的狸子，津木针助、福地细螺，以及其他所有不平之事，在哲学家面前滔滔不绝地倾诉起来。哲学家一直默默地听着，最后终于开口，对主人说了一番话：

“针助和细螺他们，任他们说去，佯作不知不就得了嘛。反正是些无聊之辈。至于那些中学的学生，根本不值得理睬。怎么，妨碍你啦？可是，谈判也好，吵架也罢，不是依然没有好转吗？在这一点上，我觉得古代日本人要比西洋人伟大得多。西洋人最近十分流行什么‘积极地’‘积极地’，但是，这个说法有很大的欠缺。首先，即便是‘积极’，也是没有止境的事呀！任凭你积极地干到什么时候，也达不到满足之时或完美之境。对面有一棵扁柏树吧？因为它妨碍视线，就砍掉它。可没有了它，前边的旅店又碍眼了。将旅店也拆掉后，更前边的那户人家觉得不顺眼了。这是没有止境的呀！西洋人做事全是这样的。拿破仑也好，亚历山大也好，都不是取得胜利就会满足的。看别人不顺眼，就吵架，对方不服输，到法院去告状，官司打赢了，若以为这下子他会满足，那你就错了。煞费苦心地追求‘心满意足’一直到死，又怎能如愿呢？寡头政治不好，而改为议会制。议会制也不好，就想再换个什么制度。说什么河水挡路，就架起桥来；说什么山峰碍眼，就挖个隧道；说是交通不便，就修起条条铁路。然而，人类是不可能因此而长久满足的。话又说回来，人类究竟在多大程度上可以积极地使自己的意愿付诸实现呢？西方文明也许是积极的、进取的，但实际上是那些一生都不知足的人们创造出来的文明。相比之下，日本文明并不通过改变外界事物来求得满足。日本和西方文明最大的不同点就在于：日本文明是在‘不许从根本改变周围环境’这一前提下发展起来的。日本人不像西洋人那样，因为对亲子关系不满而进行改变，以求安宁。而是认为亲子关系必须保持传统，不可随意更改，力求在维护这种关系的前提下探求安心之策。夫妻君臣之间的关系如此，武士与商人的交往如此，对于自然界本身的看法，也是如此……假如由于有座高山挡路，去不了邻国的话，日本人想的不是推倒这座大山，而是在不去邻国也不会困窘上下功夫。应该培养自己不翻越高山也感到满足的心境。所以，老兄可以想想看，无论是佛家，还是儒家，都是以这个问题为根本的。”

“不管自己怎么了不起，世上之事毕竟不可能万事如意。既不能使落日回升，又不能使加茂川倒流。能够做到的，唯有约束自己的心灵。只要将自己修得心平气和，无论落云馆的学生怎样捣乱，也会处之泰然的吧！即使今户窑的狸子，也是可以置若罔闻的吧？至于针助之流，如果说了什么蠢话，心里就骂他一句这个大浑蛋，装没听见，不就完事了吗。据说从前有个和尚，被人用刀按在脖子上，还诙谐地说‘电光影里斩春风’[1]呢。如果修身养性达到了消极的极致，说不定会有这灵光闪现的瞬间。如我之辈不懂那些玄妙道理，不过，我觉得一味追求西洋人那种积极进取的精神，好像不大对头。眼下就是个例子，不论你怎么积极抗争，还是阻止不了学生们来捉弄你。假如你有权封闭那所学校，或是学生们干了值得向警察报告的坏事，另当别论。不然的话，即便你多么积极地努力，也不会获胜的。如果打算积极地应对，就会碰上金钱的问题，寡不敌众的问题。换句话说，你在财主面前就不得不低头。在有恃无恐的孩子们面前，就不得不退让。像你这样的穷人，而且还是单枪匹马地主动出击去干架，说到底，正是源于你心中的不清净啊！怎么样？明白了吗？”

主人只是在听，不说明白，也不说不明白。稀客走后，他钻进书房，没有看书，沉思默想起来。

铃木藤十郎先生告诉主人要屈从于金钱和人多势众；甘木医生建议主人要用催眠术安神；最后这位稀客开导主人要通过消极的修养求得心安。主人选择哪一种办法是主人的事。不过，这样下去肯定是行不通的。

[1] 宋末蒙古军大兵压境，无学祖元禅师（1226—1286）避难温州荡山能仁寺，蒙兵欲砍杀他，他处之泰然，口颂“乾坤无地卓孤筇，喜得人空法亦空，珍重大元三尺剑，电光影里斩春风”。蒙古大兵闻之，为其气势震慑，收刀施礼而去。

九

主人长着一张麻子脸。据说在明治维新以前，麻脸还是很流行的，但是，在缔结了日英同盟的今天看来，这副尊容不免有些不合时宜了。麻脸的衰退与人口的增长成反比，因此，不久的将来麻脸有可能会绝迹的，这是在医学统计的基础上精密计算出来的结论。这绝对是连我这样刻薄的猫也毫无质疑余地的高论。虽说不清楚当今的地球上究竟有多少个麻脸人生息着，但是在我的社交场合里，没有一只麻脸猫，人类里只有一人，此人便是我家主人。好可怜！

每当我看见主人的麻脸时，总是想：主人究竟因为什么遭了报应，居然长了这么一张奇妙的脸，而厚着脸皮呼吸这二十世纪的空气呢？或许在过去的年代麻脸比较吃香，但是，当一切麻子都不得出现在胳膊以外部位的今日，主人的麻点却照样盘踞在鼻头、面部，负隅顽抗，这样不仅不能给本人增光，反而有损于麻点的体面。可能的话，似乎还是趁早除掉它们的好。就连麻点自身也心里没底呢。不过，也说不准麻点正是满怀当麻脸党一蹶不振之际，发誓以挽救落日中天的劲头重振雄风，才这般堂而皇之地占据了主人的整个面庞的。既然是这样的来头，对于这些麻点就万万不可持有丝毫轻蔑之意。可以说它们是抵抗滔滔流俗的万古长存的麻坑集合体，是值得吾人特别尊敬的凹凸，美中不足是脏了点。

主人儿时，在牛込区的山伏町住着一位名叫浅田宗伯的汉方名医。这位老人去病人家出诊时一定坐着轿子，颤悠颤悠地前往。然而，宗伯老人去世后，到了他的养子那一代，人力车立刻代替了轿子。因此，养子死后，养子的养子继承家业时，说不定葛根汤也会变成阿司匹林的。坐着轿子行走在东京街头，即使在宗伯老人活着的时代也不怎么雅观。即便这样仍不以为然的，只有腐朽的守财奴、被装上火车的猪猡和宗伯他老人家了。

主人的麻脸在不光彩这一点上，也和宗伯老人的轿子是一样的。在旁人看来，也许觉得可怜，然而冥顽不亚于宗伯的主人，至今还天天将孤城落日般的麻脸暴露于天下，到学校去教英语入门。

满脸镌刻着上世纪的纪念——麻点，站立在教坛之上的主人，一定会对他的学生进行授课之外的深刻垂训的。比起他反复讲解英语课本中的“猴子有手”来，更能够以身示范，对“麻点对于面孔产生的影响”这一重大课题进行自然而然的说明，于无言之中将答案给予学生。假如有朝一日，主人这样的教师绝迹了，学生们为了研究这个课题，就要跑到图书馆或博物馆去查阅，必须花费与今人靠木乃伊去想象埃及人同等的劳力。由此可见，主人的麻脸也在冥冥之中行了意想不到的功德。

当然，主人并不是为了行功德才将痘疮满面栽培的。不过，他的确种过痘，不幸的是本来种在胳膊上，不知何时竟然传染到脸上去了。当时他还是个孩子，不像现在这样关心长相，所以只是一边叨咕着“痒呀，痒呀”，一边在整个脸上乱搔。恰似火山喷发，熔岩流得满面一样，生生把爹娘给他的一张脸给糟蹋了。主人常对妻子说：他没长痘疮以前，是个白玉无瑕般的美少年。甚至说自己小时候模样俊得就像浅草寺的观音像，连洋人都忍不住回头看他。也许有这档子事，遗憾的是没有人能证明。

不管如何做功德，或垂训于学生，脏东西毕竟是脏东西。因此，长大成人之后，主人对这张麻脸大大地发起愁来，想尽各种方法要消除这丑陋的麻子。然而，这可和宗伯老人的轿子不同，即便再讨厌，也不可能立刻去除的，因而至今依然历历残喘于他的面上。这清晰的麻点使主人有些挂心，据说每当走在大街上时，都会不由自主地搜寻行人的麻脸。诸如今天遇见了几个麻脸，是男的还是女的，地点是在小川町的劝业场，还是在上野公园，他都一一写在日记里。主人确信关于麻脸的知识，自己绝不比任何人逊色。前日，一位留洋回国的朋友来访时，主人居然问他：“你知道不知道，西洋人有麻脸吗？”“这个嘛……”朋友想了好一阵子说：“很少看到啊！”于是主人叮问了一句：“很少看到，就是说特别少吧？”朋友兴味索然地回答说：“即便有，也是要饭的，或是苦力之类的，受过教育的人里似乎没有。”主人说：“是吗，和日本不大一样啊。”

听了哲学家的忠告后，主人不再和落云馆学生争吵了，终日躲在书房里沉思默想。说不定他这是打算听从哲学家的忠告，于静坐之中消极地修养其灵活心境。然而他本是气量狭小的人，倘若终日阴沉沉地袖手独坐，不可能有什么好事的。我虽然意识到，这样枯坐不如将英文读本送进当铺，跟艺伎学学《喇叭小调》更有利于身心。无奈，怪僻如主人的人毕竟不肯听从猫的劝告，算啦，随他去吧。这么一想，这五六天来，我都没有跟他亲近。

从那天算起，今天是第七天了。禅宗说：人死后只可能在头七天才能成佛。于是，有些人会非常虔诚地打坐，我心想主人恐怕也差不多了吧？是升天，还是入世大概也有个眉目了吧？我慢慢腾腾地从檐廊来到书房门口，侦察室内的动静。

朝南的书房十二平方米大小，阳光充足的地方放着一张大桌子。只说大桌子还说明不了。此桌长六尺，宽三尺八寸，高度也和宽度差不多。当然，这不是一件统一规格的产品，而是与附近的木器店商量后，特制的一张床铺兼书桌，就是这么一件稀罕的物件。主人为什么新做这么个大桌子，又为什么萌生睡在桌上的念头？我不曾向主人请教，不得而知。说不定只是一时冲动，才琢磨出这般离奇古怪的庞然大物。要不就是像我们常见的某种神经病患者那样，将风马牛不相及的两个概念联想在一起，随心所欲地把桌子和床铺凑合到一块儿去了也未可知。总而言之，绝对是特立独行之举。虽如此，却有着徒有新奇而不实用的缺点。

我曾经亲眼看见主人躺在这张桌子上午睡时，一翻身滚落到檐廊上去了。从那以后，他好像再也不把这张桌子当床铺使用了。

在桌前放了个薄薄的羊绒坐垫，三个被烟卷烧的窟窿紧挨着，从里面露出的棉花都发黑了。在这坐垫上背朝外端坐着的正是主人。腰间一条脏得变成灰色的腰带打了个死结，两边余出的带子耷拉在盘着的腿弯里。前些天，我一抓这条带子玩，就会被突然拍一下脑袋。这可不是随便可以靠近的带子。

主人还在思考。俗话说：“笨人想不出好主意。”我从他身后偷偷一瞧，只见桌子上有个发着亮光的玩意儿，不由得一连眨了两三下眼睛。这东西好生奇怪，我忍着晃眼的光，仔细打量那个发亮的东西，好容易才看清楚，那光亮原来是从桌子上晃动的一面镜子上发出来的。问题是，主人为什么会在书房里摆弄起镜子来了呢？一说镜子，一定是在洗澡间里。我今天早晨就在洗澡间见过这面镜子。之所以强调是“这面”，是因为主人家里除此之外再也没有第二面镜子。主人每天洗完脸，梳分头时也用这面镜子。也许有人会奇怪：像主人那样邋遢的人还会梳分头？你们有所不知，正是因为主人对旁的事全都不讲究，才会对脑袋格外上心。自从我来到这户人家，直到今天，不论多么炎热的天气，主人都不曾剪到五分短寸，一定要留二寸长，不但从左边整整齐齐地分向右边，还把右边的发梢往上一拢，像那么回事似的。说不定这也是一种精神病的症状。尽管我认为主人这种装腔作势的梳法，和那张桌子毫不协调，却因为是无害于人的小事，所以没有人说什么，他本人也颇得意。

关于主人留时髦的分头先说到这儿，若问他为什么留那么长的头发，坦率地说，是这么回事。据说他的麻点不仅侵蚀了他的脸，而且早已侵入了他的头顶。因此，如果像一般人那样，把头发剪成半寸或三分长，就会从短发的发根处露出几十个麻坑，不管怎么摩挲，也弄不掉那些坑。犹如在荒郊野外放了些萤火虫一般，要说也蛮风雅，但妻子肯定不乐意，这是明摆着的。既然留分头就不至于露出麻坑，当然不必自动暴露自己的短儿了。可能的话，恨不得毛发长到脸上，将面部的麻坑也一并遮掩起来。所以，自然生长的毛发，何必花钱去剪短，向人们宣传：“我的头顶上都被麻坑占据啦！”这便是主人留分头的缘由，蓄长发是主人梳分头的原因，因此才会照镜子，也就是为什么将那个镜子放在洗澡间的由来，也便是只有一面镜子的缘故。

既然本应放在洗澡间的镜子，而且是唯一的一面镜子竟然出现在书房，那么，不是镜子得了梦游症，便是主人从洗澡间拿来的。倘若是主人拿来的，那么为什么拿到书房里来呢？说不定是那“消极修养”的必要工具吧。听说从前有位学者拜访某高僧，看见那位高僧正在光着膀子磨一块瓦。问他磨瓦做什么，回答说：“我正在把瓦片磨成一面镜子呢。”学者吃了一惊，说：“任你是多么了不起的高僧，也不可能把瓦片磨成镜子的。”高僧哈哈大笑，申斥道：“是吗？那就不磨了！这不就跟你读破书万卷也不会得道是一码事吗！”说不定主人根据这么点道听途说，便将镜子从浴室中拿了来，摆出一副自得的样子。看样子主人越来越发神经了。我暗自思忖，静静观瞧。

主人不知我在偷看，正以全神贯注的姿态凝视着这面唯一的镜子。本来镜子这玩意儿就够瘆人的。据说深夜捧着蜡烛，独自一人在宽大的房间里看镜子，需要很大勇气的。我第一次看见主人家的小姐伸到我面前的镜子时，吓得魂飞魄散，竟然绕着房屋跑了三圈。即便是艳阳高照的白昼，只要像主人这样直勾勾地死盯着镜子看，也肯定会害怕自己这张脸的。何况他的脸就连看一眼，都会叫人感觉不舒服。过了片刻，主人自言自语地说：“果然很丑啊。”能坦白相告自己容貌丑陋，令人敬佩！从主人的举止来看，确实像个疯子，可他说的话却是真理。不过再进一步的话，他就会害怕自己的丑陋了。人若不能痛彻骨髓地感知自己是个可怕的坏蛋，就算不上是个饱经磨难的人。不是个饱经磨难的人，终究得不到解脱。既然有这一说，主人也至少会顺口说一句：“啊，真吓人！”但他就是不肯说。他说完“果然很丑”后，不知又想起了什么，猛地鼓起两腮，然后用手拍了鼓胀的脸两三下，不知在念什么咒。这时，我忽然觉得有个东西跟这张脸很相似，细细回想，原来是女仆的那副面孔。

顺便说说女仆的面孔。那腮帮子可真是鼓得出奇。前些日子有人从东京羽田区的穴守稻荷神社送来了一个河豚形的灯笼，那女仆的脸就和那个河豚灯笼一般鼓胀。由于鼓得过度，以至于两只眼睛都被挤没了。不同的是，那河豚虽鼓胀，却是圆乎乎的，而女仆的脸原本就长得有棱有角的，随着那棱角一膨胀，就如同一座水肿的六角钟了。这些话如果被她听去，定要发火的。那么，就不说她了，继续讲述主人吧。主人就这样吸尽屋子里的空气鼓起腮帮子，如前所述，一边用手拍打自己的脸颊，一边自言自语地说："把脸皮绷得这么紧的话，麻子就看不见了。"

现在主人又侧过脸去，将阳光照着的半张脸映在镜子里。"这么一看，麻子非常显眼，还是正对着阳光时看着平整。真是个奇妙的东西。"他好像非常感慨。然后又伸直右手，尽可能将镜子拿得远一些凝神端详，然后仿佛刚刚醒悟似的说，"这个距离，也看不见麻子。可见太近了还是不行……不仅仅是脸，一切事物无不如此。"接下来他又突然将镜子横过来，将眼睛、前额和眉毛一股脑儿地聚集到鼻梁那儿去。我感觉这模样一看就让人不舒服，"这可不行！"他本人似乎也意识到了，立刻作罢。"怎么长了这么一张吓人的脸呢？"他感到不可思议，将镜子撤回到离眼睛三寸多远的位置，用右手食指抹了一下鼻翼，往桌上的吸墨纸上使劲儿一摁，被吸住的圆圆的鼻屎便粘在了吸墨纸上。真是玩出了好多花样。然后，主人将抹过鼻涕的那只手指一转方向，扒下右眼的下眼皮，成功地表演了一个人们常说的"鬼脸"。他究竟是在研究麻子，还是在和镜子玩瞪眼呢，就不清楚了。看上去主人就是这么个不定性的人，对镜独照也能玩出层出不穷的花样来。非但如此，假如善意地将主人的这些行为解释为《魔芋问答》[1] 精神，那么，说不定主人正是为了早日明心见性，作为权宜之计才这样对着镜子进行种种表演的。

说到底人类的一切研究，都是为了研究自我。所谓天地、山川、日月、星辰，无非是自我的别名。因为除了研究自我之外，没有人能找到其他研究项目了。假如人们能够跳出自我，那么，当他跳出去的刹那间，便失去了自我。而且，研究自我，除了自身，是不会有人为自己做的。即便想研究别人或请别人研究自己，也是不可能实现的。正因如此，自古以来的英雄豪杰无不是靠自己成就的。假如靠别人就可以了解自我，那就等于请别人代替自己吃牛肉，替自己辨别牛肉是嫩还是老一样。所谓“朝知法，夕闻道”，“案前灯下，手不释卷”，都不过是自我开悟的便利手段而已。他人所述之法，他人所论之道，乃至其书五车的故纸堆里，都不可能有自我的。如果有，也是自我的幽灵。当然有些时候，幽灵或许胜于没有灵魂。追逐影子，未见得就遇不上本体。多数影子大抵离不开本体的。如果主人是从这个意义来摆弄镜子的话，还算得可以理喻的人。比那些鹦鹉学舌，照搬爱比克泰德学说的所谓的学者明智多了。

镜子既是良好自我感觉的酿造机，同时也是卖弄自己的消毒器。假如怀着浮华与虚荣之念对此明镜之时，再也没有比镜子更能够煽动蠢人的器具了。自古以来因不懂装懂而害己害人的史实，有三分之二是镜子在作孽。法国大革命时，有一名好事的医生发明了“改良杀头机”，犯下了滔天大罪。同理，发明镜子的人，想必也夜不安寝吧！然而，每当

[1] 《魔芋问答》，日本相声。内容为一个卖魔芋的店主与行脚僧的问答，僧人全是禅机妙语，店主不知所云，引人发笑。

厌弃自己，或萎靡不振时，再也没有比照镜子更有益处的了。一照镜子，美丑立见分明。他一定会发觉这么一副尊容，居然能够扬扬自得地活到今天！当一个人注意到这一点时，在人的一生中是最可宝贵的时期。再也没有比承认自己愚蠢更加高尚的了。在自知自己愚蠢者面前，一切自命不凡的人都应该低下头来，自惭形秽的。尽管对方主观上自鸣得意地对自己这边冷嘲热讽，但从这边看来，对方大动干戈，正表明了他已经低头认输了。主人并非是个“对镜知己愚”的贤者，却是个能够公正地读懂烙印在自己脸上的天花斑痕的人。承认自己的容颜丑陋，会成为认识自己灵魂卑鄙的阶梯。主人是个了不起的人！这也是被那位哲学家教训一通的结果吧。

我心里这么想着继续观察主人的样子，主人对此并未察觉，尽情地玩了半天“做鬼脸”之后说：“好像眼里充血，恐怕还是慢性结膜炎！”说着，他用食指的侧面用力地揉起充血的眼睑来。他的眼睑大概是发痒吧。然而，不揉它都红成那副样子，怎能经受得住这么揉搓？用不了多久，就会像咸加吉鱼的眼珠那样烂掉的。

少顷，只见主人睁开眼睛，对镜细看。果然，他的眼睛十分混浊，好比北国的寒空般阴沉。当然平日他眼睛就不清澈，用一句夸张的形容词来说，两眼混浊得让人分不清黑眼珠和眼白。正如他一向精神恍惚，完全不得要领那样，他的眼睛也混混沌沌地永远漂浮在眼窝深处。有人说这是胎毒造成的，也有人说是出天花导致的。听说他小时候，母亲为了给他治病，伤害过不少柳树虫和红蛤蟆，可是，母亲的努力却毫无效果，直到今天，他的两眼还像刚出生一样蒙蒙眬眬的。我暗自思忖：这种状态绝不是由于胎毒和天花所致。他的眼珠之所以彷徨在如此混浊幽暗的苦境，首先是由于他的头脑是由不透明之物构成的，其影响已经达到了暗淡幽暗之极致，因此自然呈现于形体之上，给毫不知情的母亲带来不必要的忧烦。冒烟之处就有火；眼球混浊则愚蠢。可见，主人的眼睛是他心灵的象征。他的心也如同天宝年间的铜钱一样有个洞，所以，他的眼睛也一定像天宝铜钱一样，虽然很大，却不中用。

主人又捋起胡须来了。那胡须原本就没有样，乱七八糟的。虽说如今是个人主义盛行的世道，但是，这样我行我素的话，给主人带来的麻烦可想而知。鉴于此，主人近来也设法对胡须加以训练，竭力将胡须们进行有条理的安排。功夫不负苦心人，近来胡须渐渐地整齐些了。主人甚至很自豪地说：从前是任胡须自然生长，现在是在培养胡须生长。由于热情是与成效相辅相成的，越有成效，就越受鼓舞，因此主人认定自己的胡须前途无量，便朝朝暮暮，只要手闲着，定要对胡须们进行鞭策。他的野心，就像德国皇帝那样，蓄出一撮进取心旺盛的翘胡子。因此，不管毛孔是横向的还是朝下的，他都一把抓住往上揪。那胡须自然受罪，就连胡须的主人也常常觉得疼痛呢。然而，这就是训练。不管胡须愿意不愿意，拼命往上揪！在外人看来，这种找乐子简直匪夷所思，本人却看作正经八百的事。正如教育家搞坏学生的本性，却自夸“这是我的功劳”如出一辙，同样毫无理由进行非难。

主人正满腔热情地训练胡须，棱角脸女仆从厨房走来，说了声：“来信了。”照例将那只通红的手伸进书房。右手抓着胡须，左手拿着镜子的主人，回头向门口望去，棱角脸女仆看见那奉命将八字的尾巴尖上翘的胡须，急忙转身跑回厨房，伏在锅盖上哈哈大笑。主人并不以为然，悠然地放下镜子，拿起了信笺。头一封信是铅印的，全是些严肃的字句，内容如下：

谨祝日益吉祥安康。回顾日俄战争，乘连战连捷之势，告恢复和平之报，吾忠勇刚烈之将士，今于“万岁”声中凯旋者已过半，举国欢腾，难以尽述。自宣战大诏颁布，忠勇刚烈之将士久驻万里疆外，忍寒暑之苦，奋勇杀敌，不惜为国捐躯。其至诚之心，必永远铭记。且本月内将士将全部凯旋。因此，定于下月二十五日，代表本区全体居民，为区内千余名出征将士召开盛大祝捷会，借此契机抚慰烈士遗属，热诚迎候各位遗属莅临，聊表谢忱。故此，如蒙诸位鼎力资助，得以顺利召开盛典，乃本会之无上荣光。为此，敬请解囊赞助，踊跃义捐，在下不胜切盼之至。

敬上

寄信人是一位华族老爷。主人默读一遍后，立即将来信装进信封，一副若无其事的表情。主人是不大可能捐款的。前些天他拿出两元或是三元，为东北灾区捐了款后，逢人便吹嘘：“我被迫捐钱啦！”既然是赈灾，自然是主动掏钱，绝对不是被迫的。又不是遇上了强盗，说“被迫”肯定是不妥的。尽管如此，主人却宛如遭了窃一般。无论你说什么“欢迎军人”，“贵族募捐”，若是来硬的另说，只凭这一纸铅印信，他可不会掏钱的。按主人的说法，在欢迎军人之前，首先应该欢迎他。欢迎完了自己之后，再欢迎其他人自然无妨，只是他日夜忙碌，欢迎一事，打算任凭贵族老爷们去完成了。

主人又拿起第二封信说：“啊？又是一封铅印信！”

值此秋冷之时，谨祝贵府日益兴旺发达。

谨启者，敝校之事，如阁下所知，自大前年以来，受二三野心家所碍，虽暂时陷入极大困境，然窃以为此乃不肖针作之不周所致，应深自为戒。

其后经卧薪尝胆，苦心孤诣，方渐次依靠一自之力，采纳为新建理想之校舍筹措经费之途径。该途径即出版名为《缝纫秘法纲要特辑》之策。本书乃不肖针作多年来遵循工艺学之原理，苦心研究，耗费心血之作。为一般家庭皆可购入着想，鄙人只在成本之外略附些微薄利。窃以为此举既可为为此缝纫之道的发展尽绵薄之力，又能积薄利以供新建校舍经费之需也。故此虽惶恐万分，特恳请阁下购买鄙人印行的《缝纫秘法纲要特辑》一册，权作为鄙校新舍慷慨解囊，可将其赐给府上女仆。叩拜恳请不吝赞同，敬启。

大日本女子裁缝最高等大学院

校长缝田针作三拜九叩

主人冷淡地将这封郑重的书信揉成一团，“啪”的一声扔进废纸篓里。难得针作先生的三拜九叩与卧薪尝胆全都成了徒劳，着实可怜！

主人又打开了第三封信。这第三封信散发出异样的光彩。信封是红、白二色的横条纹的，像是卖棒糖的招牌一样花哨。当中用八分体隶书[1]写着几个粗字：“珍野苦沙弥先生麾下。”说不好信封里会不会出现多福女[2]，至少看表面，颇为华丽。

倘若让我执掌天地，我必将一口喝尽西江水[3]；倘若让天地管束我，我不过是陌上之微尘。由此可知，天地与我的干系便是如此……最早吃

[1] 八分体是隶书体的两种形态之一。

[2] 由于卖棒糖常常叫卖“金太郎出来啦，多福女（丑女能面）出来啦”，此处诙谐一把，意味不知里面会写些什么。

[3] 出自《圆悟心要》（上卷）“待汝一口吸尽西江水”。意为将世界变为自己之物。

海参者，其胆量可敬；最先食河豚者，其勇气可嚣。吃海参者，如亲鸾[1]再世；食河豚者，似日莲[2]分身。如苦沙弥先生之流，只知葫芦干酸酱之味。只食葫芦干酸酱便可自称为天下名士者，吾未曾见也……

亲友也会出卖你，父母也会对你有所不公，爱人也会抛弃你。富贵从来不可指望，爵禄也会一朝尽失。秘藏于你头脑中的学识会发霉。咄咄[3]，汝将何所恃？天地之间，将何所依？神明乎？神明者，不过是人类不堪其苦而捏造的泥偶，不过是人类的粪便凝结的臭屎骸。依靠不可依靠者，却妄自安心。醉汉胡言乱语，蹒跚地走向坟墓。油尽灯自灭[4]，业尽遗何物？苦沙弥先生，且喝一杯清茶！[5]……

不把人当人看时，便无所畏惧。不把人当人看的人，却愤恨起不把我当我看的社会来，岂不怪哉？正如权贵荣达之士，不把人当人看时之所得。只是当别人没有把我当我看时便怫然作色。你们尽管作色吧，混账东西……

当我把他人当人，而他人不把我当我时，心怀不满者便突然从天而降。将此突发式的行动，名之曰革命。革命并非心怀不满者所为，乃是权贵荣达之士好而所产。

朝鲜多人参，先生何故不服用？

天道公平再拜于巢鸭。

针作先生行了“九拜”之礼，而此人不过是“再拜”。只因不是募

[1] 亲鸾（1173—1262），镰仓初期的高僧，净土真宗的开山祖，谥号见真大师。
[2] 日莲（1222—1282），亲鸾同时代的高僧，日莲宗的开山祖，谥号立正大师。
[3] 禅家喝断之声。
[4] 出自《涅槃经》“如灯油尽明焰则灭”。
[5] 此处相当于禅语“吃茶去”的寓意。

捐，便可以满不在乎地少了七拜。此信虽非募捐，却异常晦涩费解。不论向任何刊物投稿，都有充分的资格遭到退稿。据此，我认为以头脑不明晰著称的主人，定会将它撕成碎片，不料，他竟翻来覆去地读个没完。大概他认为这种书信有着某种意义，决意无论如何也要穷究其所含深意。盖天地之间未知之事甚多，毫无意义可探寻者绝无仅有。不论多么深奥的文章，只有想解释，都能够易如反掌地解释出来的。说人是愚蠢的也好，说人是聪明的也罢，反正都可以不费吹灰之力搞明白的。何止于此！纵然说人是狗、人是猪，也算不上多么难解的命题。说山低于地面也无妨，说宇宙很狭窄也没关系。说乌鸦是白的、小町[1]是丑女、苦沙弥先生是君子，也都没什么讲不通的。因此，即使这封毫无意义的信，只要给它随便附会点什么道理，也可以获得种种解释。尤其是像主人这种对自己不懂的英文一向是胡乱地解释的人，就更喜欢牵强附会了。有学生问："明明天气不好，为什么还说'早安'？"主人一连思考了七天。有学生问："哥伦布用日文怎么说？"主人又用了三天三夜苦苦思考答案。像主人这样的人，别说什么吃过葫芦干酸酱味便自以为是天下名流，还是吃了高丽参便以为是闹革命了，随便安上点什么含意，根本不在话下，自然都会左右逢源的。

没过多久，主人便以解释"good morning"如出一辙的方式，对这些诘屈聱牙的格言警句也悟出了几分似的，大为赞赏："可谓意义深长啊。此人一定是个对哲理颇有研究的人。高见，高见！"从这一番话就可以看出主人的愚蠢，不过，倒过来一想，也不无精辟之处。主人凡事都欣赏叫人蒙头转向，完全不明所以的东西，这种毛病恐怕不只主人才有吧。

---

[1] 小野小町，平安朝有名的美女，三十六歌仙之一。

不明所以之处潜伏着不容小觑的力量，神秘莫测之境方可激发崇高之感。正因为如此，尽管凡夫俗子们把不明白之事说得像搞明白了似的，而学者却把明明白白的事情讲得叫人不明白。大学讲坛上也不例外，那些云山雾罩地大讲不明白内容的教师受到好评，而那些讲解浅显明白内容的教师却不受欢迎，很说明问题。

主人敬佩这封信，同样也不是由于信中内容明白易懂，而是由于捕捉不到所论主旨的所在，忽而提及海参，忽而谈论起了臭屎之故。因此，主人尊敬这封书信的唯一理由，如同道家尊敬《道德经》、儒家尊敬《论语》、禅门尊敬《临济录》一般，只因其完全不知所云。只不过，说不知所云的话觉得过意不去，便自行解释，姑且装出了然于心的样子。对于不明白的东西装得明白了，而加以尊敬，乃是自古以来的快事。主人毕恭毕敬地将这封隶书写就的名人书法卷了起来，将它置于桌上，袖起手来，陷入了冥想。

"在家吗？在家吗？"这时从玄关传来叫门声。听声音像是迷亭，可不停地叫门又不像迷亭。主人早已在书房听见了声音，却依然袖着手，纹丝不动。也许是认定迎接客人不是主人做的事，因此，这位主人从来不曾在书房里应答来客。女仆刚才出门买肥皂去了，而妻子一般都要回避。于是，出去迎接客人的就只有咱猫了。连我也懒得出去。于是，客人换了鞋跳上榻榻米，大模大样地跨进屋来。有什么样的主人，就有什么样的客人。以为他去了客厅，只听把纸拉门拉开关上折腾了两三次后，向书房走来。

"喂，不至于这么慢待吧！干什么哪？来客人啦！"

"噢，是你呀！"

"还问什么'是你呀'，你既然在家，就应该答应一声呀，怎么就像家里没人似的。”

“噢，我在思考问题呢。”

“就算在思考，至少说声‘请进’吧？”

“倒也不是不能说的。”

“老兄还是那么稳得住啊！”

“从前些天开始修身养性了。”

“真是好兴致哟！老兄因修身养性，而不得出声之日，便是来客遭殃之时啊！你这么安静，我们可受不了哟！老实说，不是我一个人来的，还领了客人来哪。你出去见一见吧！”

“领谁来了？”

“别管是谁，出去见一见吧！他们非要见见你。”

“谁呀？”

“管他是谁，快点起来！”

主人袖着手，忽地站起来，一边说：“你又捉弄人吧？”一边向檐廊走去，漫不经心地走进了客厅。但见一位老者面对六尺壁龛正襟危坐，在等候主人。主人不禁从袖筒里抽出手来，一屁股坐在了隔扇旁边。这么一来，他和老者同样面西而坐，双方谁也无法相互问候了。古板的人，看来真是很讲究繁文缛节的。

“噢，请您坐这边儿！”老者指着壁龛那边对主人说。主人到两三年前为止，一直认为在客厅里会客时，自己坐在哪里都没关系。后来听一位先生讲解壁龛知识时，才知道，原来壁龛的位置是由上段间[1]演变而来的，是钦差落座的地方。从那以后，他就绝不再靠近壁龛。特别是

[1] 日式房间里地面高出一层的房间。为贵客落座之所。

见到一位素不相识的长老凛然危坐在那里，他非但不敢坐上座，连问安都不知该怎么说了。姑且低了头来，重复对方的话，说道:“请您这边坐！”

“哪里，那样就不便问安了。还是您请坐这边。”

“哪里，那么……还是您请……”主人随口模仿着对方的口吻。

“实在是，您这么客气，可不敢当。这让我更为难了。请您不要客气。您请吧……”

“您这么客气……实在是不敢当……还是……”主人满脸通红，结结巴巴地说，可见修身养性未见什么功效。迷亭君一直站在隔扇阴影处笑着观赏这一幕，觉得火候差不多了，便从后面推着主人的臀部，插嘴道:

“好了，你就进去吧！你这么紧靠着隔扇，我就没地方坐了。不要客气，坐到前边去吧！”

主人不得已往前蹭了几下。

“苦沙弥先生，这位就是我时常对你提起的从静冈来的伯父。伯父，他就是苦沙弥先生。”

“啊，初次见面！听说迷亭常来府上打扰。老朽素有登门造访，当面拜听先生高论之意。幸而今日路过此地，特来拜访，顺致谢忱，今后还望多多关照为盼！”老人满口的古雅文辞，说得十分流畅。

主人本是个不善交际、沉默寡言的人，而且不曾见过这样旧式的老人，所以一开始有点怯阵，正不知所措之际，再听到老人家滔滔不绝地寒暄了这么一大套，早已将什么高丽参、棒糖似的信封忘得干干净净，只是磕磕绊绊地说了些不知所云的回话。

“我也……我也是……本应登门拜访……还请多关照……”说罢，稍稍把头从铺席上抬起来一看，老者仍然匍匐在地，吓了一跳，慌忙又低头继续叩首了。

老人估摸着时间差不多了，抬起头来说：

“昔日老夫也合家居于此地，久居德川将军脚下。江户幕府倒台那年迁居静冈之后，几乎不曾来过。故而此番故地重游，完全不辨方向了——若不是有迷亭陪伴引路，哪里也去不成。正所谓‘沧海桑田’啊。虽说如此，于江户建立幕府长达三百载的，那德川家康[1]将军家……”

老人还没有说完，迷亭先生觉得啰唆，插言道：“伯父，德川将军也许令人崇拜，但是，明治时代也不错嘛。从前还没有红十字会呀，对吧？”

“那是没有，完全没有红十字会这类组织，尤其得瞻皇族尊容，若非明治时代是万万办不到的。老朽幸得长寿，荣幸地忝列今日大会，且恭聆亲王殿下的玉音，死而无憾了。”

“即便是能够多年后重游一趟东京，也上算了。苦沙弥兄！伯父是因为来参加这次红十字会召开的全体大会，特地从静冈远道而来的呀。今天我陪他去了上野游玩，这不刚刚回来。所以，你看伯父还穿着我在白木裁缝铺定做的那身大礼服哪！”迷亭提醒主人说。

主人这才注意到了老者穿着一件大礼服呢。虽说穿着礼服，却一点儿也不合体。袖子过长，领口大敞着，后脖子都露了出来，腋下吊着。纵然故意不好好做，也很难做得如此不像样子的。何况白衬衫和白衬领分崩离析，一仰脸，就能从缝隙中看见喉结。那黑领结到底是打在衬领上，还是打在衬衫上完全搞不清楚。

[1] 德川家康（1543—1616），日本战国时代末期、安土桃山时代、江户时代的武将，战国大名，1603年任征夷大将军，是江户幕府第一代征夷大将军，开创江户幕府。

大礼服好歹还看得过去，但他头上束着的白发髻，便纯属天下奇观了。我忽然想到那个传说中的铁扇是怎样的？探头一瞧，铁扇放在老人的膝旁呢。

直到此时主人才回归本心，发现自己将修身养性的效果充分应用在审视老人的服装上，不免暗自吃惊。他原以为老人的大礼服不至于像迷亭说得那么不成样子，不过见面一看，却远远超出了迷亭所描述的程度。假如自己脸上的麻子可成为历史研究的材料的话，那么，这个老人的发髻和铁扇，无疑具有自己的麻脸之上的价值。他本想打听一下铁扇的来历，又觉得有些冒昧，可是，不说话吧，又不免失礼，于是，便问了个极为平常的问题：

“上野，人很多吧？”

“可不是吗，人真多啊！并且，那些人都盯着老夫看……唉，如今的人真是越来越喜欢看新鲜了。从前可不是这样……”

“是的，从前可不是这样啊。”主人像个长者似的说道。这么说话并非主人装腔作势，姑且看作是从他那迷糊的头脑里信口说出一句话。

“还有，人们都只盯着我这把劈盔刀看。”

“那把铁扇很重吧？”

“苦沙弥君！你拿一下试试，可重呢。伯父，让他看看吧！”

老人家吃力地拿起铁扇，说了句：“请看吧！”递给了主人。

主人接过铁扇，就像在东京黑谷神社参拜的人接过莲生和尚[1]用过的大刀似的。拿了一会儿，只说了声“的确是重”，便还给了老人。

---

[1] 莲生和尚（1141—1208），原名熊谷直实，源平时代的武将，后于京都金戒光明寺出家，法名莲生。

老人说："大家都把它叫作'铁扇''铁扇'的，其实，它本来叫作'劈盔刀'，和铁扇完全不是一回事……"

"哦？是干什么用的？"

"是砍敌人的盔甲的……听说从楠木正成[1]时期一直用到今天……"

"伯父，这是楠木正成用过的劈盔刀吗？"

"不是，不知是什么人的。不过，很有年头了，说不定是建武时代[2]的东西呢。"

"也许是建武时代的。不过，寒月君可头疼喽。苦沙弥兄！今天从上野回来时，正好可以路过大学，我想机会难得，就顺便去了理学部，让他带我们参观了物理实验室。由于这把劈盔刀是铁的，所以试验室里的磁力仪器全部失灵，惹出了大乱子哪。"

"哪里，不可能的！这是建武时代的铁，这种铁质优良，绝不会造成那种情况的！"

"再怎么优质的铁，也不行的。寒月兄就是这么说的，有什么办法！"

"寒月，就是那个磨玻璃球的人吗？他还这么年轻，可怜可怜！就没有别的什么可干的吗。"

"可怜哪！他那也算是'科学研究'呢。只要把那个玻璃球磨成功，就能成为了不起的学者哪！"

"若是磨出了个玻璃球就能成为一个了不起的学者，那么，无人不行了。老朽也可以。玻璃球铺的掌柜也没问题。做这种事情的人，在汉唐之土，叫作'玉工'，身份很卑贱的。"老人边说边转向主人，暗暗

---

[1] 楠木正成（1249—1336），日本南北朝时期的武将。

[2] 建武时代，即室町时代初期（1334—1238）的年号。

地盼着主人赞同。

“此话不假！”主人恭敬地说。

“如今世间一切学问皆为形而下之学，看似不错，然而到了关键时刻，却毫无作用。从前可有所不同，武士就是个玩命的营生，所以他们平素就重在修身养性，得以大事临头，毫不慌张。因此，正如您所知道的，那可绝不是磨个球啦、搓根铁丝之类雕虫小技可以比拟的！”

“此话有理！”主人依然恭敬地说。

“伯父，所谓修心，就是不去磨什么球，整日袖起手打坐吧？”

“这么认为可就大错特错了。修心绝不是那么轻而易举的事。以至于孟子曾经说：‘求其放心。’[1]邵康节[2]也说过：‘心要放下。’此外，佛门中有位中峰和尚，告诫人们：‘具不退转。’深奥得很呢。”

“说到底，还是搞不懂。那么到底该如何去做呢？”

“先生可曾读过泽庵禅师的《不动智神妙录》？”

“没有，也没有听说过！”

“书里讲的是，置心于何处乎？若置心于敌人之身体，则把敌人之身体所制；置心于敌人之刀剑，则被敌人之刀剑所取；置心于杀敌之欲念，则被杀敌之欲念所辖；置心于己之刀剑，则被己之刀剑所控；置心于决不可被敌杀死之念头，则被不可被敌杀死之念头所缚；置心于他人之姿态，则为他人之姿态所摄。总之，心者无处置。”

“您竟然全都背下来啦？伯父的记忆力可真是了得。多长的一大段啊！苦沙弥兄，听懂了吗？”

[1] 求其放心，见《孟子·告子篇上》：“学问之道无他，求其放心而已矣。”
[2] 邵康节（1011—1077），名雍，字尧夫，北宋哲学家。

“有道理。”主人又用一句“有道理”遮掩了过去。

“您说，是这样吧？置心于何处乎？若置心于敌人之身体，则把敌人之身体所制；置心于敌人之刀剑……”

“伯父有所不知，苦沙弥兄对修身养性这方面很在行呢！近来每日都在书房里养心哪！就连来了客人都不去迎接，可见早已把心态放平了。所以，大可放心。”

“啊，这可是难能可贵……你也和先生一同修修心吧！”

“嘿嘿，我可没有那么多闲暇啊。伯父自然是悠闲之身，便以为小侄也无所事事吧？”

“你不就是无所事事吗？”

“不过，‘闲中自有忙’呀！”

“是吗，就因为看你做事不踏实我才叫你好好修心的呀。有‘忙里偷闲’的成语，可没听说过‘闲中有忙’的。是吧，苦沙弥先生？”

“是的，没听说过。”主人说。

“哈哈哈，如此一来我就没话说啦。对了，伯父，要不要去吃一顿东京的鳗鱼啊？好久没吃啦。我请你去竹叶料亭吃，怎么样？从这儿坐电车去，片刻工夫就到。”

“吃鳗鱼好倒是好，不过，我现在要去跟三原见面，就此先告辞了。”

“是去见杉原吗？那位老爷子还硬朗吧？”

“不是杉原，应该是三原。你总是不注意，真不像话。念错别人的姓名是失礼的。一定要多加注意！”

“可是，明明写的杉原呀？”

“写的是杉原，可念的时候要念成三原。”

“莫名其妙。”

“有什么莫名其妙的？这叫作名义读法，自古有之。蚯蚓的日式读法是‘mimizu’[1]，这就是名义读法，与‘看不见’读音相同，这和把癞蛤蟆读成‘kaeru’是一样的道理。”

“呀，真长知识。”

“把癞蛤蟆打死后，它就翻了个个儿，仰面朝天了，翻个儿的日语读音是‘kaeru’，因此习惯上就把癞蛤蟆叫作‘kaeru’。把杉原念成杉(shan)原，那是乡下人说的话。不注意些，要被人家笑话。”

“那么，伯父现在就去见三原吗？真不是时候。”

“怎么？你若是不想去，不去也行，我一个人去。”

“你一个人能去吗？”

“走着去恐怕不行。给我叫个车，从这儿坐车去吧！”

主人当即派女仆跑去车夫家叫车。老人又说了一大堆告别的话，将圆顶礼帽戴在发髻上。迷亭没有跟他一起走。

“他就是你的伯父吗？”

“他是我的伯父！”

“果不其然。”主人又在坐垫上坐下来，袖着手陷入沉思。

“哈哈哈，开眼了吧？有这样一位伯父，也算是我的荣幸啊。不论带他去什么地方，他都是这副派头。让你受惊了吧？”迷亭以为主人吃惊不小，大大地开心。

“哪里，没怎么吃惊。”

“连他这样的人你都不吃惊，可真有定力啊。”

“不过，你那位伯父有些地方很了不起，提倡精神修养等，就非常

[1] 日语“看不见”是“目見ず”，读音是“memizu”。

值得敬佩。”

“值得敬佩吗？你到了六十岁以后，说不定也和伯父一样成为时代的落伍者呢。你可得小心喽！若是接着了落伍者这一棒，那可就太笨了。”

“你一味担心落伍。不过，因时间、场合的不同，落伍者反倒了不起呢！首先，如今的人们搞研究，只知道不断向前，无止无休，永远不知满足。在这一点上，东方的学说则是消极的，韵味无穷。其中奥秘就在于讲求修身养性。”主人把前几日从哲学家那里听来的那套东西当作自己的看法侃侃而谈。

“越说越玄妙啦！怎么听着像是八木独仙的口气啊。”

一听到八木独仙这个名字，主人一惊。说到此人，其实前几日曾经造访卧龙窟，说服主人后悠然归去的那位哲学家，正是八木独仙。方才主人侃侃而谈的那套见解，完全是从八木独仙那里现趸现卖来的。本以为不知道那位哲学家的迷亭，却突然间说出了这位先生的名字，不露声色地使主人弄巧成拙，遭到了迎头一棒。

“你听说过独仙的学说？”主人担心地叮问了一句。

“何止听说过，那个家伙的东西，和十年前在学校时听到的，毫无改变。”

“真理不是那么容易改变的，也许正因为其不变，才让人信服哩！”

“反正就因为有你这样的人捧场，独仙才能够凭着他那套学说蒙混到今天啊！首先，八木这个姓就得奇妙无比。还有他那撮胡须，简直就跟山羊胡子一模一样。而且是自寄宿求学时代以来，他就一直蓄着那个胡子的。独仙这个名字也非同凡响。从前，他来我的宿舍过夜时，总是大讲他那套消极的精神修养。由于他老是车轱辘话来回说，没完没了的，我就说：‘咱们该睡觉了吧？’这位先生竟然满不在乎地说：‘我还不困呢。’继续喋喋不休地讲他的消极论，烦死人了。没办法，我几乎是央求他说：‘你大概不困，可我困极了。请你还是睡觉吧！’虽说总算是睡下了，可谁料想，那天夜里老鼠咬了独仙先生的鼻头。半夜三更的，他大喊大叫起来。这位先生虽然自诩已然悟道，看破生死，其实惜命极了，特别担心。他责怪我说：‘耗子毒一旦扩散到全身，那还得了！你一定得赶快想个办法！’真让我哭笑不得。后来，没办法，我只好到厨房去，在纸片上粘些饭粒去糊弄他。”

“怎么糊弄的？”

“我对他说：‘这是洋膏药，是德国的一位名医刚刚发明的。印度人被毒蛇咬伤时，一贴这膏药，立刻见效。所以你只要贴上这膏药，保你没事。’”

“看来你从那时候，就深谙糊弄人之道啊。”

“……要说独仙君就是实在，对我说的深信不疑，安心地呼呼大睡了。第二天起来一看，膏药下边吊着线头样的东西，仔细一看，原来是把他那撮山羊胡给粘住了，真是滑稽死了！”

“但是，现在他可比那个时候神气多了。”

“难道说你最近见过他？”

“一个星期以前他来过，聊了很长时间才走。”

“怪不得我感觉你在宣扬独仙的消极论呢。”

“我当时听了钦佩得五体投地，所以也打算好好进行一番修养呢。”

“发奋当然好，只是，把别人的话太当真，可要吃苦头的。你这个人总是太相信别人的话，这怎么行。独仙也不过是嘴上说得好听，到了关键时刻，和咱们一个样。你还记得九年前的大地震吧？当时，从宿舍二楼跳下去摔伤的，只有独仙一人。”

“那件事，他本人不是引以为豪的吗？”

“是呀！他本人说，那是他的幸运。说什么‘禅机真乃玄奥呀！一旦到了电光石火般危急关头，能够以惊人的神速做出反应。当其他的人都在嚷嚷地震啦，吓昏了头之际，唯独自己从二楼窗户跳下去，此举正表明了修心之功效。真高兴……’他一瘸一拐的，还乐滋滋的。他就是个不认输的家伙！说到底，再也没有那些满嘴禅呀、佛呀的人更莫名其妙的了。”

“是吗！”苦沙弥先生显得有些沮丧。

“前些天他来的时候，一定给你讲了好些和尚们那套老生常谈的吧？”

“嗯，他对我说了些‘电光影里斩春风’之类的话。”

“就说‘电光’云云这句吧，那是他十年前就挂在嘴头上的，所以才说他好笑啊。那时候，一提起无觉禅师的‘电光’一句，宿舍里几乎无人不晓。而且，这位先生一着急，就会说成‘春风影里斩电光’，笑死人了！他下次再来，你不妨试试看，在他有条有理地宣讲时，你一一进行反驳。他立刻就会变得逻辑混乱起来，说话颠三倒四的了。”

“碰上你这样喜欢搞恶作剧的人，谁都得颠三倒四。”

“喜欢搞恶作剧的还不知道是谁呢。我最讨厌什么禅和尚，什么‘开悟’之类的了。离我家不远有个南藏院，南藏院里有个八十来岁的老和尚。前些天下暴雨的时候，一个响雷落在和尚的院内，把院前的一棵松树给劈了。不过，听说那位和尚却泰然自若，毫不惊慌。于是我仔细一打听，原来他是个聋子。那当然泰然自若喽。其实都不过如此。那独仙自己悟道也就够了，可他动不动就教唆别人，真是坏透了。已经有两个人在独仙的影响下变成疯子了。”

“谁呀？”

“要问是谁，其中一个就是理野陶然哪。他拜独仙所赐，执迷于禅学，竟然去镰仓遁入空门，终于在那边变成了疯子。圆觉寺门前不是有一个铁路岔口吗？他跑到那个路轨上打坐。而且还狂妄地叫嚷要以肉身阻挡对面驰来的火车。好在火车刹住了车，他保住了一条命，可是，从那以后，他居然号称是水火不入的金刚不坏之身，又跳进寺内的荷花池里，一边咕嘟咕嘟地喝水，一边挣扎。”

“死了吗？”

“这回又是万幸没有丧命，正巧道场的和尚从那里路过，救起了他。但是后来他回到东京后，终于患腹膜炎死了。虽说是因腹膜炎而死，但是造成腹膜炎的原因，是由于在佛堂里吃大麦饭和咸菜的关系，所以说，归根结底，独仙是间接地害死了他。”

“看来，太执着了，也好也不好啊！”主人有些沮丧地说。

“说的是！被独仙坑害的，我的同学里还有一个呢。”

“不得了！是谁啊？”

“立町老梅君呗！此人也完全在独仙的怂恿下，张口闭口胡说什么‘鳗鱼升天’，结果你猜怎么着，愿望成真了。”

“什么成真了？”

“就是终于鳗鱼升天，猪成仙了啊。”

“这是怎么回事？”

“既然八木是独仙，那么，立町便是猪仙了。没有人比他更贪吃的了。那般贪吃，再加上出家人坏心肠，所以就没救了。起初，我们也没大留意，现在回过头一想，确实好多事叫人摸不着头脑！他一到我家，就说什么：‘有没有炸肉排飞到那棵松树下？’‘在我家乡，鱼糕放在木板上漂在水上呢！’不停地说些稀奇古怪的话。光说还没什么，竟然还催促我：‘咱们到门外的水沟去挖白薯面点吧！’连我都受不了啦。过了两三天，他终于成了猪仙，被送进了巢鸭疯人院。本来猪没有资格发疯的，全是托独仙的‘福’，他才修炼到那儿去了。独仙的力量真不得了噢！”

“哦？现在人还在巢鸭吗？”

“何止是在巢鸭，他还是个自大狂，大放厥词呢！近来说什么立町老梅这个名字太平庸，自号天道公平，以替天行道为己任。可是狂妄啦，你还是自己去瞧瞧吧！”

“天道公平？”

“就是天道公平呀！尽管是个疯子，起了个不错的名字。有时他也写成‘孔平’。他说什么世人迷惘，所以定要拯救众生。于是，他拼命给朋友或其他人写信，我也收到了四五封，其中有的写得特别长，因超重，我补交了两次邮费呢。”

“这么说，寄给我的也是老梅写的喽！”

“也给你寄啦？这可太有趣了！也是红色信封吧？”

“嗯。中间红，两边白，与众不同的信封。”

“那信封，听说是特意从中国买来的，据说是因为它体现了猪仙的格言：‘天道为白，地道为白，人在中间乃红色’……”

“原来那信封还大有来历呢！”

“正因为疯癫，才格外执着于信封。即便他已然发疯，贪吃的本能似乎依然未改，每封信里必写有关食物之事，甚是奇妙！给你的信里也写了什么食物吧？”

“嗯，写了海参。”

“老梅喜欢吃海参的，怪不得呀！还有什么呢？”

“还写了河豚和高丽参等。”

“河豚和高丽参搭配，绝啦！他大概是想说如果吃河豚中了毒，就煎服高丽参汤！”

“好像并非此意。”

“不是此意也无妨，反正他是个疯子。就这些？”

“还有这样一句：‘苦沙弥先生！请品尝清茶一杯！’”

“哈哈哈……‘请品尝清茶一杯’，未免太过分啦！他一定是有意恶心你一下。好句子啊！应该喊天道公平君万岁了！”

迷亭先生来了兴致，哈哈大笑起来。当主人得知，他怀着十分的敬意反复捧读的书信，竟是个真正的疯子写来的，觉得先前的兴致与苦心都仿佛徒劳一场，既生气，又羞愧。自己居然那般煞费脑筋地玩味疯子的文章，以至于怀疑起自己来，既然对狂人作品如此钦佩，那么自己是否多少也有点神经异常？如此这般，因气恼、羞愧与忧虑交织混杂在一起，主人面露心神不宁之色。

就在此时，只听有人哗啦哗啦开格子门，两个人迈着重重的步子一走进门里，就大声喊起来：“有人在家吗？”

主人虽说屁股很沉，迷亭先生却是个颇为热情的人，不等女仆出去迎客，他已经边说着“请进”，边两步穿过客厅，跑到了门口。迷亭来访，向来不叫门，大模大样地走进屋来，这一点似乎让人不悦，但他一旦进了别人家，便像个书童似的担负起迎接客人的任务，倒也方便了不少。不过，无论迷亭再热情好客，毕竟是客人，怎么可以让客人去开门，主人却端坐不动的道理！如果是一般人，肯定会随后出来迎客的，然而，苦沙弥先生就是与众不同。他若无其事地稳坐在坐垫上。不过，这“稳坐”与“端坐”，其意相似，实则大不相同。

跑到玄关的迷亭，在和谁争辩着什么。过了一会儿，回头朝屋里嚷道：

“喂！这家的主人！劳你出来一趟。你不出来是解决不了问题的。”

主人不得已，才袖着手慢腾腾地走出来。看见迷亭正手拿一张名片蹲着和客人应酬，腰哈得不能再低了。名片上写的是警视厅刑警吉田虎藏。和他并肩站着的是一个二十五六岁、高个子的英俊男子，穿着一身细条纹布衣。奇怪的是他和主人同样袖着手，一言不发地站着。我觉得此人好像在哪儿见过，仔细一端详，才想起何止是见过，这不正是前些天深夜来访、抱走了山药的那个贼君吗？奇怪，这回竟然大白天公然从正门光临了。

“喂，这位是刑警，逮住了前些天行窃的小偷，特来通知你去认领失窃物品的。”

主人终于明白了刑警为什么登门，便低下头，面对窃贼毕恭毕敬地鞠了一躬。他大概是觉得窃贼比虎藏君长得更为仪表堂堂，便想当然地断定他是刑警吧。窃贼自然是格外吃惊的，但又不便声明“我是小偷。”照旧袖着手站在那里。也难怪他这样，戴着手铐，叫他不袖着手也是不可能办到的。如果是一般人，一看这光景，便会明白了，可是我家主人与众人不同，一向对官吏和警察特别恭敬，他认为对于衙门是必须敬畏三分的。虽说从理论上他也知道，警察之类无非是包括自己这样的老百姓出钱雇来的门卫而已，但是到了现实中，他便格外地唯唯诺诺。也许是由于主人的老子昔日曾是穷乡僻壤的小村官，成年累月对领主作揖施礼，这一习惯就因果报应在了儿子身上吧。真是可怜！

刑警似乎是觉得主人很滑稽，笑嘻嘻地说：“明天上午九点以前，请到日本堤的分局去一趟——失盗物品都是些什么？”

“失盗物品有……”主人说到这儿就停顿了，因为他早已忘得差不多了，只记得多多良山平的山药。他心里虽想：山药嘛不提也罢，可是，刚说出“失盗物品嘛……”就没有下文了，未免显得愚痴，不像样子。若是别人家被盗，另当别论，而自家失盗，却不能明确回答，会被当作幼稚的证据。想到这儿，主人便硬着头皮说出后半句：

“失盗物品有……山药一箱。”

这时，窃贼似乎是觉得实在太可笑了，低下头将脸埋进领口里。

迷亭则哈哈大笑着说：

“看起来丢了山药，让你好心疼哪！”

只有刑警格外认真地说：

“山药没有找到，但其他物品大多找回来了。你去看一下就清楚了。还有，领取失窃品后要填写一张领取单，你去的时候别忘了带图章……一定要在九点以前来，是日本堤分局，就是浅草警察署管辖内的日本堤分局。那就这样吧，再见！”

刑警自顾自地说了一通，便走了。窃贼也跟着走出门去。由于手被铐着，不能关门，因此门依然大敞着。主人虽然对警察诚惶诚恐，对没有关门也很不满，绷着脸，哗啦一声拉上了门。

“啊哈哈……你对刑警真是尊敬呀！假如你平日对人都是那么谦恭，倒还是个君子，可是，你只对警察恭恭敬敬，可就无法恭维了。”

“当然应该客气啦，人家特意来通知的嘛！”

“来通知也是应该的呀，那是他的工作嘛！以一般的态度接待，就足够啦！”

“不过，这可不是一般的工作呀！”

“当然不是一般的工作啦。是侦探这种不招人喜欢的工作啊。比一般的工作要低等呢！”

“喂，你说这种话，可要倒霉的呀！”

“哈哈哈哈，那就不再骂警察了吧！不过，你尊敬刑警还说得过去，可是尊敬盗贼，就不能不叫人吃惊了！”

“谁尊敬盗贼了？”

“就是你老兄呀！”

“我何曾亲近过盗贼？”

“何曾亲近过？你不是对盗贼鞠躬作揖的吗？”

“什么时候？”

“就是刚才，你不是鞠了一个大躬吗？”

“胡说！他是刑警呀！”

“刑警怎么会是那副架势呢？”

“正因为是刑警，才是那副架势哪！”

“真顽固啊！”

“你才顽固呢！”

“好吧，我问你，警察到别人家，是那么袖着手，直挺挺地站着吗？”

“警察也未必不袖手。”

“你这么蛮不讲理的，我可招架不了。你在跟他寒暄的时候，那家伙可是一直站着不动的呀！”

“这有什么，人家是警察，很可能的。”

“太自以为是了，怎么说都听不进去。”

“就是听不进去！你也就是嘴上说什么‘窃贼’‘窃贼’的，并没有亲眼见过那个小偷什么样。只是凭空想象，自己胡搅蛮缠罢了。”

争执到这里，连迷亭似乎也绝望了，觉得主人已不可救药，一反常态地不再吭声了。主人却以为终于驳倒了迷亭，十分得意。在迷亭看来，主人的人品因固执己见而降低，可是，在主人看来，正因为自己固执己见，才得以胜过迷亭一头。人世间此类怪事比比皆是。有些人认为只要顽固到底就是胜利，然而他这么想的时候，其人格却大大地贬值。奇怪的是，顽固者至死都认为保全了自己的面子，却做梦也想不到，从那以后被人们看轻，无人愿意与其交往了。真幸福的人啊。据说这种幸福被称之为“猪猡的幸福”。

“那么，明天你打算去吗？”

“当然去呀！叫我九点以前到，我八点就出发。”

“学校的课怎么办？”

“停课呗！学校无所谓。”主人的口气很硬，胆子还不小哩！

“口气不小啊！停课没关系吗？”

“当然没关系啦！我们学校是发月薪，不会扣我工资的，不碍事的。”主人实话实说，若说他滑头，是够滑头的，若说他天真，也够天真的！

“你去没问题。可是，认识路吗？”

“怎么可能认识！坐车去，不就得了。”主人气歪歪地说。

“您这不是成了个不让静冈伯父的‘东京通’了吗，佩服！”

“你好好佩服佩服吧。”

“哈哈哈，老兄，那个日本堤分局，可不是个寻常的地方，在吉原噢。”

“什么？”

“在吉原。”

“是那个妓院街吉原吗？”

“就是呀。吉原这个地方，东京只有一个呀。怎么样？想去瞧瞧吗？”迷亭先生又调侃起主人来了。

“那个地方的话”，主人一听到吉原这个地名，稍稍犹豫了一下，但立刻改变了主意，竟然在这微不足道的事情上要起了威风，“管它是吉原还是妓院，我说了要去，就一定去！”

蠢人总是在这类事情上逞能。

迷亭只说了句：“啊，一定很有意思。去开开眼吧！”

警察来访造成的小小波澜，至此暂告一段落。而后，迷亭依然是东扯西扯到了日暮时分，向主人告别时说了一句：“回去太晚的话，伯父要发火的。”就走了。

迷亭走后，主人匆匆吃过晚餐，又钻进书房，袖起手思考起来。

“自己素来钦佩，努力效仿的八木独仙，按迷亭的说法，似乎并不是个多么值得效仿的人。非但如此，他所倡导的学说似乎有些不合常理，正如迷亭所说的那样，多少属于疯癫一类。更何况他有着两个不折不扣的疯癫徒弟，甚是危险！如果接近过多，自己也会被拉进那个疯子圈里去的。而那个天道公平（真名是立町老梅）——自己读其文章后，惊叹之余，认定是个非常有见地的伟人——竟是个十足的疯子，已经住进了巢鸭疯人院。即便迷亭说的有些夸大，但是立町在疯人院里沽名钓誉，以天道的主宰者自居恐怕是事实吧。如此看来，说不定自己也有这种倾向呢！常言说‘同气相求’‘同类相聚’。我既然赞佩狂人之说——至少对狂人的文章言词有所共鸣——恐怕自己也是个与疯癫相去不远的人吧！纵然未被融化于同型之中，然与狂人比邻而居的话，难免有一天会推倒一墙之隔，聚于一室，促膝畅谈的。这可不得了！回想起来，近来自己的所思所想简直是奇上加妙，怪上加异，连自己都感到吃惊。且不说脑浆一勺的化学变化，到了意志化为行动、思考化为言辞之时，有失中庸之处多得不可思议。即便舌上无龙泉，腋下不生清风，也不该齿根有恶臭，筋头有疯气！越来越不妙了！说不定我已然成为一个地道的疯子了吧？幸而尚未做出伤及旁人，危害社会之举，才没被驱逐出街道，依然作为东京市民而存在吧！这已经不是什么‘消极’或‘积极’之类的层次的问题了，必须从脉搏进行检查一下。然而，脉搏似乎并无异常。是头脑发热？也不像有什么邪火上攻。可还是叫人担心。

“总是这样拿自己跟疯子比较，寻找类似之点的话，势必难以逃出疯子的范畴。看来自己这样看问题的方法不对。正因为自己总是以疯子为标准，将自己与疯子相比较，才会得出这样的结论。假如以健康人为标准，把自己置于健康人之侧进行考量，说不定会得出相反的结论的。如此，就必须先从身边的人着眼。那么首先看看今天来访的那位身穿大礼服的伯父吧。他张口闭口‘置心于何处？’……有点不大正常。其次，就是那寒月，他从早到晚，带着饭盒去学校，埋头磨玻璃球。这家伙也跟疯子是一类人。第三个人嘛……迷亭如何？那个家伙深谙恶作剧之道，纯粹是个乐天的疯子。第四个人……金田夫人。她那恶毒的心肠，完全脱离了常人，肯定是个真正的疯子。第五个人，就是金田老板了。虽然还未曾谋面，但是，单看他对老婆低三下四、琴瑟和谐的样子，不妨看作是个非凡的人。非凡乃是狂人的别名，因此，可以把他和疯子划归一类。然后就是……还有，还有。就是落云馆的诸君子。从年龄来说，虽然还嫩得很，但在狂躁这一点上，却是些不可一世的混世魔王。如此说来，大多属于疯人一类。主人反倒觉得心安理得了。说不定整个社会便是疯人的集合体。疯人们聚在一起，互相残杀，互相争吵，互相谩骂，互相争夺。这些疯子构成的社会整体，或许犹如细胞一样不断死亡又再生，如此反复无穷地生活下去的。说不定其中一些略辨是非、明白道理的人，反而碍事，于是创建了疯人院，把这些人关了进去，让他们不能出来捣乱。于是，被幽禁在疯人院里的是正常人，而在疯人院外面发疯的才是真疯子呢。当疯子势单力孤时，总是被人们看作是疯子，但是，当他们成为一个群体，有了势力之后，便成为健全的人了吧。大疯子滥用金钱与势力，役使众多的小疯子干坏事，却被人们赞誉为‘优秀的男人’，这种例子不可胜数。真是越想越不明白了！”

以上，是我将主人当天夜晚在对灯孤坐，沉思默想时的内心进行了如实描述。主人头脑混沌，在这时也明显地反映出来。尽管他蓄着翘八字胡[1]，却是个呆瓜，连疯子与正常人差别的都搞不清楚。何况他好不容易提出这么个问题，诉诸自己的思索能力，却终于没有得出任何结论，中途作罢了。不论什么事，他都是个不具备彻底思索的力量的人。他的结论十分迷蒙，如同他鼻孔里喷出的“朝日”牌青烟，难以捕捉，这才是他思考问题的唯一特色，请千万牢记这一点。

吾辈是猫。或许有人置疑：一只猫儿，如何能将主人的内心所思描绘得如此详尽，殊不知，这等小事，对于猫来说，易如反掌！别看不起猫，我也懂得读心术的。“几时学的？”问得多余。反正我会的。当我趴在人的膝上睡觉时，总是将柔软的毛皮轻轻地摩擦人们的肚皮。于是，闪过一道电光，将人的心理活动清清楚楚地映入我的眼。前些天，甚至有过这样的事：主人温存地抚摩我的头时，突然萌生了一个叫我吓掉魂的念头：“若是剥下这张猫皮，做一件坎肩，一定很暖和。”我当即察觉到了，禁不住浑身一阵发冷。真恐怖！有幸能将当天夜里主人头脑中涌出的上述思绪向各位报告，乃是吾辈之极大的荣誉。但是，主人最终以“真是越想越不明白了”打发了思考后，便酣然入睡了。到了次日，主人必定会将昨夜都想了些什么忘得一干二净的。今后，倘若主人对疯癫之事

---

[1] 原文的“kaize”是德语的“皇帝”之意，有的译为“恺撒胡”，并不准确。

再度进行思索的话，必然会从头思考，重蹈覆辙的。我无法判断到那个时候，他是否仍旧会以昨夜的思路，依然得出“真是越想越不明白了！”的结论。然而，不论他从头思考多少次，也不论他依照多少条思路去思索，最终都会得出“真是越想越不明白！”的结论的，这个我可以打包票。

十

“喂，已经七点了！”妻子隔着拉门喊道。不知主人醒了还是没有醒，背着身子躺着，不搭腔。

一概不回答是这位先生的个性。只是在不得不回答的时候，才会“哼”一声。即便这一声“哼”，也是不轻易发出的。虽说懒到连回答都嫌麻烦的人，或许别有意趣，只可惜这类人是最不讨女人喜欢的。现在，连陪伴在他身边的妻子对他好像都不大敬重，更何况其他人了，这么说应该不会有什么错吧。人常说：“被亲兄弟疏远的人，不会得到美人的芳心。”那么连妻子都不待见的主人，也不可能得到一般淑女的青睐了。虽说我也没有必要借此机会揭露主人在异性中毫无吸引力的事，无奈主人总是把事情想歪了，为自己辩解，妻子之所以不喜欢他，完全是因为他上了年纪。这正是他糊涂的根由。为了帮他反躬自省，我才出于关心略表己见的。

既然按照丈夫吩咐的叫早时间已喊了丈夫起床，而丈夫不予理睬，既然主人背对着自己，连哼都不哼一声的话，女主人便认定错在丈夫，而不在自己了。于是妻子做出一副“误了事与我无关”的神情，扛着笤帚和掸子去了书房。

不大工夫，照例从书房里传来了啪嗒啪嗒拍打东西的声音，每天一次的打扫卫生开始了。清扫的目的到底是运动，还是游戏，我不担负清扫之责，无可奉告，所以只要装作不知便可，不过，说到像这位女主人的清扫方法，却不能不说是毫无意义之举。若问为什么说毫无意义，那是因为女主人只是为了清扫而清扫。她用掸子大致掸掸纸拉门，将笤帚往席子上一划拉，就算打扫完毕。对于清扫的原因和结果，她就不负任何责任了。因此之故，干净的地方每天都干净，而那些污垢之所、落满灰尘之处则污垢依旧，灰尘犹在。自古就有“告朔饩羊”[1]的故事嘛，说不定打扫终究比不扫要好些。其实，她打扫不打扫，对于主人并没什么多少用处。而天天不辞辛苦地来打扫，正是女主人的非凡之处。尽管妻子与扫除，已由于多年的习惯，形成了机械的联想，二者被牢牢地结合在了一起，至于扫除的效果，仍旧如同女主人未出生以前一样，如同还没有发明笤帚和掸子以前一样，丝毫没有长进。想来，这二者的关系，就和形式逻辑命题中的名词一样，是不问内容而彼此结合在一起的吧。

和主人不同，我习惯于早起。此时，肚子已经饿得咕咕叫了。但是，连这家人都没有用餐，咱这卑贱的猫，更是不可能吃早点的，然而这正是猫的可悲之处，我以为此时正从鲍鱼壳里冒出一缕缕热腾腾的香

[1] 告朔饩羊，出自《论语·八佾篇》。“朔”，每月初一；饩（音“戏”），活牲畜。按周礼，诸侯每月初一要用活羊祭祖庙。

气呢！这么一想，我就再也忍耐不下去了。当明知道会失望仍然对其抱着希望时，最明智之举乃是只在心里想象那希望，按兵不动。可是要做到这一点相当困难。我非要试探一下内心的想象是否与实际相符不可，甚至要以身试法，尝试那注定会失望的事，不体验到这种失望不死心。我实在饿得受不住，便爬进厨房，先瞧了一眼炉灶旁边的鲍鱼壳。不出所料，昨晚舔得一干二净的地方，暴露在天窗照射进来的初秋的阳光中，静悄悄地闪着诡异的光环。

女仆已把煮好的米饭倒进饭桶，此时正在搅拌炉火上的汤菜锅。菜锅周边溢出来的条条米汤，被烤得干巴巴的，有的就像薄薄的吉野纸似的粘在上面。我心想，既然饭菜都已做好，应该可以吃饭了吧。这种时候客气是多余的。就算不能达成所愿，也吃不了什么亏。因此我应该鼓足勇气，催促她快些开早饭。尽管我是寄居在这家里的猫，也同样知道饿的！我打定主意，“喵喵”地冲着女仆叫起来，叫声既像是撒娇，又像是请求，又像是抱怨。女仆根本不理睬。我熟知她是个生来就难缠的不通人情的家伙，不过，只要叫得动听，说不定会叫来她的同情，这就要考验我的本事了。于是，我改为“嗷嗷”地叫了几声。那叫声带有几分悲壮，连我自己都确信它定可唤起天涯游子断肠之思。

谁料女仆却全然不为所动。这女人说不定是个聋子。聋子是不可能做女仆的。可能只是听不见猫叫？据说世上有色盲一说。尽管本人认为自己视力很好，但在医生看来，是个“半瞎”。而这位女仆，可能是个声盲吧？声盲也属于残疾人。她虽说是个残废却特别蛮横。夜里我要出去方便，可是不管怎么央告，她也不给我开门。偶尔放我出去，却又不开门放我进屋。即使夏天，夜露也很伤身，更何况是秋霜。我在屋檐下蹲着，苦熬到日出，那感觉是何等悲怆，各位恐怕无法想象。前些天我被她关在门外时，还遭到了野狗的袭击，就在命悬一线之际，幸亏我及时跳上储物间的屋顶才捡了一条命，吓得我哆嗦了一整夜。这一切不幸都是源于这女仆的不近人情。面对这么个女人，无论怎样使出浑身解数朝她叫唤，也不会有任何反应的，然而正所谓“临时抱佛脚”“人穷志短”“狗急跳墙”，所以除非是忍无可忍，我都不会停止叫唤的。

我第三次叫时，为了引起女仆的注意，特地采用了“啊嗷——啊嗷——”这样复杂的发声法。我确信自己的叫声之优美，绝不亚于贝多芬的交响乐。然而，对于女仆仍然丝毫不起作用。只见她突然跪下，掀开了一块盖板，从里面抓出一根四寸长的木炭来，然后在炭炉边上梆梆地敲成三截，炭粉溅到四周乌黑一片，似乎还飞进菜汤里一点。女仆才不会顾忌这些，立刻将三截木炭从锅底下塞进了炭炉里。看样子她是不可能被我发出的交响乐打动了。没办法，我只好悄然回起居室去。路过洗澡间时，看见三个女孩正在里面洗脸，那场面太热闹了。

虽说是洗脸，可是两个大女孩才上幼儿园，老三更小，跟在姐姐屁股后面都走不稳，因此，根本不可能像样地洗脸，使用化妆品打扮了。那个最小的竟然从水桶里捞出湿淋淋的抹布在脸上胡乱涂抹。用抹布擦脸，想必是不怎么舒服的，然而，每当地震时，那个小家伙便叫喊：“太有意西(思)啦！”像这样的孩子，用抹布擦脸这等小事，就不足为怪了。说不定她比八木独仙还要超然得多呢。大姐不愧是长女，以大姐自居，看到小妹这样，“哐啷”一声摔了自己的漱口盂，来夺抹布：

“小丫头，那是抹布呀！”

小家伙也是个犟主，不肯老老实实听姐姐的话。嘴里一边说着“我不，巴布！”又抢回那条抹布。

这“巴布”二字，究竟是什么意思，来自什么语，没有人知道。只是这小家伙儿发脾气时会常常用到。

由于这抹布被姊妹俩扯来扯去，从含水最多的中段滴滴答答地流出水来，毫不留情地淋在小妹的脚上。如果只淋在脚上倒也罢了，她的双膝也被淋得湿漉漉的。这小妹还穿着元禄呢。什么是元禄？我经过了解才明白，凡是染有某种花纹的衣服都叫作元禄。也不知是谁教给大姐的，她居然会说这等难词儿：“丫头，元禄都湿了，听姐姐话，啊？”

可是这位姐姐前不久还把“元禄”和“双六”[1]给念混了呢。

从元禄我联想起一件事来，顺便啰唆几句。这位大姐说错的话太多了，经常叫人听了哭笑不得。例如看到着火，她说：“蘑菇飞来了！”“到御茶酱[2]女子学校去上学！”有时候把惠比寿和厨房[3]搞混了。有一次还说：“我可不是葫芦里生的。”仔细一问才知道，原来她是把“胡同”说成“葫芦”了。主人每逢听到女儿说错话都发笑，但是，他自己到学校去教英语时，可能会认真地把比这更严重的错误讲给学生们听呢！

小丫头——本人不这么叫自己，总是叫丫达——发现元禄衫湿了，哭起来，嚷着：“元大细[4]！”

元禄湿了还了得！女仆从厨房里跑了出来，夺过抹布给她擦衣服。

在这乱哄哄之中比较安静的是二姐澄子。澄子将架上掉下来的扑粉瓶盖打开，正背着脸不停地往脸上抹粉呢。她先用伸进瓶里蘸了粉的手指抹了一下鼻子，鼻梁上立刻出现了一条白道道，鼻子的所在立见分明。接着她又将那手指往脸上抹了一下，于是乎，脸蛋儿上又白了一块。就

[1] 日文二者发音近似。双六是日本的一种棋。

[2] 御茶酱和御茶之水发音相近。

[3] 惠比寿在日语里也有灶王爷之意，因此与厨房混淆。

[4] “元禄湿了”的意思。

在她刚刚打扮完，女仆进来了，擦完小丫头的元禄衫，又顺手给澄子擦了脸蛋。澄子有些不高兴。

我冷眼观看了这一幕后，从客厅来到主人的卧室，偷偷看看主人起床了没有。可是没有找到主人的头在何处。只看见一只厚厚的八寸半大脚从被角伸出来。大概是怕一露头就会被妻子叫起来，主人才将头缩进被子去的，活像个缩头乌龟。这会儿，已将书房打扫完毕的妻子，又扛起笤帚和掸子走过来，同刚才一样，站在门口喊道："还不起来吗？"

她站了一会儿，盯着那个不露脑袋的被子。这回仍无回应。妻子两步跨进门来，用笤帚"咚"地戳了下铺席，再一次催促道："你怎么还不起来？"

这时，主人已经醒了。正因为已经醒了，才为了对付妻子的袭击，把脑袋缩进被窝里的。他以为只要不露出头就可以躲过，正怀着侥幸的心理赖着不起呢，谁知妻子并不肯放过他。第一次，妻子是站在门口叫他起床的，至少有六尺远距离，他还不当回事。当妻子"咚"的一声戳笤帚时，已经近在三尺左右，把他吓了一跳。而且妻子第二次问的"还不起来吗？"不论是从距离还是音量，都以比前次翻倍之势传进被窝，他才意识到已经无路可退，小声"嗯！"了一声。

"不是说必须九点钟以前去吗？不赶快起来，就来不及了。"

"你不催，我也准备要起来的。"

他从睡袍袖口里回答的样子，真乃奇观。妻子常常被他这一手给蒙过去，以为他马上会起床，便放了心，谁知他又酣然睡去了。因此，妻子觉得不可轻信他了，便又催促："快点起床吧！"

已经说了马上就起床，还催促起床，真讨厌！像主人这样任性的人，就更是气恼。于是主人将蒙在头上的被子猛地掀掉，瞪着两只圆眼说："烦死人了。我说了起床，自然会起床嘛！”

“你嘴里说起床，可还是不起呀！”

“我什么时候说了不做啊？”

“任何时候都是！”

“胡说！”

“不知道谁在胡说！”

妻子“咚”的一声将笤帚一戳，站在主人枕旁的架势，相当的威风。

就在这时，后面车夫家的八丫头突然“哇”的一声大哭起来。这是车夫的老婆指使的，只要主人一发火，八丫头就一定要哇哇大哭。虽说这样做，她也许会收到一点赏钱，不过，八丫头可就受罪了。有这么个妈，就要从早哭到晚。假如主人稍微能够明白些这里面的门道，控制些火气的话，那八丫头的小命也会延长些。不过，话说回来，纵然金田先生怎么恳求，车夫老婆竟能干出这等愚蠢之举来，可见比起天道公平来，他们有过之无不及。

如果只是主人发怒时，被八丫头哭几声，孩子还不算太受罪，然而，金田先生雇用了邻近的几个无赖，每当他们聒噪“今户窑的狸子”时，八丫头也必须配合着大哭的。有时候由于不知主人是否会动怒，便预想这么做他一定会发火，而提前把八丫头弄哭。就这样，也弄不清到底是主人是八丫头，还是八丫头是主人了。总之，若想捉弄主人，无须费多大力气，只要把八丫头臭骂一顿，便等于打了主人的嘴巴。传说在古代西方，犯人如果在行刑之前逃亡国外，未能逮捕归案，便制作个偶人作为其替身焚烧。可见金田公馆里也有通晓西洋故事的军师，给他们传授过计谋了。落云馆也好，八丫头的妈也罢，对于毫无本事的主人来说，都是很难对付的吧！此外还有许多难对付的敌人，也许整个街里的人都是主人的对头。不过，眼下与本文无关，留到以后陆续介绍吧！

一大清早就听到八丫头的哭声，主人大怒，立刻翻身而起，端坐在被褥上。到了此时，任他什么精神修养、八木独仙，全都不存在了。他边起床，边用两只手咔咔地搔头，差点把头皮挠下一层来。于是，积攒了一个月的头皮毫不留情地落到脖颈和睡衣领子上，非常壮观。再一看胡须，更叫人吃惊。那胡须怒发冲冠般倒竖着。既然主人发怒，那胡须想必是觉得自己无动于衷，太愧对主人，故而也根根挺立，以迅猛之势，向四面八方肆意伸展，这可算得上是一景。由于昨天主人对镜整理过，胡须都服服帖帖、齐刷刷地排列着，宛如德皇恺撒的胡须一般。但是只睡了一晚上，所有操练都白费了，胡须又恢复其本来面目，放任自流了。这宛如主人一夜之间速成的精神修养，第二天便忘得干干净净，天生的野猪本领又立刻暴露无遗一般。蓄有如此粗野胡须的这个粗野男人，居然至今还没有被罢免教师之职。想到这里，方才知道日本之广阔。正因为广阔，金田老板及其走狗，才得以作为人而苟活于世吧！主人似乎确信：只要他们作为人而存活于世，那么，就没有理由革自己教师的职。必要时可以给巢鸭疯人院去封信，请教一下天道公平先生，自然会搞明白。

这时，主人睁大我昨天介绍过的他那双混沌太古般的眼睛，死死地看着对面的壁橱。这个壁橱高六尺，分成上下两层，各有一个柜门。下边那个壁橱门和被脚紧挨着，坐起来的主人只要睁开眼睛，便会很自然地将视线投向那里。主人一瞧，那门上裱糊的花纹纸早已斑驳破损，露出了里层的各色糊纸，活像是内脏。那内脏五光十色，有的是印刷品，有的是手写的，有的是背面朝外，有的是颠倒的。当主人看见这些“内脏”时，想仔细瞧瞧上边写了些什么。本来主人一肚子火，恨不能把车夫老婆抓来，将她的脸摁在松树干上磨。可是，现在突然又想读读这些糊纸上的字，看似不可理喻，然而，对于他这么个喜怒无常的人来说，却不必奇怪。这就像小孩哭时，只要给个豆包，马上会破涕为笑一样。

主人从前在某个寺庙里住宿时，隔扇那边住着五六个尼姑。说到这尼姑，本来就是坏心肠女人之中最坏的。其中一个尼姑，似乎摸透了主人的脾气，一边敲着自己的饭锅，一边打着拍子唱道："刚才乌鸦哭，现在又笑了。""刚才乌鸦哭，现在又笑了。"据说主人极其厌恶尼姑，就是打那时开始的。不过，那尼姑虽说是挖苦主人，却也不是空穴来风。主人无论是哭还是笑，不管是喜还是悲，情感表露无不多于常人，但都不持久。说好听些，是没有长性，心绪转换过于频繁。若翻译成白话，他不过是个浅薄无知的赖皮大王罢了。既然是个难缠的孩子，那么，他猛然坐起，像要跟谁干一架似的，却又突然改变主意，看起壁橱里露出的"内脏"来，也就顺理成章了。

主人第一眼看到的是头朝下的伊藤博文[1]，上端还有"明治十一年九月二十八日"的字样。可见这位朝鲜总督，也是从这个时代开始紧跟着政令行事了。主人心想：不知大将军此时任何职务？他费劲地仔细辨认，终于看见"大藏卿"[2]三个字。果然是个了不起的职位！再怎么两脚朝上，也是个大藏卿呢！他又稍微向左一看，这回看见了一个横着的大藏卿，躺着午睡哩。这也难怪，拿大顶是坚持不了多久的。在下面的一大块木板上印刷着"汝等"两个字，他很想往下看，可就是看不见。

[1] 伊藤博文（1841—1909），近代日本政治家。明治维新功臣，长州五杰之一。曾任第一任的首相、枢密院议长、贵族院议长以及韩国统监、日清战争议和全权大使等，1909 年后在哈尔滨被朝鲜独立运动者安重根暗杀。

[2] 大藏卿，即财政大臣。

下一行只露出“速速”二字。这一句他也想看，无奈也是只露出这么点，所以看不成了。假如主人是警察厅的侦探，即使是他人之物，说不定也会扯开看一看的。做侦探的，没有受过高等教育，为了拿到罪证，什么事都干得出来，真是不可救药。但愿他们能稍微客气点。要是不客气点，就不准他们来调查取证！据说他们甚至罗织罪名诬陷良民。良民纳税雇用的人，竟然反过来诬陷雇主，他们也属于彻头彻尾的疯子。

主人又转动了一下眼珠，往中心部分看去。中心有“大分县”三个字在翻筋斗。连伊藤博文都拿大顶，大分县翻筋斗也是理所当然。主人看到这里，双手握紧拳头，高高地向天井伸去，这是他打哈欠的预备姿势。

主人打的这声哈欠也恰似鲸鱼远吠，声嘶力竭。他打完了这个呵欠，才慢腾腾地换上衣服，到洗澡间去洗漱。妻子早已等得不耐烦，立刻卷起被褥，叠好睡袍，例行公事地打扫起来。和妻子打扫如出一辙，主人洗脸也是千篇一律，十年如一日。和前日介绍过的一样，照例是“嘎……嘎……”“呀……呀……”地叫了一阵。然后，梳理好了头发，将毛巾往肩上一搭，移驾客厅，在长方形火盆旁悠然落了座。提起长方形火盆，说不定有的读者会想到鱼鳞花纹的山毛榉木、黄铜镶里的那种，阿姐披散着刚洗过的一头乌发，支起一条腿坐在身边，在台湾黑檀炉沿儿上啪的一磕长烟袋的景象吧。不过我家主人苦沙弥先生的长火盆绝没有那么讲究。它古雅得以至于究竟是用什么材料制作的，外行人都无从辨认。长方形火盆本应擦得锃亮，可主人的这个长火盆，到底是山毛榉的，还是樱木的，或是桐木的，都搞不清楚，而且几乎从来没有擦过，所以总是黑黢黢的，难以入目。若问他：“这个物件是从哪儿买来的？”肯定回答：“记不起什么时候买的了。”若再问：“那么说，是别人给的？”他就会说：“没人赠送过。”“如此说来，难道是偷来的不成？”倘若这样刨根问底，主人又不知怎样回答，总是含糊其词。听说从前主人的亲戚中有个老太爷，他死了以后，那个亲戚曾请主人住在老人住所里看了一段时间家。后来主人自己成了家，从老人住所搬走时，就把那个老人一直用着的长方形火盆一起若无其事地带走了。这似乎有点不讲德行，但是思量起来，虽有点不讲德行，这类事在人世上可是屡见不鲜。比如银行家每天帮别人存钱，渐渐地就会把别人的钱看成了自己的钱。官吏本是人民的公仆。相当于人民为了办事方便，而给了他们一定权限的代理人，但是他们仗着被委任的权力，每天处理事务时，渐渐地变得狂妄起来，认为那权力本来就是自己的，人民反倒完全没有置喙的余地。既然这类人遍布人间，也就不好以长方形火盆事件为由，断定主人有盗窃癖。假如主人具有盗窃癖，那么，天下人便无人没有盗窃癖了。

主人占据了长方形火盆旁的位置，面对着饭桌坐着，饭桌其他三面，已经有三个女儿在吃早饭。即刚才用抹布擦脸的“小丫头”、在“御茶酱”学校读书的敦子和将手指插进扑粉瓶里的澄子。主人并不厚此薄彼地扫视了一遍这三位小姐。敦子的脸型很像南洋的铁刀把；澄子是妹妹，自然多少带点姐姐的面相，堪比琉球朱红漆盆。唯有这“小丫头”与姐姐们不同，长了一张长脸。问题是，如果是竖长脸，还不算稀奇，可这位小丫头的脸却长得横宽。再怎么流行，也不会流行横宽的脸庞吧！尽管是自己的孩子，主人也为她们的将来发愁。即便长成这副模样，她们也要长大成人的。岂止长大，其成长速度之快，足有禅寺里的竹笋转眼间变成嫩竹之势。每当主人感叹“又长高了！”时，就感觉身后仿佛有追兵逼近，不由得提心吊胆起来。不管主人怎么不在意孩子们，也知道这三位小姐都是女的。也知道既然是女的，就要让她们嫁人。而且他还清楚，就算自己知道这一点，却没有本事把她们嫁出去。因此，虽然是自己的亲骨肉，却感到有些发愁。既然发愁，就不该生养她们。然而，此乃人生也！若问何为人生之定义？不是别的，只要说“即是制造不需要的累赘来折磨自己”，就足够了。

孩子们果然了得。她们欢天喜地地用餐，做梦也想不到老爸正穷于处置她们。不过，最要命的是小丫头。这小丫头年三岁，所以吃饭的时候，当妈的特意为她摆了一套适合三岁孩子用的小筷子、小碗，然而，小丫头偏偏不乐意使用它们，总是抢姐姐的碗和筷子，非要用那个拿不动的碗吃饭。遍观人世间，往往越是无能无才的小人，越是肆意妄为，削尖脑袋想要爬上不胜任其职的官位，其实这种性格，早在孩童时期就已经萌芽了。可知根深蒂固，既然如此，绝非靠教育和熏陶便可以治愈的，尽早断掉此念为好。

小丫头将从姐姐那里掠夺来的大饭碗和长筷子据为己有，并胡乱使用起来。由于胡乱使用自己根本使用不了的餐具，所以用起来势必一塌糊涂。小丫头先攥住两根筷子头，“噗”的一声插进碗底。碗里的饭盛了八分满，米饭上面还浮着满满的酱汤。当小丫头猛地将筷子戳进去时，原本勉强保持着平衡的碗，由于突然遭受冲击而倾斜了三十度，同时，碗里的酱汤毫不留情地流向小丫头的胸脯。

不过，小丫头是不会因为这么点事就退缩的。小丫头是个暴君，她接着又把插进碗里的筷子死命地从碗底往起一挑，同时，把小嘴凑近碗边，张大嘴去接挑上来的饭粒，结果没有接住的米粒与黄色酱汤混合一处，“冲啊”地呐喊着，扑向她的鼻头、面颊和腮帮子。那些扑空的饭粒便落在铺席上，数不胜数。这种吃相，简直是毫无规矩可言。我在此谨向大名鼎鼎的金田先生及天下的权贵们致以忠告：诸公对待他人，如果像小丫头使用碗筷一样的话，那么，飞入诸公嘴里的饭粒必然会少之又少的。而且，入口的饭粒也并非以必然之势而入的，而是误入口中罢了。怎样？敬请务必三思而行噢。这和你们的“谙于世故的圆滑之人”的头衔很不相称的哟。

姐姐敦子被小丫头抢走了自己的筷子和碗，一直凑合着用小筷子和小碗吃饭。那只碗太小，即使盛得满满的，一动筷子，两三口就吃光了。因此她频频从饭桶里盛饭。已经吃了四碗，现在是第五碗了。敦子掀开锅盖，拿起饭勺，看了一会儿饭桶。她似乎在犹豫，是不是再吃一碗。最后终于下了决心，在估计没有锅巴的地方下了勺子，这还不难，但是手一翻将饭勺里的饭扣到碗里时，没有装进小碗里的饭团便落在了铺席上。敦子毫不惊慌，小心拾起洒落的米饭来。我正猜测拾起来怎么办呢，只见她全部扔回饭桶里了。这可有点脏啊。

当小丫头大肆胡闹，挑起筷子吃得满脸饭粒之时，恰逢敦子盛完饭之际。不愧是姐姐，不忍心看小丫头满脸饭粒，就一边说着：“哎呀，小丫头，怎么搞的，脸上全是饭粒啦！”一边急忙给小丫头清理脸来。首先要除掉贴在鼻尖上的饭粒。我以为她会将弄下来的饭粒扔掉，谁料想，竟将饭粒塞进了自己的嘴里，让我大为吃惊。然后她又去清理小丫头的脸蛋。脸蛋上的饭粒成堆，两个脸蛋加起来，足有二十粒吧！姐姐耐心地拿下一粒，吃一粒，终于将妹妹脸上的饭粒吃得一个不剩了。

这时，一直文静地吃咸菜的澄子，突然从碗里的酱汤中舀出一块煮烂的地瓜，一下子塞进了嘴里。诸公想必清楚，吃特别烫的煮地瓜别提多难受了。就算是大人，不小心也会烫得哇哇乱叫的。何况澄子这样缺少吃地瓜经验的孩子，其结果可想而知。澄子“哇”地叫了一声，将嘴里的地瓜吐在饭桌上。其中两三片，不知怎么，滚到了小丫头面前，在恰好她够得着的地方停住。小丫头本来就特别爱吃地瓜。所以当特别爱吃的地瓜落到眼前，她迅速放下筷子，抓起地瓜块，大口地吞下。

一直目睹女儿们这些吃相的主人，一言不发，一心一意地吃自己的饭，喝自己的汤，此时此刻，正在用牙签剔牙。

主人对于女儿们的教育问题似乎打算采取绝对放任自由的方针。哪怕三位小姐立刻成为“海老茶式部”“鼠式部”[1]，不约而同地找个情夫私奔，恐怕主人也会照样吃他的饭，喝他的茶，事不关己似的冷眼旁观，反正是“不作为”。然而，展望当今世界那些所谓“大有作为”的人士，除了撒谎骗人，乘人不备占得先机，虚张声势地恐吓他人，以及设下圈套陷害人之外，似乎没什么其他能耐了。连中学里的那些少年们也照猫画虎，错误地以为不这样就吃不开，必须自鸣得意地干那些本应羞愧的勾当，才称得上是未来的绅士。这哪里是什么“有能耐的人”，简直是一帮无赖！我也算是个日本猫，多少有点爱国心。每当看见这种“有能耐的人”，就想揍他们一通。因为这种人多一个，国家就要相应地衰弱一分。有这样的学生，是学校的耻辱；有这样的国民，是国家的耻辱。即便是耻辱，这种人却充斥于社会，实在难以理解。日本人连猫那么一丁点的尊严都没有。真是可怜！比起这种人来，不能不说主人他们，是远为高尚的君子。正因为他窝囊才说他高尚；正因为他没有能耐才说他高尚；正因为他不耍小聪明才说他高尚的。

如上所述，主人以无所作为的方式顺利吃罢早餐，然后穿上西装，打了车，到日本堤警察分局去了。当他拉开隔扇，跟车夫打听日本堤在哪里时，车夫竟嘿嘿地笑了起来。“就是那个吉原妓院街附近的日本堤

[1] 这里是一种风趣的表达。《源氏物语》的作者是紫式部。“海老茶式部”（即“紫红色式部”），寓意裙裤多为紫红色的女学生。而“鼠式部”（即“深灰色式部”），还有胆小如鼠的意思。

吧？”车夫这样回答主人，实在有点滑稽。

主人破例打车出了门。妻子吃罢早餐，照例催促两个大的：“喂，你们快去上学吧！要迟到啦！”

女儿们却很沉着，根本不做去上学的准备。

“什么，今天可是放假呀！”

“怎么会放假？快点吧！”妈妈申斥道。

“可是，昨天老师说，今天休息呀！”姐姐仍然一动不动。

妈妈这才觉得不对头，便从壁橱里拿出日历，反复地看，终于发现了今天是红日子。主人大概也不知道今天是节日，还给学校写了假条。妻子也不知今天是节日，才把假条给扔进了邮筒吧。至于迷亭是真的不知道，还是明明知道却装不知道，就不好说了。女主人发现红字后吃惊得“啊”了一声，对孩子们说：

“那么，都在家好好玩吧！”说完，妻子像往常那样，拿出针线笸，开始做针线活儿。

此后的半个小时，家里很平静，没有发生可以成为吾辈创作素材的事件。不过，突然来了个奇怪的客人——是一位十七八岁的女学生。她穿着一双后跟弯曲的皮鞋，紫色的裙裤，头发卷得就像一堆算盘珠，连门也不叫，就从后门进来了。

她是主人的侄女，名叫雪江，据说是学校里的学生，时常星期天过来，一来就会和叔父争执一通。名字虽然好听，模样却不如其名，普通得不能再普通了，只要在大街上走上几百米，就一定会遇见这一类面孔。

“婶子，你好！”她说着便大步走进客厅，在针线笸旁坐下。

“哟，今天这么早就来了……”

“今天是节日，我想早晨来看看你们，所以八点半就匆忙出来了。”

“有什么事吗？”

“没有。只是好久没来看叔叔婶子了，来看看。”

“干吗看看啊？多玩一会儿吧。你叔叔这就回来了。”

“叔叔去哪儿啦？真稀罕哪。”

“是啊，今天去了一个不寻常的地方……到警察分局去了。稀罕吧？”

“啊？为了什么事？”

“说是今年春天，蹿进家里来偷东西的那个小偷被捉住了。”

“这么说是跟小偷对质去了？真麻烦。”

“哪里！是返还失物呀。昨天警察特意来了一趟，告诉我们失盗的东西找到了，叫去认领呢。”

“噢，这么回事啊。不然的话，叔叔怎么可能这么早出门啊。要是平时，现在还在睡觉哩！”

“像你叔叔那么能睡懒觉的人太少见了……并且，我一喊他起来，就生气。今天早晨就是，本来他告诉我，七点钟一定叫醒他，所以就去喊他起来。可是，他在被窝里钻着，根本不起来。我因为担心，隔了一会儿又叫了一遍。他竟在被子里说些不中听的。真拿他没办法！”

“他为什么那么困呢？大概是神经衰弱吧？”

“你说什么？”

“叔叔真是个爱发脾气的人啊。他那个脾气，居然还能在学校里教书。”

“哪里，听说他在学校很温和的。”

“那就更不好了，纯粹是个窝里横嘛。”

“为什么这么说？”

“反正就是个窝里横呀，难道不像个窝里横吗？”

“他可不光是发脾气呀！你叫他往右，他偏要往左；叫他往左，他偏要往右，什么事都不顺着别人，简直犟得要命。”

“就是个杠头吧？叔叔就喜欢跟别人拧着。所以，若想叫他干什么，只要反着说，就会照你的意思办。前些天他给我买雨伞的时候，我就是故意说不要不要，叔叔就说：‘怎么能不要呢？’立刻就给我买了。”

“哈哈哈……真有你的。我今后也这么办。”

“就那么做吧，不然要吃亏的。”

“前些天保险公司的人来了，劝他务必参加保险。还说了一大堆的理由，有这个好处，那个好处的，劝说了他差不多一个钟头，可他就是不肯加入。按说家里没有存款，又有三个孩子，至少加入个保险，也让人放心些。可是他这个人，压根儿不考虑这些。”

“就是啊！万一出点什么事，可就该头疼了！”一个十七八岁的姑娘，说话口气像个家庭妇女。

“在隔壁听他们对话，可有意思啦。他强词夺理地说什么：‘当然，我不是不承认加入保险的必要。正因为有必要，保险公司才存在嘛。可是，人既然还活着，哪里有什么必要参加保险呢？’”

“叔叔这么说的？”

“是呀。于是，保险公司的人说：‘那是，人没有死的话，自然不需要保险公司。然而，人的生命貌似结实，其实脆弱，不知不觉间，就可能有危险逼近，无法预知的。’你叔叔说：‘没关系，我已打定主意不死掉！’净说些不可理喻的话。”

“即便下决心不死，也难免一死啊。拿我来说吧，虽然下决心考试合格，最后还是落榜了。”

“保险公司的职员也是这么说的呀。他说：‘寿命不是自己的意志可以支配的。要是下决心就可以长生不老的话，谁都不会死了。’”

“保险公司的人说得很有道理。”

“有道理吧？可你叔叔就是不懂这个道理。还逞能说：‘不，我绝不会死！我发誓不死掉！’”

“真是个怪人！”

“可不是个怪人吗！就是个大怪人。他满不在乎地说：‘与其缴纳保险金，倒不如存在银行里保险得多。’”

“银行里有存款吗？”

“哪有存款啊！他根本不想自己走了以后，一家人怎么活！”

“真叫人不放心哪。他为什么会是那样想呢？就连常来访的那些先生，也没有一个像叔叔那样的人。”

“怎么会有呢？他是独一无二的！”

“不妨拜托铃木先生，给叔叔开导开导。像铃木先生那样稳重的人，估计比较容易说服吧。”

“不过，你叔叔对铃木先生的看法可是不大好呀！”

“看来什么事都是跟别人相反的了。那么，那一位可以吧……哎，就是那个四平八稳的……”

“你是说八木先生？”

“对呀。”

“对于八木先生，他很是发怵呢。昨天迷亭先生来家，说了些八木先生的坏话，所以，可能起不了什么作用的。”

“我觉得挺好的！像他那样稳健大气，多好啊……不久前还在我们学校讲演了呢。”

“八木先生吗？”

“是啊。”

“八木先生是你们学校的老师吗？”

“不，他不是老师。不过，学校召开‘淑德妇女会’时，请他去讲演了。”

“讲得有意思吗？”

“倒不那么有趣。可是，那位先生不是有一张长脸吗？还蓄着天神一般的胡须，所以大家都非常敬佩，洗耳恭听。”

“你说的讲演，都讲了些什么呀？”女主人刚刚这么一问，檐廊外面玩耍的三个女孩听见雪江说话声，都啪嗒啪嗒地闯进茶间。刚才她们大概是跑到竹篱笆外的空地上去玩耍了。

“哟，雪江姐来啦！”两个姐姐欢喜地嚷道。妈妈说：

“你们别这么吵嚷！都安安静静地坐下！你雪江姐正讲有趣的故事哪。”说着，她把针线活收拾到墙角。

“雪江姐，你讲什么故事呢？我最爱听故事了。”敦子说。

“还是讲《噼里啪啦山》[1]的故事？”问话的是澄子。

“丫达也要讲故系（事）！”老三从两位姐姐之间伸出腿去。但她的意思不是听故事，而是说她要讲故事。

“啊？小丫头也讲故事？”姐姐笑着说。

“小丫头过一会儿再讲吧！先等你雪江姐讲完。”妈妈哄道，小丫头根本不听。

“不——要，巴布！”她大声叫喊。

“好了，好了，就让小丫头先讲吧。讲什么故事呀？”雪江很谦让。

---

[1] 日本民间故事。内容有些类似《中山狼传》。

“故系（事）是，小孩，小孩，你去哪儿？”

“有意思，后来呢？”

“哇（我）们上田里割稻去！”

“哟，懂得还真不少哇！”

“你一拉（来），就碍事！”

“哟，不是‘拉’，应该是‘来’。”敦子插嘴说。小丫头又是“巴布”一声大喝，吓得敦子不吭声了。但是，由于敦子这么一插嘴，小丫头忘了下文，讲不下去了。

“小丫头！故事讲完了？”雪江问道。

小丫头说：“那个，以后别老放屁了。噗，噗，噗的。”

“哈哈哈，真恶心，这是谁教你说的？”

“女帕（仆）！”

“这个坏女仆，教这种话！”女主人苦笑着说，“好了！这回轮到雪江讲故事啦！丫丫要安安静静地听哟！”

这个小“暴君”终于老实了，一直在安安静静地听故事。

“八木先生的讲演是这样的。”雪江终于开始讲了。“据说从前，在一个十字路口中间有一尊巨大的石头地藏菩萨像。可是，那地方是个车水马龙的热闹场所，这个地藏菩萨很挡道。于是，很多人聚到一起，商量怎样才能把石像移到角落去。”

“这是真事儿吗？”

“不知道，关于这一点，他什么也没有说呀！于是，大家出了不少主意。街上有个身强力壮的人说：‘这有何难，瞧我的，保证把石像搬走！’他独自一人去了十字路口，光着膀子，费了九牛二虎之力，累得大汗淋漓，也搬不动那石像。”

“看来这石像很重啊。”

“是呀。那个男子筋疲力尽，回家睡觉去了。于是，人们又商量起来。这时，一位街上最聪明的男子说：‘不用担心，让我来试试吧！’他在套盒里装满牡丹饼[1]，来到石像面前，给石像看里面牡丹饼，说：‘请跟我到这边来！’他以为地藏菩萨也会贪吃，所以用牡丹饼引诱的话，说不定会使其上钩，可是，那石像纹丝不动。那个聪明的男子觉得这招不灵，又把酒倒进葫芦里，一只手拎着葫芦，另一只手拿着酒盅，走到菩萨像前说：‘要不要喝一杯？想喝，就请到这边来！’他这样逗弄了三个小时，那菩萨像依然一动不动。”

“雪江姐！地藏菩萨的肚子不知道饿吗？”敦子问道。

澄子说：“我想吃牡丹饼啦！”

“聪明人两次都没成功，于是又做了好些假钱，对菩萨像说：‘你很想要吧？想要就来拿呀！’又是将假钱伸到菩萨像眼前，又是拽的，可是这一招也不管用。那地藏菩萨十分顽固哩！”

“是吗，有点像你的叔叔。”

“嗯，和我叔叔一模一样。最后，那个聪明人也厌烦了，放弃了努力。再后来吧，一个爱说大话的人出来说：‘我保证把它挪走。放心好了。’就像对付区区小事似的，打了包票。”

“那个爱吹牛的人怎么做的？”

“那可太有意思了。他先穿了身警察服，粘了个假胡子，来到菩萨面前，虚张声势地说：‘喂，喂，你要是再不走，有你好瞧的！到了局子里可轻饶不了你！’可如今这世上，即使装警察瞎咋呼，又有谁会

[1] 一种点心。外形类似牡丹而得名。

害怕？”

“就是啊。那么，菩萨像动了吗？”

“怎么会动？和叔叔一样嘛！”

“可是，你叔叔非常怕警察呀！”

“哟，是吗！叔叔那么害怕吗？看来，再也没有比警察更可怕的了。不过，据说地藏菩萨一动也不动，泰然自若的。这时，那个吹牛大王大怒，脱掉警察服，将假胡须扔进纸篓里，然后，换上大财主的衣服又来了。用今天的话说，就是摆出一副岩崎男爵[1]的派头。够可笑的吧！”

“所谓‘岩崎的派头’，究竟是什么样？”

“不过是摆摆臭架子呗。并且什么也不做，什么话也不说，只是叼着一根大雪茄，围绕着地藏菩萨边朝它喷烟边走。”

“这是打算做什么？”

“为了用烟雾将地藏菩萨笼罩起来呀[2]。”

“就像说单口相声那样风趣。那么，把菩萨像裹在烟雾里了吗？”

“不行啊！因为对方是个石头嘛！骗人也要有个分寸。听说他后来又化装成王爷了，蠢死了！”

“怎么？那时候就有王爷？”

“大概有吧。八木先生这么说的。据说那个人真的假扮成了王爷，虽说是令人惶恐的事，可他还是这么做了。区区一个吹牛大王，岂不是犯了不敬之罪吗？”

---

[1] 岩崎男爵，即岩崎小弥太（1879—1945），明治时期的大资本家，三菱财阀第四代传人。

[2] 这里用了个双关语。“烟雾笼罩”在日语里是个惯用语，表示“让人如堕五里雾中”的意思。

“你说的王爷，是哪位王爷呀？”

“哪位王爷？不论装扮成哪位王爷，都是一样的不敬啊。”

“也是啊。”

“装扮成王爷也不灵。吹牛大王也没有办法了，认了输：‘凭我这点本事，对地藏菩萨是奈何不了了！’”

“自找的！”

“是啊，本该惩办他一下的……可人们都心急如焚，又开始商量起来。但是，再也没有人毛遂自荐了，大家一筹莫展。”

“故事就这样结束了？”

“还没完哪。最后，雇了好多车夫和无赖，在地藏菩萨周围哇哇乱叫。他们说，只是为了气气菩萨，叫他在这儿待不住就行。因此，他们轮班吵嚷，昼夜不停。”

“真够辛苦的。”

“即便这样吵嚷还是不起作用，地藏菩萨也够顽固的。”

“后来呢？”敦子热心地问道。

“后来呀，不论每天怎么吵闹，也不见效，人们都有些厌倦了，可是脚夫和无赖不管干多少天，都能挣工钱，所以乐得这么闹腾。”

“雪江姐！工钱是什么？”澄子问道。

“工钱嘛，就是钱呀！”

“领了钱，做什么用？”

“领了钱吗，怎么说呀……呵呵呵，澄子真是个淘气鬼……婶子，那些人这么白天黑夜地吵嚷。当时街上有个名叫‘傻阿竹’的傻子，什么也不懂，谁都不理他。这个傻子看到这情景，问道：‘你们为什么吵嚷啊？难道说用好多年，也移动不了地藏菩萨吗？真可怜……’”

“一个傻子，还不简单哪！”

“是个不简单的傻子哟！大家听了他的话，商量说：‘不妨死马当活马医。叫他试试看。’于是就请傻子帮忙。傻子一口答应下来。他说：‘你们别那么吵吵，安静点！’让那些车夫和无赖退后，自己飘然来到地藏菩萨面前。”

“雪江姐，‘飘然’是傻阿竹的朋友吗？”敦子在关键时候这么一问，惹得妈妈和雪江哈哈大笑。

“哪里，不是朋友。”

“那是什么？”

“‘飘然’就是……唉，没法解释。”

“‘飘然’，就是‘没法解释’？”

“不是的。‘飘然’就是……”

“什么呀？”

“你知道那位多多良三平先生吧？”

“知道呀，他还给过我红薯呢。”

“就是那个多多良先生啊。”

“难道说多多良先生就是‘飘然’？”

“哎，可以这么说吧……且说那傻阿竹来到地藏菩萨面前，揣着手说：‘地藏菩萨！街上的人都求你换个地方，请你挪动挪动吧！’这么一说，地藏菩萨立刻答道：‘既然如此，早些告诉我不就得啦。’于是，菩萨像缓缓地走开了。”

“真是个莫名其妙的地藏菩萨！”

“下边才开始演说。”

“后边还有哪？”

"是啊。接下来八木先生说：'今天召开妇女会，我特意讲了上面的故事，是有原因的。说出口来，也许失礼，但妇人有个毛病，遇事往往不从正面走捷径，反而采取舍近求远的方式。当然，不单是妇人如此。在这明治年代，即使男子，受到文明之弊端的影响，多少也变得像个女人，因此，常常花费多余的过程和精力，却误以为这才是正道，是绅士必须遵循的方针，这样的人似乎为数不少哩。但是，这些人都是文明开化束缚下的畸形儿，这一点已无须赘言。只是对于妇人们来说，千万要记住我刚才讲过的那个故事，一旦遇到问题，请按照傻阿竹的直率态度去处理。诸位如果成了傻阿竹，夫妻之间、婆媳之间的纠葛，肯定会减少三分之一。人心眼越多，心眼就越是作祟，成为不幸的源泉。多数妇人比男人不幸，都怪心眼太多了。请大家变成傻阿竹吧！'"

"真的？那么，雪江姐，你想成为傻阿竹吗？"

"怎么可能呢。我才不想成为那种傻子呢。金田家的富子小姐听了气得要死，说：'这么说太失礼啦！'"

"金田家的富子小姐？就是对街那家的？"

"是呀，就是那位摩登女郎啊！"

"她也在你们学校上学吗？"

"不是！只是因为开妇人会，她才去旁听的。打扮得真时髦，简直吓人。"

"可是，听说她长得很出众呢。"

"很一般的！并不像她自我感觉那样好看。要是像她那么涂脂抹粉的，就没有人不好看了。"

"那么，雪江姐若是像金田小姐那样化妆，肯定比金田小姐漂亮一倍吧？"

“别这么说，我才不会呢。不过，那位小姐打扮得也太过分了，就算家里再有钱……”

“再怎么过分，也还是有钱好吧！”

“倒也是，不过，她才应该变成个傻阿竹呢。太装腔作势了。听说最近有个叫什么的诗人献给她一本新诗集，她跟所有人吹嘘这事哪！”

“是东风先生吧？”

“啊？是他送的？真是好雅兴。”

“不过，东风先生是非常认真的，甚至认为他那样做是理所当然的。”

“正因为有他那样的人，才会如此的……还有更搞笑的事哪！听说最近有人给她寄去了一封情书。”

“哟，下流！是谁呀，居然干出那种事来？”

“不知道是谁。”

“没写姓名吗？”

“姓名倒是写得很清楚，不过，据说是个她不认识的陌生人。还有，那封信写得好长好长，足有六尺哪。据说写了好多奇妙的话，什么‘我对你的爱，宛如宗教家对神灵的憧憬’，‘为了你，我宁愿变成祭坛上的羔羊任你宰割，这将是我无上的荣光’，还有什么‘心脏是三角形的，丘比特的箭射到了三角形的中心。如果是玩吹箭的话，就百发百中了……’等。”

“他是认真的吗？”

“据说是认真的。真的，我的朋友中就有三个人看过这封信呢。”

“不知羞耻的人！那种信还拿出来炫耀？她是想要嫁给寒月先生呢，那封信若是被人们传开，岂不麻烦？”

“人家非但不觉得麻烦，还扬扬得意哩！下次寒月先生来的时候，您最好告诉他。寒月先生还一无所知吧？”

“谁知道呢。那位先生整天在学校磨玻璃球，多半不清楚吧。”

“寒月先生真的想娶她呀？好可怜！”

“为什么可怜？她家有钱，一旦有什么事，她家都可以给他支援。这不是很好吗？”

“婶子张口闭口就是钱、钱的，多俗气啊！爱情不是比金钱更重要吗？没有爱，就不应该结为夫妻呀。”

“是吗。那么雪江，你想嫁给什么样的人呢？”

“我怎么知道！从来没有考虑过。”

当雪江小姐和婶子就婚姻一事进行舌战时，一直听不明白却又努力倾听的敦子，突然开了口：“我也想嫁人哪！”

对于这冒冒失失的期望，就连充满青春朝气、本应对其寄予同情的雪江都一时哑然了。妈妈还表现得比较平静，笑着问道：“你想嫁给谁呢？”

“我呀，本想嫁给‘招魂社’[1]，可是，我讨厌过水道桥[2]，正发愁哪！”

这回答由于实在出乎妈妈和雪江的意表，连再问一问的勇气都没有，一齐笑得前仰后合。这时，二女儿澄子对姐姐问道：“姐姐也喜欢招魂社？我也非常喜欢。咱俩一同嫁给招魂社吧！好吗？不愿意？不愿意就算了！我就自己坐车去啦。”

“小丫达也去！”

---

[1] 招魂社，明治初期各地建立的祭奠明治以来为国牺牲的军人及军属的神社。1939 年改称“护国神社”。

[2] 水道桥，横跨神田川的一座桥，位于东京都千代田区北端。

最后，连小丫头也要嫁给招魂社了。假如三个女儿一同嫁给招魂社，主人也就省心了吧！

这时忽听人力车声停在大门外，立刻有人发出响亮的问候："您回来啦！"大概是主人从日本堤警察分局回来了。主人叫女仆接过车夫递过来的一个大包袱，然后悠然迈进了茶间。

"啊，你来啦！"他边和雪江打招呼，边将手里拿着的一个类似小酒壶的东西"咚"的一声扔在那个闻名的长方形火盆旁。说是类似酒壶，当然不是正宗的小酒壶，可也不像花瓶，不过是一个奇特的陶器罢了，所以姑且这么称呼它。

"好奇怪的酒壶啊！这是从警察局拿回来的？"雪江边将那个倒在地上的东西立起，边问主人。主人看着雪江自豪地说：

"怎么样？形状不错吧？"

"形状不错吗？那个玩意儿？不怎么好看嘛。一个破油壶，拿着它干什么？"

"怎么会是油壶？说话太没情趣了。"

"那是什么？"

"是花瓶嘛！"

"作为花瓶的话，嘴儿太小，肚儿又太鼓了。"

"因此才有意趣哩！你也不懂风雅，和你婶子不相上下，没法子！"他自己拿起油壶，对着拉门方向的亮儿打量起来。

"我当然不懂风雅了。我可不会从警察局拿回个油壶来的。是吧，婶子。"

婶子哪里顾得上这些，她打开包袱，瞪大眼睛，清点失窃物品。

"啊，真想不到啊，小偷也进步了，全都拆洗过了。喂，你看呀！"

“我怎么会从警察局拿回个油壶来呢？还不是因为等得太无聊，在那一带闲逛的时候，淘换来的呀。你们哪里懂得，这可是件宝贝啊！”

“也宝贝得过头了吧，叔叔到底在哪儿闲逛的？”

“哪儿？当然是日本堤一带呀！还进吉原街里去瞧了瞧。那边可真热闹！你见过吉原的大铁门吗？没有吧？”

“谁稀罕看呀。我可没有机缘去吉原那种贱女人住的地方！叔叔身为教师，竟然去那种地方，真叫人吃惊！是吧？婶子，婶子！”

“是啊。好像不太够数。东西全都还回来了吗？”

“没还的，只有山药啦。叫人家九点钟去，可是却让人一直等到十一点，像话吗？所以说，日本的警察不像话！”

“若说日本警察不像话，那么，到吉原去散步，就更不成体统了。这种事若是传出去，叔叔会被革职的吧？婶子。”

“唉，大概吧！你看，我这条带子的里子没有了。我说怎么觉着缺点什么。”

“腰带里子没了就没了吧。我干等了三个小时，浪费了半天的宝贵时间呢。”

主人说着，换上和服，靠在火盆边，若无其事地赏玩起了那个油壶。妻子也无可奈何，只得将返还的物品放进壁橱，回到茶间来。

“婶子！叔叔还说这个油壶是件宝哪，多脏啊。”

“这是在吉原买的？哎哟——”

“哎哟什么！你根本不懂……”

“可是那种小壶，不是到处都有卖的吗？也不是只有吉原才有的。”

“问题是没有卖的啊！这种式样的很罕见。”

“叔叔跟那个地藏菩萨差不离了。”

"小孩子，瞎说什么。近来的女学生嘴巴太刻薄，不像话！还是要好好读一读《女大学》。"

"叔叔不愿意加入保险吧？女学生和保险，你最讨厌哪个？"

"保险，我并不讨厌，那是有必要的。凡是考虑到将来的人，都会加入的。女学生却是没用的废物。"

"废物就废物吧！你不是也没有加入保险吗？"

"下个月就加入！"

"真的？"

"当然。"

"保险什么的就算了吧。还不如用那笔钱买点什么好呢。是吧？婶子！"

婶子嘻嘻笑着，主人却较起真儿来。

"你想要活一百年、二百年，才说这种漫不经心的话。等你的理性再发达些，自然就会认识到参加保险的必要了。下个月我一定参加保险。"

"是吗，那就没法说了。不过，前些天叔叔给我买了雨伞，有那些钱，说不定参加保险更有用呢。人家一再说不要不要的，可是叔叔硬要给我买。"

"你那么不想要吗？"

"嗯，我才不想用什么洋伞呢。"

"那就还给我好啦。正好敦子想要呢。就把那把伞给她吧！今天带来了吗？"

"哟，叔叔也太过分了。难道不是吗？好容易给我买的，又往回要。"

"你说不想要，我才叫你还的呀！一点也不过分。"

"我是说了不想要。不过，叔叔太吝啬了。"

“净说些莫名其妙的话！你说不要我才叫你还给我的，怎么是吝啬？”

“可是……”

“可是什么？”

“可是，还是吝啬。”

“愚蠢！一句话翻来覆去地说。”

“叔叔不也是一句话翻来覆去地说吗？”

“因为你翻来覆去地说，我有什么办法。刚才不是还说不要雨伞吗？”

“我是说啦。不要是不要，但是不想还给叔叔。”

“咄咄怪事！这么不明事理，又蛮不讲理的，真没办法！你们学校不教你们逻辑学吗？”

“好啦，反正我没教养。随便你怎么说！叫人家把东西还回来，即使是外人也不会说出这种不通情达理的话来，还是学学人家傻阿竹吧。”

“你叫我学什么？”

“叫你学得正直平和些！”

“你真是又愚蠢，又固执，怪不得降班了呢。”

“降班也没有让叔叔交学费呀。”

雪江说到这儿，似乎悲从中来，不禁潸然坠一掬泪于紫色裙裤上。主人茫然凝视着雪江的裙裤和她低垂的脸，仿佛在研究那泪水是起因于何种心理。这时，女仆从厨房过来，跪在拉门口，只将红红的双手伸进来，说：“有客人来了。”

“是谁来了？”主人问道。

“是个学生。”女仆侧目瞧着泪流满面的雪江说。

主人到客厅去了。我为了获取信息兼做研究人类，便悄悄尾随着主人去了檐廊。为了研究人类，如果不选择起波澜的时机，将会一无所获。平日里人们大都表现得很平常，因此，所见所闻无不平凡无奇，了无情趣。然而，一到关键时刻，这平凡表象便会在某种奇妙的神秘作用下，转瞬之间酿成许多奇特的、荒谬的、玄妙的、异常的现象。一言以蔽之，在我们猫族看来，足够进行模仿的事件层出不穷，随处可见。像雪江的眼泪，便是其现象之一。雪江有着一颗玄不可测的心，但她和女主人聊天的过程中并不怎么明显。可当主人回来，扔油壶时，便犹如用蒸汽泵给一条死龙注入了氧气一般，她那深不可测的、巧妙的、美妙的、奇妙的、玄妙的丽质便勃然而发，可谓淋漓尽致。然而，她的丽质是天下女子共通的，可惜的是轻易不会表现出来的。不对，其实二十四小时都在不停地表现，只是不曾这么显著、这么昭然地表现出来而已。幸而我有一个特别喜欢倒抚猫毛的乖张怪癖主人，我才有幸欣赏到这出狂言的！只要跟着主人走，不论到什么地方，台上演员肯定会不知不觉中也表演起来的。老天赐给我这么一位有趣的人做主子，我才能够在这短暂的一生中，获得丰富的阅历，真是谢天谢地！不知现在来访的客人又是个什么人？

我一瞧，来者年约十七八岁，是个和雪江年龄不相上下的学生。他脑袋很大，头发剃得极短，几乎能看见头皮，脸正中盘踞着一个蒜头鼻子，坐在屋子的一角。此人没有别的特征，唯有脑袋特别大。即使剃成个光头，脑袋都不会显得小，若是像主人那样留起长发，定会更加惹人注目的。越是脑袋大的人，越是没有多大学问，这是主人一贯的看法。事实上，也许真是如此。不过，猛地一看，他很像拿破仑，派头十足。衣着和一般的学生一样，是一种条纹布短袖夹衣，看不出是萨摩产的，还是久留米或伊予产的，穿得有模有样。不过里边好像没穿衬衣，也没有穿内衣。

虽说穿空心夹衣和光脚穿鞋也算是一种风流，但是这位学生给人以忍受痛苦之感。尤其他在席子上清清楚楚地留下像小偷似的三个脚印，不用说，这就是他赤脚的罪过。他端坐在第四个脚印上，显得畏畏缩缩的。假如是个正经人，这样规规矩矩地坐着，我倒也不会大惊小怪。然而，像他这样脑袋理得光秃秃的粗野之人，做出这般惶恐的样子，就不大协调了。像这种即使路遇主人也不会施礼，并以此为荣的家伙，即便和一般人一样跪坐半个小时，也会感觉很难受的。由于他像个适得其所的谦恭君子或盛德长者似的端坐在那里，尽管他自己苦不堪言，但在旁人看来，样子十分滑稽。一个在教室里或操场上那样闹腾的家伙，怎么会具有这么大的定力约束自己呢？想到这里，我觉得他既可怜，又可笑。

这样一对一地相对而坐，无论多么冥顽不灵的主人，对于学生来说也多少有些压力的。主人想必也不无得意吧！常言说："积土成山。"即便是微不足道的学生，如果纠集成群，也会成为不可欺侮的团体，说不定会搞起驱逐运动或罢工的。这就像是人类中的胆小鬼一喝酒就变得大胆起来一模一样吧！不妨把聚众闹事，看作是酒壮屃人胆更合适。可以认为，那些人仗着人多势众，胡乱折腾，正是喝醉了酒，精神陷入混乱的结果。只要精神正常的话，那个貌似诚惶诚恐，或者应该说是畏缩地紧贴着拉门坐着的穿萨摩条纹布的学生，不管主人怎么老朽，既被称为老师，就不可能轻视的，也没有理由轻视的。

主人递过去一个坐垫，说："请坐这个吧！"光头却身子僵直着，"唉"了一声，一动也不动。摆在眼前的褪了色的花布坐垫，当然不会说"请坐在我身上吧"，它后面木然坐着个大脑袋的活人，看着可真叫奇妙。那坐垫是为了给人坐的，女主人绝不会为了观赏才从劝业场买来。从坐垫的角度来说，如果不是给人们坐，等于毁坏了它的名誉，对于让客人坐坐垫的主人而言也丢了几分面子。那个瞪眼瞅着坐垫，使主人丢面子的光头也绝不是厌恶坐垫。说实话，除了为他祖父做法事时坐过之外，有生以来还极少坐过坐垫，因此，他早已跪得两腿发麻，脚尖有点受不住了。尽管如此，他还是不肯使用坐垫。即便主人让他用，他也不肯坐。真是个讨厌的秃头。假如真是这么客气，那么人多势众时，或是在学校里，以及在宿舍里的时候，多少客气一点也好啊。不必客气的时候他如此拘束，该客气的时候却不知谦让，纯粹是无理取闹。整个一个坏秃子！

这时，光头身后的拉门“哗啦”一声开了。雪江端来一碗茶毕恭毕敬地递给了客人。若是平时，那光头一定会嘲讽一句：“嗬，savage tea来啦！”但是现在，连和主人对坐已然精神紧张，加上这位妙龄少女又以在学校学会的小笠原流[1]的敬茶方法，以非常做作的手势将茶杯递给他，更使得光头拘谨不安。雪江关上拉门后，在门外吃吃地笑。可见，同样的年龄，还是女子要强得多。雪江远比起这光头胆子大，尤其是刚刚气恼得洒下一行热泪，这吃吃一笑使雪江显得更加妩媚。

雪江退下之后，二人默默相对。主人虽然坚持了一会儿，很快意识到，这样相对无言简直是作孽，便开口问道：“你叫什么名字？”

“古井……”

“古井？古井什么？名字呢？”

“古井武右卫门。”

“古井武右卫门？不错，名字够长的。这不是当代的名字，是个古人的名字。你那时候是四年级吧？”

“不是。”

[1] 小笠原派，室町时代的武将小笠原长秀创立的茶道的礼法。

“三年级？”

“不是，是二年级。”

“在甲班吗？”

“是乙班。”

“乙班的话，我是班主任呀！想起来了。”主人心情激动起来。

实际上，这个大脑袋学生，从入学那天起，主人就注意到了，绝不会忘记的。不但不会忘记，对他那个大脑袋，主人还印象深刻，以至于时常梦里见到他。然而，粗心的主人竟然没有把大脑袋和这个旧式名字联系起来，也没有和二年级乙班联系起来。因此，当他听对方说梦中见到的大脑袋原来是自己负责的那班的学生时，不由得恍然大悟。然而，他不明白这个有着古老名字的大脑袋，而且是本班的学生，究竟为了什么事现在登门造访呢？他百思不得其解。主人原是个不受欢迎的人，所以，学生们不论年初岁末，几乎从不登门。只有这位古井武右卫门堪称是破天荒头一个登门的稀客，却不知客人来意，倒叫主人惴惴不安。他应该不是到如此无趣的人家来玩耍的。假如是来劝主人辞职的话，应该更有底气些才是。况且，武右卫门也不可能是来商量他个人的事。无论从哪方面想，主人都搞不清楚对方的来意。看武右卫门的样子，说不定连他自己也弄不清究竟是为了什么前来造访。没办法，主人只好直截了当地问：“你是来玩的吗？”

“不是。”

“那么，有事找我？”

“嗳。”

“是有关学校的事？”

“嗳，想跟您说点事，所以……”

"噢，什么事？请说吧！"

主人这么一说，武右卫门眼睛盯着地面，不说话。

本来武右卫门作为中学二年级学生，是比较能说会道的。虽然他的智力不如大脑袋瓜那么发达，但是若论口才，在乙班却是出类拔萃的。比如问老师"哥伦布"用日文怎么说来为难主人的，就是这个武右卫门。这么一位能言善辩的主儿，今天一直像个口吃的公主似的顾虑重重，一定有什么原因，肯定不能单纯地理解为是在客气。主人也感到有些蹊跷。

"既然有话跟我说，那就快说吧！"

"这事有点说不出口……"

"说不出口？"主人说着，看了一眼武右卫门的脸。但他依然低着头，什么也看不到。不得已，主人稍微改变了一下语气，温和地补充说：

"没关系，不管什么，尽管说吧！这里没有其他人，我也不对别人讲。"

"说也不要紧吗？"武右卫门还在犹豫。

"不要紧！"主人断然回答。

"那么，我就说啦。"说着，秃头猛地抬起头，眯着眼睛望着主人。他的眼睛是三角形的。主人鼓起两腮，边喷吐"朝日"牌烟，边稍稍侧过头去。

"老实说……有麻烦事了。"

"什么事？"

"您问什么事？实在太发愁了，所以才来找您。"

"所以我问你，到底是什么事呀？"

"我也不想干那种事，可是，滨田一个劲儿地说：'借给我吧，借给我吧……'"

“你说的滨田，是滨田平助吗？”

“是的。”

“这么说你是借给滨田房费了？”

“并没有借给他房费。”

“那么，借给他什么了？”

“把名字借给他了。”

“滨田借你的名字干什么了？”

“给人寄出了一封情书。”

“寄了什么？”

“哎，我对他说，别借我名字，我就帮你寄信吧！”

“你说得让人不得要领，到底是谁干了什么呀？”

“寄送了情书啦。”

“送情书？给谁？”

“所以我刚才不是说，说不出口吗。”

“那么，你给谁家女子送了情书？”

“不，不是我送的。”

“是滨田送的吗？”

“也不是滨田送的。”

“那么，是谁送的？”

“我也不知道是谁。”

“简直是越说越糊涂。那么，谁也没有送喽？”

“只是用了我的名字。”

“只是用了你的名字？还是完全听不明白！最好再说得有条有理些！收下情书的人到底是谁？”

“说是姓金田，是住在对面街口的女人。”

“是姓金田的那个实业家吗？”

“是的。”

“那么，所谓‘只借了名字’，究竟是怎么回事？”

“那家的女儿又时髦，又傲慢，所以就给她送了情书。滨田说‘没有寄信人名字不行。’我说：‘那就写上你的名字吧。’他说：‘我的名字没意思，还是古井武右卫门这个名字好……’所以，最后借用了我的名字。”

“那么，你认识他家的女儿吗？有过什么交往吗？”

“没有任何交往，也没见过面。”

“这简直是胡闹，竟然给一个没见过面的女子写情书。你们到底是出于什么动机干出这种事的？”

“只是因为大家说她盛气凌人，才嘲弄她的。”

“越说越不像话了！那么，你是签上自己的名字寄出的吗？”

“是的。文章是滨田写的。我借给他名字，由远藤夜里去她家送的信。”

“看来，是三个人共同作案的？”

“是的。不过，事后一想，如果事情败露，被学校开除，可不得了。所以非常担心，一连两三天睡不好觉，脑袋昏昏沉沉的。”

“真是干了一桩蠢到家的事！你是写了‘文明中学二年级学生古井武右卫门’吗？”

“不，没有写学校名。”

“没写学校名还好一些。若是写上学校名，你瞧着吧，那可是事关文明中学的声誉了！”

“那会怎么样啊？会开除吗？”

“会呀。”

“老师，我爸是个特别厉害的人。何况我妈是继母，如果被开除了，可大事不好了。真的会被开除吗？”

“所以说不该如此胆大妄为嘛。”

“我并不想那么干，可是没管住自己还是干了。有没有可能不开除我呢？”武右卫门哀求起来，声音带着哭腔。女主人和雪江早已在拉门后吃吃地笑着。而主人却始终端着架势佯作，重复着“是这样啊！”快要笑死我了。

我一说笑死我了，也许有人要问：“有什么可笑的？”

这么问可以理解。不论是人类还是动物，自知之明乃是平生大事。只要有自知之明，人类也可以作为人得到猫的尊敬。到了那时，我也就不忍心再写这些挖苦的话，立刻停下笔的。然而看来，人类似乎很难认清自己是个什么货色，就像自己看不见自己的鼻子有多高一样。因此，才会对他们平日瞧不起的猫，提出上述问话吧！

尽管人类看来神气得很，却多有愚昧之处。自以为是什么“万物之灵”，扛着这块招牌到处招摇，却连那么点小事都理解不了。而那些不以为耻，大言不惭者，就更惹人发笑了。他们扛着“万物之灵”的招牌，却吵吵嚷嚷地问别人：“告诉我，我的鼻子在哪里？”既然如此，以为他们会辞掉“万物之灵”的头衔吧，可他们死也不肯放弃的。尽管他们如此明显地自相矛盾，却活得神闲气定，天真可爱。而可爱的代价，便是甘愿顶着“人类是愚蠢的”这个帽子。

此时，我之所以觉得武右卫门、主人、女主人和雪江可笑，并不单纯是由于外部事件互相冲突，其冲突将震动波传向滑稽的方向，而是由于其冲突的反响在人们的心里弹奏出了各不相同的音色。

首先拿主人来说，他对这件事毋宁说是冷淡的。关于武右卫门的老爸如何严厉、后妈如何苛待他，主人都不会吃惊，也不可能吃惊。武右卫门被学校开除，和主人被免职又大异其趣。假如成千的学生都退学，当教师的也许会困于衣食之计，但是武右卫门一个人的命运无论如何变幻，也与主人安度朝夕毫不相干。正所谓对于关系淡薄之人，同情心自然也淡薄。为一个素昧平生的人皱眉、流泪或叹息，绝不是人类的自然情感。我很难认可人类是那么富于同情心和怜悯心的动物。不过是作为生而为人的一种义务，才常常为交际而流几滴泪，或是装出同情给别人看罢了，即所谓虚假的表情。说到底，是一种非常吃力的艺术。此类擅于装腔作势的，被称为“富有艺术良心的人”，深受人们的敬重。因而，再也没有比受敬重的人更靠不住的了。只要试一试，立见分晓。在此方面，应该说主人属于拙者一流。因其拙，而不被人敬重；不被人敬重，便将内心的冷漠毫不掩饰地表露出来，从他对武右卫门反反复复地说“是这样啊”，便不难看出。

诸位万万不可由于主人态度冷漠，便厌恶他这样的善人。冷漠乃是人类本性，不去掩饰才是正直的人。假如在这种时候，诸位期望主人不那么冷漠，只能说将人类估计得过高了。连正直的人都已寥寥无几的人类社会，如果再要求过高，那么除非泷泽马琴小说里的人物志乃和小文吾[1]走进现实，《八犬传》里的犬怪们搬到附近的东邻西舍来居住才有指望，否则，便是不可能实现的奢求。

---

[1] 志乃、小文吾都是《南总里见八犬传》（简称《八犬传》）中犬怪的名字。此书共106卷。日本戏剧作家曲亭马琴（泷泽马琴）著，是江户时代戏作文学的代表作。主人公八犬士兼具仁、义、礼、智、忠、信、孝、悌等道德，作品描写他们参与封建贵族安房里见家族的争斗，引人入胜，广受欢迎。

关于主人，暂且说到这里。再说说在茶间里嬉笑的女人们吧。她们比主人的冷漠更向前跨进了一步，跃入了滑稽之境，而乐不自禁。她们对于使武右卫门头疼的情书事件，仿佛菩萨降下了福音一般欣喜若狂。没有理由，就是欣喜。硬要剖析她们的心理的话，那就是：她们对于武右卫门陷于苦恼感到高兴。各位不妨问一问女人："别人烦恼时，你是否会因此而开心得发笑？"那么，被问的女人一定会说骂提问者是个蠢驴。即使不骂此人愚蠢，也会说这么提问是故意侮辱淑女的德行。她们这么说，也许是事实，但她们拿别人的烦恼开心，也是事实。照此说来，岂不等于事先声明："我现在要做侮辱自己品格的事给你们看，可是不许你们说三道四。"岂不等于宣称："我要去偷东西，但是绝不允许你们说我不道德。如果说我不道德，就是往我的脸上抹黑，就等于侮辱了我。"女人真的很聪明，怎么说怎么有理。既然生而为人，那么不论被踩、挨踢或是挨骂，以至于受到别人冷遇时，不仅能够处之泰然，而且，即使被吐一脸唾沫、被泼一身粪汤，甚至被人大声嘲笑时，也必须能够欣然承受。做不到这一点，便不可能和那些名曰"聪明的女人"打交道。

武右卫门先生也是一不留神铸成大错，因而，表现得惶恐不安。也许他心里在想：我这么惶恐不安，她们却在背后窃笑，很失礼。但是，这说明他太幼稚，人家会说他因为别人失礼而恼火，气量太小，若是不愿落下这等名声，还是忍耐些为好。

最后，说说武右卫门的心理。此时他简直心急如焚，他那颗伟大的头脑里装满了烦恼，如同拿破仑的脑子里塞满了功名心一般，几乎要炸裂。他那蒜头鼻子不时地翕动，那正是担忧像条件反射似的，在颜面神经传导下无意识地跳动着。他像吞下了一颗大炸弹，肚子里装着一个无法处置的大疙瘩，两三天来一筹莫展。痛苦之余，又想不出其他好办法，就想到去班主任老师家，也许能得到点帮助。于是，硬着头皮，低下自己的大脑袋跑到他所讨厌的老师家里来。似乎将自己平时在学校捉弄我家主人，煽动同学给主人出难题的事，都忘到了九霄云外。他似乎坚信：不论以前怎么捉弄或为难老师，既然身为班主任，肯定会帮他想办法的。他也太天真了。班主任并不是主人爱干的角色。是因为校长任命，不得已才接受的。这很像迷亭伯父戴的那顶大礼帽，只是徒有其名。既然徒有其名，便不顶用。假如到了关键时刻，名分也能顶用，那么雪江满可以只凭姓名去相亲了。

武右卫门不但一厢情愿，而且对人类品格估计过高，认为别人都应该对他关爱有加。他绝对不曾想过会遭到嘲笑。他这次到班主任家来，对于人类肯定会发现一条真理的。由于这条真理，他将来一定会成长为一个真正的人。将来，他也会对别人的烦恼漠然置之的吧？别人发愁时也会放高声大笑的吧？长此以往，未来的天下将遍地都是武右卫门吧？将遍地都是金田老板和金田夫人吧？为了武右卫门的将来，我衷心期望他尽早醒悟，成为一个真正的人。否则，不论他如何担忧、如何后悔、如何迫切希望向善，毕竟不可能像金田老板那样获得成功。不，过不了多久，社会就会把他放逐到人类居住区以外去的，何止是被文明中学开除！

我这么想着觉得有意思，忽听格子门“哗啦”一声开了，从玄关的门后露出半张脸来，叫了一声：“先生！”

主人正反复对武右卫门说着“是这样啊”，忽听有人喊他。主人一看，从格子门后斜着探出来的半张脸，正是寒月。

“噢，请进吧！”主人只说这么一句，坐着没动。

“有客人吗？”寒月依然探进半张脸问。

"没关系，请进来吧！"

"我来是想请你出去走走。"

"去哪儿？还是赤坂吗？那地方我不去了。前些天跟你走了那么多路，累得腿都直了。"

"今天不会的，好久没出门了，出去走走吧？"

"到底去哪里？你先进来呀！"

"想去上野，听听虎啸之声。"

"不觉得无聊吗。我说你还是先进来吧！"

寒月先生也许觉得隔着这么远不便商量，就脱了鞋，慢吞吞地走进来。他依然穿着那条后屁股上打补丁的灰色裤子。据本人辩解，这条裤子并不是由于穿得日久或屁股太沉而磨破的，是因为近来开始学骑自行车，局部受到过多摩擦所致。寒月先生对武右卫门微微点点头，"噢"地打了声招呼，便坐在靠近檐廊的地方。他做梦也没想到这位就是给他众所周知的未来夫人写了情书的情敌。

"听老虎叫有什么意思！"

"是的。现在还不是时候。咱们先四处走走，到了夜里十一点才去上野呢。"

"啊？"

"那个时间，公园里的古树阴森森的，多刺激啊。"

"是啊！不过比白天要凄凉些呢。"

"所以，要尽可能找树木茂密，大白天都看不到一个人影的地方走走，不知不觉的，就会忘却身处红尘万丈的都市，恍惚走进了幽静的深山似的。"

"那样感觉，又如何？"

“沉浸于这种感觉，静静地伫立，马上会听到动物园里老虎的叫声。”

“真的能听到老虎叫吗？”

“会的。那叫声，即使白天也能传到理科大学。何况到了夜深人静、四望无人、鬼气上身、魑魅扑鼻的时候……”

“魑魅扑鼻是怎么回事？”

“害怕的时候不都是这么说吗。”

“是吗，没怎么听说过。然后呢……”

“然后虎啸声几乎将上野的老杉树叶都给震落了，可吓人啦。”

“够吓人的。”

“怎么样？不想去冒冒险吗？一定很快活。我觉得不在深夜听听老虎嗥叫，就不能说听过老虎的叫声。”

“是吗……”正如主人对武右卫门的央求态度冷漠一样，对寒月先生的探险提议也很冷淡。

一直以羡慕地听着他俩谈论老虎的武右卫门，当主人说“是这样啊”时又联想起了自己的事，重新问道：“老师，我很担心，怎么办好呢？”

寒月惊讶地朝大脑袋望去。

我出于其他考虑，暂且失陪一下，转到茶间去。

茶间里女主人一边咯咯地笑，一边往廉价的京瓷[1]茶碗里斟了满满一杯粗茶，然后放在一个铅制茶托上说：“雪江小姐！有劳你把这个送进去。”

“我不去。”

“怎么了？”女主人有点吃惊，立刻收住笑容问。

[1] 京都陶瓷的总称。

“没怎么。”雪江顿时做出一副事不关己的表情，目光落在了身旁的《读卖新闻》上。

女主人再一次说服她：“哟，你可够怪的！是寒月先生呀，怕什么的。”

“可是，我不愿意嘛。”她的视线依然不肯离开《读卖新闻》。其实这种时候，肯定一个字也读不进去的，可假如被人揭穿她并没有在看报，她又会哭一通的。

“有什么可害羞的。”女主人笑着，特意将茶托放到《读卖新闻》上。雪江小姐说：

“哟，婶子真坏！”她把报纸从碗下抽出时，不巧碰到了茶托，茶水一股脑儿地从报纸上流进床席缝里。

“你瞧瞧！”女主人一说，雪江小姐叫起来：“哎呀，麻烦了！”她向厨房跑去，大概是去拿抹布吧。看了这出滑稽戏我觉着怪逗乐的。

寒月先生对这出戏一无所知，正在房间里胡扯哩。

“先生，拉门重新裱糊啦？是谁糊的？”

“女人糊的，糊得不赖吧？”

“是的，很不赖。是常来贵府的那位小姐糊的吗？”

“嗯，她也帮忙了。她还夸口说：‘把拉门糊得这么好，就有资格嫁出去了！’”

“嗯！有道理。”寒月边说边痴痴地盯着那扇拉门。“这边糊得很平，不过右角那儿的纸长了一点，不太平展。”

“那就是最开始糊的地方，还没经验的时候糊的嘛！”

“怪不得，手艺还差了一点。那一块就构成了超越曲线，毕竟是用一般的手法表现不出来的呀。”不愧是理学家，说话总是玄而又玄的。

“可不是嘛！”主人敷衍道。

看此情形，武右卫门知道再恳求下去也没有希望，突然将他那伟大的头盖骨抵在铺席上，于无言中表示了诀别之意。

主人问：“你要走吗？”

武右卫门却悄声无息地趿拉着萨摩木屐出门去了。怪可怜的！假如由他去的话，说不定他会留下一首《岩头吟》[1]，然后跳进华岩瀑布自尽的。

寻根究底，这都是由于金田小姐的摩登和高傲惹出的麻烦。假如武右卫门丧了命，最好化为怨鬼杀了金田小姐。那种女人在这个世界上消失一两个，对于男人来说，丝毫也不构成困扰，寒月也可以另娶一个像样的小姐了。

“先生，他是学生吗？”

“嗯。”

“好大的脑袋呀！学习好吗？”

“学习成绩可比不了他的大脑袋，常常提出些奇怪的问题。不久前让我把哥伦布译成日文，搞得我好不狼狈。”

“就因为脑袋太大，才提出那类多余的问题。先生，你怎么回答的？”

“怎么回答的？我对付着给翻译了一下。”

“是吗，这么难都给他翻译了，了不起！”

“小孩子嘛，不给他翻译出来，他就不再信服你了。”

“先生也成政治家啦。可是，看他刚才的样子，没精打采的，不像

[1] 岩头吟，指1903年5月22日，东京第一高等学校学生藤村操（夏目漱石的门生），苦恼于对世间万物不可理解而厌世，跳下华岩瀑布自杀之前，用树枝写下的遗书《岩头之感》。藤村死后4年间，在同一地点自杀者达到185名（成功自杀40名）。现在华岩瀑布仍旧以自杀之所闻名。

是会给先生出难题的人啊。”

“今天他可是有点傻眼了。蠢家伙！”

“发生什么事啦？看上去非常可怜呢。到底怎么啦？”

“咳，干了件蠢事呗！他给金田小姐送了情书。”

“什么？那个大脑袋吗？现在的学生可真了得。太吓人了。”

“你也有点担心吧……”

“哪里，一点儿也不担心，反而觉得怪有趣的。不管送去多少情书，我也无所谓的。”

“既然这么放心，那就不要紧了……”

“当然不要紧。我一向不在乎这些。不过，听你说那个大脑袋写了情书，确实有点意外。”

“这个嘛，是跟她开个玩笑。他们三个人，认为金田小姐又摩登，又高傲，就想戏弄她一番。于是，三个人就合伙……”

“三个人合伙给金田小姐写了一封情书？越说越离奇了，这不就像一份西餐三个人享用吗？”

“不过，他们是有分工的。一个人写信，一个人送信，一个人署自己的名字。刚才来的那个小子，就是署自己的名字的人。他最蠢了。而且他说，不曾见过金田小姐的模样。搞不懂怎么会干出那种混账事来？”

“这可是最新发生的大事啊。真是杰作！那个大脑袋，居然给女人写情书，岂不是太搞笑了吗！”

“这回可捅了马蜂窝喽。”

“捅了也不会有事儿的，对方是金田小姐嘛。”

“不过，她可是你有可能会娶的女人呀！”

“正因为有可能娶她，所以才说不会有事儿的嘛。”

“即便你无所谓，可是……”

“金田小姐也无所谓的，放心吧。”

“如果真是这样，倒也好。只是，写情书的人事后突然良心发现，越想越害怕，所以灰头土脸地跑到我家来求我帮忙呢。”

“为这么点事，就吓成那样？可见是个胆小的人。先生，您是怎样应对他的？”

“他问我会不会被学校开除，这是他最担心的。”

“为什么会被开除？”

“因为干了那种道德败坏的事呀。”

“这算不上不道德吧？没什么大不了的。金田小姐肯定还引以为荣，在到处炫耀哩！”

“不会吧。”

“总之，这孩子够可怜的。就算干那种事不应该，但是，他那么害怕，不是把好端端一个男孩子打入十八层地狱了吗。他虽然脑袋大些，可是相貌并不算很丑，鼻子呼扇呼扇的，蛮可爱的。”

“你也像迷亭似的，净说些风凉话。”

“不是风凉话，这就是时代思潮啊。先生太老古板了，所以，把所有事情都看得很严重。”

“可是，他也太愚蠢了，给一个素不相识的女人送什么情书闹着玩，简直是缺乏常识。”

“闹着玩大多是因为缺乏常识嘛。您就帮帮他吧！这可是积德行善呀。看他那样子，多半会去跳华岩瀑布的。”

“是啊！”

“您就这么办吧。那些比他再大一些、明白事理的孩子，何止是写写情书就吓成那样的？他们干了坏事，却故作不知！如果把这个孩子开除的话，那么，不把那些坏孩子通通驱逐出校门，便不够公平。”

“可也是啊！”

“那么，怎么样？去上野听老虎叫吧？”

“老虎？”

“是的，去听一听吧！说实话，这两三天内我要回一趟老家，最近一段时间我不能陪您散步了，所以我今天是抱着一定要陪您去散步之心来的。”

“是吗？你要回老家？有什么事吗？”

“是有点事。先不说这个，咱们还是出去吧？”

“好，那就出去吧！”

“好吧，走啦！今天我请你吃晚饭。饭后漫步到上野，时间刚刚好。”由于寒月频频催促，主人也动了心，两个人便一同出去了。他们离开后，女主人和雪江便无所顾忌地嘎嘎放声大笑起来。

十一

在壁龛前，摆上棋盘，迷亭和独仙对坐下棋。

“我可不白跟你下，谁输了谁得请客，怎么样？”

迷亭这么一说，独仙照例捻着山羊胡说道：“这样一搞，难得的雅兴也落俗了。靠打赌来感受胜败之趣，岂不无聊，只有将胜败置之度外，以‘白云冉冉出岫’[1]之心，悠然下完一局，才能品尝到个中韵味！”

“你又来这套！与老兄这般仙骨过招，好不累人。老兄宛如《列仙传》[2]中的人物啊。”

---

[1] 语出陶潜《归去来辞》里的“云无心以出岫”。

[2] 《列仙传》是中国最早且较有系统地叙述神仙事迹的著作。旧题为西汉刘向撰。本书记载了从赤松子（神农时雨师）至玄俗（西汉成帝时仙人）71位仙家事迹，时代跨度较大。

“这叫作弹无弦之素琴。”

“或曰拍无线之电报吧？”

“闲话少说，开始吧！”

“你是持白吧？”

“黑白都行。”

“不愧是仙人，就是非同凡响！你持白的话，按自然顺序，我就是持黑喽。好了，来吧，谁先走都行。”

“执黑先行可是规矩。”

“不错。那么，我就客气一点儿，按定式先这么走吧。”

“定式里，可没有你这么走的呀！”

“没有也无所谓。这是我新发明的定式呀。”

我的见识太少，棋盘这东西还是最近才有幸见到的，越想越觉得妙不可言。在一个不大的方板子上密密麻麻画上好些小方格，往上面胡乱摆些黑白子儿，看得人眼花缭乱，然后人就来回摆弄它们，谁输啦，谁赢啦，谁死啦，谁活啦的，流着臭汗，吵嚷不停。那板子不过一尺见方，我用前爪一扒拉，就会弄得乱七八糟。不过，俗话说：“聚而结之则为草庐，解之则复为荒原。”何必捣这份乱呢！袖手旁观下棋，反倒自在得多。起初的三四十个子儿摆得还顺眼，可是到了决定胜负的关键时刻，我再一看，哎呀呀，真是惨不忍睹！白子和黑子挤成一堆，几乎要从棋盘上掉下去，但又不能因为太挤，就让其他的棋子儿躲一边去，也没有权利因为“碍事”就命令前边的棋子儿退下。一个个棋子儿除了认命，一动不动地窝在原处，别无良策。

发明棋盘的是人。如果说人类的癖好反映在棋盘上，那么，即便说进退维谷的棋子儿的命运体现了龌龊的人类本性也不为过。假如人类本性可以从棋子儿的命运推测的话，便不能不断言：人类喜欢用小刀把海阔天空的世界零切碎割，圈出自己的地盘，画地为牢，一言以蔽之，可以说人类是在自寻烦恼吧。

一向散漫的迷亭和讲求禅机的独仙，不知怎么想的，专挑今天这大热的天，从壁橱里拿出这个旧棋盘，玩起这种汗流浃背的游戏来。倒也算是棋逢对手，开始的时候，双方都下得悠然随意，棋盘上的白棋和黑棋自由自在地交错落下。但是，棋盘的空间是有限的。每填一个棋子儿，空的横竖格子就减少一个，因此，任他多么散漫不羁，多么富于禅机，也自然会感觉焦虑的。

"迷亭君，你下棋太野蛮了，没有从那儿落子的。"

"出家人下棋或许没有这种下法，但是，按本因坊流派[1]的下法，就可以这么下，没法子。"

"不过，你这可是自寻死路啊！"

"臣死且不辞，何况彘肩乎[2]？索性就这么走吧。"

"你走这步啦，好吧！'熏风自南来，殿阁生微凉。'[3]我就接一个，看住你，便可安然无恙。"

"呀，这手十分厉害啊！嗬，我还以为你无意这么走呢。'那我就敲给你听吧，八幡钟'[4]，我放这儿的话，你看如何？"

---

[1] 本因坊是日本最大也最有影响的围棋世家，江户时代的围棋四大家之首。

[2] 出自《史记·项羽本纪》，樊哙在鸿门宴上要救沛公，项羽让他喝酒，吃猪肩生肉，樊哙说："臣死且不避，卮酒安足辞。"这里是迷亭信口套用的。

[3] 见《唐诗纪事》卷四十。唐文宗吟道："人皆苦炎热，我爱夏日长。"柳公权接道："熏风自南来，殿角生微凉。"

[4] 上句话里的"接"与敲钟的"敲"，在日语里是同音。这里是诙谐的调侃。

“没什么如何不如何的。‘一剑倚天寒’[1]……嗯，有点麻烦！我干脆把它断开得了。”

“啊！危险，危险！你一断开，我可就死棋了。你可不能这样绝情，拿回去重新让我走一步。”

“所以我不是声明在先吗。这里面是万万不能落子儿的。”

“贸然闯入，失敬，失敬！你且把这个白子儿拿走吧！”

“那个子儿你也要悔？”

“顺便把旁边那个子儿也拿掉好了！”

“我说，你的脸皮太厚了吧。”

“Do you see the boy？[2]——这说的就是咱哥俩的交情啊！别说那些薄情的话，快拿掉，这可是生死关头啊。我这不是喊着‘手下留情！’‘手下留情！’赶来救场了吗？”

“我可不懂你那一套！”

“不懂就算啦。把那个子儿给我拿掉！”

“你都已经悔了六次啦。”

“你可真是好记性。下面将加倍予以悔棋。所以我才让你把那个子儿拿掉的嘛。你这人也真够矫情的。既然坐什么禅，应该更超脱些呀。”

“可是，我若不吃掉你这个子儿的话，有可能输的……”

“你老人家一开始不就抱着不问胜负的心态吗？”

---

[1] 据说日本一位将军在出征之前去问来自中国的明极楚俊禅师：“在生死交关的时候该如何？”禅师说：“两头俱截断，一剑倚天寒。”意思是将生死置之度外。“一剑倚天寒”出自无学禅师，形容杀头后，身如利剑刺向青天。意为将生死置之度外。

[2] 翻译过来是：你看见那个男孩儿了？

“我是不在乎胜负，可就是不想让你赢。”

“真是奇妙无比的得道啊！不愧是‘春风影里斩电光’！”

“不是‘春风影里’，是‘电光影里’，你说倒了。”

“哈哈哈，我以为差不多该到颠三倒四的时候了呢，没想到头脑还蛮清醒的。没法子，那就不悔棋了吧。”

“生死事大，无常迅速。你就想开些吧！”

“阿——门——！”迷亭先生将下一手棋落在了无关紧要之处。

迷亭和独仙二人在佛龛前争着输赢，而寒月与东风并肩坐在客厅门口，二人旁边坐着脸色蜡黄的主人。在寒月面前，有三条没有任何包装的鲣鱼干整齐地排列的铺席上，可谓奇观也。

这鱼干出自寒月的怀中，取出时手心还是温热的。见主人和东风都将充满疑问的目光投在鱼干上，寒月缓缓地开了口：

“是这样，我是四天前从老家回来的。可是由于有很多事情要办，忙于去处理，就没能马上来府上拜访。”

“倒也不必急着来这儿！”主人照例说些不招人待见的话。

“虽说不用急着来，但是不早点把这些礼品献上，总归不放心啊！”

“这不是鲣鱼干吗？”

“哎，是我家乡的名产。”

“还是名产吗，东京好像也有嘛。”主人说着，拎起一条最大的，拿到鼻子前闻了闻。

“闻是辨别不出鲣鱼干好坏的！”

“因为这鱼稍大一点，所以成了特产吧？”

“你先尝尝再说。”

“尝是早晚要尝的。可是这条鱼怎么没有鱼头呀？”

"所以我刚才说，不早些送来就放心不下的呀。"

"为什么呢？"

"你问为什么？那鱼头被耗子吃了。"

"这可太危险了。人吃下去的话，会染上鼠疫的呀！"

"不要紧的。只咬去那么一点，不会中毒的。"

"到底是在哪儿被耗子吃的？"

"在船上。"

"船上？怎么回事？"

"因为没地方放，我就把它们和小提琴一块儿装进行李里，上了船，结果当天晚上就被耗子啃了。如果光是啃了鲣鱼干还没什么，耗子居然把小提琴当成了鲣鱼干，琴也被啃掉一点呢。"

"这耗子也太粗心啦！难道说一到了船上，它们就犯糊涂了？"主人说了句谁也听不懂的话，眼睛依然瞅着鲣鱼干。

"耗子嘛，不管在哪儿，都是莽撞的。所以我把鲣鱼干带到了公寓，可还是不放心。由于担心得不行，干脆夜里把它塞进被窝里睡觉了。"

"这可有点不干净吧！"

"所以，吃的时候，要稍微洗一洗。"

"稍微洗一洗，是不可能干净的。"

"那就泡进碱水里，使劲搓一遍不就行了？"

"那把小提琴，你也是搂着它睡的吗？"

"小提琴太大，没办法搂着睡的……"

刚说到这儿，壁龛那边的迷亭先生也加入了这边的对话，大声说道：

"你说什么，搂着小提琴睡觉？这可真是风雅啊。记得有这么一首俳句'春光苦短，怀抱琵琶，心事重重'，不过这是古代的人作的，而明治年代的英才若不抱着提琴睡觉，就不能超越古人的。我来一首‘裹衾独自眠，长夜漫漫琴相伴’，诸位感觉如何？东风君，新体诗里可以写这些吗？”

“新体诗与俳句不同，很难那么一挥而就的，但是，一旦写出来，就会发出触及生灵细微之处的妙音。”东风严肃地说。

“是啊，这‘生灵’嘛，我原来以为要焚烧麻秆才可以迎接呢，现在才知道，凭借作新体诗之力也能请来的呀！”[1]迷亭又嘲讽起来，也不专心下棋。

“你再胡扯，又得输棋。”主人提醒迷亭。可是，迷亭满不在乎地说：

“且不说要输还是要赢，对方已如釜中章鱼，手脚动弹不得了。因此，我倍感无聊，不得已才加入你们‘小提琴’一伙的。”

他的话音刚落，棋友独仙先生就不客气地开口道：“该你走了。我一直等着你哪！”

“是吗？你已经走完了？”

“当然了，早就走完了。”

“走哪儿了？”

“在这个白子这儿尖一手[2]。”

“嗯，很是地方啊！这个白子被你一尖，吾命休矣！那么，我该……我……我已无路可走了。实在想不出好着啦。喂，让你再重新下一遍，随便放在哪儿都行。”

“有你这么下棋的吗？”

---

[1] 日文的麻秆与生灵同音，日本民俗盂兰盆节时，焚烧麻秆，迎接死者灵魂归来。迷亭这么说是故意调侃。

[2] 围棋术语，将棋子下在己方棋子的斜侧方向的情况。

“‘有你这么下棋的吗？’既然你这么说的话，我可就下子儿了。那么，我就在这个角上拐他一下吧……寒月君，因为你的小提琴太廉价，所以耗子都瞧不起它，把它给啃了。你也别那么吝啬，买把好些的吧。要不我从意大利给你邮购一把三百年前的古董怎么样？”

“那就有劳您啦，顺便请把钱也一起付了吧。”

“那种古董，能用吗？”呆气十足的主人对迷亭发出一声断喝。

“想必老兄是把人中古董与小提琴之古董混淆在一起了吧？即使人中古董，不是还有如金田者流，至今仍大行其道吗？所以，小提琴就更不必说，自然是越旧越好啊……喂，独仙君，拜托快些下子呀！虽说不是庆政的台词，不过‘秋日苦短’噢。”

“和你这样忙叨的人下棋真是活受罪，根本没工夫思考。没办法，就在这儿放个子儿，做个眼吧！”

“哎呀呀，到底让你把棋走活了。真是可惜！我还怕你把子儿落在那儿，才煞费苦心地胡扯八扯，好打乱你的思路，结果还是白搭！”

“那是自然。你哪里是下棋，纯粹是在蒙棋。”

“这就叫作‘本因坊派’‘金田派’‘当代绅士派’嘛……喂，苦沙弥先生！独仙君不愧是曾经去镰仓吃过老咸菜疙瘩，不为物欲所动啊。实在令人钦佩！棋艺虽不入流，气度可是非凡。”

“所以，像你这种庸人，最好向人家学着点。”

主人背对着迷亭一插话，迷亭立刻吐了一下红红的舌头。独仙仿佛毫不介意，仍旧催促迷亭：“喂，该你下啦！”

“你是从什么时候开始学小提琴的？我也想学学，可是听说很难学。”东风在问寒月。

“嗯。不过，只达到一般水平，谁都能学会的。”

“我总觉得同样是艺术，爱好诗歌的人，学起音乐来，想必也会进步很快，所以有些自信的。你说呢？”

“可以这么说吧！你要是学的话，一定没问题的。”

“你是多大开始学琴的？”

“从高中开始的。先生！我曾经对您讲起过我学习小提琴的经过吧？”

“哪里，没有听你说过。”

“是高中时期跟着某位老师学起小提琴的吗？”

“哪里，没有老师教，也没人指点，全凭自学的。”

“简直是天才啊！”

“自学也未见得就都是天才！”寒月先生板起脸说。被人奉承是天才却板起脸的人除了寒月找不出第二个了。

“是不是都无所谓啦。你就说说是怎样自学的好了，以供参考嘛。”

“说说当然可以，先生，那我就说说？”

“啊，说吧！”

“如今，常常可以见到年轻人拎着提琴盒，在大街上走。可是那个时候，高中生几乎没有人学习西洋音乐。尤其我上的那个学校，是在乡下的乡下，穷酸得连穿麻里草鞋的人都没有，所以学校里，当然也没有一个学生拉小提琴……”

“他们好像是讲起趣闻了。独仙君！咱们这盘棋就下到这儿得了。”

“还有两三处没有活干净呢！”

“没收也不管他了！无关紧要的话，都送给你吧。”

“就算你这么说，我也不能要呀！”

“你哪像个禅学家呀，这么较真儿。那就一气呵成，下完这盘棋吧……寒月君讲得怪有趣的……就是那所高中吧？学生都光着脚上学的那个……”

“没有那回事！”

“可是，听说学生都是光着脚练军操，由于老是向右转，把脚底板磨得老厚。”

“怎么会？这是谁说的？”

“谁说的都无所谓。而且听说每个学生腰上都拴着一个大大的饭团子，就像个袖子似的，午饭就吃它。与其说是吃，不如说是啃，啃到最后，就会露出一个咸梅干。据说孩子们就是为了那个咸梅干，才专心致志地将裹在其四周的饭团啃光的。真是些精力旺盛的小家伙！独仙君，这故事你一定很中意吧？”

“质朴刚健，一代新风啊！”

“还有比这更有新风的故事哩！听说那地方没有卖烟灰筒的。我的一位朋友去那里任职期间，想去买个带有‘吐月峰’商标的烟灰筒，结果，别说是‘吐月峰’了，就连可算是烟灰筒的东西都没有见到。他很奇怪，一打听，人家毫不在意地说：‘烟灰筒这东西，只要到后边的竹林里去砍一节竹子来，谁都能做出来，根本没有必要买它啊。’这也够得上质朴刚健之风尚佳话了吧？独仙君。”

“嗯。说话归说话，这儿还得填个单官[1]。”

“好吧！填一个，填一个，填一个，这回都填满了吧……寒月君，听了你刚才说的，好不吃惊。在那种穷乡僻壤，还自学小提琴，太难能

[1] 围棋术语。

可贵了。《楚辞》里有句‘惸茕独而不群兮’[1]，寒月君不就是日本明治时期的屈原吗！”

“我不想当屈原。”

“那就是二十世纪的维特[2]吧！……怎么？你要把子提上来算目？你也太死脑筋了，不数，我也输了，省省吧！”

“不过，总归不清楚……”

“那，你就帮我数吧！我现在哪有工夫去数它呀。如果不拜听一代才子维特君自学小提琴的逸闻，就对不起老祖宗。我先撤了。”说罢离了席，跪着蹭到寒月身边。

剩下独仙一个人专心地拿起白子，填满了白子的空格，再拿起黑子，填满了黑子的空格，嘴里不住地数着。而寒月这边继续说下去：

“这地方风俗本已陈旧，加之我故乡的人们又非常顽固，因此只要有一个人软弱一点儿，他们就说：‘你这屃样会在外县学生面前丢面子。’于是粗暴地严加惩处，叫人受不了。”

“提起你家乡的学生，真叫人无语。也不知他们为什么要穿那种藏蓝色的裤裙。大概以为这么穿衣很特别吧。而且，由于常年被海风吹拂的缘故，皮肤黑黝黝的。男的倒还没什么，可是女人也黑黝黝的，可就麻烦啦。”

只要迷亭一插话，原来谈论的话题就不知被扯到哪儿去了。

“是的，女人也是那么黑。”

“那么，嫁得出去吗？”

---

[1] 惸、茕，音穷，无兄弟之意；独，无子嗣。

[2] 德国作家歌德名著《少年维特之烦恼》中的主人公。

“家乡的人全都那么黑，有什么办法！”

“好不幸啊！是吧，苦沙弥兄。”

主人喟然长叹道：“女人还是黑点好吧。若是脸白，每次照镜子就欣赏起自己来，那才叫糟糕。女人可是很难对付的！”

“不过，如果某个地方的人都是黑皮肤，他们会不会以黑为荣呢？”东风问了个很好的问题。

“总而言之，女人完全是多余的东西！”主人这么一说，迷亭笑嘻嘻地警告主人说：“说这种话，回头嫂夫人可要不高兴了！”

“没事。”

“她不在家吗？”

“刚才带孩子出去了。”

“怪不得这么安静。去哪儿啦？”

“不知去哪儿了，她总是不说一声就出去了。”

“然后想什么时候回来就什么时候回来？”

“差不多吧。你一个人自由自在的，多好啊！”

东风听了有点不高兴，寒月却嘿嘿地笑。迷亭说：

“一娶了妻子，男人都喜欢这么说。是吧？独仙兄！估计你也属于惧内一类吧？”

“咦？等一下！四六二十四，二十五，二十六，二十七。巴掌大的地方，居然有四十六目呢。以为能多赢你一些呢，可是数下来一看，怎么只差十八个子儿啊。你刚才说什么？”

“我是说，你也是‘惧内’吧。”

“哈哈哈，倒也没什么惧不惧的。因为内人太爱我啦。”

“这样啊，那就恕我冒昧啦。真不愧是独仙君啊。”

“岂止独仙君，这样夫妻恩爱的例子多得很！”寒月先生为天下的妻子略尽辩护之劳。

东风先生依然一本正经地，转身面对迷亭先生说：

“我也赞成寒月兄的看法。我认为，人要想进入纯而又纯之境，只有两条路可走，即：艺术和恋爱。由于夫妻之爱乃为其中恋爱之代表，所以我想，人若不结婚，而要实现那种幸福，便是违背了天意……怎么样，迷亭先生！”

“真是高论！像我这等人，绝无可能进入纯情之境喽！”

“娶了老婆，就更进不去了。”主人沉着脸说。

“总之，我们未婚青年必须获取艺术的灵性，开拓出向上的道路，否则，就不可能了解人生的意义。为此，窃以为，必须先从学小提琴着手，所以才一直倾听寒月君讲述经验的。”

“是啊，是啊！刚才正在听‘维特’先生讲自学小提琴的故事呢。喂，继续讲吧！不再打搅你了。”

迷亭这边好不容易收敛锋芒，独仙君那边又煞有介事地对东风训导起来：

“向上之路，并非自学小提琴所能够开拓出来的。倘若靠那种游戏三昧的态度，就能认识宇宙真理，还了得。如果想知道个中奥秘，没有悬崖撒手、绝后再苏[1]的气魄是不行的。”

虽然训诫得有理，只可惜东风连禅宗是什么都不知道，所以，根本就是马耳东风。

“嗯，也许像你说的那样。但是我想，还是艺术表现人们渴求的最

---

[1] 均为禅语。

高境界，因此，我无论如何也不能放弃它。”

寒月说：“如果不肯放弃，那就满足你的希望，给你讲讲我学小提琴的经历吧！正如刚才说过的那样，我是好不容易才走到学小提琴这一步的。首先，买小提琴就犯了好大的难呢，先生！”

“那是当然。在那种连麻里草鞋[1]都没有的地方，怎么会有小提琴呢。”

“不，有倒是有的。钱也早就开始攒了，不成问题。可就是买不成啊。”

“为什么？”

“乡下那种小地方，只要一买来，立刻就会被人发现。一旦被发现，人们就会说我‘太狂妄’，少不了要收拾我的。”

“天才自古以来总是受迫害哟！”东风先生深表同情。

“又是天才！拜托不要叫我什么天才吧，我可承受不起！后来，我天天出去散步，每当路过卖小提琴的商店门前时，心里就想：‘要是能买一把多好啊！’‘把小提琴抱在怀里是什么滋味？’‘啊，真想买啊！’没有一天不是这样。”

“不难理解呀！”这是迷亭先生的评论。

“怎么会这么着迷呢？”表示不解的是主人。

“你不愧是个天才啊！”发出赞叹的是东风先生。

只有独仙先生超脱地捻着胡须。

“那样的地方，怎么会有小提琴？人们首先会这样质疑，但仔细一想，也没有什么可奇怪的。因为在这地方也有女子学校。作为一门课程，女校的女学生必须天天练琴，所以，自然有小提琴了。当然没有特别好的，

[1] 麻布里子的草鞋。

只是那种勉强可以称之为小提琴的玩意儿。因此，卖家也不重视，只是将两三把琴一起吊在店头。结果呢，我散步从店前走过时，偶尔会听到小提琴因风吹或店伙计触碰而发出的声音。一听到那声音，我就感觉心脏仿佛快要破碎了似的忐忑不安。”

“这可危险！疯癫病也有很多种：有的看见水就疯，有的看见人就疯，你到底是‘维特’，一看见提琴就犯病。”迷亭先生打趣道。

而东风越发敬佩了：“啊呀，感觉没有那般敏锐的话，成不了真正的艺术家。怎么说都是天才的坯子呀！”

寒月说：“是的，也许真的疯了，可那音色实在是妙不可言！其后直到今天，我拉了这么长时间，然而再也没有拉出过那么美妙的声音。是啊，该怎么形容才好呢？实在无法言传哟！”

“是不是琅琅然、锵锵然之音？”独仙胡诌出这么个晦涩的字眼，却无人理会，煞是可怜。

“我天天散步从这家店前走过，有幸听到了三次那种天籁之音。第三次听到时，我下了决心，非买下这把小提琴不可。纵令受到乡里人的谴责，受到外乡人的轻蔑；纵然因遭铁拳暴打而丧命，哪怕搞不好被学校开除，我也定要买下这把小提琴！”

“这才叫作天才啊！如果不是天才，绝对不会这么走火入魔的。太让人羡慕了！这些年来，我总期待着自己能够产生如此强烈的欲求，但就是不能如愿。我去参加音乐会时，尽管以最大的热情倾听，却总是感觉兴味索然。”东风一直羡慕不已。

“还是兴味索然比较幸福噢！你们看我现在很平和地讲述，可当时那苦楚是根本无法想象的呀……后来，先生，我一咬牙，终于掏钱买了下来。”

“哦。怎么买的？”

“那天恰逢十一月的天长节[1]前夕，村里人全都去泡温泉了，还带住宿，村里一个人也没有。那一天，我以生病为由，连学校都没去，一直在屋里躺着。我躺在床上，一心只惦记着今天晚上一定要去把梦寐以求的小提琴买到手。”

“你竟然还装病不去上学？”

“说对了。”

“的确有些像天才！”迷亭也有些崇拜了。

“我从被窝里伸出头一看，日头当空，离天黑还早着呢。没办法，只好把头缩进被窝，闭上眼睛等待，可是也难受。我又探出头来一看，只见热辣辣的秋日洒在六尺宽的纸拉门上，亮得刺眼，我不禁恼怒起来。这时，发现纸门上端有一条细长的影子，随着秋风晃动着。”

“那细长的影子是什么东西？”

“是剥了皮后挂在屋檐下晾晒的涩柿子。”

“哦，后来呢？”

“没办法，我起了床，拉开拉门，去檐廊上揪了个柿饼吃了。”

“甜吗？”主人的问话简直像个孩子。

“可甜啦，那一带的柿子，东京人绝对不知道有多甜呢！”

“柿子的事就这样吧，后来怎么样了？”这回是东风先生在问。

“后来我又钻进被窝，闭上眼睛，默默地向神祈祷：‘快些黑天吧！’感觉约莫过了三四个小时，心想差不多了吧？可是我一探出头，你猜怎么着，只见热辣辣的秋日洒在六尺宽的纸拉门上，亮得刺眼，纸门上端

[1] 明治元年规定，每年天皇诞生日为天长节。战后改称天皇诞生日。

有条细长的影子，随着秋风晃动着。”

“这一段已经讲过了。”

“何止是一回呀。后来我起了床，拉开拉门，去揪了个柿饼吃了，然后又钻进被窝，默默对神佛祷告：‘快些黑天吧！’”

“怎么又重复一遍呢？”主人说。

“先生！请不要那么性急，听我往下说！后来我在被窝里忍了约莫三四个小时，以为这时总该天黑了吧？就猛地一探头，只见热辣辣的秋日洒在六尺宽的纸拉门上，亮得刺眼，纸门上端有条细长的影子，随着秋风晃动着。”

“你说了半天不还是那一套吗！”

“然后我起了床，拉开拉门，到檐廊上，吃了一个柿饼……”

“怎么又吃了一个柿饼啊！看样子，你这柿饼是吃个没完了。”

“我也是等得心焦啊！”

“听的人比你更心焦呢！”

“先生太性急，这样故事就很难讲下去了，不好办。”

“听得人也有点不好办呢。”东风也暗自抱怨。

“既然各位都这么着急，没办法，那就差不多打住吧！总之，我吃完了柿饼就钻进被窝，钻进被窝后又出来吃，终于把吊在屋檐下的柿饼全都吃光了。”

“既然吃光了，太阳也该落山了吧？”

“可是依然不行。所以我吃了最后一个柿饼，以为差不多了，探出头来一看，依然是热辣辣的秋日洒在六尺宽的纸拉门上……”

“我可受不了了！永远没个完。”

“连我自己都讲得烦死了。”

"不过，倘若你有那么大的耐心，凡事都可以成功的。假如我们都不吭声的话，直到明天早晨，还是热辣辣的秋日高照吧。我说，你到底打算何时去买小提琴呀？"就连迷亭也似乎有些不耐烦了。

唯有独仙处之泰然，哪怕你讲到明天早晨、后天早晨，任凭热辣辣的秋日照耀，也丝毫不为所动。

而寒月依旧是从容不迫地说："问我何时去买吗？我打算，只要天一黑，立刻出去买琴。遗憾的是，无论什么时候探头一看，总是热辣辣的秋日当头照……唉，提起我当时的痛苦，何止是现在各位的焦急可以比拟的。我吃完了最后一个柿饼，看看太阳依然不落山，忍不住哭泣起来。东风君，我真是伤心极了才哭泣的呀！"

"那是自然，因为艺术家本来就多愁善感。你这么伤心，我很同情，不过，你也该快一点往下说呀！"东风是个厚道人，说话一向一本正经而又有些滑稽。

"我也巴不得说得快些。可是，太阳就是不落，发愁死了。"

"这样太阳总是不落的话，听众也受罪，不要讲了吧！"主人终于忍无可忍地说道。

"不讲下去，更加难过。马上就要进入佳境了。"

"那就听下去吧，不过，你还是尽快让天黑下来比较好吧。"

"虽然这个要求有点强人所难，但是，既然先生这么说，我就勉为其难地让天黑了吧！"

"这不挺好吗。"独仙面无表情地这么一说，大家都忍不住大笑起来。

"看看夜幕降临，我才放下心来，舒了口气，走出鞍悬村的居处。因为我这人素来不喜欢喧闹之所，所以才特地远离交通便利的市内，在人迹罕至的荒野寒村结成蜗牛之庵的……"

“‘人迹罕至’这个词，过于夸大了吧？”主人抗议。

迷亭也跟着批评：“‘蜗牛之庵’，也未免言过其实。还不如说成‘没有壁龛的四铺席半的屋子’较为写实，且趣味横生呢。”

只有东风夸他：“事实无关紧要，表达得极富诗意，感觉不错。”

独仙则严肃地问：“住在那里的话，交通有些不便吧？上学的话有几里路远啊？”

“距学校只有四五百米。学校原本就在穷乡僻壤里……”

“那么，学生大多都住在那儿吧？”独仙仍然不依不饶。

“是啊，差不多每个农家都住了一两名学生。”

“这算是‘人迹罕至’吗？”独仙给了他一闷棍。

“是啊，假如没有学校，纯粹是渺无人烟啊……说起那天晚上我穿的服装，是土布棉袄，外套铜纽扣的学生外衣。我用将外套的帽子蒙住头，以便不被人看到。正是柿子树落叶的时节，所以从我住处走到南乡大街的一路上铺满了树叶。每迈出一步，都发出沙沙的声响，使我忐忑不安，总觉得身后有人跟着似的。回头望去，只看到东岭寺的森林黑乎乎的，在黑暗中成了更黑的一片。这东岭寺本是松平氏的家庙，位于庚申山麓，距我住处只有一百来米远，是个十分幽静的古刹。森林上方，繁星点点，明月当空，在那银河斜跨的长濑川尽头……那尽头，一直通向夏威夷……”

“夏威夷也太不着边际了吧。”迷亭说。

“我在南乡大街上走了二百来米，从鹰台町进入市内，经过古城町，拐过仙石町，走过食代町，然后依次穿过通町的一丁目、二丁目、三丁目，再穿过尾张町，名古屋町、鲸町、蒲町……”

“不必一一介绍那么多町了，关键是到底买到小提琴没有？”主人不耐烦地打断他的话。

“卖乐器的商店叫作金善，也就是金子善兵卫先生开的，所以，还有好远呢。”

“好远就好远吧，你就快些买吧！”

“遵命！于是我来到金善店外一瞧，煤油灯亮得刺眼……”

“怎么又是亮得刺眼啊。你只要一说亮得刺眼，一次两次是完不了的，又该磨蹭啦！”这回迷亭先布下了防线。

寒月说：“哪里，这回的亮得刺眼，只有这么一回，无须挂心……我透过灯影一瞧，只见那只小提琴微微反射着秋夜灯火，琴腰弯曲处泛着凛凛寒光，只有绷得紧紧的丝弦上熠熠生辉……”

“形容得多美啊！”东风赞美道。

“就是它！就是那把小提琴，我这么一想，突然激动得心跳加速，两腿颤抖起来……”

“哼哼！”独仙冷笑着。

“我忘乎所以地冲了进去，从内衣袋里掏出钱包，从钱包里拿出两张五元的票子……”

“终于买下了？”主人问道。

“虽说我是要买的，不过少安毋躁，这可是关键时刻，莽撞就会失败。算了，不买了。在这千钧一发之际，我改变了主意。”

“怎么搞的？还是没买呀？不就是买一把小提琴吗，这也太折磨我们啦。”

“倒不是折磨，因为还不能买嘛，有什么办法！”

“为什么？”

“为什么？天刚刚黑，街上还有很多人嘛。”

“有人有什么关系？即使有二百人、三百人在街上走，与你何干？你这人太各色啦。”主人来了气。

“如果是一般人，哪怕是一千、两千也无所谓的。可是一些我们学校的学生挽着袖子、拿着又粗又长的文明棍在那一带来回溜达，我怎么能轻易出手呢。其中一部分人是号称什么‘沉渣党’的，向来以成绩排在班级最末为荣。然而就是这种学生，摔跤是他们的长项。我绝不能轻率地去买小提琴，因为不知会遭遇什么样的惩罚呢。我当然是渴望买到小提琴的，可是，毕竟也惜命的哟！与其因为拉小提琴而被杀，宁肯不拉琴活着要舒服些。”

“这么说，到底也没买了？”主人叮问。

“不是，买了。”

“你这人可真磨叽！要买就快些买，若不想买就不买，赶紧决定得啦。”

“嘿嘿嘿，世间之事不如意者十有八九啊！”寒月说着，镇静地点了支“朝日”牌香烟，悠然抽起来。

主人厌烦极了，突然站起来，去了书房，片刻又拿着一本不知什么书名的外国旧书回来，一骨碌趴在席上看起来。独仙不知什么时候退回到壁龛前，自己和自己下起了棋。

虽然是难得听到的逸闻趣话，因过于冗长，导致听众减少了一个，又少了一个，只剩下忠实于艺术的东风和从来不发怵冗长话语的迷亭先生了。

寒月毫无顾忌地向屋内喷吐着长长的烟，接着以原来的节奏往下讲：

“东风君，当时我想的是：天刚黑不黑时分，毕竟是不可造次的，可话又说回来，等到深夜的话，金善的老板就睡下了，也不行。一定要趁学生们尽数散完步回学校之后，而金善老板尚未就寝之前去买，否则，苦心孤诣做的计划就落空了。然而，找准这个时间，是相当困难的。”

“也是，这的确很有难度。”

“于是我把那个时间定在十点钟左右。那么，从现在到十点钟，就必须找个地方打发时间了。回去一趟再出来吧，太累了。到朋友家去聊天又有点心神不定，没什么意思。没办法，我便在街里转悠起来，一直耗到十点。谁知，若是在平常，逛街两三个小时，不知不觉就过去了，只有那天晚上，觉得时间过得缓慢无比。正应了那句‘一日三秋’的成语，那种难熬的滋味我算是尝到了。”寒月深有所感似的，还特意朝着迷亭说道。

“不是有诗云‘暖炉待旧人，心焦似火烧’吗？此外还有‘等人心焦急，此情人不知’，我想，那吊在檐下的小提琴一定等得焦急万分。可是，你就像个毫无目标的侦探般犹豫不决的，想必苦恼更甚于小提琴。可谓累累若丧家之犬。唉，说实在的，没有比无家可归的狗更可怜的了。”迷亭讥讽道。

“竟然把我比成狗，太过分了。再不济也没有人拿我和狗相比呀。”

东风安慰寒月说：“我听老兄讲故事，犹如在读古代艺术家传记，深有同感。至于把你比作狗，那不过是迷亭先生开个玩笑，请不要太在意，赶快往下讲吧！”

其实东风即便不安慰，寒月也会接着讲下去的。

“然后，我从徒町走过百骑町，从两替町来到鹰匠町，在县政府门前数完了枯柳，又去医院附近数了半天窗灯，在绀屋桥上吸了两支烟，最后一看表……”

“到十点钟了吗？”

“很遗憾，还没有到。我走过绀屋桥，沿着河往东边的上游走去，遇见了三个按摩师。还有狗汪汪地叫唤呢，先生……”

"'漫漫秋夜长，河边听犬吠。'听着还真是有点像演戏啊。你扮演的就是逃犯吧？"

"我干了什么坏事吗？"

"我是说你现在正要干呢。"

"天可怜见，要是买把小提琴就是干坏事的话，音乐学校的学生就都是罪人了。"

"只要做了别人不认可的事，无论是多好的事，也是个罪人。因此，这世上没有比什么是'罪人'更加说不清的了。即便是耶稣，活在那样的时代就是个罪人。美男子寒月先生也因为在那种地方买小提琴，就成了罪人了。"

"那我就让一步，权当是个罪人吧！当个罪人还好说，可是总也熬不到十点钟，真愁死我了。"

迷亭说："那你就再数一遍街道名称好了！假如不到时间，就再来一通'秋日热辣辣的'呀！还有时间的话，不妨再吃三打涩柿子饼喽。你讲到什么时候，我都会奉陪到底的，请一直讲到十点钟吧！"

寒月听了，嘿嘿地笑着说："你把我要说的都说完了，我只好缴械投降啦。那么索性一下子跳到十点钟吧。话说到了预定的十点钟，我来到金善店门前一看，正是寒夜沉沉之时，连热闹的两替町也几乎看不到什么行人，偶尔对面走来的行人发出的木屐声，都令人感觉凄凉。金善店已经关了大门，只留了个小拉门。我拉开小门进去时，不知怎么的，总觉得就像有条狗在后面跟着，心里有些害怕……"

这时，正在看书的主人从脏兮兮的书上抬起头问道："喂，买到小提琴了吗？"

"马上就买。"东风回答。

"还没买哪？时间也太久了。"主人自言自语地说完又看起书来。

独仙默默地将白子儿和黑子儿摆了大半个盘棋。

“我横下心，闯进店内，也不摘下大衣帽子，劈头就说：‘我要买把小提琴！’此时，正围在火盆旁闲聊的四五个小学徒和伙计，大吃一惊，齐刷刷地朝我看来。我抬起右手，将大衣帽子猛地往前一拽，又喊了一声：‘嗨，我要买一把小提琴！’坐在最前边一直盯着我看的一个小伙计胆怯地‘嗳！’了一声，站起来将吊在店头的三四把小提琴一举拿了下来。我问他多少钱，他说：‘五元二角钱一把！’”

“我说：‘哪有那么便宜的小提琴呀？是玩具琴吧？’”

“我问他：‘都是一个价吗？’他说：‘都是一个价。都做得很精细，没有什么毛病。’我便从钱包里掏出一张五元的票子和二十钱银币，然后用带来的一个大包袱皮将小提琴包起来。这时候，伙计们都不说话了，一直盯着我的脸。我的脸遮挡在大衣帽子下面，他们是不可能看清楚的，可我却心慌意乱，恨不得立即离开这里到街上去。我将包袱塞进大衣里边，刚走出店门，掌柜的带头齐声大喊：‘谢谢光临！’倒吓得我倒吸了一口冷气。来到大街上，往四下一瞧，幸好没有什么人，只看见从一百来米远的前面走来两三个人，边走边吟诗，声音大得在街道上回响。我心想，这可得躲着点。我便从金善店往西拐去，沿着护城河边走到药王师路，从榛木村到了庚申山麓，好不容易回到住处。到家后一看，已是夜里差十分两点了……”

“简直是走了通宵啊。”东风同情地说。

迷亭则长出一口气：“总算讲完了。哎呀呀，简直就像双六棋之旅[1]一样长呀！”

[1] 一种掷骰子玩的旅行棋。

“后面才是高潮呢。刚才说过的那些不过是序幕罢了。”

“还没讲完吗？实在是折磨人哪！碰上你这么有韧性的，大多数人都熬不过的。”

“且不提有没有韧性吧，倘若就此结束，就等于造了佛像却忘了给它开光一样，因此我必须再讲下去。”

“讲不讲下去悉听尊便，反正我是要听的。”

“怎么样，苦沙弥先生也来听听吧？寒月已经买下小提琴了，喂，先生！”

“这回又该讲卖小提琴了吧？卖小提琴就没有必要听了。”主人说。

“还谈不到卖它呢。”

“那就更没什么可听的了。”

“这可怎么好。东风君，只有你一个人是热心听的，虽说有点扫兴，也没办法，那就大致讲完得了。”

“不必大致，慢慢地讲吧，很有趣呢！”

“小提琴虽然好不容易买到手了，但现在的问题是没有地方放。常有人来我的住处玩，如果挂着或是立在房间里的话，立刻就会被人发现的。挖个坑埋起来的话，拉琴的时候还要挖出来，太麻烦了。”

“也是。那么，不会是藏在顶棚里了吧？”东风轻松地说。

“哪有顶棚啊，那里是乡下房子。”

“那可太要命啦。那么，你到底放哪儿啦？”

“你猜猜我放在什么地方了？”

“猜不出来。放在雨窗护板里了？”

“不对。”

“裹在被褥里，放进壁橱了？”

“不对。”

当东风与寒月就小提琴的藏身处这样一问一答之时，主人和迷亭也在不住地谈论着什么。

“这句话是什么意思？”主人问。

“哪句话？”

“就是这两行。”

“这是什么呀？‘Quid aliud est mulier nisi amiticiae inimica…’这不是拉丁文吗？”

“我知道是拉丁文，我问你是什么意思？”

“你平时不是说看得懂拉丁文吗？”迷亭意识到了危险，想赶紧逃。

“当然看得懂，看得懂是看得懂，可是这两行到底什么意思呢？”

“‘看得懂是看得懂，可是这两行到底什么意思？’真有你的！”

“随便你怎么说吧！给我翻译成英文如何？”

“‘给我翻译’，好大的口气。我简直成了你的随从了。”

“随从就随从吧，这几句到底是什么意思？”

“好了，拉丁文之类，回头再说吧，还是先拜听一下寒月兄的高论怎么样！现在正是关键的时候，已经到了怎样收藏小提琴才不会被人看到的千钧一发的安宅关[1]了——是吧，寒月兄，后来怎样了？”迷亭突然来了兴致，又加入了“小提琴逸闻”一伙，将主人孤零零抛在一边。寒月先生因此受到鼓舞，便说出了小提琴的藏处。

---

[1] 日本古时设在加贺国（今石川县南部）安宅的关卡。传说平安末期，源义经与家臣们乔装成劝募重建烧毁的东大寺的山伏（苦行僧）逃往陆奥，通过此关时，多亏其部下辨庆施行苦肉计，才渡过难关。陆奥国，日本古代的令制国之一，属东山道，又称奥州。其领域大约包含今日的福岛县、宫城县、岩手县、青森县、秋田县等。

“最终藏在一个旧藤箱里了。这个藤箱是我离开家乡时祖母送给我的，听说是祖母出阁时的嫁妆呢。”

“这可是一件老古董啊，不过和小提琴好像不大协调。是吧？东风先生！”

“嗯，是有点不大协调。”

“可是放在顶棚里，也不大协调呀？”寒月不客气地回敬了东风一句。

“虽然不协调，却可以吟成一首俳句呢，尽管放宽心！‘寂寞秋夜长，无奈藏身旧藤箱，宝贝小提琴。’怎么样？二位！”

“迷亭先生今天俳兴大发呀！”

“岂止是今天！我无时无刻不是满肚子的诗句呀。提起我做俳句的造诣，就连已故的正冈子规[1]先生都啧啧赞叹哪！”

“迷亭先生，你和子规先生交往过吗？”老实的东风君率真地问道。

“即使没有交往，也一直是通过无线电报肝胆相照的。”

由于迷亭先生老是胡诌八扯，东风君实在接不上话头，便沉默下来。寒月却笑着接着说下去：“就这样，藏小提琴的地方倒是有了，可是又遇到新的难题，就是该怎么拿出来拉琴？如果单是拿出来看看，只要背着人们，倒也不是难事。然而，只是看看有什么意思？不拉一拉它，买来就没有意义了。一拉琴则会出声，一出声则会被人发现。偏巧沉渣党的头目就寄宿在隔着一道木槿篱笆的南边那户农家，太危险了！”

[1] 正冈子规（1867—1902），俳人，歌人。本名常现，号獭祭等。早期写作小说，1891 年冬着手编辑俳句分类全集的工作，1892 年开始在报纸刊载《獭祭屋俳话》，提出俳句革新的主张。子规认为俳谐连歌缺少文学价值，主张使发句（起句）独立成诗，定名为俳句，为后世沿用，俳谐连歌随之衰落。他的著作还有随笔集《松萝玉液》（1896）、《墨汁一滴》（1901）、《病床六尺》（1902）、《仰卧漫录》（1918）等。

“太难为你啦！”东风同情地附和着。

“可不是吗，真是难为你呀。正所谓‘空口无凭，有声音为证’啊。当年只因发出了声音，小督局[1]才被人找到的。如果是‘偷嘴吃’或‘造假币’，还不难遮掩，可弹奏乐器这事，是瞒不了人的呀。”迷亭说。

“只要不发出声音，怎么都好办，可是……”

“且慢，你说什么只要不发出声音……即便不发出声音也瞒不住多长时间呀。以前我们在小石川的寺庙里自己起伙做饭的时候，有个叫铃木藤的人，此公特别喜欢喝做菜用的料酒。他用啤酒瓶子买来料酒，每天自斟自饮，不亦乐乎。有一天藤先生出去散步后，虽说很不应该，但苦沙弥偷喝了料酒……”

“我怎么会偷喝铃木的料酒？偷酒喝的是你呀。”主人突然大声说。

“哟，我以为你在看书，胡诌两句也不碍事的，居然一直在听呢。看来对你还得防着点啊。所谓‘眼观六路，耳听八方’，就是针对你呀。不错，如此说来，我也喝了。虽然我也喝了，可是被人发现偷酒喝的可是你啊……你们两位听清楚，苦沙弥先生原本不能喝的。然而，因为是别人的酒，就拼命喝了好多，这下可不得了，喝得满脸通红呢。别提了，脸红得我都不敢看他……”

“还不闭嘴！连拉丁文都不会，还好意思说……”

“哈哈哈……藤先生回来了，他晃了晃啤酒瓶，发现少了一大半，知道一定是有人喝了，四下一看，只见这位老兄一动不动地坐在墙角，

[1] 小督局，权中纳言藤原成范之女。日本第80代天皇高仓天皇的宠爱妃，善弹奏筝。受到平清盛之女中宫的嫉恨，被迫出家，而后藏身于皇后见平清盛妒恨她，将她藏于嵯峨野。后来。源仲国奉高仓天皇御旨，凭借《思夫叹》她弹奏的《想夫怜》的琴音找到了小督局，遂带回皇宫。后为平清盛所捕，削发为尼。故事见《平家物语》谣曲《小督》。

活像个用朱泥捏成的泥菩萨……”

三人不由得哄笑起来，主人也边看书边吃吃地笑。唯有独仙，由于用多了机外之机[1]，好像有些乏了，伏在棋盘上，不知什么时候已经呼呼大睡了。

“不出声也会被发现的事还有呢。我从前去姥子温泉，和一位老者同住一个房间。据说他是东京一家绸缎庄的老东家，已在家养老了。反正是同宿，我才不管他是开绸缎庄还是旧货店的，只是遇到了一件麻烦事。就是到姥子温泉后第三天，我的烟抽光了。诸位大概也知道，那个姥子温泉是山里唯一的住家，前不着村后不着店，除了洗澡、吃饭以外什么也买不到，很不方便。在这里断了烟，可想而知有多犯难了。可是人往往越是缺什么，就越想要什么。我刚发觉没有烟了，就突然特别想吸烟，平日也没有那么大的烟瘾。更可恶的是，偏偏那个老头带了一大包烟来山上。他常常拿出一支烟来，当着我的面，盘腿一坐，噗噗地吸起来，就像在问‘你也想吸吧’。如果只是吸烟还可以忍受，可是到了后来他竟然又是吐烟圈，又是竖着吐一条直线，又是朝侧面喷一条横线的，甚至像要杂技似的，让烟雾浮在半空中，或是像钻圈似的让烟从鼻孔进进出出。总之一句话，他是在故意‘显吸’呀！”

“什么？‘显吸’是什么意思？”

“炫耀服装道具叫作‘显摆’，那么，炫耀吸烟，只好叫作‘显吸’了。”

“唉，与其这么难受，何不要来一点儿抽？”

“可是不能要啊。我是个男子汉嘛。”

“怎么？男子汉就不能要吗？”

[1] 机外之机，是夏目漱石自造语。

“也许能要。但是，我不要。”

“那后来怎么过的？”

“我没有要，而是偷了！”

“哎呀呀！”

“我见那老头儿拎着条毛巾去泡温泉了，心想：此时不抽，更待何时！我便一心不乱地猛劲吸起烟来。啊，太过瘾了。不大工夫，纸拉门嘎啦一声开了。我一惊，回头一看，正是烟的主人。”

寒月问道：“他没有去泡澡吗？”

迷亭说：“他刚要下去泡，忽然想起忘了拿钱袋子，又从走廊走回来。我怎么会偷他的钱袋子？这首先就是对我不敬！”

寒月说：“这可不好说，看你偷烟有两下子。”

“哈哈哈，那老头儿也是好眼力，钱袋子的事暂且不提了，却说老人拉开纸拉门一看，房间弥漫着浓浓的烟雾，这是我为了补回断烟两天的缺憾，狠命地抽烟的结果。常言道：‘坏事传千里！’所以立刻被发现了。”

“老头儿说什么了？”

“要说到底是上岁数人见得人多呀！他什么也没说，用白纸包了五六十支烟递给我说：‘不好意思，这粗糙烟叶如果您不嫌弃，就请吸吧！’说完，他又下楼去泡温泉了。”

“这就是所谓的‘江户情趣’吧？”

“谁知道是‘江户情趣’还是‘绸缎商情趣’呢，总之，从那天开始我和老人家可谓是肝胆相照，我心情愉快地逗留两个星期才回来的。”

“这两个星期，你都是白抽老人家的烟卷吧？”

“差不离吧。”

“小提琴的事已经说完了吧？”主人终于合上书本坐起来，想回归聊天阵营似的问道。

“还没呢。才刚刚进入高潮。你来的正是时候，一起听下去吧！顺便麻烦你叫醒那位趴在棋盘上睡觉的先生——叫什么名字？对了，独仙先生……请独仙先生也过来听听吧！你说呢？他那么贪睡对身体是有害的。该叫起他来了吧？”

“喂，独仙兄，起来，起来！要讲有趣的故事啦。快点起来吧！寒月君说，你那么贪睡对身体有害呢。还说您太太会担心的。”迷亭嚷道。

独仙“嗯”了一声抬起头来，口水顺着他那山羊胡流下来，像蜗牛爬过的痕迹似的闪闪发光。“啊，好困！这就叫作‘山上白云横，好似我倦怠’吧，啊，睡得真舒服！”

“你睡得香甜，我们都已目睹。请你起来吧。”

“起来也行啊。有什么趣闻可听？”

“马上就要把小提琴……刚才他说要干什么呀？苦沙弥兄！”

“要干什么，完全摸不着头脑。”

“马上就要拉琴啦。”

“马上就要拉琴啦。你到这边来，听一听！”

“怎么还在说小提琴？不堪忍受！”

“你是拉‘无弦之素琴’的人，应该不会不堪忍受的。而寒月兄因为要吱吱啦啦地拉琴，害怕左邻右舍听到，正极其不堪忍受呢。”

“是吗？寒月兄难道不知道不惊扰邻里的拉琴方法吗？”

“不知道。如果有这样的方法，恳请赐教。”

“何须赐教？只要看一眼露地白牛[1]，就会明白。”独仙说得玄而又玄。寒月断定这是独仙刚睡醒，头脑不清而卖弄辞藻，便故意不搭理他，接着刚才的话头往下说：

“我终于想出了个妙计。第二天正好是天长节，从早上开始我就不时地把藤箱打开看看，然后再关上，就这样反反复复，整个白天都心神不定的。终于熬到天黑了，当藤箱底下响起虫鸣时，我把心一横，将那把小提琴和琴弓取了出来。”

“总算要开始拉琴啦。”东风刚一说，迷亭便提醒道：“轻率抚琴，危险将至哟！”

“我先拿起琴弓，从弓头到弓把都仔仔细细检查一遍……”

“你又不是笨铁匠，煞有介事的。”迷亭讥讽道。

“一想到这琴便是自己的灵魂时，恰似武士在漫漫长夜的朦胧灯影里，将锋利的宝剑，猛然拔出刀鞘时的心境一般。我手握琴弓，禁不住浑身发起抖来。”

东风叹道：“真是个天才！”迷亭紧接着说：“真是个疯子！”主人则说：“还是快拉琴吧！”独仙露出无可奈何的表情。

“幸而琴弓没有问题。我又把小提琴拿到油灯下，正、反两面仔细检查了一遍。各位还要想到在这大约五分钟期间，藤箱下面一直在唧唧地响着虫鸣呢……”

“我们全都会想到的，你就放心地拉琴好了。”

“现在我还不能拉……幸而小提琴毫无瑕疵，这就放心了。于是我

[1] 露地白牛，佛语。露地，为门外之空地，喻平安无事之场所；白牛，意指清净之牛。见日本的《碧岩录》，以进入清净境界的无垢白牛，形容佛门圣洁。此处寓意相当于“明镜本清净，何处惹尘埃”。

霍地站起来……”

“你要去哪儿？”

“请安静地听我说，好不好。像这样我说一句你们问一句，没法讲啦……”

“喂，各位！他叫咱们安静哪！嘘——嘘——”

“插嘴的不就是你一个人吗！”

“是吗？真是失礼失礼，我一定洗耳恭听！”

“我将小提琴夹在腋下，登上草鞋，三步并作两步跨出茅屋，不过，还要等一下……”

“瞧瞧，又来了。我猜一定是什么地方停电了吧？”

“即使返回屋里去，也没有柿饼可吃喽。”

“诸位仁兄总是这般胡乱插言的话，甚感遗憾。鄙人只好对东风一个人讲了……好了，东风君。我两三步迈出门去后，又折返回去，把离开家乡时花三元两角钱买的红毛毯蒙在头上，噗地吹灭了油灯。你猜怎么着，眼前顿时一片漆黑，连草鞋在哪儿都看不见了。”

“你到底想去哪儿？”

“你就好好听着吧！好不容易穿上草鞋，出去一看，只见夜空月明星稀，地上柿叶遍地，头披红毛毯，怀抱小提琴。我一直向右走去，沿着缓坡，来到了庚申山下。这时，东岭寺敲响的钟声透过我头上的毛毯，穿过我的耳鼓，震响我的脑子。东风君你猜，此刻是什么时辰？”

“猜不出来啊。”

“九点啦。从现在开始，我将要在这漫漫秋夜，独自一人走八百多米山路，爬到一处叫作大平的山岭。可是，我的胆子一向很小，若在平时一定会被吓得魂不守舍。然而，精神一旦高度集中，奇迹便出现了，我竟然没有产生半点害怕或是不害怕之类的念头。因为当时我一心想着要拉小提琴，神奇极了。那个名叫大平之处位于庚申山南侧，那是一处绝佳的眺望地，天晴之日登山远眺，从红松林的缝隙间能够将山下城镇一览无余——面积嘛，大约六十丈见方吧，正中有一大块岩石，足有八张席那么大。北侧与叫作鹈沼的池塘相连，池塘周围都是三抱粗的大樟树。因为是山中，附近只有一间采樟脑小屋。池塘一带渺无人迹，即使白天也不是个让人愉快的好去处。万幸的是，有一条工兵为了演习开辟出来的小路，攀登并不吃力。我终于爬上了那块大岩石上，将毛毯铺好，姑且坐了下来。由于在这寒夜登山还是第一次，我坐在石头上，稍微定了定神，只觉得四下的阴冷萧瑟渐渐渗透我的身心。在这种场合，使人心慌意乱的只有恐怖感，所以，只要能除却这种恐怖感，就只会感受到凛冽的空灵之气了。我呆呆地坐了二十分钟左右，渐渐感觉自己仿佛独居在水晶宫里。而且我那孤独的身体，不仅是身体，就连灵魂也好像是用寒天[1]做的，变得清澈而透明，我几乎弄不清自己是住在水晶宫里，还是我的肚子里有个水晶宫了……”

“越来越玄妙了！”迷亭一本正经地打趣。独仙紧跟着感慨道：“真乃奇境啊！”

“如果一直处于这样的精神状态，说不定直到明天早晨，我都会茫然地在石上打坐，拉不成小提琴哩……”

“那个地方是不是有狐狸精啊？”东风问道。

“在这种情况下，我已经分不清东西南北，连自己是死了还是活着都分不清楚。就在这当儿，突然听到身后的古池里发出‘嘎’的一声

[1] 寒天，用石花菜制作的凉粉。

尖叫……”

“快要出来啦！”

“那叫声传得老远，伴着呼呼的风，掠过遍山的树梢时我才猛然清醒……”

“总算放心了！”迷亭故意摩挲着胸口说。

“这就叫作‘大死一番天地新’[1]啊！”独仙挤眉弄眼地说，但寒月完全不解其意。

“我清醒过来一看四周，庚申山一片寂静，连雨滴的声音都没有。心想，奇怪，刚才那是什么叫声？若说是人的叫声吧，太尖厉；说是鸟叫吧，又太高亢；若说是猴子吧……这一带哪来的猴子。到底是什么声音呢？我脑子里一旦出现疑问，便总想解开这个谜。于是，一直默默无为的各路神仙便纷纷争先恐后地在头脑中狂热地骚动起来，宛如当年京城人士欢迎英国的康诺特爵士[2]那样。不大工夫，我全身的毛孔突然张开，就像被喷了烧酒的多毛腿似的，号称勇气、胆量、判断力、沉着等客人，飞快地从毛孔中蒸发出去了。心脏在肋骨下跳起了捏鼻舞[3]，两条腿像风筝响笛似的颤抖起来。这可受不了！我突然将毛毯蒙在头上，将小提琴夹在腋下，摇摇晃晃地从岩石上跳了下来，沿着山路一溜烟地跑下山去，一口气跑了八百米，回到住处，就钻进被窝，睡觉了。东风君，现在回想起来，后来再也没有遇到比那更叫人毛骨悚然的事了。”

“后来呢？”

---

[1] 佛家语录。意为“置之死地而后生”。

[2] 康诺特爵士（1850—1942），英国贵族，曾任印度驻军司令。加拿大总督等职位。1906年英国国王派他到日本，赠给日本天皇勋章。

[3] 明知初期的一种滑稽民间舞。捏住鼻子，做出丢弃鼻子的样子。

“全都讲完了！”

“原来根本没拉小提琴呀？”

“就算我想拉也拉不成呀！那一声尖叫多吓人哪。纵然是你，也一定拉不成的。”

“唉，总觉得你这个故事虎头蛇尾的。”

“你‘觉得’也无妨，反正是事实嘛。怎么样啊？各位！”寒月环顾大家，扬扬自得。

“哈哈哈，讲得真是绝妙啊！能把故事编到这个程度，想必老兄颇费了一番苦心吧？我还以为是桑德拉·贝罗尼[1]即将在东方的君子国现身呢，因此，一直恭恭敬敬地聆听。”迷亭估计会有人让他解释一下桑德拉·贝罗尼是怎么回事，出乎意料，没有人问，不得不自行讲解。“桑德拉·贝罗尼在月下弹竖琴，在森林中唱意大利风情的歌曲，与你抱着小提琴登上庚申山，真可谓‘同曲异工’啊！可惜的是，人家令月中嫦娥惊叹，老兄却被古池中的狸怪惊吓到了。由此可知，在紧要关头，才见滑稽与崇高的巨大反差。想必老弟很遗憾喽。”

“倒也不觉得遗憾。”寒月却意外平静下来。

“还不是因为你想到山上去拉小提琴，赶赶时髦，结果才受到惊吓的呀！”这回是主人不客气地批评。

独仙叹息道：“好汉竟去那魔窟里讨营生。可惜呀！”

独仙说的每句话，寒月都不曾听懂过。不仅是寒月，恐怕在座的无人明白吧！

隔了一会儿，迷亭换了个话题，说：“这件事就这样吧！你近来还

[1] 桑德拉·贝罗尼：英国小说家乔治·海瑞狄斯同名小说中的女主人公。

是天天到学校去一心磨玻璃球吗？”

“不是的，前些日子我回乡省亲，暂停了。对于磨玻璃球我已觉厌倦。老实说，我正考虑中止呢。”

“可是，你若不磨玻璃球，就当不上博士呀！”主人微微蹙起眉头说。

“您是说博士吗，嘿嘿嘿嘿……博士嘛，当不成也无所谓了。”寒月本人却说得相当轻松洒脱。

“但是，拖延婚期，双方都比较麻烦吧？”

“您说什么结婚？是谁结婚？”

“你呀。”

“我和谁结婚啊？”

“当然是和金田小姐啦！”

“嘿嘿。”

“嘿嘿什么？不是早已有婚约了吗？”

“哪里有什么婚约，是对方这样到处宣扬的。”

“这也太胡闹了。是吧，迷亭君，那件事你也知道吧？”

“那件事，你指的是鼻子夫人吗？如果是那件事的话，就不只是你我知道了，那已经成了公开的秘密，天下无人不知了。总有人来问我：几时才能有此荣幸在《万朝》等报刊上，以‘新郎新娘’为标题刊载新郎新娘的照片呀？而东风君早在三个月前就已经创作了长篇诗作——《鸳鸯歌》。然而，只因寒月不想当博士，那呕心沥血的杰作很可能砸在手里，叫人担心极了。喂，东风君，是这样吧？”

东风说：“倒也不至于担心到那个程度吧，我还是希望把那篇充满深深祝福的作品公之于世的。”

迷亭说：“瞧瞧看！你到底当不当博士，已经影响到了四面八方，你就加把劲儿，继续去磨玻璃球吧！”

“嘿嘿嘿嘿。多蒙老兄挂念，很过意不去。不过，我现在不当博士也无妨了。”

“此话怎讲？”

“因为我已经有了明媒正娶的老婆啦。”

“呀，这招真厉害啊！你是什么时候秘密结婚的呀？这年头，真是人心难测哟！苦沙弥兄，正如你已亲耳听到的那样，寒月君说他已经有妻儿了。”

寒月说：“还没有孩子哪！结婚不到一个月就生孩子，可就麻烦了。”

“到底是何时、何地结的婚呀？”主人像个预审法官似的问道。

“何时嘛，我回到家乡后，她已在我家等候我成婚哪。今天给苦沙弥先生带来的鲣鱼，就是参加婚礼的亲戚们送的。”

“只送三条鱼干贺喜，也够吝啬的！”

“哪里！我从一大堆鱼干里只拿了三条来。”

“那么，你家乡的姑娘，也都是肤色很黑吧？”

“是呀，墨黑墨黑的，和我很般配。”

“那么，金田家那边，你打算怎么办？”

“没打算怎么办。”

“那可有点儿不合适吧。是吧，迷亭兄！”

“没什么不合适的。嫁给其他男人还不是一样吗。说到底夫妻不过是摸瞎子罢了。总之一句话，本来完全用不着摸瞎子的，却偏要瞎摸一通，简直多此一举。既然是多此一举，管他谁摸到谁呢。可悲的只是作《鸳鸯歌》的东风君哪！”

“不要紧，那鸳鸯歌，也可以转给寒月君结婚用啊！金田小姐结婚时，我再另作一首。”

“不愧是诗人，真是潇洒啊。”

“你跟金田家退婚了吗？”主人还是惦记着金田小姐那头呢。

“没有，没有退婚的必要。我从未向对方求过婚，或是表示过要娶她，所以，什么也不说就可以……应该说，即便什么也不说也可以。即使是此时此刻，人家已派了十名、二十名密探，对于我们的谈话了如指掌了。”

主人一听“密探”二字，突然绷起面孔吩咐：“哼！那就不要说了！”

可是主人觉得未能尽兴，便又针对密探，大发了一通议论：

“乘人不备，偷取别人怀中之物者是小偷；乘人不备，窃得别人心思者是密探；神不知鬼不觉，撬开门窗拿走他人物件者是窃贼；神不知鬼不觉，诱人失言以窥其内心者是密探；将砍刀插在席上，勒索他人钱财者是强盗；堆砌恐吓之词强迫他人意志者是密探。因此，密探和小偷、窃贼、强盗本是一路货色，都是顶风臭出四十里。若对他们唯命是从，就会惯坏他们。决不能屈服！”

“怕什么。纵然有一两千个密探在上风头列队进攻，也没什么可怕。我可是磨玻璃球的著名理学士水岛寒月哟！”

“实在叫人肃然起敬啊！不愧是新婚燕尔的理学士，真是精力旺盛噢！不过，苦沙弥兄，既然密探和小偷、盗贼、强盗都是同类，那么，雇用密探的金田家又和什么人是同类呢？”

“不外乎是熊坂长范之流吧！”

“比作熊坂，妙哉妙哉！不是有这么句唱词吗：‘一个长范，忽而变两个，原来已是身首异处。’[1] 像对面胡同的那个靠着放阎王债起家

[1] 日本谣曲《乌帽子折》的最后一句唱词。

的‘长范’，是个贪得无厌的俗物，活多少岁也不会毙命的。叫那些家伙赖上了可要遭报应噢！一辈子要倒霉的。寒月君要当心啊！”

寒月泰然自若，模仿‘宝生流派’[1]的唱腔，豪迈地说：

“无须担忧！戏词中还说：‘哎呀呀，胆大包天的恶强盗！我的本事你早已知晓。怎敢前来找死，叫你好好领教领教！’”

“提起密探来，二十世纪的人，可以说大多有成为密探的倾向，这是什么缘故呢？”独仙到底是与众不同，提出了一个与时局无关的超脱的问题。

寒月回答：“是由于物价高涨吧？”

东风回答：“是由于不解艺术情趣吧？”

迷亭回答：“是由于人们长了文明犄角，像芝麻糖似的疙疙瘩瘩的。”

轮到主人时，他装腔作势地发出一番议论：

“对于这个问题，我也曾深入思考过。依我之见，现代人的密探倾向，全都起因于自我意识太强。我所说的自我意识，不同于独仙君所说的什么‘见性成佛’‘自我与天地一体’等悟道一类的东西……”

迷亭说：“哎呀，越说越玄奥了。苦沙弥兄，既然你都卖弄你那三寸不烂之舌大谈特谈，那么我迷亭也就斗胆追随老兄，大大方方地发表一番对现代文明的不满喽！”

主人说：“那就请便吧。反正你也没有什么可说的！”

“当然有啊，多得很。你老兄前日对刑警敬如鬼神，今日又把密探比作小偷和盗贼，简直是个善变之人。至于我嘛，从没出娘胎以前，一直到现在，始终不曾改变过自己的看法。”

---

[1] 日本能乐唱腔五派之一。

主人说："刑警是刑警，密探是密探。前日是前日，今日是今日。不改变自己的看法，正是你头脑愚笨的铁证。《论语》中说的'下愚不可移'指的就是你这种人……"

"好不给面子啊！密探若是也这样正面进攻，倒也有可爱之处呢。"

"你说我是密探？"

"我的意思是说你不是密探，才这么直率的。好了，咱们就别吵嘴啦！继续聆听你那番宏论吧！"

"所谓现代人的自我意识，指的是对于自我与他人之间存在着截然不同的利害鸿沟知之甚多。并且，这种自我意识伴随着文明的进步，一天比一天敏锐，最终连一举手一投足都变得不自然了。西方有个叫亨利[1]的人，批评史蒂文生说：'他走进挂着镜子的房间，每次从镜前走过时，不照一下镜子便觉得不自在。他就是这样一个瞬间也不肯忘记自己的人。'这番话生动地描绘了当今世界的趋势。由于人们睡觉时不忘自己，清醒时也不忘自己，'我'字如影随形，使得人们言行举止无不矫揉造作，作茧自缚，苦不堪言，不得不以男女相亲时的那种忐忑心情度过朝朝暮暮。所谓'悠然自得''从容不迫'等都成了毫无意义的死语。从这一点来说，现代人都密探化了，盗贼化了。密探干的是掩人耳目、偷鸡摸狗的营生，势必增强自我意识。而盗贼，总是害怕会被捉住或被发现，也势必增强自我意识。因为现代人不论是梦中还是醒来，无时无刻不在盘算着怎样对自己有利或不利，自然也不得不像密探和盗贼那样增强自我意识。人们从早到晚都战战兢兢，如履薄冰，片刻不得安

[1] 威廉·埃内斯特·亨利（1849—1903），英国诗人、批评家。一条腿。史蒂文生的《金银岛》的主人公就是以身残志坚的亨利为模特的。

宁，直到进入坟墓，这便是现代人的心境，这是文明的诅咒。简直是愚蠢透顶！”

“的确很有趣。”碰上这样的问题，独仙是决不会甘居人后的。“苦沙弥兄的讲解深合我意。古人是教人忘掉自我，而今人，是教育人们不要忘掉自我，完全相反，结果二十四小时，人们的心全被‘我’字占据了。因此，片刻得不到安宁，无时无刻不在火焰地狱里炙烤。若问天下的良药是什么？没有比‘忘我’更有效的了。所谓‘三更月下入无我’[1]，便是吟咏这种至高境界。而今人，即使对人亲热，也不是发自内心。连英国人引以为豪的‘nice’行为，实际上也是自我意识过分膨胀使然了。听说英国国王去印度旅游时，曾和印度的皇族一起进餐。那些印度皇族没有意识到有英国国王在场，习惯性地按照本国的吃法，将手伸到盘子里抓马铃薯吃。后来意识到后，皇族非常羞愧，满脸涨红，而英王却佯装不知，也伸出两个指头在盘子里抓马铃薯吃……”

寒月问道：“这便是英国式的教养吗？”

“我听过这样一个故事，”主人补充说，“也是在英国，有一个大兵营，某团的许多士官宴请一名下士。饭后，用玻璃钵端来了洗手水。那名下士大概是很少出席宴会，竟端起玻璃钵一口气喝光了洗手水。于是，团长边祝福下士身体健康，边将洗钵里的水一饮而尽。据说在座的其他士官也不甘落后地举起洗手钵，祝福下士官的健康哩。”

“还有这么个笑话呢。”一向不甘寂寞的迷亭说，“卡莱尔是个不谙宫廷礼节的怪人，第一次谒见英国女王时，这位先生突然说了声：‘可以坐吗？’便一屁股坐在椅子上了。这时，站在女皇身后的众多侍从和

[1] 出自中国禅僧偃溪广闻的诗句，“三更月下入无何”。无何，意为无心之境。

宫女都吃吃地笑起来。不对，不是笑起来，是忍不住要笑。于是，女王回过头去，对身后的人示意了一下，于是那些侍从和宫女也都坐在了椅子上，这样卡莱尔才没有丢面子。不过，想不到女王竟然如此体贴入微！”

寒月做了个短评：“既然是卡莱尔，就算大家都站着，他也可能毫不在意呢。”

“体贴之心固然不错，”独仙接过来说，“不过，正因为是有自我意识，因此关心别人也就很劳神了。可怜啊！人们都说：随着文明进步，争斗之心就会逐渐消失，人与人之间的交往就会变得文明了，其实大谬不然。自我意识这么强，怎么可能相安无事呢？不错，表面看来，虽然像是波澜不起、平和安宁，然而，互相之间都感觉非常痛苦。就如同力士在土表中扭在一起一动不动的架势一样，在旁人看来，平静至极；而力士双方不是都在暗中较劲吗？”

“就拿打架来说吧，从前打架是以暴力制胜，反而不算是过错，然而现在变得非常巧妙，这就更加导致自我意识的增强。”轮到迷亭说话了，“培根[1]说过：‘顺从大自然的力量，才能战胜大自然。’今日的争斗，恰好遵循了培根格言，真是不可思议，和柔道有着异曲同工之妙，即意图利用敌人之力消灭敌人……”

“也和水力发电一样，顺从水流之力，使其变为电能，为人类所用……”寒月刚说了一半，独仙立刻接着说：

“所以说呀，‘贫时为贫所缚，富时为富所缚，忧时为忧所缚，喜时为喜所缚’。才子毙于才，智者败于智，像苦沙弥这样脾气暴躁之人，

[1] 弗朗西斯·培根（1561—1626），英国哲学家，英国唯物主义和整个现代实验科学的真正始祖。

只要让你发火，你就会立刻冲出去，中了敌人的圈套……”

“对呀！对呀！”迷亭拍手叫好时，苦沙弥先生讪笑着说：“不过，我也不是那么容易上钩的吧？”大家听了，一齐大笑起来。

迷亭问：“那么像金田那种人，会因何而死呢？”

独仙说：“老婆因鼻子而死，丈夫因罪孽而死，喽啰因当密探而死。”

“小姐呢？”

“小姐嘛，我没有见过，无从说起……不外乎是穿死、吃死，或是喝死吧！总不至于因恋爱而死的。也说不定会像《卒塔婆小町》[1]里的人那样死于路旁哩。”

“这么说可太过分了。”东风因为给小姐献过新体诗，立刻提出抗议。

“所以说，‘应无所往而生其心’这句话是至理名言。不入这种境界，人是苦不堪言的！”独仙仿佛众人皆醉我独醒似的说着。

迷亭说：“你别那么神气！像你这种人，说不定会死在里面呢。”

主人说：“总之，文明若是继续这样发展下去的话，我就不想活了。”

迷亭立刻一语道破：“那就去死吧！不必客气。”

主人浑不讲理地说：“我更不想死啦。”

“看来，出生时，无人深思熟虑；临死时，却无人不烦恼。”寒月事不关己地说了一句。

这种时候，只有迷亭能接得上话：“这就好比借债时不假思索，到了还钱的时候都发愁是一个道理。”

“如同借债不想还钱的人才幸福一样，平静面对死亡的人也是幸福的。”独仙依然是超然而出世。

---

[1] 能剧。

“照你这么说，厚颜无耻便是悟道了？”

“没错！禅语中就有‘铁牛面铁牛心，牛铁面牛铁心’之说。”

“如此说你就是这类人的标本了？”

“倒也不是。不过，以死为苦，这是人类出现了神经衰弱病以后的事。”

“是啊。像你这种人吧，怎么看怎么像神经衰弱症出现以前的先民。”

迷亭和独仙你一言我一语的，说些莫名其妙的话时，主人却对寒月和东风抨击起了文明。

“关键问题是，怎样才能借钱不还。”

“这不是问题。借钱非还不可。”

“喂，讨论嘛，你先听我说。正如怎样才能借钱不一样，怎样才能长生不死，也是个问题，不，已经成了问题，所以才搞炼金术的，可是所有炼金术都失败了。无论如何人总是要死的，这已经很清楚了。”

“这个道理早在发明炼金术以前，就很清楚了。”

“喂喂，讨论嘛，别插嘴，好好听着。当明确了无论如何得死的时候，又出现了第二个问题。”

“咦？”

“反正得死的话，那么怎样死才好呢？这就是第二个问题。‘自杀俱乐部’，就注定了和第二个问题同时诞生的命运。”

“的确。”

“死，是痛苦的，然而，死不成，更痛苦。神经衰弱的国民活着比死亡更加痛苦万分。因此，才以死为苦。并非怕死而以死为苦，而是忧虑怎样死最好。只是一般人因智力不足，总是听天由命，于是惨遭他人的欺辱杀戮。然而，有点个性的人，不会满足于被社会零切碎割地弄死，必然要对死法进行种种探讨之后，提出一个崭新的方案。因此，综观未来世界的趋势，必然是自杀者不断增加，而且无一不是依照独创的方式告别人间的。”

“这么说，将来的社会越来越不安生了。”

“当然，一定会的。亨利·阿瑟·琼斯[1]写的剧本里，就有一个不断主张自杀的哲学家……”

“他想要自杀吗？”

“遗憾得很，他并没有自杀。不过，今后再过一千年，人们一定会那样做的。一万年以后，只要提到死，人们就会想到自杀，想不到别的死法。”

“那还了得！”

“会的，一定会的。这样一来，对于自杀积累了大量的研究成果，成为一门科学。诸如落云馆那样的中学，就会讲授自杀学，作为一门正课代替伦理学。”

“妙极了。我都想去旁听了！迷亭先生，苦沙弥先生的高论，你听见了吗？”

“听见了。到了那时候，落云馆的那位伦理学教师大概会这样说吧：‘诸君，不可墨守所谓公德这种野蛮作风。作为世界青年，诸君首先要重视的义务是自杀。但是，这等于说‘己所欲，可施于人’了，所以为了进一步扩展自杀效益，也可以进行他杀。尤其是那个珍野苦沙弥先生那样穷酸的人，看他活得相当痛苦，所以要争取早日杀掉他，便是诸君

[1] 亨利·阿瑟·琼斯（1851—1929），英国戏剧家。作品有《马尔加及其失去的天使》《说谎者》等。

的义务。诚然，与从前不同，而今乃是开明时期，不能卑鄙地使用那种刀啦枪啦，或是弓箭等家伙，只能依靠讥讽这种高尚的技术，以此来杀人，这样对其本人即是积德，而且也是诸君的荣誉……’”

“这番讲演太有意思了。”

“还有比这更有意思的哩。现代社会，警察是以保护人民的生命财产为首要目的。但是，到了那个时候，巡警就会挥舞着打狗的棍棒，到处打杀天下公民……”

“为什么呢？”“为什么？现在的人很看重生命，所以需要警察的保护。但是到了那时候，人们觉得活着很痛苦，因此警察是出于慈悲才把他们杀死的。当然，心眼活泛些的人大多都已自杀；要警察动手杀死的家伙们只剩下些特别懦弱的、没有自杀能力的白痴，或是残疾人了。那些希望被杀死的人会在门口贴上一张字条。很简单，只要写上‘有男人（或女人）自愿被杀死’，贴在门上的话，警察就会在适当的时候过来，按照要求及时进行处置的。至于尸体嘛，照例由巡警拉车去各家收拾。还有更有趣的事哪……”

东风感慨不已地说：“先生的笑谈，真是无穷无尽啊！”独仙又捻着他那山羊胡，慢悠悠地道：“说是笑谈，也算是笑谈；不过，若说是预言，也许就是预言。不能够透彻把握真理的人，总是被眼前的各种表象所束缚，动不动就把泡沫般的梦幻当作永恒的真实，因此只要说得稍微超然些，便立刻被看作是笑谈。”

寒月肃然起敬道：“即是所谓‘燕雀安知鸿鹄之志’吧？”

独仙露出“那还用说”的神色，接着说：“从前西班牙有个地方叫作柯尔道巴……”

“今天还有吗？”

“也许还有吧。这个暂且不管它吧！按照那地方的风俗，寺院一敲响晚钟，家家户户的女人都会从家里出来，跳进河里游泳……”

“冬天也游泳吗？”

“这一点不是太清楚，总之，没有老少贵贱之别，所有女子都跳进河里。但是，男人一个也不参加，只是在远处眺望。远远望去，暮色苍茫的水波上，一个个雪白的肉体在游动，只是模模糊糊地看不清……”

“多富有诗意呀！完全可以写成一首新体诗啊！那是个什么地方？”东风只要一听到裸体，就往前探出身子。

“柯尔道巴呀！可是当地的小伙子们既不能和女人一同游泳，又不许靠近看清女人们的身姿，于是，心中不满的小伙子们便搞了个小小的恶作剧……”

“嘿，搞的什么花样？”迷亭一听恶作剧，大感兴趣。

“他们买通了寺院里的敲钟人，将日落时敲钟的时间提前了一个小时。而女人们都没什么脑子，一听到敲钟了，便纷纷来到河边，只穿着短内衣、短内裤，扑通扑通跳进水里。虽说是跳进了水里，但是和往常不同，天并没有黑。”

“不会又是‘秋日火辣辣’吧？”

“她们往桥上一看，许多男人正站在上面瞧着她们。她们虽然觉得羞耻万分，也无可奈何。据说一个个全都羞得脸红红的呢。”

“后来呢……”

“后来嘛，人们认识到，这是因为人只要受习俗所惑，就会忘却了根本原理，所以要多加小心才行！”

迷亭说：“先生所言甚是，小生受益匪浅。说到被习俗所惑的事，我也讲一个吧。最近阅读某刊物，就看到一篇描写这样的骗子的小说。

假设我在这里开了个书画古董店，在店里摆出大家的书画以及名人使用过的画具。当然不是赝品，全是地地道道的真货，不折不扣的上品。既然是上品，自然价格都很贵。来了一位喜好收藏的顾客，问道：‘元信[1]的这幅画多少钱？’我说：‘标价是六百元，就六百元吧！’顾客说：‘买是想买，只是身上没带那么多钱，真是可惜，只好作罢。’”

“他肯定是这么说的吗？”主人总是说些人家不乐意听的话。

迷亭警觉地回答：“差不多吧。这可是小说噢，就算是这么说的吧。于是我说：‘钱不要紧。您要是喜欢，就拿去吧！’顾客犹豫地说：‘这怎么行？’我十分豪爽地说：‘那就按月付款给我吧！月付可以细水长流，反正您今后也是我们的主顾……唉，您一点儿不用顾虑。那么您月付十元怎么样？还是多的话，每月付五元也行。’后来我和顾客经过两三个回合的讨价还价，最后以六百元的价格将狩野元信法眼[2]那幅画卖给了他，不过是分期付款，每月十元。”

寒月说：“简直就像泰晤士报的《百科全书》里的故事呢。”

迷亭说：“《百科全书》里的记载当然很准确，而我说的就不大确切了。下面就要进入巧妙的欺骗部分了。你们仔细听我讲。寒月，每月十元，你算算，六百元的话，要多少年才能还清？”

“当然是五年了。”

“的确是五年。不过，独仙君，你认为五年的岁月，是长还是短呢？”

“一念万年，万年一念。说短也短，说不短也不短。”

---

[1] 狩野元信（1476—1559），日本室町时代的大画家，在水墨画的基础上注入了浓彩技法，为狩野派集大成者。

[2] 法眼，僧侣的级别之一。

“你说的什么意思呀？是道歌[1]吗？真是缺乏常识的道歌。且说五年当中每月付十元，就是说，对方只要付款六十次即付清了。然而，这就是习惯的可怕之处。假如同一件事情重复做了六十次，那么，第六十一次还想照例付款十元。第六十二次也想付款十元。就这样六十二次、六十三次……随着重复的次数增多，一到日子就想要付款十元，不然就难受。人似乎很聪明，但是有着拘泥于旧习而忘却根本的大弱点，利用这种弱点，我便可以反反复复月月占到十元钱的便宜。”

“哈哈哈，不会吧！不至于健忘到这个地步吧？”

寒月一笑，主人微微正色道：

“唉，真有这种可能的。我就是每月寄款偿还大学时期欠下的债，也不记账，最后学校不让我再寄了才发现。”主人把自己的丑事当成一般人共通的丑事讲给众人听。

“瞧瞧，眼前不就有这种人吗，可见是千真万确的了！所以，听了我刚才说发表的‘未来文明记’，嘲笑我是在说笑话的人，正是认为六十次可以还清的分月付款，却付了一辈子也理所当然的家伙们。尤其是寒月、东风这样缺乏经验的青年，必须牢记我们这些前辈的话，千万不要上当受骗！”

寒月说：“谨遵教诲！分月付款一定只付六十次。”

“喂，寒月君，看似在说笑话，其实都是至理名言哟！”独仙冲着寒月说，“比如说，刚才苦沙弥兄和迷亭兄给你忠告：‘你没跟对方打招呼，就擅自和别人结婚，有欠妥当，应该快到金田家去道歉。’”

“恕我不能去道歉！如果是对方向我赔礼，另当别论，我可没有那

[1] 道歌，道德训诫内容的浅显易懂的和歌。

个兴致。”

“假如警察要你去道歉，你当如何？”

“那就更不会去了！”

“如果是大臣、贵族的命令，你怎么办？”

“那当然越发难以从命了。”

“你们瞧瞧看，和过去比起来，现代人发生了多么大的变化！过去是只要有权势，便可为所欲为的时代，从今往后则是个纵然你有威严的权势也无可奈何的人物辈出的时代了。当今世界已然变成了纵然是殿下还是阁下，都无法肆意妄为地凌驾于他人之上的社会了。说得极端些，如今，当权者权势越大，被压迫者就越感到不舒服，而奋起反抗的时代了。因此，如今与过去不同，是一个出现了正因为是有至高无上的官府才无可奈何的新气象的时代。是过去的人难以置信的事情可以通行无阻的社会。世态人情的变迁真是无法琢磨！迷亭君的《未来记》若说是笑谈，也算是笑谈，但是，若说它预见了未来前景，岂不是也发人深省吗？”

迷亭说：“有幸遇到这般知音，我就非要把《未来记》的续篇讲下去不可了。正如独仙所说，今日世界，如果还想要靠着权势耍威风，仗着二三百条竹枪横行霸道，这就好比坐着轿子非要和火车赛跑的那些时代落伍者中的顽固家伙一样——比如不识时务的放阎王债的长范先生之流，所以，咱们只要冷眼旁观就是了。

“……不过，我的《未来记》关注的并非鼠目寸光的小事，而是与人类命运息息相关的社会现象。仔细审视时下的文明倾向，预卜不远之未来的发展趋势，便可得出结婚将成为不可能之事。诸位切莫惊慌！我说‘结婚将成为不可能’之事，其理由如下：如上所述，现今是以个性为中心的社会。从前的一家之主是男主人，一郡之主是郡守，一方之主是领主，除此以外的人几乎没有人格可言。纵使有，也不被承认。而今则天下大变，所有的人都主张起个性来，每个人仿佛都在说：‘你是你，我是我！’二人在路上相遇，各自都在内心愤愤不平：‘你小子是人，我当然也是人！’互相敌视着擦肩而过。就这样人人都变得强大了。

“因为人人都平等地变得强大了，也就等于人人都平等地变弱了。从别人已经不那么容易加害于我这一点来看，每个人的确是强大了，然而，对别人不得随意欺负这一点来看，个人的力量又明显比以前弱了。变得强大人人都高兴，而变得软弱则无人喜欢。于是，一边拼命固守自己的优势，不让他人侵犯秋毫，一边强求扩大自己的弱点，哪怕是半根毫毛也要侵犯他人。这样一来，人与人之间失去了空间，感觉活得辛苦了。正是由于人们都尽可能地膨胀自我，直到胀破，反而在苦恼中生存。由于太苦恼，便想方设法在人与人之间寻求空隙。人们就是如此的自作自受，烦恼不堪，他们琢磨出的第一个方案便是分居制。在日本，到山沟里去瞧瞧，家家户户都是一大家子住在一个屋檐下。他们没有想要主张的自我，即使有也不主张，也就相安无事，但是，对于今天的文明人来说，即使是亲子之间，如不尽可能地伸张自我，就觉得吃了亏，因此，为了维持彼此的安宁，势必分居。欧洲由于文明发达，比日本更早地实行了这一制度。即使有的同住的人家，儿子跟老子借钱也要付利息，像外人一样付房租。正因为老子认可并尊重儿子的个性，才出现了如此良好风气，这种良好风气早晚也要传到日本来的。”

“亲族早已疏远，亲子今日分家，一直被压抑的个性终于得到发展，随着个性发展而产生的对个性的尊敬将无限地扩展下去，因此，倘若还未分居，就不可能舒心了。然而，在父子、兄弟都已分居的今天，再也没有什么人需要分居了，于是，考虑出了最后的方案，即夫妻分居。按现代人的观点，因男女同居，而是夫妻，殊不知这是极大的误判。按说要想同居，必须在性情上足够相投才行。从前的夫妻，自不待言，是所谓‘异体同心’，看起来是夫妻二人，实质上不过是一个人罢了。因此才号称什么‘偕老同穴’，就是说，死了也化为一穴之狐，简直野蛮至极。”

“今天这套可就行不通了。因为丈夫就是丈夫，妻子再怎么说也是妻子。现今是为人妻者，都是在学校里穿着灯笼裙裤，磨炼了强烈的个性，梳着西式发型嫁进门来的，自然不会对丈夫百依百顺。而且，如果是对丈夫百依百顺的妻子，那就不算是妻子，而是泥人了。越是贤惠妻子，个性就越是强得不得了；个性越强就和丈夫越是合不来；合不来，势必和丈夫发生冲突。因此，有着贤妻头衔者，定要从早到晚和丈夫闹别扭。这虽然是顺应时尚之事，但越是娶了个贤惠妻子，夫妻双方的苦楚越是增多。夫妻之间就像水和油一般，形成了一道格格不入的隔断，假如渐渐磨合，那隔断保持着一定的平衡还要不要紧，但是，这水和油互相侵犯的话，家庭里就会像大地震一般震动起来。由此，人们渐渐认识到了夫妻同居对于双方都得不偿失的道理……”

寒月说：“照你这么说，夫妻就无法同住了？真令人担心啊！”

迷亭说：“要分居，一定要分居，天下的夫妻都要分居。从前是同床共枕才是夫妻，但今后，同居的夫妻会被世人看作没有做夫妻的资格。”

“依着你，我这样的人就要被编入没有资格的一群喽！”寒月间不容发地问了个无趣的问题。

迷亭说：“你生在明治时代是幸运的！可我呢，能够写出《未来记》，可见头脑超前于时代一两步，所以，现在已经过起独身生活了。人们胡乱猜测我这是因为失恋，然而，眼睛近视的人真是浅薄得可怜！这个先放一放，接下来谈《未来记》吧！”

“那时，一位哲学家从天而降，宣布了一个破天荒的真理。其说是：人是具有个性的动物。消灭个性，其结果便会消灭人类。为了实现人生真正的意义，必须不惜任何代价保持并发展人的个性。拘泥于陋习，勉强自己踏入婚姻，是违背自然法则的野蛮风气。姑且不谈没有个性的蒙昧时代，即使在文明昌盛的今日，依然缚于如此陋习，而不知反思，实为荒谬绝伦。”

“于此文明开化已达到鼎盛的今日，不应该有任何理由让两个个体以超出一般人的亲密程度联结在一起。尽管道理如此显而易见，可一些缺乏教养的青年男女为一时卑劣的感情所驱使，随意举行新婚合卺之礼，此乃悖德失伦之行径。吾等为了人道，为了文明，为了保护那些青年男女的个性，不能不竭尽全力抵制这种蛮风……”

“迷亭先生，我反对你的这种说法！”这时东风君“啪”的一声拍了下膝盖，以忍无可忍的语调说道，“依我看，要问这世上什么最珍贵，没有比爱与美更可宝贵的了。正是这爱与美使我们获得慰藉，使我们更加完美，使我们生活幸福；正是这爱与美，使我们情操美好，品格圣洁，同情心净化。因此，我们不论生在什么时代、什么地方，都不可能忘记这二者。二者在现实中，爱就化为夫妻关系，美就融入诗歌与音乐。因此我想，只要人类还生存在地球上，夫妻关系与艺术就不会消亡。”

“不消亡固然不错，然而，如现在的哲学家所说，婚姻要彻底消亡的，又有什么办法？只好想开啦。你说艺术吗？艺术当然也会落得和婚姻同样的命运了。所谓个性发展，即是个性自由的意思吧？那么，个性自由前提下的艺术岂不是没有存在的可能了吗？艺术的繁荣，不正是源于艺术家和欣赏者之间个性上的一致吗？不管你是多么了不起的新体诗人，不管你怎样咬牙坚持，假如读了你的诗，没有一个人觉得有趣的话，那么非常遗憾，除了你自己，再也不会有人欣赏你的新体诗了吧？任凭你创作多少篇《鸳鸯歌》也无济于事，幸而你生在明治时期，才有那么多人爱读你的诗，不过……”

“哪有那么多人看啊。”

“既然现在都没有什么读者，那么，到了文明高度发展的未来，就是说到了某位大哲学家横空出世，提倡‘非婚论’时，就更不会有读者了。并不是因为是你写的才没人看，而是因为人人都有自己独特的个性，对别人的诗完全不感兴趣的缘故。即便是现在，在英国已经出现了这种倾向。你看看现在英国小说家中最善于将人物性格鲜明地表现在作品中的梅瑞狄斯[1]的小说，还有乔伊斯[2]的小说就知道了，他们的读者不是少得可怜吗？这也难怪。然而，那种作品，只有具备那种个性的人才会感兴趣的，有什么办法？这种倾向逐渐发展到了婚姻成为不道德之事的时候，艺术也同样彻底消亡了。对吧？到了你写的诗文我看不懂，我写的诗文你也看不懂的那一天，你我之间还有什么艺术可言呢！”

东风说：“说得倒也是。不过，凭我的直觉，好像并非如此。”

迷亭说：“你直觉并非如此，而我则是曲觉如此吧。”

“迷亭君也许是曲觉吧。”现在独仙开口了，“总而言之，越是宽容个性自由，人与人之间必然会越是紧张。尼采之所以炮制出超人哲学，就是因为这种紧张感无处释放，才不得不变形为哲学的。表面上看，这

---

[1] 乔治·梅瑞狄斯（1828—1909），英国诗人、作家。

[2] 詹姆斯·乔伊斯（1882—1941）是爱尔兰小说家，生于都柏林，其父亲是税吏。乔伊斯从小受天主教教育，曾在都柏林大学学习哲学和语言，也曾在巴黎学医。他除短暂时间住在爱尔兰外，大部分时间在瑞士、意大利和法国度过。1920年定居巴黎，专门从事小说创作。詹姆斯·乔伊斯是20世纪最伟大的作家之一，他的作品及“意识流”思想对全世界产生了巨大的影响。

理论似乎是尼采的理想，其实那不是理想，而是不平。由于战战兢兢地活在个性得到发展的十九世纪，就连对邻居都要小心提防，睡觉都不敢随意翻身，因此，那位老兄才气急败坏地胡写起来。读他那部著作，与其说令人痛快淋漓，不如说令人可怜。那声音并非奋勇前进的呼喊，而是切齿痛恨的声音。这也不奇怪，从前是一朝伟人出，天下翕然聚于旗下，真叫人愉快！既有如此快事成为现实，那就完全没有必要像尼采那样靠纸笔的力量写在书本上了。所以，不论是《荷马史诗》[1]，还是英国古民谣，同样是描写超人的人格，给人的印象却截然不同了，写得很开朗，很畅快的。这是因为基于现实中愉快的事。把这些愉快的事写在纸上，所以没有苦涩味。到了尼采的时代，就做不到这一点了，没有一个英雄出世。即使出现了，也没有人推崇他为英雄。从前只有一个孔子，因此孔子很受尊崇，而今却有数个孔子，或者可以说天下人都是孔子。因此，尽管有人宣称：‘我是孔子！’也无人买账。于是乎，牢骚满腹。为了发泄只好在书本上卖弄起了超人哲学。

“我等渴望自由，并得到了自由；得到了自由，却又感到不自由，因而烦恼不已。因此，西方文明似乎不错，但归根结底还是不行的。与此相反，在咱们东方自古讲求精神修养，还是有其道理的。事实表明，个性发展的结果是大家全都得了神经衰弱症，苦不堪言。到了此时，才发现‘王者之民荡荡焉’这句话的真正价值，才能醒悟到‘无为而化’这句话不可轻慢。但是，纵然醒悟，为时已晚，宛如酒精中毒以后才明白‘啊，若是不喝酒就好了’一样。”

---

[1] 《荷马史诗》，古希腊文学中最早的一部史诗，相传是由古希腊盲诗人荷马创作的《伊利亚特》和《奥德赛》构成。

寒月说："各位所说的，似乎尽是厌世哲学，奇怪的是，我听了半天却不以为然，这是怎么回事？"

"那是因为你刚娶了妻子嘛。"迷亭立刻回答。

于是主人突然说起这么一番话："娶了妻，就认为女人好，这是天大的错误。为了供你们参考，我给你们念一段有趣的文章。请好好听！"说着，他拿起早就从书房拿来的那本旧书，说，"这虽是一本旧书，但是从那个时候起，人们就对女人的恶德一清二楚了。"

寒月一听，说："出人意料啊！那是什么年代的书？"

"作者名叫托马斯·纳什[1]，是十六世纪的著作。"

"越说越叫人惊愕了。难道那时候就已经有人在说我妻子的坏话了吗？"

"他点评了女人的各种恶德，其中一定可以找到你妻子的恶德。所以，你就往下听吧！"

"好的，我洗耳恭听！真是难得听到啊。"

"书中说：首先，介绍一下自古以来的贤哲们的女性观。你们都在听吗？"

东风说："都在听哪！连我这个单身汉也在听哪！"

主人读道：

"亚里士多德曰：'既然女子乃祸害，则娶大女不如娶小女，因小祸害总比大祸害灾难少……'"

迷亭问："寒月君的妻子属于大女还是小女？"

"属于大祸害之类哟！"

[1] 托马斯·纳什（1567—1601），英国作家。擅长写讽刺小说。

迷亭笑起来："哈哈哈，这本书有意思。快点往下念！"

"有人问：'何为最大奇迹？'贤者答曰：'贞妇……'"

"那位贤者是何人？"

"没有名字。"

"一定是个被女人抛弃的贤者。"

"下一个是第欧根尼[1]。有人问他：'何时娶妻为宜？'他回答说：'青年尚早，老年已迟。'"

"这位先生大概是在酒桶里思考出来的吧？"

"毕达哥拉斯[2]说：'天下可畏惧者有三：火、水、女人。'"

"想不到希腊的哲学家们竟然会说出这般迂腐的话。让我说的话，天下无可惧之物，入火而不燃，落水而不溺……"独仙只说到这里便没词了。

"遇女子而不迷。"迷亭伸出援手。

主人接着读下去：

"苏格拉底说：'驾驭女人，是人间最大难事。'狄摩西尼[3]曰：'如欲困其敌，其策莫过于将小女赠予敌人，可使其日日夜夜因家庭风波而疲惫不堪，无力再战。'塞内加[4]将妇女与无知看成世界的两大灾难；马卡斯·奥雷里阿斯曰：'女子之难以驾驭，有如行

---

[1] 第欧根尼，又名戴奥真尼斯（Diogenēs，前412—前324），古希腊犬儒学派哲学代表人物。

[2] 毕达哥拉斯（约前580—前550/490），古希腊著名数学家、哲学家、思想家、科学家。

[3] 狄摩西尼（前384—前322），古希腊政治家、演说家、雄辩家、希腊联军统帅

[4] 塞内加（约前4年—65），古罗马时代著名斯多亚学派哲学家。曾任尼禄皇帝的导师及顾问，62年因躲避政治斗争而引退，但仍于65年被尼禄逼迫自杀。遗著有《俄狄浦斯》等9部悲剧作品。

船。’普罗塔斯[1]说：‘女人生来喜穿绫罗绸缎，乃因以此饰其秉性之丑之陋策。’巴勒里阿斯曾致函其友，告之曰：‘天下绝无女人干不出之事。但愿皇天垂怜，勿使君堕入女人算计之中。’又曰：‘何谓女子？岂非友爱之敌乎？岂非无可避免之苦乎？岂非必然之灾害乎？岂非自然之诱惑乎？岂非似蜜之毒乎？如弃女人为无德，则不能不说不弃女人尤可谴责。’……”

寒月说：“已经足够了！先生，恭听了这许多褒贬愚妻之语，已经无话可说啦。”

主人说：“还有四五页，听我都读给你，如何？”

“差不多到此为止吧，嫂夫人也快回来了。”迷亭打趣道，话音刚落，忽听夫人在茶间里叫女仆：“阿清！阿清！”

“麻烦了！我说老兄，原来嫂夫人在家啊！”

“嘿嘿嘿……”主人笑着说，“我才不管呢！”

“嫂夫人！嫂夫人！什么时候回来的？”

茶间里悄然无声，没人答话。

“夫人，刚才说的话你都听见了？啊？”

依然没人答话。

“刚才说的并不是你先生的想法，是十六世纪的一个叫纳什的人的学说，你就放心吧。”

“我才不懂这些呢！”夫人远远地回了一句。寒月嘿嘿地笑着。

“我也不懂哩。对不起喽！啊，哈哈哈……”迷亭也无所顾忌地笑了起来。

---

[1] 可能指古罗马共和国时期喜剧诗人普罗塔斯。

这时，听见大门“哗啦”一声被人拉开，那人也不叫门，就迈着咚咚的脚步走来，猛地把客厅的纸门一拉，于是露出多多良三平的脸。

三平君今日不同以往，身穿雪白衬衫、崭新的大礼服，这已然非同寻常了，何况他右手还提着沉甸甸的四瓶一捆的啤酒，往鲣鱼旁一放，也不说话，“扑通”一声坐下，而且盘腿一坐，一副武士的架势，叫人刮目相看。

“先生近来胃病好些了吗？就是因为总是闷在家里，才不好的嘛。”三平说。

“倒也没有特别不好。”主人说。

“这还用说吗，脸色不太好呀！看先生的脸色发黄呢。近来正是钓鱼的时候。从品川租一条小船……我上个星期天曾去过。”

“钓到什么了？”

“什么也没钓到。”

“什么也没有钓上来，也有意思吗？”

“养吾浩然之气呀！先生，怎么样？各位去钓过鱼吗？钓鱼可有意思呢。在广阔的海面上，乘一叶扁舟，随波漂浮……”三平毫不发怵地对在座的人说。

迷亭回应：“可我想乘一条大船，在小小的海面上转来转去呢。”

寒月搭腔：“既是垂钓，不钓上些鲸鱼或是人鱼来，就没什么意思了。”

三平说：“怎么可能钓上那些东西呀？文学家就是缺乏常识哟……”

“我可不是文学家。”

“是吗？那你是干什么的？像我这样的公司职员，常识是最重要的。先生，近来我的常识越来越丰富了。在那种地方就职，自然是‘近朱者赤’，不知不觉就变成这样了。”

“变成什么样了？”

“就拿抽烟来说吧。如果抽‘朝日’牌、‘敷岛’牌香烟的话，可就吃不开了。”说着，他抽出一支金箔嘴埃及香烟，美滋滋地吸了起来。

主人问：“你有钱这么奢侈吗？”

三平说：“钱虽没有，不过，立刻就会有的。一抽这种烟，我的信誉度可就大不相同喽。”

“这信誉可比寒月君磨玻璃球来得更容易啊，不费多大劲儿，这叫‘轻松信誉’吧！”迷亭对寒月说，寒月还未及回答，三平说：“您就是寒月先生吗？到底也没有当上博士吗？由于您没有当上博士，所以，我就上了。”

“当上博士了吗？”

“不，是迎娶金田家的小姐。先生，我觉得很过意不去。可是禁不住对方一再求我娶了她吧，娶了她吧，终于下决心娶她的。不过，我觉得对不起寒月先生，心里着实不安呢。”

“请不必顾虑我！”寒月说。

“你想娶，就娶她好了。”主人回答得很含糊。

一向爱起哄的迷亭又来了劲儿：“这可是大喜事啊！所以说嘛，不论养了个什么样的姑娘，都用不着发愁。正如我刚才说的，总会有人要的，这不就有了一位前途无量的绅士要做上门女婿了吗？东风君，有新体诗的素材了，赶快写呀！”

三平说：“您就是东风君吗？我结婚时，可否给我写点什么？我立刻印出来，向来宾散发，也请您投给《太阳》杂志。”

“好啊，那我就写点什么吧！您几时要用呢？”

“几时都行，从您现成的诗作里选一篇也行。自然不让您白写，举行婚礼的时候请您去喝喜酒，请您喝香槟。您喝过香槟吗？香槟很好喝哟……苦沙弥先生，举行婚礼时我打算请个乐队的，将东风君的诗作谱成曲演奏可好？”

“随你的便！”

“先生，可否请您给谱曲呢？”

“瞎扯什么！”

“在座的有人会谱曲吗？”

迷亭说：“落选的候补寒月君可是个小提琴高手噢！你求求他吧！不过，只请他喝香槟，恐怕是不会答应的。”

“虽说都是香槟，四五元钱一瓶的可不好喝，我请来宾喝的可不是那种便宜货。您可以给我谱一曲吗？”

寒月说：“好的，当然可以了！给我喝两角钱一瓶的香槟，我也干，哪怕是没有报酬也无妨！”

“我不会让您白干，会给您报酬的。如果您不喜欢香槟，这个礼物行吗？”三平说着，从上衣内兜里掏出七八张照片，散放在榻榻米上。那些照片全是些妙龄女郎，有半身的，有全身的；有的站着，有的坐着；有的穿着裙裤，有的穿着长袖礼服；有的梳着高岛田式发髻。

三平说：“先生，您看，有这么多候选人哪！为了表达谢意，我可以从中给寒月君和东风君分别张罗一个。这个如何？”说着塞给寒月一张照片。

寒月说：“好啊！请您务必费心周旋。”

“这个也不错吧？”三平又递给他一张。

“这个也不错，请一定代为周旋。”

“您到底选哪一个？”

“哪一个都不错。”

“您可真是多情哟，先生！这一位是某博士的侄女呀！”

“是吗？”

“这位性格特别温柔。年龄也合适，才十七岁……如果娶她，有一千元的陪嫁哪……这一位是县知事的千金。”三平自顾自地说着。

“那我都娶了，不行吗？”

“你都要？这可太贪了。您是一夫多妻主义者吗？”

“虽说不是一夫多妻主义者，可我是个肉食论者。”

主人不客气地说道：“什么主义不主义的，快把这些玩意儿收起来好不好？”

“这么说，一个也不要了？”三平边问，边将照片一张张地装进衣袋里。

主人问：“那啤酒是怎么回事？”

三平说：“是我带来的礼物！为了提前祝贺，我在路口的酒馆买来的。一起干一杯吧？”

主人拍拍手叫来女仆，开了瓶。主人、迷亭、独仙、寒月、东风，五个人毕恭毕敬地举起酒杯，祝贺三平君的艳福。

三平非常兴奋地说：“我邀请各位参加我的婚礼，都会赏光吗？会赏光的吧？”

主人立刻回答说：“我可不去。”

“为什么？这可是我一辈子就一次的大事噢！您不愿意出席吗？有点不通人情哟！”

“不是不通人情，反正我不去！”

“是因为没有合适的礼服吗？其实穿短褂、裙裤就可以。先生，还是偶尔出来与人交往比较好！给您介绍些名人。”

“谁稀罕！”

“对您的胃病有好处的！”

“胃病不好也没关系。”

“既然先生这么固执，学生就不勉强了。您怎么样？肯赏光吗？”

迷亭说：“我一定去。可能的话，我还希望有幸当个媒人呢。有俳句云‘九杯香槟醉春宵’……你说什么，媒人是铃木藤？嗯，我就知道会是他的。这可太遗憾了，没有办法。若是两个媒人，就太多了吧？那我就以朋友身份出席吧。”

“您怎么打算？”

独仙说：“你问我吗？‘一竿风月闲生计，人钓白苹红蓼间’[1]。”

“这诗是什么意思？是《唐诗选》里的吗？”

“我也不知道是什么意思。”

“不知道什么意思吗？这可难办啦。寒月君会赏光的吧？咱们也算是老相识嘛！”

“一定出席。不然就听不到乐队演奏我作的曲子了，那不是太可惜了吗。”

“就是嘛！东风君，您呢？”

“我嘛，很想在新郎新娘面前朗诵我的新诗。”

“那可太好了。先生们，我有生以来也没有这么高兴过呢。所以，我要再喝一杯啤酒。”

---

[1] 引用宋·陆游《鹊桥仙》词：“一竿风月，一蓑烟雨，家在钓台西住。”

于是，他咕嘟咕嘟地喝起自己拿来的啤酒来，喝得满脸通红。

秋天日短，眼看天黑了。我看了一眼烟蒂成堆的火盆，才发现炉火早已熄灭，就连这些无所事事的诸公也似乎有些兴尽。先是独仙说："太晚了，该走啦！"大伙跟着也都说："我也该走了！"便一个个地迈出玄关。于是，客厅里像曲艺演员散了场，霎时变得冷清了。

主人吃罢晚饭进了书房。女主人拢了拢单薄的内衣领口，在缝补一件洗褪了色的家常衣服。孩子们都已并枕而眠。女仆去了澡堂。

看似悠闲的人们，若叩其内心深处，总会听到悲哀的声音。

独仙似乎已经得道，但是两脚依然踏在地上；迷亭也许逍遥自在，但是他的世界也非画中美景一般；寒月不再磨玻璃球，终于带着家乡的妻子来到东京，这倒是顺理成章的。然而，顺理成章的生活，久而久之也会感到无聊吧！东风再过十年，也会悔悟今日胡乱献诗之非吧！至于三平，难以判定他将会进山，还是入水。只要他一辈子都能够请人喝几盅香槟酒，自鸣得意，也就可以了。而铃木藤先生会一直圆滑做人的，既要圆滑地滚来滚去，就会沾上污泥，可尽管沾了污泥，也比不会圆滑处世的人吃得开！

咱生而为猫居于人世间，转眼已两年有余。自以为咱这么见多识广的猫算得上是举世无双了。不料前日，有个名叫卡特·摩尔[1]的素不相识的同胞，突然之间声名大噪，让我有点惊讶。仔细一打听，据说它一百多年前就已经死了，却出于一时的好奇心，特意变成幽灵，为了吓唬我，从远隔万里的冥土前来一会。还听说它是一只不孝的猫，一次去

[1] 卡特·摩尔，德国浪漫主义作家霍夫曼（1776—1822）的小说《公猫莫尔的人生观》里的主人公名。

见母亲时，它曾叼着一条鱼出门，打算送给母亲，可是半路上实在馋得不行，忍不住自己先享用了。正因为如此，它的才华也不亚于人类，甚至作过诗，让它的主人大为吃惊。既然如此豪杰早已在一个世纪之前降临，像咱这般碌碌无为者，早该告别人间，回归虚无之乡去了。

主人早晚会因胃病而亡。金田老板已经因贪得无厌而赴黄泉了。秋叶已萧萧落尽。既然死亡乃万物之必然归宿，活着也不堪大用，或许尽早死掉才算得明智。按照几位先生的说法，人的命运，终将归于自杀。倘若疏忽大意，咱猫也必须投胎到那无聊的人世上去了，好可怕呀！我不觉心情有些郁闷，还是喝点三平先生的啤酒，精神精神吧！

我绕去了厨房。厨房的油灯不知什么时候灭了，大概是从门缝钻进去的秋风所为，不过，今日好像是个月明之夜，有光亮从窗户透进来。托盘上并排放着三个玻璃杯，两只杯里还残留着半杯茶色的水。玻璃杯里的水，即使是开水，也令人觉得冰冷。更何况这液体映在清冷的月色下，静悄悄地挨着灭火罐，还未喝就已感觉浑身发冷，不想喝了。然而，不入虎穴，焉得虎子！连三平喝了那种水以后，都满脸通红，呼哧呼哧喘气，那么即便是猫喝了它，也不可能不快活的吧！反正这条命早晚要交代的，活一天就要多体验体验。等死了以后躺在坟墓里头懊悔，也来不及了。我鼓起勇气，打算喝点尝一尝！我猛地将舌头伸进杯子里，吧唧吧唧舔了几下，大吃一惊，舌尖就像被针扎了似的。真不明白人类怎么喜欢喝这种难以下咽的东西，猫是无论如何也喝不下去的。猫与啤酒完全没有缘分。这可受不了，我将舌头缩了回来，但转念一想，人们总是把“良药苦口”这话挂在嘴上。每当伤风感冒，便皱着眉头喝那种莫名其妙的苦水。我现在还想不通：到底是因为喝了它病才好？还是为了病好才喝它？真是走运，今天就用啤酒来解这个谜吧！假如喝下以后连肚子里都苦得慌，那就算了；假如像三平那样快活得忘乎所以，便是前所未有的大收获，可以对邻近的猫们传授一番了。好吧，别想那么多了，干脆听天由命，撞撞大运吧，于是我又伸出舌头——睁着眼睛就不想喝了，便紧紧闭上眼睛，又吧唧吧唧地舔起来。

我极力克制着厌恶，终于喝干了一杯啤酒时，便产生了某种奇妙的感觉。起初舌头麻酥酥的，嘴里特别苦，仿佛受到了外面什么东西的压迫，可是，喝着喝着，感觉慢慢舒服些了。喝光了第一杯酒时，已经觉得不多么难喝了。没什么大不了的！于是，第二杯又轻而易举地被我干掉了。我顺便把洒在托盘里的啤酒也舔得一干二净，如同擦过一般。

然后，我为了观察一会儿自己的感觉，一动不动地蹲着。逐渐地身子温暖起来，眼眶发热，耳朵发烫，特别想唱歌，特别想跳猫猫舞，想大骂一句“主人、迷亭和独仙都见鬼去吧”，想抓挠金田老头，想咬掉金田老婆的鼻子。什么事都想干。最后，我摇摇晃晃地想站起来，站起来后又摇摇晃晃地想迈步——这太有趣了。我想走出门去！然后想问候月亮公公一声“晚上好！”好不快活。

我心里想着所谓“陶然薄醉”，大概就是这种滋味吧，一边怀着漫无目的地散步的心情，随意地移动软绵绵的腿，不知怎么搞的，觉得特别困，简直搞不清自己是在睡觉，还是在走路。我想睁开眼睛，眼皮却沉重得很。我心想，到了这个地步也只能如此了，管它前面是高山还是大海，我都不怕。我颤悠悠地伸出前爪，只听扑通一声，我猛地一惊，“完了！”也来不及思考究竟怎么完了，只是刚意识到完了，就什么都不知道了。

清醒过来时，我已经漂浮在水面了。我感觉难受无比，用爪子乱挠一气，但是挠到的都是水。只要我一挠，身子便沉入水里。没办法，又用后爪往上蹿，用前爪拼命挠，只能听到咔哧咔哧的声音，好像碰到了什么东西。好容易将头伸出水面看看四周，想看一下这到底是什么地方，原来是掉进了一个大缸里。这口大缸的水里，直到入夏之前，长着很多叫作“雨久花”的水草，后来，不吉利的乌鸦飞来，啄光了雨久花，还在这口缸里洗澡。乌鸦一洗澡，水就浅了，水一浅，乌鸦就不来了。刚刚我还在想：“近来水少了，乌鸦不来了。”可是万万想不到，此刻我竟代替乌鸦在这里洗起澡来。

水面距缸沿有四寸多。我伸出爪子也够不到缸沿，跳也跳不出去。一动不动地躺着的话，只有沉下缸底。可是挣扎的话，只听到脚爪咔哧咔哧挠缸壁的声音，挠到缸壁时，身子稍稍浮起一些，但是立刻又沉下去。沉下去太痛苦，便又咔哧咔哧地挠起来。渐渐地，身子就没劲了，尽管心里焦急，四肢却又不听使唤。终于，自己也弄不清是为了下沉而挠缸，还是由于挠缸而下沉了。

在这痛苦之时，我心里想：遭此厄运，只怪我一心想要从水缸里逃出去。虽说万分渴望能够逃出去，可明摆着是逃不出去的。我的腿不足三寸。就算浮出了水面，从水面拼命伸出爪去，也无法抓住五寸多高的缸沿。既然无法将前腿搭上缸沿，任凭我怎么挠，怎么焦急，即便折腾一百年，粉身碎骨也是不可能逃出去的。明明知道逃不出去，却想要逃出去纯粹是痴心妄想。正因为勉为其难，才这般痛苦的。无聊！自求受罪，自寻折磨，愚蠢透顶！

“还是算了吧！随他去好了。够了，我可不想再咔哧咔哧挠了！”我不再抵抗了，前腿、后腿，以及脑袋和尾巴全都放松下来，不再死命挣扎了。

渐渐地我感觉不那么难受了。我分不清是痛苦还是快活，也分不清自己是在水中，还是在客厅里了。不管是待在哪里，也不管变成怎样了，都无关紧要，只是觉得舒坦了。不，就连舒坦不舒坦也感觉不到了。我将让日月坠落，天地崩溃，进入不可思议的太平之境。我快要死了，死了以后就能获得这样的太平世界了。不死是得不到太平的。南无阿弥陀佛！南无阿弥陀佛！老天保佑！老天保佑！